두번째남편이 절륜해서 우울하다

지미신 장편소설

3

두번째남편이 절륜해서 우울하다

위즈덤하우스

차례

⋮

1

만남만큼
이별도 중요하다

그렇게 2주가 흐르고 우리는 다시 제국으로 귀환하는 길에 올랐다. 마차를 보고 케닌이 질린 표정을 지었다.

"이사 가십니까?"

케닌의 지적이 이해가 갔다. 정말 산더미처럼 많은 짐이 마차에 실려 있었기 때문이다. 나는 한숨을 폭 내쉬었다.

"……제게 묻지 마세요."

애초에 내가 산 것도 아니고!

내 표정을 본 케닌이 짠한 표정을 지었다.

"하긴, 말한다고 들으실 분도 아니지요. 어떤 고생을 하셨는지 듣지 않아도 알겠습니다."

"케닌, 지금 입꼬리가 슬슬 올라가는데요?"

"그야 저는 자유니까요!"

"……."

나는 떨떠름한 표정으로 깡충깡충 뛰어다니는 케닌을 바라보았다.

'그렇게 좋은가.'

케닌이 저리 하찮게 보여도 아카데미 수재라는 말은 거짓이 아니었는지 2주 만에 그럭저럭 오르세 말을 하고 있었다. 조금 있으면 문법도 완벽해질 것 같았다.

'그래도 연고 없는 외국살이가 쉽지 않을 텐데.'

막상 본인은 저렇게 좋아하니 내가 걱정할 거리가 아니긴 했다. 나는 조금 떨떠름하게 케닌을 바라보다가 시선을 돌렸다.

"이제 출발할까요, 올리비아?"

이안이 내 손을 잡았다. 우리 부부를 배려한 건지, 아버지는 다른 마차에 올랐다.

"좋아요."

나는 이안의 손을 꽉 붙잡았다. 이제 제국으로 돌아간다.

올 때와 달리 텔레포트 존을 사용할 수 없기에 귀환길은 조금 더 험난했다.

'텔레포트 존을 이용하니까 그 외 지역은 정말 개발을 하나도 하지 않는구나.'

텔레포트 존으로 순식간에 지나는 지역들은 여러 모로 개발에서 제외되어 있었다. 포장되지 않은 도로는 그냥 일반 짐마차만 지날 수 있을 정도로 작게 조성되어 있었고, 길가의 나무 같은 것도 다듬어져 있지 않았다.

'하지만 자연경관은 아주 멋있어.'

그런 만큼 손을 대지 않은 자연이 울창했다. 저 멀리 보이는 산맥과 흐르는 맑은 물을 보며 나는 잠시 생각에 잠겼다.

바로 그때였다. 내 곁에 앉아 있던 이안이 내 허리를 끌어안았다. 그리고 내 어깨에 자신의 턱을 문질렀다.

"무슨 생각 합니까?"

"아."

나는 눈을 동그랗게 떴다. 그제야 지나치게 깊이 생각에 잠겼다는 것을 깨달았다. 나는 그의 손등을 감싸며 대답했다.

"이 지역들을 어떻게 활용할 수 있을까 생각하고 있었어요. 휴양지로 계발할 수 있지 않을까요? 너무 외진가요?"

내 물음에 이안은 내 어깨에 고개를 묻은 채로 한숨을 내쉬었다. 형편없는 생각인가 해서 내가 살짝 굳어졌을 때였다. 그가 낮은 목소리로 속삭였다.

"서운합니다."

"네?"

"저는 올리비아 생각밖에 하지 않는데, 올리비아는 계속 다른 생각을 하고 있으니까요."

"이안."

귓가에 속삭여지는 목소리가 무척 간지러웠다. 나는 키득키득 웃으며 그의 손가락을 풀었다. 그리고 몸을 돌려 그와 얼굴을 마주 보았다.

'귀여워.'

나보다 훨씬 큰 남자가 풀죽은 표정을 짓고 있는 게 왜 이렇게 귀여운지.

'거짓인 걸 알면서도 넘어가게 돼.'

이안이 그런 걸로 상처받을 사람이 아니라는 걸 아는데도, 괜히 달래고 싶어진다.

"내가 왜 당신 생각을 안 하겠어요."

나는 손을 뻗어 부드러운 금빛 머리카락을 살살 쓸어넘겼다. 살짝 눈을 감고 내 손길에 머리를 맡기고 있던 그가 갑자기 내 손을 꽉 붙잡았다.

"정말입니까?"

그렇게 물으면서, 그의 흰 이가 내 손바닥을 얕게 깨물었다.

'으으, 또 이건 무슨 짓이람.'

나는 얼굴을 붉히면서 손을 빼내었다. 이번에는 그가 낮은 목소리로 웃었다.

"제가 이렇게 해야 당신은 날 바라보지 않습니까?"

"아니거든요."

빨개진 얼굴이 쉽사리 돌아오질 않았다. 나는 입술을 뽀로통하게 삐죽였다. 그리고 이내 피식 웃고 말았다.

'다시는 이렇게 지낼 수 없을 줄 알았는데.'

처음 임신 소식을 들었을 때는 세상이 무너지는 줄 알았다.

'그런데 다시 만난 이안과 이렇게 꽁냥꽁냥거리고 있으니 꿈만 같아.'

나는 머리카락을 쓸어넘겼다. 한숨 같은 목소리가 흘러나왔다.

"……당신이 이렇게 쉽게 아이 문제를 넘어갈 줄 몰랐어요."

"왜요?"

"무척 싫어할 거라고 생각했거든요."

"음."

내 말에 이안은 가볍게 고개를 기울였다. 그리고는 두 팔로 나를 답싹 안아들었다.

"물론, 아기가 제게서 당신을 오래 빼앗아가면 싫겠지요?"

얼떨결에 나는 그의 허벅지 위에 올라앉은 자세가 되어버렸다.

'왜 이렇게 달라붙는 걸 좋아한담.'

하지만 이런 그의 잔망스러움이 싫지 않았다. 나는 내 눈높이보다 아래로 내려간 그의 머리를 끌어안았다. 그가 내 품에 얼굴을 비비며 중얼거렸다.

"하지만 당신을 닮은 딸이라면 당신을 빼앗아도 예쁠 거고."

"딸이면 좋겠어요?"

"네. 원래 아빠는 딸바보라고 하잖아요."

"그런 말도 알아요?"

넉살 좋은 대답에 나는 키득키득 웃음을 터뜨리고 말았다.

'미리 계속 말을 해둬야 할까. 아들이라고.'

그래야 조금 충격이 덜하려나. 나는 그런 생각을 하며 말했다.

"저는 아들이었으면 좋겠어요. 당신을 꼭 닮은 아들."

"전 그건 싫은데."

이안은 입술을 삐죽였다. 그 모습을 보고 있으니 다시 마음 한

구석이 따뜻해지는 기분이었다.

'평화롭다는 느낌.'

지난 생에서는 느껴본 적 없는 기분이었다. 고통스러웠던 출산의 기억에도, 긴장되지 않는 건 바로 이안의 이런 태도 덕분이리라.

"아기 낳을 때 같이 있을 거죠?"

"당연한 거 아닌가요?"

이안은 바로 대답했다. 나는 눈살을 찌푸렸다.

"아기 낳는 데 엄청나게 오래 걸려요. 20시간이 넘을 수도 있어요. 그런데도 있을 수 있어요?"

"그 정도는 아무것도 아니죠. 당신은 그 시간 동안 고통받고 있는데, 그때 곁을 지키는 정도도 못 하면 어떻게 합니까?"

"하하."

나는 이안의 이마에 입을 맞췄다.

"너무 좋아, 당신."

"?"

이안은 고개를 갸웃했다. 그의 동그란 눈이 이렇게 말하는 것 같았다.

'칭찬을 받아서 좋긴 한데, 왜 칭찬을 해주는 거지?'

그 모습도 귀여워서 나는 다시 한번 그의 이마에 입을 맞췄다.

그때였다. 덜컹거리며 달리던 마차가 천천히 멈춰 섰다. 똑똑 두드리는 소리에 문을 열었더니 호위 중 한 사람이었다.

"날이 어두워져서 쉬었다 가야 할 것 같습니다."

"여긴 어디지?"

이안의 질문에 호위는 담담하게 대답했다.

"파넬령입니다."

마차 여행을 한 지 상당한 날이 지나고, 드디어 제국의 파넬령에 도착했다.

❖ ❖ ❖

'역시 황량한 곳이야.'

나는 마차에서 내려서 파넬 성을 둘러보았다. 다시 보아도 무척 황량한 곳이었다. 지금 한창 농번기일 텐데도, 푸르름이 조금도 느껴지지 않았다.

'그 세금이 걷혔던 것이 기적이네.'

지난 생에서 나는 파넬령에서 올라오는 세금만 관리했었다. 사실 그것 또한 제임스의 일이었지만, 제임스가 숫자에는 능하지 못하니 어쩔 수 없었다.

'다시 떠올려도 개고생이었다.'

이렇게 집안의 외정까지 열심히 관리한 공작부인이 세상에 또 있을까. 나는 애썼다는 뜻으로 스스로 머리를 쓸어내렸다.

마차에서 내려서 조금 있으니 파넬성에서 한 사내가 달려 나왔다. 안경을 쓴 모범생 같은 외모의 젊은이였다. 그는 땅에 머리가 닿을 듯 허리를 꾸벅 숙이며 인사했다.

"안녕하십니까. 파넬의 영주대리인 알버트입니다."

"아."

"?"

과거에 그를 본 적이 있는 나는 나도 모르게 아는 소리를 내고 말았다. 나를 처음 보는 알버트는 당연히 고개를 갸웃거렸다.

"흠흠, 아무것도 아닐세."

나는 어색하게 헛기침을 했다. 지금 생의 나는 알버트를 만난 적이 없으니 아는 척을 하면 안 되었다.

'알버트는 믿을 만한 사람이지.'

하지만 어쩔 수 없이 눈길이 그에게로 흘러갔다. 알버트는 지난 생에서 내 일을 가장 많이 도와주었던 유능한 회계사이기도 했다.

'젊을 때는 저런 얼굴이었구나. 의외네.'

지난 생에는 진짜 살이 엄청 찐 후덕한 아저씨였는데, 지금 여기 있는 알버트는 허수아비처럼 말라 있었다.

'돌머리 제임스의 인선치고는 괜찮은 편이네.'

지난번 내가 여길 지날 때, 제임스는 영지관리인을 목 매달았었다. 알버트는 그 후임인 듯했다.

고개를 끄덕이던 나는 문득 떠오른 생각에 눈을 반짝 떴다.

'그런데 알버트가 여기 있으면 수도의 파넬 재정은 누가 관리하지? 진상들이 관리하기 어려울 텐데!'

또 엉망으로 장부를 쓰는 건가. 그걸 바로 잡는 데 꼬박 10년이 걸렸거늘!

'내가 걱정해줄 일은 아닌가.'

이런 생각이 들었지만, 역시 엉망이었던 장부에 대한 스트레스가 더 컸다. 나는 제임스에게 한 소리 해야겠다고 생각하며 물었다.

"그대밖에 없나? 파넬 공작은?"

그런데 내 질문에, 알버트는 난처한 표정을 지었다.

"각하께서는⋯⋯."

"?"

내가 고개를 갸웃했을 때였다. 이안이 나의 어깨를 감싸안으며 우리의 대화를 잘랐다.

"아내에게는 내가 설명하지. 알겠네."

"편히 쉬십시오."

우리가 머물 곳을 안내해준 뒤, 알버트는 쏜살같이 도망쳤다. 영문을 모르고 나는 고개를 갸웃거렸다.

"제임스가 일부러 나와보지 않는 걸까요?"

"그런 건 아닐 겁니다. 그 사람은 지금 바쁘니까요."

"제임스가 왜 바빠요?"

내 질문에 이안은 어깨를 으쓱했다.

"그는 북부로 돌아갔습니다."

"네?"

이안은 대수롭지 않은 어조로 대답했지만, 나에게는 보통 일이 아니었다.

북부. 그가 인생 태반을 보낸 장소.

'다신 가고 싶지 않았을 텐데.'

그가 무슨 마음으로 북부행을 택했는지 상상할 수가 없었다. 나는 입술을 깨물었다.

"도대체 왜요?"

대답은 간결했다.

"그래야 황후마마께서 수도로 돌아올 수 있으니까요."

"그럼 로메오가 수도에 있어요?"

"네."

'그건 좋은데.'

제임스가 또다시 북부에 가 있다니.

제임스는 내가 생각했던 것처럼 나를 무감각하게 생각하지 않고 있었다. 나는 지난 생을 함께 꾸렸던 동지를 대하는 마음으로 그의 이번 생을 응원해주었다.

'그걸로 끝이라고 생각했는데.'

마음 정리했으면 뒤도 안 돌아보고 후련하게 살 것이지, 왜 기어 나왔던 북부로 다시 돌아갔단 말인가.

나는 화가 치민 나머지 허공을 향해 주먹질을 하고 말았다.

'으으으, 진짜 모르겠다. 하여간 그 벽돌 녀석! 끝까지 신경 쓰이게 하는구나!'

그래 봐라, 이번에는 절대로 신경 쓰지 않을 거라고!

❖ ❖ ❖

'으으, 내 자신에게 패배한 느낌이야.'

신경 쓰지 않으리라 다짐했건만, 신경을 쓰지 않기가 어려웠다. 괜히 내가 그 남자를 전장으로 등을 떠민 것 같은 찝찝함 때문이었다.

'찝찝함이 아니라 실제로 그렇지.'

타인에게 조금도 공감하지 못하는 벽돌 덩어리가 갑자기 북부를 자처했다면 이유는 단 하나뿐일 것이 뻔했다.

나는 한숨을 내쉬었다.

'마음이 심란해서 그런가, 잠도 안 오네.'

나는 천천히 몸을 일으켜 앉았다. 바로 그 순간이었다. 커다란 손이 나를 확 끌어당겼다.

"꺄!"

비명을 지르고 보니 따끈따끈한 품속은 다름 아닌 이안의 품속이었다.

"아, 안 자고 있었어요?"

미동도 하지 않기에 자는 줄 알았더니. 내가 놀란 가슴에 손바닥을 올렸을 때였다. 그가 나를 안고 있는 팔에 힘을 주었다.

"그 사람 생각합니까?"

"이안."

생각하고 있었던 것은 사실인지라 심장이 뜨끔했다. 내가 슬금슬금 이안을 올려다보았을 때였다.

어둠 속에서 푸른 눈동자가 잘 벼려진 검처럼 빛났다.

"저도 꽤 오래전부터 묻고 싶었던 게 있습니다, 올리비아."

날카로워 보이는 그의 얼굴을 마주하는 순간, 나는 그간 잊고 있었던 사실을 하나 깨달았다.

"어째서 그렇게 다정하게 이름을 부르죠? 당신과 그는 아무 사이가 아닐 텐데요."

그가 내게 하는 것처럼 그리 말랑말랑한 남자가 아님을 말이다.

"그, 그게……."

쿵쾅쿵쾅.

심장이 미친 듯이 뛰었다. 아까의 놀람과는 궤가 다른 심장 박동이었다.

'내가 왜 그동안 잊고 있었을까.'

이안 타이론은 이런 사람이었다. 무심한 듯 덤덤하면서도 때때로 보이는 눈빛이 예리한 남자.

'그래서 처음 결혼을 결심할 때도 그렇게 생각했잖아.'

절대로 그와 어떤 접촉도 하지 않고 각자의 생활을 하자고.

'그동안 내가 잊고 있었어.'

말 한마디도 섣불리 꺼낼 수가 없었다.

그가 예리한 눈으로 날 관찰하고 있었으니까.

"제가 한두 번은 그냥 거슬려도 넘어갔는데……."

그의 눈이 이렇게 시리게 빛날 수 있다는 걸 왜 잊고 있었단 말인가.

"이제는 정말 이상하다 싶어서요."

"이안……."

"그리고 파넬 공작이 북부로 가겠다고 했을 때도, 그 얘길 듣고 난 뒤 당신의 반응도 저로서는 이해할 수가 없군요."

"……."

"두 사람 사이에 내가 모르는 무언가가 더 있다는 느낌이 든다면, 미친 생각입니까?"

나는 잠시 이안을 마주 보았다. 숨이 조여들었다.

'내가 부주의했어. 숨기고 싶었다면 더 신경 써야 했는데.'

그러고 보면 나도 제임스도 참 허술했지 않은가. 면식도 없어야 할 전부인에게 다가가 다짜고짜 손을 내밀지 않나, 보란 듯이 이름을 부르지 않나.

'이안이 그동안 물어보지 않은 게 신기할 지경이었지.'

나는 눈을 감았다. 그리고 조심스럽게 나를 안고 있는 이안의 품속으로 파고들었다. 세상 차갑기만 할 것 같던 남자의 몸이 움찔 떨렸다.

두근두근.

빠르게 뛰는 심장 소리가 피부를 넘어 내 귓가를 울렸다. 나는 입술을 깨물었다.

'그는 나를 아직 사랑해.'

이 이야기까지 듣고 나서도 나를 사랑할지 모르겠지만.

정말 평생 이야기하지 않으려고 했지만.

'어설프게 넘어가봤자 균열만 키울 거야.'

애초에 들키지 않았다면 모를까 거짓으로 쌓아올린 관계는 어떻게든 끝이 나게 되어 있었다.

나는 천천히 입술을 열었다.

"맞아요, 이안. 저는 비밀이 있어요. 제임스와 제가 공유하는 비밀이죠."

"그렇습니까?"

"하지만……."

운을 떼었지만, 나는 결국 말을 잇지 못했다. 어떻게 말해도 미친 소리 같았다. 이안의 귀에도 그렇게 들릴 것이 분명했다.

'사실대로 말해도 거짓말이라고 욕먹을 판이니.'

쓴웃음이 나왔다. 다른 사람 인생이라면 흥미진진하게 관전했을 테지만, 내 인생이니 웃음도 나오지 않았다. 내 침묵을 다르게 해석한 이안이 조금 날카로운 어조로 물었다.

"당신이 지금 말을 꺼내지 못하는 건 저를 못 믿어서입니까?"

"아니에요. 당신은 이 세상에서 저를 제일 잘 아는 사람인걸요."

그동안 나는 이안에게 어떤 것도 감추지 않았다. 지난 생에서 다른 이들에게 털어놓지 못했던 모든 일들을 그에게는 솔직하게 말했다.

이안이 한층 누그러진 어조로 내게 물었다.

"그러면요?"

"……."

하지만 이건 그 이야기들과 조금 상황이 달랐다. 잠시 망설이고 있던 나는 천천히 몸을 일으켰다. 그리고 이안의 팔을 잡아당겼다.

"어차피 잠을 자기엔 글렀으니 일어날까요."

머리가 복잡해서 차가운 바람을 맞고 싶었다.

달빛 아래 파넬 정원은 고요했다. 꼭 시간이 멈춘 것만 같았다.

'달빛이 참 환하기도 하지.'

전에도 생각했지만, 꼭 등을 켜둔 것처럼 사위가 환했다.

사박. 사박.

우리가 풀을 밟는 소리만 어지럽게 울렸다.

조금 걸으니 넓은 공터가 나왔다. 언젠가 제임스가 투머로우와 대화를 나누고 있던 그곳이었다.

"……."

나는 말없이 멈춰 섰다. 이안은 나를 마주 보고 서 있다가, 한참 동안 내가 말이 없으니 그냥 주변을 둘러보았다.

그의 시선이 노란 바탕에 고동색 무늬가 있는 꽃잎에 머물렀을 때였다. 나는 입을 벌렸다.

"무슨 생각 해요?"

내 질문에 이안이 나를 돌아보았다. 바람이 이안의 머리카락을 흐트러뜨렸다. 달빛에 반사되는 금빛 머리카락이 눈부셨다.

"그 남자의 공간치고 정원은 잘 가꾸어진 편이라고 생각하고 있었습니다."

이안의 대답에 나는 고개를 끄덕였다. 그리고 조금 여상스러운 어조로 물었다.

"그 꽃 예쁘죠?"

"네. 독특하네요."

"파넬에서만 나는 꽃이라고 하더군요. 이름은 듣지 못했어요."

내 말에 이안은 그냥 고개만 끄덕였다. 별로 관심 없는 이야기니까 흘려듣는 기색이 역력했다.

하긴, 나라도 흘려들었을 것이다.

'실제로 제임스가 이야기할 때도 대수롭지 않게 들었지.'

하지만 이제 시작하는 이야기는 내 이야기였다. 목에 가시가 걸린 것만 같았다. 나는 묘하게 잠긴 어조로 말했다.

"그게 독초래요, 이안."

"아."

이안이 꺼림칙한 표정으로 한 걸음 뒤로 물러났다. 문득 제임스가 내게 저게 독초라고 말했을 때 나는 뭐라고 말했나 궁금해졌다.

"그렇게 경계하지 않으셔도 되어요. 대부분 사람에게는 해를 끼치지 못한다고 하니까요. 그러니 정원에 심어둔 거겠죠."

지우개로 지운 것처럼 기억이 나질 않았다.

"그런데 제게는 치명적이었어요. 잠을 자고 있었는데 그대로 숨이 끊어졌죠. 저는 제가 죽은 줄도 몰랐어요."

"무슨 소리입니까?"

내 말에 이안은 눈살을 찌푸렸다. 전혀 이해하지 못한 표정이었다. 나는 피식 웃었다. 웃은 것 같은데 제대로 웃었는지는 모르겠다.

"제가 이미 죽었대요, 이안."

두 번. 내가 자각도 하지 못한 사이에 죽음이 나를 스치고 지나갔다.

"그게 저와 제임스의 비밀이에요."

❖ ❖ ❖

다음 날 우리는 다시 마차에 올랐다. 아버지를 걱정시키고 싶지 않았기 때문에 굳이 마차를 바꾸어 타거나 하진 않았다.

"……."

이안은 말이 없었다.

'믿기지 않나 보지.'

믿지 않아도 된다고 생각했다. 보통 사람들이 믿기 어려운 이야기니까.

'나도 반대로 그런 상황이었다면 믿지 못했을 거야.'

문득 상상하니 웃음이 나왔다. 갑자기 찾아와서 제 인생 2회차입니다, 라고 말하는 이안이라니.

'진지하게 의사를 만나보기를 권했을 듯.'

나는 창에 팔을 올리고 턱을 괴었다. 스치는 풍경을 보고 있으니 어제의 대화가 떠올랐다.

"당신이 죽었다고요? 그럼 지금 여기 내 앞에 있는 당신은 누구입니까?"

이안은 떨리는 목소리로 물었다. 그 질문에 대답은 이미 정해져 있었기에, 나는 거침없이 대답할 수 있었다.

"나는 나예요. 당신을 사랑하는 올리비아죠."

'미쳤냐고 묻지 않은 게 다행일까.'

어쨌든 말을 했으니 속은 편했다. 나는 사실대로 말했고, 이제 믿고 믿지 않고는 저쪽의 선택이기에.

'믿지 못한다고 해서 날 사랑하지 않는 것도 아니고.'

사랑하기에 모든 것을 믿어야 한다는 건 지나치게 이분법적인 사고 아닐까? 믿을 수 있는 것과 믿지 못하는 건 논리적 영역인데.

그렇게 어색한 침묵이 조금 흐르고, 마차가 구른 지 한참 지나서야 이안이 입을 열었다.

"파넬령은 삭막한 곳이군요."

"그러게요."

나는 시큰둥하게 대답했다. 성을 떠나, 성 밖에 사는 영지민들의 농지가 창밖으로 펼쳐져 있었다.

'농사에 문외한인 내 눈에도 척박하다는 건 알겠어. 차라리 토질에 맞는 다른 곡물로 바꾸는 게 나을 텐데.'

이안이 고개를 갸우뚱했다.

"전에는 와본 적이 없습니까?"

왜 저런 질문을 하나 했더니, 인생 2회차라는 여자가 파넬에 대해 너무 몰라서 그랬나 보다. 나는 사실대로 대답했다.

"지난번 오르세로 가는 길목에서 마차가 고장 나서 들렀어요.

그러니까 이번이 2번째겠네요."

"그때는 파넬 공작이 파넬령에 있었고요."

"네. 그냥 과거 이야기를 나누었어요."

나는 고개를 끄덕였다. 그리고는 퍼뜩 놀라 덧붙였다.

"혹시나 해서 말하는 건데, 하늘에 맹세코 당신에게 부끄러운 일은 없었어요."

"그런 건 의심하지 않아요. 당신이 어떤 사람인지 아니까요."

이안이 너무나 냉큼 고개를 끄덕여서, 괜히 덧붙인 나만 떨떠름해졌다. 내가 입술을 삐죽거릴 때였다. 이안이 이번에는 영 다른 것을 물었다.

"그때 그 꽃이 독초라는 걸 처음 알았나요?"

"네. 당신도 알다시피, 저는 꽃가루 알레르기가 있어서 꽃에 별로 관심이 없거든요."

그날도 제임스와 함께 있지 않았다면 굳이 정원을 돌아보지 않았을 것이다. 그냥 그 얼굴을 보기 껄끄러워서 돌아보다가 꽃을 발견했을 뿐.

'진상들이 날 싫어하는 건 알았지만 20년이나 함께 살았는데도 죽일 정도로 싫어하는 줄은 몰랐어.'

그리 생각하니 역시 그 쓰레기통을 탈출하길 잘했다 싶었다.

내가 고개를 끄덕이며 나의 선견지명을 칭찬하고 있을 때였다. 이안이 느릿한 어조로 입을 열었다.

"이제야 알 것 같습니다. 그 남자가 왜 갑자기 마음을 바꿔서 북부에 가겠다고 했는지. 당신과 이야기를 나누고 마음이 바뀐

거군요."

나는 눈을 들어 이안을 마주 보았다. 그는 진지한 표정으로 나를 바라보았다.

"당신도 그때 처음 당신이 죽었다는 사실을 그에게 들었군요."

무서울 정도로 예리한 추측이었다.

❖ ❖ ❖

이미 한 번 지났던 어느 미래.

이안은 신경질적으로 목을 조르는 크라바트를 잡아당겼다.

'태황제 폐하께서는 왜 이런 곳에 참석하라고 해서.'

푹신한 붉은 융단 소파임에도 불편하기만 했다. 자신의 앞에 놓인 오페라글라스를 흘긋 본 이안은 이내 콧방귀를 끼었다.

'오페라는 딱 질색인데.'

오페라는 많은 돈이 필요한 예술이다. 그런 만큼 후원자의 의중에 따라 극의 성격이 결정되기 마련이다. 황립오페라극단의 후원자는 당연히 황제였다. 정확히는 태황제.

'자화자찬을 그렇게 뻔뻔스레 하는 것도 재주지.'

자신의 업적을 찬양하고 이안의 친모인 선황후를 깎아내리는 극을 본 뒤로, 이안은 오페라를 극도로 혐오하게 되었다.

'사람들이 나를 지켜보는 것도 즐겁지 않고.'

아무리 프라이빗한 좌석이라고 해도 다른 좌석에서 자신이 어떻게 앉아 있는지 보인다. 이안은 귀족들이 여태 혼자인 자신을 은근히 비웃고 있다는 사실도 알고 있었다.

'결혼한 게 뭐 대단한 거라고.'

안 하면 안 하는 거지. 이안이 시큰둥하게 콧방귀를 끼었을 때였다. 반짝, 무대조명에 따라 별빛처럼 은은한 은빛이 났다. 이안은 물끄러미 그쪽을 바라보았다.

'나 말고도 혼자 온 사람이 있군.'

아름다운 은빛 머리카락을 가진 여성이었다. 그녀의 텅 빈 옆자리에는 그녀가 들고 온 것으로 추정되는 작은 손가방이 놓여 있었다.

이안은 그녀가 누구인지 알고 있었다.

'파넬 공작부인.'

무도회나 대회의 등에서 여러 번 보아서 얼굴은 알고 있었다. 하지만 이렇게 물끄러미 바라본 것은 처음이었다. 무대조명이 둥근 이마와 오똑한 콧날을 타고 요요히 흐르고 있었다. 나른하게 뜨인 눈이, 그녀도 별로 극을 보는 것 같지 않았다.

'그러든가 말든가.'

이안은 대놓고 눈을 감았다. 그가 오페라 때마다 잠을 자는 것은 별로 비밀도 아니었다.

공연이 끝나고 밖으로 걸어 나오니, 비가 오고 있었다.

케닌이 우산을 펴고 바로 그의 곁으로 따라붙었다. 싱글싱글 웃으며 내뱉는 첫 마디부터가 무척 불손했다.

"푹 주무셨습니까, 각하."

케닌이 은근히 놀리는 것이 하루 이틀 일이 아닌지라, 이안은 시큰둥하게 무시했다. 사실 그가 시큰둥한 건 케닌을 대할 때만이 아니었다. 그는 세상 모든 것이 다 밍밍했다. 무채색의 시시한 세상이었다.

마차에 올라 문을 닫은 뒤, 이안은 빗물에 젖은 장갑을 벗으며 말했다.

"파넬 공작은 오늘 참석하지 않았더군."

이안의 말에 케닌은 키득키득거렸다.

"그치는 원래 집돌이로 유명하니까요. 대신 파넬 공작부인이 참석하지 않았습니까?"

"참석했어."

"재미있는 사람이죠. 대외적으로 공작이 해야 하는 일까지 모두 처리하니까요. 최근 일처리에 노련미가 붙었다는 평입니다."

"그래?"

케닌은 불면 날아갈 듯 가벼운 녀석이라도, 일처리에 있어서는 꼼꼼한 녀석이었다. 그런 그가 칭찬하는 걸 보니 파넬 공작부인도 수완이 좋은 듯했다.

'그거야 내 알 바 아니지만.'

이안은 아까 물끄러미 바라보았던 그녀의 얼굴을 떠올렸다.

희고 고운 얼굴, 커다란 루비 같은 눈동자. 기다란 속눈썹에는 별이 걸려 있는 듯 반짝거렸다.

"……예쁘더군."

이안은 담담하게 중얼거렸다. 그 말에 케닌은 눈을 반짝이며 물었다.

"마음에 드셨습니까?"

케닌의 질문에 이안의 미간이 콱 찡그려졌다.

"그건 무슨 질문이야?"

"태황제께서 언제 결혼하냐고 묻는 것도 지긋지긋해서요."

"상대는 남편이 있는 여자야."

누굴 무슨 구설에 올리려고. 이안이 딱 잘라서 대답했음에도, 케닌은 능글능글 웃으며 말을 이었다.

"어떻게든 각하를 결혼시키고 싶어서 안달이신데, 맘에만 드신다고 하면 뺏어주시지 않을까요."

"끔찍한 가정이군."

이제 보니 자신을 놀리는 것이 재미있어서 계속 말을 잇는 모양이다.

'잠깐.'

마차가 출발하길 기다리고 있는데, 막 오페라 극장에서 나와 멍하니 서 있는 여성의 모습이 눈에 들어왔다. 빗물이 줄줄 흘러 흐릿한 창으로도 알 수 있었다. 그녀였다.

"……케닌."

"예?"

"어서 우산을 가져다드리고 와라."

"네?"

"시끄러워. 얼른 가."

이안은 어이없어하는 케닌을 내쫓듯이 마차 밖으로 내쫓았다.

"잠깐만요? 각하, 지금 진심? 진심입니까?"

졸지에 빗속에 내던져진 케닌이 뭐라고 꽥꽥 소리를 지르다가 올리비아에게 다가갔다. 걸음을 옮기는 것까지만 보고 이안은 눈을 감아버렸다.

'그냥 사소한 변덕일 뿐이야.'

어떤 의미도 없었다. 그저 가끔씩 변덕처럼 찾아오는 상냥함일 뿐. 그것이 지난 생의 두 사람 간의 거리였다.

❖ ❖ ❖

나는 일순간 숨을 멈추고 말았다. 이안이 부드러운 어조로 툭 던진 말 때문이었다.

"당신도 그때 처음 당신이 죽었다는 사실을 그에게 들었군요."

"!!"

아니, 얼마나 예리해야 이렇게 불친절하게 툭툭 던진 말에서 단서들을 찾아낼 수 있단 말인가.

'보통은 사실이 아니라고 의심부터 할 텐데.'

나는 결국 피식피식 웃으며 내 두 손을 들고 말았다.

"제가 졌어요. 당신에게는 어떤 것도 숨길 수가 없네요."

다음에도 뭘 몰래 못하겠다는 의미였는데, 이안은 묘하게 예민하게 반응했다.

"숨기려고 했습니까?"

"말이 그렇다는 거죠! 숨기지 않는다고 했잖아요."

내 말에 이안은 입을 꾹 다물었다. 잠시 그를 마주 보고 있던 나는 머리카락을 쓸어 넘기며 한숨을 내쉬었다.

"맞아요. 저는 여태까지 제가 죽었다는 걸 몰랐어요. 그냥 잠을 자고 일어났는데, 한참의 시간을 거슬러 올라왔죠."

말하기 전에는 무척 길고 지루한 이야기일 것 같았는데, 막상 입 밖으로 내니 한 줄밖에 되지 않았다. 나는 어깨를 으쓱했다.

"그다음은 당신이 아는 대로예요. 꿈인가, 환상인가. 어떤 것도 중요하지 않았어요. 제게 파넬은 지옥이었고, 거길 나가고 싶은 마음뿐이었으니까요."

"그래서 저를 만난 겁니까?"

"당신은 20년 뒤까지도 독신이었어요. 어느 행사에서든 늘 무심하고 불쾌한 표정이었죠."

나는 이제는 내가 잊고 있었던 이안의 얼굴을 떠올렸다. 잘생긴 얼굴로 희미한 미소라도 지으면 휘황찬란하게 빛이 났을 텐데, 그는 늘 뚱한 표정이었다.

그래, 사실 그를 택한 것은 그가 그런 사람이었기 때문이다.

"당신이라면 그냥 나를 명목뿐인 부인으로 내버려둘 것 같았어요."

"……그냥 충동적으로 소문만 듣고 고른 게 아니었군요."

내 말에 이안이 낮은 목소리로 중얼거렸다. 이게 무슨 소리란 말인가. 나는 또 다시 웃고 말았다.

"충동적이었죠. 충동적이지 않으면 어떻게 한 번 살았던 인생을 외면하고 다른 길로 접어들겠어요? 이성적이었다면 살았던 인생을 더듬으면서 조금 더 낫게 바꾸려고 했을 거예요."

내가 파넬에서 이룬 것들, 내가 가졌던 것들, 내가 해야 했고, 또 내가 할 수 있었던 일들.

그 모든 것을 뒤로한 채, 이 사람에게 온 것이었다.

'내가 잘못된 선택을 한 걸까.'

눈물이 툭툭 떨어져 내 치맛자락을 적셨다. 이안이 손을 뻗어서 그런 내 눈을 문질렀다. 뜨거운 체온에 눈꼬리가 후끈해지는 기분이었다.

"울지 말아요."

낮은 목소리가 사탕처럼 달콤하기 그지없었다. 나는 고개를 흔들어 그의 손길을 피했다. 눈물이 흩어지는 작은 구슬처럼 여기저기 튀었다.

"당신도 손 내밀지 말아요. 내가 울든 말든 달래주지 않으면 되잖아요."

"그건……."

이안이 머뭇거리듯 말끝을 흐렸다. 내 귀에는 그것이 나를 탓하는 걸로만 들렸다.

"나도 어쩔 수 없었어요. 당신에게 말해봤자 당신은 믿지 않았을 거예요."

나는 눈을 질끈 감았다. 이안을 마주볼 용기가 없어, 바닥만 내려다보며 내 마음을 쏟아냈다.

"과분한 사랑을 받았어요. 맛본 적 없는 행복한 나날이었죠. 본래 내 것이 아니었을 거예요."

나는 그제야 내 안에도 이런 불안감이 계속 있었다는 것을 깨달았다. 본래의 삶과 다른 삶을 살아가면서, 제임스가 나타나고 플로렌스 자작이 찾아올 때마다 이 마음은 내 안에서 자기주장을 하고 있었다.

'그건 네 자리가 아니잖아.'

갑자기 찾아온 행운들은 원래 갑자기 나가기 마련이다. 나는 손등으로 눈을 문질러 닦으며 대답했다.

"앞으로의 일은 당신 마음대로 해요. 어떤 나쁜 일이든 간에 당신을 원망진 않을 거예요."

"올리비아."

"이혼이든, 보상이든 다……."

"올리비아, 내 말 좀 들어요!"

이안이 두 손으로 내 어깨를 꽉 붙들었다. 나는 얼떨결에 고개를 들고 그를 마주했다.

푸른 눈동자는 아무 감정 없이 나를 응시하고 있었다.

"왜 그렇게 극단적으로 생각해요?"

"……그야 당연한 거 아닌가요? 말을 하면서도 미친 소리 같은걸요."

아무리 이안이 성격이 좋다고 해도 이런 상황까지 감내할 수 있을 것 같지가 않았다.

'게다가 말을 안 하니까.'

당연히 화가 나서 그런 것 아닌가. 무뚝뚝했던 그를 떠올린 나는 서러워서 다시 눈물을 뚝뚝 흘리기 시작했다.

이안이 부드럽게 그런 내 눈을 문질러주었다.

"울지 말아요. 눈이 붓겠어요. 뚝."

"어떻게 멈춰요? 당신이 싫어하는 게 느껴지는데."

"싫어하지 않아요. 난 당신을 탓하는 게 아닙니다. 제게도 이해할 시간이 필요해서 말을 아낀 것뿐이에요."

이안은 차분한 손길로 나를 토닥였다. 그의 목소리는 자장가처럼 나른했다.

"내가 지난 생에는 계속 독신이었다고 했죠?"

"네."

"재미있네요. 그럴 것 같긴 했지만요."

그는 고개를 숙여 내 이마에 입을 맞췄다. 내가 눈을 동그랗게 뜨고 그를 올려보니, 내가 좋아하는 반달모양 눈이 부드럽게 휘어졌다.

"나는 아마 지난 생에도 당신에게 끌렸을 겁니다."

그가 손가락으로 내 머리카락을 쓸어 넘겼다. 사르륵 소리가 귓가를 울렸다. 귓불을 스치는 손가락은 데일 듯 뜨거웠다.

"하지만 이미 당신이 다른 사람의 아내이기에 포기했을 거예요. 저는 보기보다 소심한 겁쟁이거든요."

"그럴 리가 없어요."

"하지만 당신이 먼저 용기 내어 다가왔기 때문에 우리가 이렇게 함께하게 된 거잖아요?"

이안이 가벼운 미소를 지었다.

"우리 조금 생각을 바꿔보도록 합시다. 우리는 본래 만날 운명이었던 거예요."

나는 눈을 동그랗게 떴다. 한 번도 해본 적 없는 생각이었다.

"우리가요?"

"어떤 이유로든 엇갈렸지만, 죽음조차도 건너서 다시 만나게 되었다. 그렇게 생각하면 안 될까요?"

"내가⋯⋯."

이안의 다정한 말에 다시금 멈췄던 눈물이 주르륵 흐르고 말았다.

"그렇게 내게만 좋게 생각해도 되나요?"

"올리비아."

이안은 조심스럽게 내 얼굴을 감쌌다. 짓궂게 웃는 표정도 사랑스러웠지만, 진지하게 날 내려다보는 얼굴은 멋있었다.

그리고 내가 진지한 이안의 모습에 새삼 반한 것처럼, 이안도 우는 내게 비슷한 감상을 받은 것 같았다.

"나는 당신의 씩씩하고 거침없는 모습에 반했지만, 당신이 이렇게 한없이 약하게 흔들릴 때면 몹시 사랑스럽답니다."

그의 입술이 내 코끝에 닿았다. 촉촉 이어지는 입맞춤이 간지러웠다. 눈물이 그렁그렁 고인 눈꼬리는 그가 쪽하고 더 깊이 입을 맞췄다.

내가 발그레해진 얼굴로 그를 불렀다.

"이안."

"고마워요, 올리비아. 용기를 내주어서. 나를 택해주어서."

"⋯⋯."

그 말에 마음이 울렁거렸다. 나는 이안을 와락 끌어안았다. 따뜻하고 든든한 품에 안기니 저절로 눈이 감겼다.

그 뒤로 나와 이안은 과거의 이야기를 조금씩 늘어놓았다.

"아버지를 찾게 된 것도 모두 당신 덕분이에요. 고마워요."

"저도 폐하께 휘둘리지 말아야겠다 용기를 낼 수 있었던 것이 당신 덕분입니다."

서로 감추고 싶었던 것들까지 털어놓으면서 조금 더 돈독해진 느낌이었다.

'정말 부부가 된 느낌.'

나는 부끄러움에 슬쩍 이안을 바라보았다. 온통 두근거리고 짜릿했던 것이 우리의 관계라면 지금은 안정이 느껴졌다.

그렇게 우리 관계가 끈끈해졌을 무렵, 우리는 수도에 도착할 수 있었다. 타이론 대공저는 떠날 때와 별로 다르지 않았다.

"다녀오셨습니까."

"다녀오셨어요!"

반가운 얼굴들이 우르르 나와서 인사를 했다. 눈물을 찍어내는 사람도 있어서 나까지 찡해졌다.

'정말 하나도 변하지 않았네.'

"제수씨!!"

'저 포슬포슬한 만두 얼굴까지…… 엥?'

아련한 눈으로 마중 나온 사람들을 바라보던 나는, 있어서는 안 되는 얼굴을 보고 세차게 기침을 하고 말았다.

"코, 콜록! 콜록!"

세차게 기침을 하고 있으니, 나에게 기침을 하게 만든 원흉이 다가와서는 뻔뻔스럽게 말을 걸었다.

"저런, 우리 제수씨, 내가 너무 반가워서 놀랐구나."

그럴 리가 있냐!

"아, 아니, 어째서 여, 여기에……."

"오랜만입니다, 태황제 폐하."

말을 더듬더듬거리는 나의 앞을 가로막듯 이안이 섰다. 그리고는 웃는 낯으로 그에게 인사를 건넸다. 태황제는 뻔뻔하게 웃었다.

"그래, 오랜만이구나. 오르세는 잘 다녀왔니?"

"재미있었습니다."

그런데 어째?

'대화가 자연스럽다?'

나는 혼란스러웠다. 그럴 수밖에 없었다. 이안에게 들은 태황제는 아주 나쁜 사람이었으니까.

'내가 한미한 가문의 영애인 데다가, 재혼이어서 허락했다면서. 오르세 왕족이라는 사실을 알고 나니 태도를 바꾸고.'

그렇게 아낌없이 이안에게 자신의 콤플렉스를 내보인 사람이 왜 여기 있단 말인가.

'그리고 들기로는 대회의에서 거의 쫓겨나다시피 나갔다고 들었는데.'

이렇게 허허로이 웃으면서 만날 수 있는 사이야?

"……."

내 떨떠름함이 고스란히 전해졌던 모양이다. 태황제는 허허허 사람 좋은 미소를 짓고는 머리카락을 긁적이며 대답했다.

"내가 정치적으로 이안에게 손해 본 것이 많다고 해도 우리가 가족이 아닌 건 아니니까."

"원래 그런 분이셨죠."

요컨대 정치적으로 견제한 건 사실이지만, 가족으로서 아끼고 사랑하는 것도 사실이니 괜찮다는 말이다.

'왜 이렇게 쿨해.'

저세상 쿨함이었다. 내가 감히 따라갈 수도 없었다.

'원래 다 이런가?'

나는 플로렌스 자작가의 가족들을 떠올렸다가 얼른 기억을 지웠다. 그 집안에서 계속 인연을 이어가고 싶은 것은 동생인 애니 뿐이었다.

태황제는 덩치에 어울리지 않게 폴짝폴짝 뛰어서는 내게로 달려왔다.

"그건 그렇고, 제수씨는 내가 보고 싶지 않았나?"

"윽."

그런 건 왜 물어요. 거리감 느껴지게.

구겨지는 얼굴을 수습할 수가 없었다. 하지만 이안이 시기적 절하게 태황제를 막으며 말했다.

"접촉은 삼가는 게 좋겠습니다. 아직 안정해야 해서요."

"안정이라니?"

고개를 갸웃거리던 태황제의 얼굴이 이내 뺄겋게 달아올랐다.

"세상에!!!"

"아이고, 깜짝이야!"

나는 벌렁거리는 가슴을 꾹 누르며 태황제를 흘겨보았다.

'왜 소리를 지르고 난리야.'

하지만 태황제는 지나치게 흥분해서 내 목소리에 귀를 기울일 상황이 아니었다. 원래도 자기중심적인 사람이기도 했다.

"아기가 생겼구나! 아기가 생겼어!"

"네, 그렇게 되었습니다."

"얼마나? 얼마나 되었니? 아직 초기이니?"

"그, 그게……."

도대체 뭐라고 말을 해야 한단 말인가. 부담스럽게 반짝이는 중년 남자의 시선을 외면하며 나는 이안을 바라보았다.

이안은 어깨를 으쓱하더니 담담한 어조로 대답했다.

"그것 때문에 오르세로 간 것입니다. 친정아버지 곁에서 안정을 취하면 좋을 것 같아서요."

"그럼 적어도 몇 달은 되었겠구나!"

눈도 깜짝하지 않고 거짓말을 하는 이안을 나는 눈을 동그랗게 뜨고 돌아보았다.

하지만 그쪽에 신경을 쓸 수도 없었다. 멋대로 결론을 내린 태황제가 내 손을 정신없이 잡고 흔들었기 때문이다.

"미안하오, 제수씨! 그런 줄도 모르고. 아기가 있는 줄 알았으면 더 신경 썼을 텐데."

"아니, 네, 뭐……."

나는 떨떠름하게 대답했다.

'저것이 빈말인가, 진심인가.'

이안을 북방으로 보내려고 했던 사람이 아기가 있었으면 좀 더 신경 썼을 거라니.

'이게 무슨 말인가.'

내가 무척 혼란스러운 표정을 짓고 있었던 모양이다. 살짝 한숨을 내쉰 이안이 내 귓가에 소곤소곤거렸다.

"신경 쓰지 마십시오. 태황제 폐하께서는 스스로를 속일 수 있으신 분이니까요. 하시는 말씀을 하나하나 귀담아들으면 피곤해집니다."

'이게 노하우인가!'

자기 자신조차 속일 수 있다니, 그 말이 참 무섭게만 들렸다.

'그런 태황제에게 적응한 이안도 대단해.'

도대체 이 두 사람의 관계는 뭐란 말인가. 내가 묘한 표정으로 둘을 응시하고 있을 때였다.

한껏 들뜬 태황제가 뺨을 분홍색으로 물들이며 박수를 쳤다.

"이 기쁜 소식을 얼른 알려야겠구나. 아니다, 아예 국경일로!"

"에엑?!"

이건 또 무슨 소리야!

"폐하! 폐하!!"

내가 큰 소리로 태황제를 불렀지만, 그는 뒤도 돌아보지 않고 달려가 버렸다. 나는 떨떠름한 표정으로 이안을 돌아보았다.

"저, 저대로 내버려 두어도 되나요?"

이안은 시종일관 시큰둥했다. 태황제에게 큰 의미를 부여하는 사람 같기도 했고, 아닌 것 같기도 했다.

"어차피 황제 폐하께서 정하시는걸요. 그리고 제가 아는 황제 폐하는 저런 허무맹랑한 말을 들어주실 분도 아닙니다."

"그것은 그렇지만."

내가 아는 스타티스 황제는 그런 사람이긴 했으나, 불확정 요소도 존재했다. 저 이야기의 대상에 이안이 들어간다는 점이다.

"……국경일이 되는 편이 재미있으니까 수락하실 수도 있지 않을까요?"

"그, 그건."

이안의 얼굴에 보기 드물게 당혹스러움이 떠올랐다. 그도 그 생각은 하지 못했던 모양이다.

한참동안 입술을 우물거리던 이안은 작은 목소리로 대답했다.

"……그건 그때 가서 고민하도록 하죠."

"그래요."

어쨌든 길고 긴 여행길을 지나 돌아온 우리 집이었다!

'떠날 때는 과연 언제 돌아올 수 있을까 싶었는데.'

나는 감격 어린 눈으로 우리 집을 바라보았다. 당연히 따라 들어올 줄 알았던 아버지는 정중하게 거절했다.

"제국에도 생제르망 소유의 저택이 있습니다. 거기 머무는 편이 낫겠군요."

"왜요, 아버지? 여기서 지내요."

"오래 보아야 하는 사이인 만큼 더 선을 지켜야 하는 법입니다.

지나치게 가까우면 정이 나기 마련이지요."

"아."

참 점잖고도 현명한 이유였다. 사위와 딸이 반가운 만큼, 적절한 거리를 유지하겠다는 말이었다.

'아버지도 참.'

고마운 말이었다. 나는 아버지를 정문까지 배웅했다. 그리고 수도에 와서 만나기를 손꼽아 기다리던 사람이 있었다.

"언니!"

"애니!!"

짐을 정리하고 조금 쉬고 있으니 하교하고 돌아오는 애니를 만날 수 있었다.

나는 갈색 머리카락을 늘어뜨린 애니를 꽉 끌어안았다.

"언니 없는 동안 잘 지냈어? 힘들지는 않았고?"

"나는 괜찮았어. 언니는? 멀리 가느라 힘들지 않았어?"

"언니는 괜찮았어. 네가 걱정이지. 우리 동생 얼굴 좀 보자."

나는 애니의 얼굴을 들여다보았다. 젖살이 빠진 것인지 얼굴이 떠나기 전보다 훨씬 작아져 있었다.

"누가 괴롭히진 않았지? 친구들이 놀리진 않구?"

"언니도 참. 내가 애야?"

애니는 키득키득 웃으며 얼굴을 감싼 내 손을 밀어냈다. 나는 턱을 문질렀다.

"키도 많이 큰 것 같고……."

"하하하."

잠깐 못 본 사이에 동생이 어른이 된 것 같았다. 의젓해 보이는 동생을 보고 있으니, 어쩐지 가슴이 아파졌다.

'예전에는 이 변화들을 모두 지켜보지 못했지.'

파넬에 갇혀 사느라고, 나는 애니가 자라는 모습을 조금도 보지 못했다.

'간신히 찾아냈을 때는 상처받을 만큼 상처받은 상태였고.'

내 동생을 보니 또 찡해졌다. 눈물을 글썽이며 나는 애니를 토닥였다.

"언니가 신경 써준다고 하고는 늘 이렇게 애니가 혼자 크고 있네. 미안해서 어쩌지."

"무슨 소리야, 언니."

내 말에 애니는 나보다 훨씬 어른스러운 미소를 지으며 대답했다.

"언니가 멀리서도 항상 내 생각하는 거 알아. 걱정하지 마."

"애니."

아이들은 어떻게 이렇게 빨리 크는 걸까. 씩씩하게 대답하는 애니를 보고 있으니 내가 부끄럽기도 하고 조금 뿌듯하기도 했다.

"그래서? 언니가 없는 동안 재미있는 일은 없었니?"

"재미있는 일이 뭐가 있겠어. 나야 늘 공부하고 있었지."

애니는 내 곁에 앉았다. 그리고는 잠시 망설이듯 꼬물거리다가 천천히 입술을 열었다.

"교수님께서 졸업하고 연구실에 들어오면 어떻겠냐고 말씀하셨는데……."

"세상에! 얘니, 그 말은 네가 아주아주 훌륭한 학생이라는 뜻이잖니!"

"그, 그 정도는 아니야."

아니긴 뭐가 아닌가. 교수들은 아주 까다로워서 아무나 연구실에 부르지 않는다.

"역시 내 동생이야."

내 칭찬에 애니는 수줍지만 뿌듯한 미소를 지었다.

우리는 잠시 앉아서 있었던 일들을 이야기했다. 나는 오르세에서 봤던 것들을 이야기했고, 오르세에서 사 온 선물도 건넸다.

"예쁜 리본이네."

내가 건넨 것은 오르세 산 크리스털이 작게 달린 진한 녹색 리본이었다. 애니가 고개를 숙이는 바람에, 나는 애니가 반묶음으로 머리에 매고 있는 리본을 보게 되었다.

'같은 색이네.'

애니가 이 색을 좋아했던가. 잘 골랐다 싶어서 뿌듯해졌을 때였다. 잠시 그것을 만지작거리던 애니가 조심스럽게 물었다.

"언니는 형부랑 결혼할 때 무슨 생각을 했어?"

"나? 나야……."

너무나 뜬금없는 질문이었지만 대답은 정해져 있었다. 나는 방긋 웃으며 대답했다.

"믿을 수 있는 사람이라는 확신이 들어서 결혼했지."

"신분은? 재력은? 그런 건 하나도 고려하지 않았어?"

당연히 고려했다.

'하지만 그렇게 이야기하면 지나치게 멋이 없을까?'

내가 웃으면서 말을 흐렸을 때였다. 문득 이런 생각이 들었다.

"왜 갑자기 그런 걸 물어보니? 좋아하는 사람이 생겼니?"

"그, 그게 아니라."

내 질문에 애니의 얼굴이 펑하고 달아올랐다. 나는 그 순간 느끼고 말았다.

'있구나!'

내 동생에게도 사랑이 찾아온 것이다!

'다 컸구나.'

나는 손자를 쳐다보는 할머니 같은 표정으로 내 동생을 바라보았다.

'기특해. 기특해.'

상대가 누군지 듣지도 않았는데 기특하다는 생각이 제일 먼저 들었다. 아마 지난 생에서 불행했던 애니의 과거가 떠올라서 더 그랬을 것이다.

"그래서 갑자기 언니가 왜 결혼을 했나 궁금해진 거구나."

"응. 세상 사람들은 다 어떻게 결혼까지 하는 걸까. 신기하다는 생각이 들었어."

"오구. 오구."

"오구?"

헉! 너무나 기특한 나머지 입으로 소리가 나와버렸다. 나는 큼큼 헛기침하며 우아한 공작부인의 가면을 다시 뒤집어썼다.

'이런 마음으로 태황제 폐하께서도 주접을 떠시는 걸까.'

그 사람을 이해하고 싶지 않았는데 저절로 이해가 갔다.

'뭔가 죽을 때까지 아기일 줄 알았던 아이가 다 자랐단 느낌.'

애니가 결혼한 모습까지 상상하니, 입꼬리는 더더욱 흐물흐물 늘어졌다. 우아한 공작부인이 되겠다는 포부를 잊고, 나는 다시 또 헤벌쭉한 미소를 지었다.

"언니?"

"헙!"

표정 관리. 표정 관리. 나는 다시 헛기침했다.

"그런데 혹시 누구니? 나도 아는 사람이니?"

설마 에릭인가 싶어서 슬쩍 떠보았더니 애니는 고개를 절레절레 흔들었다.

"아직 언니한테 말할 정도가 아니야. 사귀는 것도 아니고."

아무래도 에릭이 아닌 것 같았다. 내가 아는 에릭은 퍽 절절해서 애니에게 이럴까 말까 망설일 리가 없었다.

'그냥 학교에서 만난 건가?'

"그럼 왜 갑자기 이야기가 결혼까지 튀었니?"

보아하니 그냥 사귈까 말까 밀고 당기는 상황인 거 같았다. 그런데 결혼이라니!

'설마 결혼같이 중요한 일을 함부로 입에 올리는 가벼운 놈인가?!'

충분히 생각하고 또 생각해도 망하는 게 결혼이었다. 그런데 가볍고 충동적으로 결혼 이야기를 꺼내는 녀석이라니.

'그렇다면 전심전력으로 반대해주겠어.'

그리 생각하며 나는 관심이 없는 척 슬금슬금 물었다.

"왜? 남자가 너보고 결혼하재?"

"아니, 그런 말 안 해."

"뭐?"

막상 그 대답을 듣고 나니 이번에는 또 화가 치밀었다.

'우리 애니처럼 예쁜 아이를 두고 결혼 이야기를 안 한다고?! 설마 결혼은 다른 사람이랑 할 건데 우리 애니랑은 가볍게 만나겠다는 거야?'

그런 몹쓸 놈이면 가만두지 않을 것이다. 다짐 또 다짐하며 나는 애니에게 물었다.

"어떤 사람인데? 뭐 하는 애니?"

애니는 입꼬리가 어색하게 굳은 나를 보며 고개를 갸웃하더니 한숨을 내쉬었다.

"음, 그런 문제가 아니라, 언니."

"그럼 뭐가 문제니!"

"음……."

애니는 쉽사리 말을 꺼내지 못하고 망설였다. 나는 무척 초조해하며 애니의 입술이 열리기를 기다렸다. 애니의 입에서 흘러나온 것은 내가 생각한 것보다도 훨씬 현실적인 문제였다.

"교수님이 연구실을 권해주셨다고 했잖아. 그러면 학교 기숙사에서 지내면서 공부해야 하거든. 그런데 그럼 그 사람하고 떨어져 있어야 하니까……."

"!!"

그 말을 들은 나는 눈을 동그랗게 떴다.

'내가 지나치게 너를 어린애로 생각하고 있었구나.'

끽해야 나는 그냥 그 사람이 괜찮은지 모르겠다, 이 정도의 고민인 줄 알았다. 그런데 설마 이렇게 장기적인 미래를 그리고 있을 줄이야.

"애니, 그 질문에 대답하려면 언니도 상대방이 무슨 일을 하는지 알아야 할 것 같은데."

나는 조금 더 진지하게 애니에게 물었다.

"학생이니?"

"음, 굳이 말하자면 그렇지?"

그러면 그런 거고, 아니면 아닌 거지, 굳이 말하면 그렇다는 건 또 무슨 뜻인가.

하지만 다른 사람이라면 몰라도, 애니에게는 얼마든지 인내심을 발휘할 수 있었다. 나는 웃음을 지우지 않고 다정히 물었다.

"너랑 나이 차이도 크니?"

"비슷해."

"아직 결혼 같은 구체적인 미래를 그리기 어렵다는 뜻이구나."

"응."

학생에 어리다면 아직 결혼 같은 말이 나오지 않는 게 당연했다. 나는 고개를 갸웃했다.

"애니, 너는 연구실에 들어가고 싶은 거 아니니?"

"맞아. 내 꿈을 이룰 기회인걸. 나는 불치병 치료제를 만들고 싶어. 그걸로 많은 사람에게 희망을 주고 싶어."

다정한 성격이 고스란히 드러나는 말이었다. 나는 턱을 괴고 상황을 간단하게 정리했다.

"그럼 네가 걱정되는 건 그 사람이 널 기다려줄 수 있을까, 겠구나?"

"응."

고개를 끄덕이는 말간 얼굴이 왜 이렇게 예뻐 보이는지. 나는 손을 뻗어서 애니의 머리카락을 쓸어넘겼다.

"애니, 언니가 살아보니까 운명이라는 게 있더라. 이어질 사람은 어떻게 해도 이어지고, 아닌 사람은 어떻게든 헤어지게 되어 있어."

나와 제임스가 끝없이 얽히고 얽혔듯이, 또 뜻밖에 이안을 만났듯이.

"그러니까 너는 걱정하지 말고 네가 하고 싶은 일을 해. 누군가를 위해 너를 희생해서는 행복해질 수 없어."

"……응."

내 말을 곰곰이 곱씹듯이 들은 애니가 활짝 웃으며 고개를 끄덕였다.

"언니에게 묻기를 잘했어."

예쁘기도 하지.

나는 반짝거리는 동생의 얼굴을 물끄러미 바라보았다.

묻고 싶은 게 많았다.

'뭐 하는 앤지, 사는 집은 어디인지, 미래에 비전이 있는지.'

하지만 살아보니, 또 그런 것들이 행복에 다가가는 가능성을 높여줄 수는 있어도, 행복을 확정해주는 것은 아니더라.

"애니, 언니는 네가 어떤 사람을 데려와도 좋다고 할 거야. 언니는 그냥 네가 행복하기만 하면 돼."

"응, 꼭 기억할게."

내 야무진 동생은, 부족한 내 말에도 고개를 끄덕였다. 나는 애니의 손을 꽉 붙들었다.

애니는 충분히 행복을 찾을 수 있는 아이였다.

❖ ❖ ❖

애니를 보내고 잠시 의자에 기대서 앉아 있으니, 노크 소리가 울렸다. 누구인가 해서 돌아보니, 문밖으로 고개를 빼꼼 내민 사람은 이안이었다.

"처제랑 이야기를 다 나누었습니까?"

"네."

나는 고개를 끄덕였다. 애니가 앉았던 의자에 이번에는 이안이 앉았다. 나는 한숨을 내쉬었다.

"이안, 아이들은 왜 이렇게 빨리 크는 걸까요?"

"무슨 일입니까?"

"애니한테 좋아하는 사람이 생겼나 봐요."

말로 하고도 좀 이상했다.

'항상 아기일 줄 알았더니.'

벌써 커서 어른이 되면 어떻게 할까 고민도 하다니.

이안이 손을 뻗어서 내 뺨을 쓸어내렸다. 부드럽게 휘어진 눈이 녹아내릴 듯 달달했다.

"섭섭합니까?"

"그럴 리가요."

나는 피식 웃으며 그 손을 마주 잡았다. 커다란 손이 내 손을 다신 풀리지 않을 것처럼 꽉 쥐었다.

"애니도 저처럼 좋은 사람을 만나야 할 텐데요."

"그거 영광이군요."

겸양 부리지 않는 것이 이안다웠다. 나는 키득키득 웃었다. 그때였다. 이안이 갑자기 정색하고 이렇게 말하는 것 아닌가.

"하지만 우리 딸은 절대로 결혼 안 시킬 겁니다."

"네?"

너무 어이가 없는 소리가 일순간 말문이 막혔다. 눈을 깜빡이고 있던 나는 이내 버럭 소리를 질렀다.

"그게 무슨 소리예요!"

나중에 딸한테 언어맞을 소리를! 내가 기가 막혀서 바라보고 있으니 이안은 뻔뻔스럽게 대꾸했다.

"당연한 거 아닙니까. 결혼은 타인과 맺어지는 것인데, 잘 맞을 확률이 안 맞을 확률보다 더 크지 않겠어요?"

"그, 그건 그렇죠."

다른 가정에서 자란 두 사람이 한 사람처럼 잘 맞기는 거의 불가능하리라.

"하지만 결혼이란 게 안 맞는다고 반품처럼 쉽게 할 수 있는 것도 아니고요."

"그, 그것도 사실이죠."

나는 험난했던 나와 제임스의 이혼 과정을 떠올리며 고개를 끄덕였다. 이안은 어깨를 으쓱하며 결론을 내렸다.

"그럼 뭐하러 도박을 합니까. 그냥 돈 많고 지위 높은 부모님하고 속 편하게 혼자 사는 게 낫지요."

무지막지한 결론에 나는 입을 떡 벌리고 말았다.

'역시 왕년의 비혼주의자!'

논리정연하여 한 치의 틈도 느껴지지 않았다.

하지만 이런 강경한 의견을 듣고 있으니 저절로 이런 의문이 들었다.

"그럼 아들은요……?"

"아들 말입니까?"

이안은 고개를 갸웃하더니 산뜻한 어조로 대답했다.

"얼른 어디 데릴사위로 보낼 건데요?"

"왜요!"

딸은 결혼도 안 시키고 다 해주고 데리고 살 거라면서 왜 아들한테는 이리 박한데?!

그랬더니 돌아온 대답이 가관이었다.

"날 닮은 아들이면 얼굴 물려준 것만으로도 감사해야 하는 거 아닙니까? 빨리 내쫓고 다 우리 딸한테 줄 겁니다."

"……."

'이 무슨 근거 없는 자신감이란 말인가.'

얼굴 물려준 것만으로도 감사해야 한다니. 이해하기 매우 어려운 소리에 입술을 파르르 떨던 나는 이내 웃으며 눈을 맞춰오는 이안을 보며 납득했다.

'근거가 없진 않아. 아마 거울 보면서 평소에도 저런 생각을 하지 않았을까.'

그래도 답답한 건 똑같았다! 자기가 잘생긴 줄 아는 남자라니!

'우리 아들이 이런 면까지 닮지 말아야 할 텐데.'

하지만 어렵겠지. 얼굴이 닮으면 세수하다가도 자신이 잘생겼다는 것을 깨달으리라. 나는 문득 급격히 피로해졌다.

더 이야기하기도 싫어서 손을 풀고 의자에 등을 깊이 묻으니, 이안이 살살 팔을 주물러주며 물었다.

"오늘 피곤하진 않아요?"

"한 사나흘은 꼼짝 않고 쉬고 싶어요."

임신 중기가 되면서 초기 때처럼 잠이 쏟아지거나 입덧이 올라오지는 않았다.

'하지만 평소보다 피곤한 건 사실이지.'

그런데 이 얄미운 남자가, 내가 대답하기 무섭게 냉큼 고개를 끄덕이는 것 아닌가.

"알겠습니다. 그럼 그렇게 답장하도록 하죠."

"네? 뭘요?"

나는 눈을 반짝 떴다. 그리고는 이안이 사각사각 무언가를 적고 있는 종이를 빼앗아 들었다.

붉은 봉투에 들어 있는 빳빳한 종이.

바로 황궁에서 온 서신이었다!

"세상에! 이 사람이!"

"뭐가 문제입니까?"

깜짝 놀라는 나와 달리 이안은 담담하기 짝이 없었다. 나는 편지를 이안의 반대쪽으로 들며 대답했다.

"이게 문제죠! 로메오에게 편지가 왔으면 왔다고 알려주어야 할 거 아니에요!"

"별 내용이 아니라서."

별 내용이 아니라도 당연히 알려줘야 하는 것 아닌가. 나는 입술을 삐죽거리며 편지를 펼쳐보았다.

편지의 첫 구절은 이렇게 시작하였다.

– 친애하는 친구 올리에게.

"……."

왜 이 사람이 이 편지를 내게 안 보여주려고 했는지 알 것 같았다. 나는 차가운 눈으로 이안을 지긋이 바라보았다. 이안은 어깨를 으쓱했다.

"무슨 생각인지 알겠는데, 절대 당신이 추측하는 그 이유로 당신에게 보여주지 않으려고 한 거 아닙니다."

"확실해요?"

"그럼요. 저는 그런 치졸한 질투를 하는 사람이 아닙니다."

"……."

여전히 의심스러웠으나, 하도 당당하게 주장하기에 나는 결국 고개를 끄덕이며 편지를 내려다보았다. 그때 작은 목소리가 불만을 중얼거렸다.

"물론, 왜 계속 내 아내를 올리라고 부르는가 사소한 불만은 있지만……."

"이안!"

역시 올리라고 적혀 있어서 안 보여주려고 했구나!

'이 몹쓸 집착남 같으니!'

나는 그 뒤로 한바탕 이안에게 편지를 숨기는 것이 얼마나 큰 잘못인지 연설을 늘어놓았다. 그리고 다시 마음 편하게 앉아서 편지를 열었다. 편지는 간결했다.

– 네가 수도로 돌아왔다는 소식은 들었어, 올리.

언제쯤 만날 수 있을까? 입궁하기 좋을 때를 정해서 알려줘.

'소식을 들었다니?'

편지에서 유난히 거슬리는 구절이 바로 그 구절이었다.

'로메오가 내 소식을 들을 것이 뭐가 있어?'

심지어 수도에 도착한 지도 얼마 지나지 않았는데.

바로 그때 내 머릿속에 번뜩 떠오르는 인물이 있었다.

'태황제 폐하……!'

임신 소식을 널리 알려야겠다며 신나게 달려나가지 않았던가.

'무엇이라고 이야기하셨을지 상상하기 두렵다.'

나는 손가락으로 이마를 짚고 끙 소리를 내었다. 그러자 이안이 눈을 동그랗게 뜨고 물었다.

"제가 편지 안 보여줘서 화났어요?"

또 막상 강아지 같은 눈망울을 보니 마음 한구석이 스르륵 녹아내렸다. 나는 입술을 삐죽이며 툴툴거렸다.

"화낼 일은 아니죠. 하지만 마음대로 답장을 보내려고 한 건 문제예요. 황후마마께서 부르시는데 사나흘 뒤가 뭐예요?"

"저는 당신의 몸 상태가 가장 중요합니다."

'그러니까 세상 어느 귀족이 황족에게 그리 뻔뻔하게 대답하냐구.'

하지만 따지고 들어봤자 또 논리정연한 말이 돌아올 게 뻔해서, 나는 한숨을 내쉬었다. 그러자 슬그머니 눈치를 살피고 있던 이안이 나의 어깨를 끌어안았다.

"그리고 말했잖습니까. 애칭 부르는 거, 질투 난다고요."

"로메오는 이제 황후마마세요."

"그래도요."

그가 내 귓가에 나직하게 속삭였다.

"제가 애정결핍이라."

나는 눈살을 찌푸리며 그를 돌아보았다. 살짝 눈꼬리를 내린 그가 귀엽게 입술을 삐죽였다.

"당신이 나만 바라보고 있으면 좋겠어요."

"지금도 당신만 바라보고 있어요."

나는 이안의 머리카락을 쓸어내렸다. 그러자, 이안이 슬쩍 내게 물었다.

"진짜입니까? 아이가 태어나도 제가 1순위예요?"

이건 또 무슨 미묘한 질문이람. 나는 눈살을 찌푸렸다.

"무슨 말이 하고 싶은 거예요?"

"당신이 자꾸 아들이 태어날 거라고 예고하는 것 같아서요."

뜨끔! 그 대답에는 나도 움찔할 수밖에 없었다.

'왜 이렇게 예리해.'

내가 한마디씩 아들은요? 아들이 태어나면요? 라고 묻는 것에서 불길한 기류를 눈치챈 모양이다.

'안 되겠어. 조금 더 은밀하게 말을 던져야⋯⋯.'

상대는 고양이 뺨치게 예민한 사람이었다. 좀 더 은밀하게 아들을 낳을 것 같다고 밑밥을 깔아야겠다.

어쨌든.

"로메오에게는 내일 입궁한다고 편지 보낼게요."

"말 돌리기는."

이안은 슬쩍 눈웃음을 치면서 내게 물었다.

"그럼 오늘은 제가 당신을 독점해도 됩니까?"

이렇게 슬슬 떠보는 것이 나쁘지 않았다. 나는 피식 웃으며 대답했다.

"이미 독점하고 있잖아요."

❖ ❖ ❖

오랜만에 방문한 황궁은 어쩐지 조금 들떠 있었다. 지나다니는 사람들은 모두 바빠 보였다.

'역시 새 황제라서 다들 분주하구나.'

힘차게 시작하는 분위기라 내 마음까지 들뜨는 기분이었다.

'묘하게 다들 나를 흘금대는 것 같은데.'

시선이 느껴졌지만 나는 고개를 흔들었다.

'오랜만에 제국에 와서 그런가 봐.'

이안과 나는 이제 황족이기에 마차를 타고 황궁을 갈 수 있었다. 그래서 굳이 어디 들르지 않고 바로 황후궁에 도착했다. 도착해서 마차에서 내리자마자 나를 반기는 로메오를 만날 수 있었다.

"올리, 소식은 들었어!"

"네?"

"임신했다면서!"

"헉."

첫인사부터 이 모양이었다.

'얘가 훅치고 들어오네.'

나는 얼떨결에 어깨를 움츠렸다. 워낙 로메오의 목소리가 커서 주변에 쩌렁쩌렁 울린 탓이다.

그런 내 어깨를 이안이 부드럽게 감싸며 대답했다.

"아직 몸을 조심해야 한답니다."

뭔가 긴장감을 딱 끊어내는 것 같았다. 나를 둘러싼 공기가 그가 풍기는 여유로운 공기로 뒤바뀌는 느낌이었다.

'이안과 함께 와서 다행이다.'

나는 안도의 한숨을 내쉬었다. 로메오는 어려움이 역력한 얼굴로 이안에게 인사했다.

"축하하오, 타이론 대공."

"별말씀을요."

웃고 있었지만 로메오의 친구인 내 눈에는 다 보였다.

'이안은 두고 왔으면 좋았겠다는 느낌을 풀풀 풍기는구나.'

나로서는 둘 다 사이좋게 지냈으면 좋겠는데.

하지만 어려움은 어쩔 수 없기에 나는 그냥 어깨만 으쓱했다.

우리는 황후궁에 미리 마련된 자리로 안내를 받았다. 로메오는 나보다도 더 흥분해서 앉자마자 내 아이에 대한 이야기를 꺼냈다.

"아들일까, 딸일까? 아직 모르지?"

나는 아직 임신에 대해서 진지하게 논할 마음을 먹지 못했기에, 그리고 황후가 된 로메오에 대한 긴장으로 입술을 떨고 말았다.

"그, 그건 아직 모르……옵니다?"

이 어색한 존댓말에 로메오는 손사래를 치며 웃었다.

"그냥 편하게 말해. 우리밖에 없는걸."

"그래도……."

지난 생에서는 트집 잡는 이들이 많아서 로메오가 이렇게 말을 해도 말을 한 번도 놓지 않았다.

'하지만 이번 생은 또 상황이 다르잖아.'

나는 그때처럼 자리를 잡지 못한 허울뿐인 공작부인도 아니었고, 로메오와도 엄연히 한집 식구가 되지 않았나.

'어렵다.'

내가 고민에 빠졌을 때였다. 이안이 냉큼 대답했다.

"딸입니다."

"응?"

너무나 자연스러워서 순간 나조차 혼란스러웠다. 멍해진 나를 제치고 로메오가 얼굴을 발갛게 붉히며 웃었다.

"와, 그렇군. 축하선물로 공주님에게 어울리는 아기침대를 주문해야겠어."

"감사합니다."

"……."

이렇게 순식간에 우리 애는 딸이 되었다. 나는 잠시 싸늘한 눈으로 서로서로 덕담을 주고받는 두 사람을 바라보다가 이안의 옷자락을 잡아당겼다.

"이안."

"네, 올리비아."

이안은 뭐가 문제인지 모르겠다는 듯이 고개를 갸웃거리며 나를 돌아보았다. 나는 그의 귓가에 속삭였다.

"이 이상 딸 타령을 하면 이제 당신이 싫어질 것 같아요."

"……잘못했습니다."

이안은 바로 고개를 숙였다.

'하여간 어린애 같다니까.'

어쨌든 그렇게 이안의 입을 다물린 뒤, 나는 다시 예의를 차려서 로메오에게 인사했다.

"환대에 감사합니다, 황후마마. 저야말로 국혼에 참석하지 못해 송구스럽습니다."

"ㅇㅇㅇ."

"?"

내 인사를 들은 로메오는 오징어처럼 몸을 배배 꼬았다. 그리고는 어색하게 웃으며 손을 내저었다.

"존댓말은 그만두래도. 다른 사람들이 하는 것도 낯간지러워 죽겠는데, 네가 하니까 진짜 민망하다."

그렇게 말하는 로메오는 우스울 정도로 지난 생과 똑같았다.

'로메오는 정말 변하지 않는구나.'

저런 친구에게 지난 생에 나는 어떻게 말했던가.

"그런 명령을 내리는 것은 저의 공작부인으로서의 입지조차 위협하는 불합리한 행동입니다. 자제해주세요."

그때 나는 공작부인으로 자리 잡는 것에만 정신이 팔려서 친구의 마음을 헤아리지 못했다. 내 말에 씁쓸하게 웃던 로메오의 얼굴이 선했다.

'이번에는 그렇게 하지 말아야지.'

지금 생각하면 세상 어리석은 짓이었다. 누군지도 잘 모르는 사람들의 구설을 의식해서, 친한 친구의 마음을 상처 입히다니.

그래서 나는 가볍게 고개를 끄덕였다.

"……그래, 그럼."

내 대답에 로메오는 활짝 웃었다. 해바라기처럼 밝은 미소였다. 그래서 나는 역시 괜찮은 선택이라고 생각했다.

'물론 다른 사람들이 많은 곳에서는 절대 그러면 안 되겠지만.'

우정도 우정이지만 황후로서 로메오의 입지도 중요하지 않은가. 어쨌든 그렇게 실랑이가 끝나고, 우리 이야기는 다시 국혼으로 돌아왔다.

"결혼식은 별거 없었어. 대관식이 더 중요한 행사였는걸."

"그랬어?"

로메오는 황후라는 지위에 전혀 어울리지 않는 소탈한 태도로 말했다. 나는 고개를 갸웃했다.

'지난 생에는 엄청 화려하게 치러졌었는데.'

다이아몬드 홀에서 수천 송이의 꽃이 깔린 화려한 결혼식이었다.

'그리고 보니 후궁들 이야기가 없네.'

심지어 스타티스 황태자의 손을 잡은 남자는 로메오 한 사람이 아니었다.

'황후 후보였던 다른 이들까지 모두 후궁으로 책봉되었으니까.'

하지만 이번 생에는 후궁에 대한 이야기가 전혀 나오지 않고 있었다. 나는 눈을 빛냈다.

'이것도 좋은 변화일까?'

애니가 행복하길 바라는 마음만큼이나, 나는 로메오도 행복했으면 바랐다.

그래서 나는 조심스럽게 물었다.

"결혼 생활은 어때?"

"풉!"

그런데 이게 웬일인가. 우아하게 차를 들이켜던 로메오는 차를 뿜어냈다.

"그, 그게……."

어색하게 웃는 모습이 영 불안해 보였다. 나는 심각한 표정으로 로메오를 응시했다.

"왜 그래? 무슨 문제 있어?"

"그런 건 아니고."

로메오는 검지로 머리카락을 긁적이며 대답했다.

"……살이 좀 빠졌나."

듣고 보니 토마토처럼 빨갛게 달아오른 얼굴이 좀 야윈 듯 보이기도 했다. 나는 고개를 끄덕였다.

"황후로 사는 게 쉽지는 않겠지. 혹시 도움이 필요하면 언제든지 말해. 내가 꼭 도와줄게."

"고, 고마워."

로메오는 몹시 어색한 표정으로 웃었다. 이상한 건 이안이 우리의 대화를 듣고 빵 터진 것이다.

"하하하."

'왜 웃는 거지?'

도대체 우리 대화에 어디가 웃긴 걸까. 나는 가늘게 눈을 뜨고 이안을 바라보았다. 이안은 대답해줄 마음이 없는 듯했다.

그 뒤로 몇몇 사담이 오갔다. 이야기를 나누다가 피곤해져서 이야기를 잠시 쉬었을 때였다.

로메오가 심각한 표정으로 운을 떼었다.

"올리, 네가 오면 말하고 싶은 게 있었어."

"뭔데?"

나는 눈을 깜빡였다. 차를 들이켜 목을 축인 로메오가 눈을 질끈 감고 말했다.

"제임스 파넬 공작 관련 일이야."

"제임스?"

로메오가 제임스에 대해 할 이야기가 뭐가 있단 말인가.

로메오는 천천히 말을 이었다.

"내가 북부에 잠깐 지냈거든. 무척 멋있는 사람이더라고."

무슨 소리인가 했더니. 나는 냉담하게 대꾸했다.

"그 사람은 원래 남자들한테 인기가 많더라."

"그, 그래?"

제임스 파넬을 예찬하는 근육질의 사내들은 지난 생에도 질릴 듯이 많았다. 셋째 진상은 그때마다 '역시 내 아들!' 타령을 했고, 나는 매력이 무엇인가 진지하게 묻고 싶었었다.

'다시 생각해도 꼴 보기 싫다.'

나한텐 남의 편인데, 우리 형님이 최고라고 하는 생면부지의 사내들. 나는 한숨을 내쉬고 로메오를 마주 보았다.

"그런데 왜? 네가 새삼 파넬 공작의 칭찬을 하려고 말을 꺼내는 건 아닐 테고."

"모른 척하기에는 양심이 걸리더라고."

"그러니까 뭐가?"

우물쭈물거리던 로메오가 조심스럽게 말했다.

"그 사람 많이 아파 보였어. 몰래 피도 토하던데? 너는 그 사실을 알고 있는 거야?"

"······뭐라고?"

로메오의 말에 나는 미간을 찌푸렸다. 요절한 나보다 훨씬 오래 산 사람이 제임스였다.

'당연히 아픈 곳도 없었다고.'

그런데 피를 토하다니. 나는 단호한 어조로 대답했다.

"그럴 리가 없어."

내 대답에 로메오는 찻잔을 꽉 붙들었다.

"네가 모를 거라고 생각했어. 안다면 너는 분명 그에 관해서도 제대로 대화했을 테니까."

그리고 간절한 어조로 말을 이었다.

"네가 인제 와서 무언가를 돌이킬 거라고 생각하지 않아. 하지만 적어도, 모든 이야기는 들어주어야 한다고 생각해."

"······."

로메오의 말에도 나는 선뜻 대답을 하지 못했다.

'제임스가 아프다니?'

상상도 해본 적 없는 일이었다.

❖ ❖ ❖

제임스는 가쁜 숨을 내쉬었다.

'몸이 왜 이러지.'

그는 타고나길 강하게 태어났다. 감기 같은 잔병치레는 한 적이 없었고, 남들보다 통각도 둔한 편이었다. 아픔은 배로 잘 참았다.

'이런 느낌은 처음이야. 다른 사람들은 다 이런 느낌을 느끼면 서 산단 말인가.'

메스껍고 숨이 가쁘다는 감각 자체가 처음이었기에, 제임스는 무척 혼란스러웠다. 자신이 어느 정도 상태인지 파악하기가 어려 웠다. 투머로우는 그런 제임스를 비웃었다.

-내가 말했지 않나. 시간을 돌렸다고 해서 네 영혼의 시간까 지 돌아간 건 아니야. 너는 지금 죽기 직전의 늙은 노인이라고.

'노인이라.'

제임스는 쓴웃음을 지었다.

'이렇게 튼튼해서, 올리비아가 죽은 뒤에도 한참이나 살아남 았을 테지.'

스물다섯에 올리비아와 결혼하여, 그녀와 죽음으로 헤어질 때 까지 마흔다섯 살. 20년의 세월을 거슬러왔음에도 그에게는 5년 이라는 세월이 남았다.

올리비아를 떠나보낸 뒤 30년 정도 혼자 살았을 거란 뜻이다.

'징그럽군.'

애초에 이렇게까지 강골이 아니었다면 전장에서 그리 오래 버 텨야 하지 않았으리라.

-억울하지. 왜 이런 곳에 처박혀 있어야 하나 싶지 않아?

투머로우가 쓴웃음을 짓고 있는 제임스에게 속삭였다. 제임스는 물끄러미 빛나는 검을 바라보았다.

'악마.'

이 검은 물건이 아니라 악마임이 틀림없었다. 그러지 않고서야 이렇게 마음이 약해지는 말만 속삭일 리가 없었다.

"닥쳐."

제임스는 무뚝뚝한 목소리로 투머로우의 속삭임을 잘라냈다. 투머로우는 멈추지 않았다.

-네가 시간을 돌려서 그 여자만 행복하게 살고 있잖아. 네게 남은 게 뭔데? 억울하지도 않나?

"닥치라고!"

결국 제임스는 검을 바위에 내려쳤다. 물리적 폭력에 약한 검은 입을 찍 다물었다. 제임스는 실소했다.

'이것도 올리비아 덕분에 알게 되었지.'

바위도 자를 수 있는 날카로운 검이 설마 몇 번 패대기쳐진다고 입을 다물게 될 줄이야.

'그런 여자인 줄 몰랐어.'

그가 기억하는 올리비아는 차가운 얼음으로 만든 조각 같은 여자였다. 감정표현이 적고, 늘 냉철하고, 이성적인 여자.

그렇게 웃고 떠들고 화내는 올리비아는 처음이었다.

'내가 그렇게 만들었던 거겠지. 어깨에 무거운 짐을 지우고, 가문의 일도 모두 그녀에게 맡기고.'

무거운 책임을 진 자는 말수가 적어질 수밖에 없다. 그 사실은 제임스가 제일 잘 알았다. 그도 북방에 오기 전엔, 이렇게까지 말수가 적은 사람은 아니었다.

'올리비아.'

제임스는 가만히 마지막에 만났던 그녀의 얼굴을 그렸다.

"당신이 행복해졌으면 좋겠어요."

흰 얼굴에, 붉게 물든 눈꼬리 끝으로 눈물이 방울방울 흘렀다. 다시 떠올리기만 해도 가슴이 뻐근해지는 모습이었다.

'당신이 날 미워하지 않는다면 그걸로 되었어.'

-그게 말이 돼? 너도 너 자신에게 솔직해지지 그래!

투머로우가 제임스에게 시끄럽게 항의를 했다. 제임스는 말없이 검을 다시 바위에 내려쳤다. 그렇게 한바탕 투머로우와 실랑이를 하고 내려오니 부관이 쫓아왔다.

"가, 각하!! 수도에서……!!"

"무슨 말이지?"

수도에서 올 것이 무엇이 있단 말인가.

제임스는 고개를 갸웃거리며 부관을 따라나섰다. 그리고 성안에 서서 깜짝 놀랐다.

"이건……."

그의 앞에는 수많은 군인들과 짐 마차가 서 있었다. 가장 앞에 선 청년이 무릎을 꿇으며 손을 내밀었다.

"파넬 공작 각하께 황후마마의 친서를 전합니다."

황후마마라면 로메오였다. 제임스는 말없이 친서를 펼쳤다.

– 북부의 충격적인 상황에 깊이 반성하여 북부에 파견할 병력과 식량, 물자를 새로이 편성했습니다.

'지난번에 단단히 결심하는 것 같더니.'

솔직히 북부에서 근무하는 십수 년 동안 중앙정부에서 이렇게 관심을 가지고 지원한 것은 처음이기에 묘한 기분이 들었다.

'감사하다고 답해야겠군.'

그런 생각을 하며 편지의 마지막을 읽었을 때였다.

마지막 문장이 제임스의 시선을 사로잡았다.

– 타이론 대공비와 대화를 나눌 자리를 마련할 테니 수도로 올라와 주십시오.

로메오는 그답지 않게 단호한 어조로 말했다.

"이미 초청하는 서신은 보냈어. 아무리 늦어도 보름이면 수도에 도착할 거야."

"뭐라고?"

나는 깜짝 놀라서 로메오를 바라보았다.

'너, 너! 어디에 이런 미친듯한 추진력을 숨기고 있었어?'

내가 아는 로메오에게서 기대하기 힘든 미친 추진력이었다.

놀라서 내가 입술을 벙긋거리고 있으니, 이안은 눈썹을 치켜올렸다.

"이미 북부에 초청장이 갔을 거라는 말입니까?"

이안의 질문이 좀 묘했다. 북부에 도착 여부를 왜 물어봐?

'도착 안 했으면 중간에서 낚아채려고?'

설마 그렇게까지 할까. 나는 슬그머니 올라오는 의혹을 꾹 눌렀다. 로메오는 내 손을 붙들고 눈을 글썽거렸다.

"내가 내 마음 편하자고 널 난처한 상황에 처하게 한 것 같아서 마음이 좋지 않아. 하지만 도저히 모른 척할 수가 없었어."

"로메오……."

로메오의 마음을 나는 충분히 공감했다. 나와 제임스가 어떻게 얽혔는지를 모른다고 해도, 죽음을 앞둔 남자가 혼인무효로 사라진 전 아내를 되찾으려는 그림은 충분히 감정을 자극할 만하니까.

'로메오는 또 마음이 여리잖아.'

하지만 이안에게는 조금도 공감이 되지 못했던 모양이다. 그는 생글생글 웃는 낯으로 이렇게 말했다.

"알고 계시니 다행입니다. 저는 또 모르고 그렇게 말씀하시는 줄 알고."

"……윽."

"이안!!"

내가 큰소리로 이안의 이름을 부르자 이안은 혀를 쏙 내밀었다. 나는 입술을 꾹 깨물었다.

'어떻게 저런 말을 웃으면서 할 수 있담!'

로메오의 얼굴은 이미 하얗게 질려 있었다. 왜 로메오가 이안을 어려워하는지도 알 것 같았다.

'로메오는 표정에 다 드러나는 타입이니까.'

저렇게 웃으면서 촌철살인 같은 건, 로메오에게 불가능했다.

"로메오."

그의 상황을 이해한 내가 막 로메오의 이름만 불렀을 때였다. 이안이 얼굴을 흐렸다.

"꼭 그 사람을 만나야 합니까?"

'아니, 만난다고 아직 말도 안 했는데!'

내가 긍정의 대답을 하기 전에 선수 치듯 말하는 이안을 보며, 나는 어색한 미소를 지었다.

저절로 한숨이 나왔다.

'제임스가 아프다면 분명 나 때문이겠지.'

나는 제임스가 그 흔한 기침 한 번 하는 것을 본 적이 없었다. 그는 정말 건강한 사람이었다.

'꼭 이런 인간들이 100살 넘게 살지, 라고 꼬인 생각도 했었어.'

하는 짓에 예쁜 구석이 하나도 보이지 않는데, 건강하기까지 하니 얼마나 밉게 보였겠는가.

'시간을 돌리는 마법의 부작용일지도 몰라.'

생각해보면 나도 꽤 많이 아프지 않았던가. 스무 살의 나는 그렇게 잦은 병치레를 하지 않았는데, 이번 생에는 이상할 정도로 열이 나서 앓아누웠었다.

'하지만.'

나는 웃으면서 입을 열었다.

"난 만나지 않아, 로메오."

"뭐?"

"네?"

로메오와 이안은 동시에 눈을 동그랗게 뜨고 날 멍하니 바라보았다. 나는 키득키득 웃고 말았다.

"아니, 로메오는 그렇다 치고 당신은 또 왜 그런 표정을 짓는 건데요?"

"당연히 만난다고 할 줄 알았습니다."

"제가 그렇게 보였어요? 저는 남편 말을 잘 듣는데."

"……."

정말 당황스러웠던 모양이다. 보통 이러면 귀엽게 받아치는 이안이 아무 대답도 하지 못하고 굳어졌다.

"그 사람과 나는 이야기를 끝냈어. 친구처럼은 못 지내겠지만, 서로 앞날을 응원해주기로 했지. 어떤 상황이든 바뀔 것이 없어."

나는 로메오와 눈을 맞췄다.

"그러니 만나지 않아."

나는 단호하게 선을 그었다.

❖ ❖ ❖

제임스는 답을 기다리는 전령에게 무뚝뚝한 어조로 말했다.

"올라가지 않겠다고 전해라."

"네?"

설마 그런 대답을 들을 줄 몰랐던 전령이 얼떨떨한 표정으로 굳어졌다.

"황후마마의 초대입니다. 아마도 공을 치하하실 텐데……."

"내가 북부에 온 지 얼마 지나지 않았다. 그런데 어떻게 또 자리를 비운단 말인가."

제임스는 무뚝뚝하게 그렇게 대답하고 돌아섰다. 제임스의 대답에 감격한 부관이 눈물을 글썽였다.

"역시 공작님이셔."

제임스는 다시 자신이 조용히 앉아 있었던 성 안쪽으로 들어갔다. 허리춤에 매여 있던 투머로우가 시끄럽게 웅웅거렸다.

ㅡ왜? 좋은 기회잖아. 네 수명 이야기를 하면 그 철벽같은 여자도 다시 흔들릴걸.

제임스는 차가운 눈으로 투머로우를 내려다보았다. 검은 제임스가 자신의 말에 솔깃했다고 생각했는지 또다시 웅웅거렸다.

–그래, 차라리 결혼식 전으로 시간을 돌리면 어때? 혼인무효 같은 깜찍한 짓을 저지르지 못하게 하는 거야.

해서는 안 될 말이었다.

"……그래."

제임스는 투머로우를 집어 들었다. 묵직한 무게감이 자신의 손처럼 익숙했다.

'내가 이 검을 쥔 지도 꽤 시간이 흘렀지.'

이 순간에서 올리비아와 제임스의 결혼식 시점까지 돌리는 건 불가능하지 않다.

–또다시 마법을 쓸 텐가?

투머로우가 신이 난 목소리로 물었다.

제임스는 가끔 궁금했다. 이 악마 같은 검이 지긋지긋한데, 왜 나는 이 검을 버리지 못했는가.

'이제야 알겠어.'

"네가 내 미련이었구나."

조금이라도 더 나은 미래를 손에 쥐고 싶은 미련이 검을 버릴 수 없게 했던 것이다.

제임스의 얼굴이 고통스럽게 일그러졌다.

"나는 역시 그녀의 행복 같은 건, 바랄 수 없어. 그녀처럼 상냥해질 수 없으니까."

-그래! 그러니까 시간을 돌리자.

투머로우는 의기양양하게 떠들었다. 그것을 물끄러미 바라보던 제임스는,

"그래도 인간쓰레기가 될 생각은 없어."

있는 힘껏 검을 바위에 내려쳤다.

-으악! 그만, 그만둬!

그동안은 봐준 거라는 듯, 거친 손속이었다. 캉캉하고 거친 쇠붙이 소리가 바위에서 울려 퍼졌다.

-그만!!

바위가 깨지면서 돌조각이 튀었다. 하지만 제임스는 손을 멈추지 않았다.

"에휴."

로메오는 황궁 침실 창가에 앉아서 한숨을 내쉬었다. 일과를 끝내고 씻고 들어온 참이던 스타티스가 고개를 갸웃했다.

"무슨 일이 있었나?"

"타이론 대공비와 파넬 공작 때문에요."

로메오는 풀죽은 목소리로 오늘 있었던 이야기를 스타티스에게 늘어놓았다. 눈썹을 찌푸리고 그 이야기를 쭉 들어준 스타티스가 차가운 목소리로 한마디 했다.

"그런 쓸데없는 짓을 했나?"

"네?"

로메오는 말을 알아듣지 못하고 눈만 껌뻑였다. 스타티스가 자리에서 일어나서 로메오의 의자 손잡이를 짚었다. 그 바람에 벌어진 가운 사이로 맨살이 보여, 로메오는 얼른 고개를 돌렸다.

"아무래도 기운이 남아돌았나 본데……."

귓가로 속삭여지는 낮은 목소리에 소름이 오스스 돋았다. 로메오는 뺨을 붉히며 스타티스와 눈을 맞췄다. 얼음처럼 차가운 눈이 그를 빤히 바라보고 있었다.

"그대 부인에게나 신경 쓰시지?"

"……잘못했습니다."

뭐라고 말하겠는가. 로메오는 바로 고개를 숙였다.

2

누구누가
잘하나

이제 모든 것이 정리되고 평화로운 일상이 다가왔다고 생각했을 무렵. 예기치 못한 폭탄이 우리 집에 떨어졌다. 그 폭탄을 들고 온 것은 다름 아닌 태황제였다.

"그래서 아기 이름은 정했니?"

아침에 일어나서 빵에 마멀레이드를 바르고 있던 나는 너무 놀라 빵을 툭 떨어뜨리고 말았다.

"태, 태황제 폐하?"

"오랜만이야, 제수씨! 몸은 어떤가? 태몽은 꿨나? 아기 이름은 지었어?"

"하, 하나씩 질문하세요."

서둘러서 옷매무새를 다듬으며 나는 주변을 살폈다.

'도대체 이 사람을 누가 여기까지 통과시킨 거야? 언질은 주고

통과시켜야 할 것 아니야?'

그리고 보니 문 앞에 핼쑥한 표정의 집사가 보였다. 그를 보는 순간 나는 직감적으로 알 수 있었다.

'말릴 수 없었구나!'

그의 마음은 충분히 이해가 갔다.

'워낙 막무가내여야지.'

나는 어색하게 웃었다.

"그이는 만나고 오신 건가요?"

이안이라도 와서 이 상황에서 날 구해줬으면! 이런 마음으로 한 말이었는데, 태황제는 해맑게 웃으며 되물었다.

"이안, 걔를 뭐하러 만나. 나는 제수씨를 만나러 온 건데."

"……."

시어머니가 없어서 시집살이 시킬 사람이 없다고 생각했더니, 이런 복병이 있었을 줄이야.

'심지어 황제 자리에서 내려오고 더 자유로워지셨어!'

예전에는 황성에 갇혀서 일을 해야 했는데, 이제는 자기가 할 일이 없으니 자유롭게 출몰하는 것이다.

'이런 부작용이……'

말하자면 이전과는 다른 의미로 휘둘리게 된 것이다.

'이전보다 더 불편해지셨어.'

나는 떨떠름한 표정을 감추지 못했다. 그도 그럴 것이.

'이 사람 덕분에 내가 임신했다는 사실을 수도에 모르는 사람이 없는걸.'

우리가 수도에서 돌아온 첫날. 내가 임신했다는 이야기를 들은 태황제는 사방팔방, 한 번이라도 안면이 있는 사람에게는 이렇게 자랑을 했다고 한다.

"우리 제수씨가 임신을 했어!"

그에 관해서 상당히 많은 사람들이 혼란을 느끼고 있다고도 한다.

'이제 와서 왜 갑자기 타이론 대공과 친한 척이지?'

'정치적으로 얻을 게 있나?'

'자신을 축출하는 데 힘을 보탠 동생과도 사이좋게 지내는 대인배로 이미지를 만들 셈인가.'

다양한 추측이 오가고 있지만 나는 안다.

'그냥 재미있어 죽겠는 거겠지.'

태황제의 마음은 정확히 모르지만, 동생을 사랑하는 마음이 거짓은 아닐 것이다. 하지만 자신의 자리를 위협할지도 모른다는 불안감과, 혈통의 콤플렉스도 사실이었겠지.

'그런데 이제는 연연하지 않고 마음껏 사랑을 드러내도 되는 상황이 된 거지.'

덕분에 시작된 것이다. 이 몹쓸 주접!

"제수씨!"

나이 지긋한 야생곰이 나를 향해 눈을 빛내며 물었다.

"그래서 아기 이름은 지었나 딸인 것 같아, 아들인 것 같아?"

"이안은 딸이었으면 하고, 저는 아들이었으면 하고 있어요. 아기 이름은……."

얼떨결에 대답을 하면서도, 나는 무척 고심해서 단어를 골랐다. 무엇 하나 실수하면 이 야생곰이 난리를 칠 것 같았기 때문이다.

'솔직히 이름은 생각 안 해봤는데.'

내가 입술을 닫았을 때였다. 등 뒤에서 커다란 손이 내 어깨를 짚었다. 그리고 단정한 목소리가 울렸다.

"아기 이름은 태어나면 지을까 하고 있습니다."

"이안."

믿음직한 지원군의 등장에 나는 뒤를 돌아보았다.

'아니, 이게 뭐야.'

그리고 푸웃 웃음을 터트리고 말았다.

'머리카락에 까치가 집을 짓고 있어!'

늘 단정하기 그지없던 이안의 머리카락이 오늘은 이리저리 헝클어져 있었다. 옷차림도 잠옷에 카디건만 걸친 차림이었다.

'태황제가 왔다는 말에 뛰어나왔구나.'

보통이라면 아내가 잘 접대하고 있으려니 하고 머리를 정돈한 뒤 찾아올 텐데. 헐레벌떡 와줬구나.

사소한 것에 기분이 좋아져서, 나는 이안의 손등을 손바닥으로 덮었다.

이안은 내 곁의 의자를 잡아당기고 앉았다. 그리고 통명스러운 어조로 말했다.

"미리 연락하고 방문하시죠. 아침 식사 시간에 이러시면 예의에 어긋나지 않습니까?"

"늙으니 계속 잠만 줄어드는구나."

"그렇게 늙으신 것도 아니지 않습니까."

이안의 지적에 태황제는 갑자기 통통한 몸을 움츠리며 볼을 홀쭉하게 만들었다.

"난 늙었다. 늙었어. 홀홀홀. 몸도 마음도 병들어서 황궁에서도 쫓겨나고……."

"윽."

그의 혼신의 힘을 다한 가엾어 보이는 연기에 나는 참지 못하고 '윽' 소리를 내버렸다.

그러나 나와 달리 태황제의 주접에 면역이 있는 이안은 냉정하게 논리적 허점을 찔렀다.

"쫓겨난 게 아니라 훌륭한 후계자에게 넘겨주시고 내려오신 거죠."

"……너는 왜 이리 밉살맞아졌니."

태황제는 이번에는 눈을 뱁새처럼 떴다. 이안은 팔짱을 끼고 어깨를 으쓱했다.

"딱히 폐하가 미워서 그러는 건 아닙니다."

"정말? 날 미워하지 않는 것이냐?"

"당연합니다. 저도 폐하께 거짓을 고한 적은 없습니다."

"이안."

이안의 대답에 태황제는 눈을 글썽거렸다. 판다처럼 커다란 사내가 눈을 부자연스럽게 빛내는 모습이 무척 부담스러웠다.

하지만 이어지는 말에 그를 외면할 수가 없었다.

"역시 이사 오길 잘했다."

"……네?"

이사라니? 무슨 이사?

'별궁에서 지내고 계셨잖아.'

스타티스와 이안의 합작으로 완전히 정치에서 손을 뗀 태황제는 황궁 안에서도 살지 못하고, 수도 외곽에 있는 거대한 별궁에서 지내고 있었다.

'별궁이라고 하지만, 황궁 여인들의 태교를 위해 사용되던 궁이라 전혀 지내는 데 부족함이 없으실 텐데.'

그리 생각한 나는 고개를 갸웃했다. 바로 그때였다. 태황제는 생글생글 웃으면서 아무렇지도 않게 폭탄을 던졌다.

"오늘부터 너희 옆 저택이 바로 내 집이란다."

"뭐라고요?!"

우리 옆집이라니?

이웃 주민이 되셨다고요?!

❖ ❖ ❖

나와 이안은 이 말의 진위 여부를 알기 위해 바로 황궁에 입궁을 했다. 나의 알현 신청을 바로 받아준 로메오는 고개를 꾸벅 숙이며 대답했다.

"말리려고 했지만 말릴 수 없었습니다."

그러니까 로메오의 말에 의하면 얼마 전에 갑자기 황궁에 찾아온 태황제는 꺼이꺼이 울면서 이렇게 말했다고 한다.

"이것도 못 하게 하고 저것도 못 하게 하고! 그냥 하다못해 내 동생 옆에서라도 살게 해다오. 시골구석에 박아두고 무슨 짓이니! 거기가 얼마나 할 것이 없는 줄 아니?"

그 말을 전해 들은 나는 어이없는 표정을 짓고 말았다.
"……시골구석이라니? 그곳도 엄연히 수도인데?"
"사실 그다지 심심하지도 않으셔, 올리. 태황후 폐하와 후궁들이 들고 일어났거든."
"태황후 폐하와 후궁들이?"
태황제에게는 권력의 무게추를 맞춘단 이유로 수많은 후궁들이 있었다. 그네들은 각각 집안의 이득이나, 자신의 부귀영화를 위해 태황제의 비위를 살살 맞춰 왔다.
'지난 생에 로메오는 덕분에 모셔야 할 어른이 몇 명인지 모르겠다고 울상을 지었었지.'
하지만 그 상황에도 변화가 생긴 모양이다.
"태황후께서 황궁으로 들어오셨어. 더 이상 남편의 비위를 맞추며 살고 싶지 않으시다고 말이야."
"오."
스타티스를 황제로 만들기 위해 모든 모멸적인 상황을 견디었던 태황후는 이제 스타티스의 위치가 공고해진 상황에서 더 이상

견딜 필요가 없다고 판단한 모양이었다.

"덕분에 다른 후궁들도 이혼이나 별거를 청하는 상황이야."

"저런……."

당연하다면 당연한 상황이었다. 갖가지 이득으로 사람을 끌어모았으니, 이득이 사라지면 사람들이 사라지는 것이다.

로메오는 어색한 미소를 지었다.

"내 생각에는 그래서 가족의 의미를 찾으시려는 발버둥 아닐까 싶어. 워낙 타이론 대공을 사랑하시기도 하고 말이야."

"로메오."

"하여간 나도 말릴 만큼 말려봤는데 듣지를 않으셨어. 이해해줘, 올리."

"……."

기가 막히는 상황이었으나, 로메오의 입장도 이해는 갔다.

'후궁들이 그 지경이라니 로메오가 모든 서류와 비용 지급을 처리해야 할 거고.'

후궁들이 빈손으로 이혼이나 별거를 청할 리가 없었다. 그리고 그런 일은 고스란히 내명부의 주인인 황후의 몫이었다.

'그 막무가내를 이길 수 있는 사람이 별로 없긴 하지.'

하지만 그렇다고 꼭 우리 옆집이어야만 했는가. 서운함과 이해가 어지럽게 섞여서, 내가 입술을 꾹 다물었을 때였다.

이안이 상냥한 미소를 지으며 입을 열었다.

"황후마마, 그런 상황을 뭐라고 부르는지 아십니까?"

"뭐, 뭡니까?"

그냥도 이안을 두려워하는 로메오가 덜덜 떨면서 되물었다. 이안은 천사 같은 미소를 지으며, 얼음 같은 단어를 내뱉었다.

"무능."

"……!"

로메오의 눈동자가 커다래졌다. 직설적인 말에 깜짝 놀란 내가 그의 이름을 버럭 불렀다.

"이안!!"

"흥."

이 남자가 반항기인가! 왜 이러는 건데?

'혼내도 듣는 척도 안 하고!'

로메오가 착하니 망정이지, 다른 사람 같았으면 크게 문제를 삼아도 이상하지 않은 무례였다. 나는 이안의 옆구리를 꼬집으며 물었다.

"왜 이렇게 로메오에게만 심술궂은 건데요! 그렇게 하지 말라고 했잖아요."

그러자 이안은 입술을 삐죽이며 툴툴거렸다.

"다 마음에 안 듭니다. 당신 애칭을 부르는 것도 그렇고, 스타티스랑 잘 지내는 것도 그렇고."

"거참."

황제와 황후의 사이가 좋으면 좋은 거지, 왜 그게 싫은 이유가 된단 말인가.

'아무거나 가져다 붙이기는.'

나는 어린애처럼 심술을 부리는 잘생긴 남자를 물끄러미 바라보다가 로메오에게 허리를 굽혔다.

"남편의 무례함을 대신 사과드립니다, 황후마마."

"올리!"

"올리비아!"

갑작스레 예를 다 하는 내 행동에, 로메오는 놀라서 자리에서 몸을 일으켰고, 이안의 얼굴은 희게 질렸다.

나를 바라보던 이안의 푸른 눈동자가 거칠게 떨렸다. 그는 금빛 머리카락을 쓸어넘기고는 한숨을 내쉬었다.

"……알았습니다. 앞으로 조심하죠. 죄송합니다, 황후마마."

"괘, 괜찮습니다."

바로 고개를 숙이는 이안을, 로메오가 벌벌 떨면서 일으켰다.

나는 싱긋 웃었다. 이안이 슬쩍 나를 흘겨보며 툴툴거렸다.

"하여간 당신은 나를 너무 잘 다룹니다."

"칭찬이지요?"

"당신이 날 그렇게 잘 파악하고 있다는 사실이 짜릿하긴 하지만, 다른 사람에게 무릎 꿇는 것이 달갑지는 않으니 다시 하지 말아주십시오."

짜릿하다는 점에 면박을 줘야 하는 건지, 나를 그렇게 생각해주다니 감사하다고 해야 하는 건지.

잠시 망설이던 나는 작게 고개만 끄덕였다.

"……약속할게요."

그렇게 한바탕 실랑이가 지나고, 로메오는 다시 태황제에 대한 이야기를 늘어놓았다.

"곧 태어날 조카의 성장 과정을 조금도 놓치지 않으실 거라고 떼를 쓰셨어. 아마 아기가 태어나고 나면 시들해지지 않으실까?"

"아이고."

내 경험상 심하면 심해졌지, 절대로 약해지진 않을 것이었다.

'이런 복병이.'

시부모님이 안 계셔서 시월드가 없을 줄 알았더니. 나는 한숨을 푹 내쉬었다.

다음 날도 태황제께서는 짜잔 나타나셨다.

"제수씨!"

"풉!"

절대로 갑자기 나타나지 말라고 했더니만!

'이번에는 왜 꽃밭 한가운데에서 나타나는 건데!?'

마음을 가라앉힐 겸 우아하게 정원에 앉아서 차를 마시고 있던 나는 대차게 차를 뿜고 말았다.

'곰이 튀어나오는 줄 알았어!'

알록달록한 꽃 사이에서 고동색 옷을 입은 거구의 사내가 불쑥 일어나니 얼마나 놀랐는지!

'따라다니는 사람도 없는 거야!? 도대체 왜!'

아무리 은퇴했다고 해도, 태황제 정도 되면 수행원들이 우르르 따라다녀야 하는 것 아닌가.

나는 거칠게 몇 번이나 기침을 한 뒤 손수건으로 입술을 꾹 눌렀다.

"내가 놀라게 했나아~. 미안하네. 마음이 급해져서 말이야."

태황제는 해맑게 웃으며 권하지도 않은 내 맞은편 자리에 앉았다. 나는 의아해서 물었다.

"어떻게 그쪽에서 나오시는 거예요?"

"아아, 제수씨는 모르나? 저쪽 담장이 우리 집 담장으로 통해. 굳이 대문을 통과하지 않고도 이쪽으로 넘어올 수 있지."

"네?! 그런 곳이 있다고요?"

그렇다면 무척 위험했던 것 아닌가! 타이론 대공저에 아무나 드나들 수도 있다는 뜻이었다.

그러나, 나의 이런 경악은 곧 이어지는 태황제의 말에 푸시시 식고 말았다.

"있었던 건 아니고, 내가 어제 만들었어."

"……."

무엇이냐, 이 적극적인 가택 침입자는.

'그러니까 지금 아무도 모르게 여기 출몰한 것이렷다?'

저절로 마음이 얼음처럼 얼어붙었다.

허나, 나의 차가운 시선에도 아랑곳하지 않고 그는 자신이 들고 온 두루마리를 풀어냈다.

"내가 이름을 지어보았는데."

"혁."

그런데 그 두루마리가…… 엄청 길었다!

나는 떨리는 눈으로 그가 내미는 두루마리를 보며 물었다.

"이, 이게 도대체 몇 개지요?"

"한 200개쯤 되려나? 황실 계보에서 괜찮다 싶은 이름을 다 적어와 봤어."

"……."

태황제의 해맑은 대답에 나는 말문이 막히고 말았다.

'200개면 그냥 다 보이는 대로 적어온 것 아닌가?'

그리고 솔직히 말하면 200개보다도 더 많아 보였다.

'태황제가 이렇게나 한가하다니, 제국은 평온한 것임이 틀림없어!'

나는 묘하게 기시감이 드는 생각을 하며 고개를 흔들었다. 아무리 200개의 목록이 있어도, 내 마음은 같았다.

"저어, 폐하. 송구스럽습니다만 저희는 아기가 태어난 뒤, 아기를 보고 이름을 지을 생각이에요. 조금만 기다려주세요."

내 말에 태황제는 둥글둥글한 얼굴을 갸웃거리며 되물었다.

"어째서? 미리 이름을 지어놓고 소중히 하는 게 낫지 않아? 세상엔 태명이라는 것도 있잖아."

"그게……."

그가 한 것이라고는 생각도 못 할 멀쩡한 말(?)에 나는 눈을 크게 떴다.

'전혀 생각도 못 했다.'

태명이라니.

'지난 생엔 진상들이 지었지.'

지었다는 말이 옳을까? 정확히 말하면 나와 한마디 상의도 없이, 그들이 멋대로 내 배 속의 아이를 불렀다는 것이 옳으리라.

'뭐라고 불렀는지도 기억 안 나.'

아기는 내 배 속에 있는데, 진상들이 자기 애들인 것처럼 구는 게 꼴 보기 싫어서 신경을 최대한 안 썼던 기억이 난다.

'나는 그때 왜 그랬던 걸까. 아무리 진상들이 괴롭힌다고 해도 내 아이였는데.'

나는 모성이 없는 사람인 걸까. 내가 진지하게 고민에 빠졌을 때였다. 태황제가 눈을 반짝반짝 빛내며 물었다.

"그래서 제수씨, 아가는 태명이 뭐야?"

"네? 그, 그게."

태명이라니. 아직 짓지 않았던지라, 나는 입술만 어물어물거렸다. 그때였다.

"형님!"

"이안!"

어떻게 알았는지, 이안이 달려 나왔다. 이번에는 그의 흰 셔츠에 거하게 검은 잉크가 쏟아져 있었다.

'또 서둘러 나왔구나!'

나는 거침없이 달려온 내 남편에게 깊은 애정을 느꼈다. 어디서부터 달려온 건지, 테이블에 도착한 뒤 숨을 헐떡인 이안이 버럭 태황제에게 말했다.

"이렇게 방문하지 말라고 분명히 말씀드렸습니다만."

"허허, 그랬지. 앞으로 조심하마."

"……."

태황제는 조금의 흔들림도 없었다. 이렇게 남의 말을 귀담아듣지 않는 것도 대단하다 싶을 정도였다.

이안이 뭐라고 더 잔소리를 늘어놓으려고 했을 때였다. 태황제가 돌연 눈을 가늘게 뜨고 이안에게 새침한 목소리로 말했다.

"그건 그렇고 너는 왜 이렇게 무심하니? 아기에게 태담은 해준 거야?"

이안은 무심하다는 말에 움찔 어깨를 떨고, 또 그다음 이어지는 단어에 고개를 갸웃했다.

"태담이요?"

"태담이 뭔지도 모르다니!"

몰라서 되물은 것인데, 태황제는 무슨 천재지변이라도 난 것처럼 호들갑을 떨었다.

"이건 내가 부족한 탓이구나. 이렇게 부족한 녀석을 남편으로 보내서 죄송합니다, 제수씨!"

"아, 아니에요. 모르는 게 당연하죠."

오히려 내가 당황해서 손바닥을 내저을 정도였다. 태황제의 유난에 이안은 무슨 대역죄라도 짓다가 걸린 표정이었다.

'이안! 모를 수도 있어요! 모르는 게 당연해요!'

나도 생각 못 한 데다가 우리에게 딱히 그런 것들을 세세히 알려주는 어른이 없으니 어쩔 수 없었다.

하지만 자신에게만 관대한 태황제는 나의 말에도 버럭댔다.

"총각 때야, 모르는 게 당연하다고 해도 아기 아빠가 되어서도 모르는 게 말이 되나! 내가 데려가서 단단히 교육하도록 하지."

그리고는 이안의 팔을 잡아서 어디론가 저벅저벅 걷기 시작했다. 나는 묘한 표정으로 두 남자의 뒷모습을 바라보았다.

'이건 좋은 건가?'

좋다면 좋을 수도 있었다. 일단 나는 이안에게 아버지의 마음가짐을 가르치기 적절하지 않으니 말이다.

'차라리 아버지의 역할에 대해서 폐하께서 알려주시는 게 자연스러울지도!'

바로 그때, 이안을 끌고 가다 말고 태황제가 큰소리로 내게 말했다.

"제가 교육하고 있을 때, 먼저 이름을 고르고 있어요, 제수씨!"

그 말을 듣는 순간 내 얼굴은 짜게 식고 말았다.

'아니다. 절대로 안 좋아.'

나는 우울한 눈으로 두루마리를 내려다보았다.

솔직히 말하면 나는 그때까지도 밉살맞은 시누이가 옆집으로 이사 온 정도라고 생각했다.

그런데 이렇게 심각한 문제가 될 줄은…….

❖ ❖ ❖

진짜 문제가 시작된 것은 바로 다음 날 아침이었다. 막 잠에서 깨어나 얼굴만 씻었는데 이안이 내 방에 찾아왔다.

"좋은 꿈 꾸었나요, 올리비아?"

"그럼요."

나는 웃으며 침대로 다가오는 이안의 뺨에 입을 맞췄다. 그런데 묘하게 이안의 얼굴이 초췌했다.

"왜 그래요?"

"뭐가요?"

"피곤해 보여요."

"아아……."

이안은 한숨을 내쉬었다.

"어제 폐하께 시달려서요."

"네? 그렇게 많이 야단을 치셨어요?"

아니, 그 동글동글 만두가 사람을 달달 볶을 줄도 안단 말인가.

'남의 귀한 신랑을 왜 볶는데!'

내가 대번에 입술을 뾰롱뾰롱 내밀고 있으니, 이안이 내 곁에 앉아서는 징징거렸다.

"나 대신 형님 좀 혼내주세요, 올리비아."

"제가요?"

"무섭게 굴 때는 엄청 무섭잖아요. 형님한테도 뭐라고 해주세요. 나한테 야단치듯이 따끔하게."

"하하."

어린애 같은 말에 나는 웃고 말았다.

'딱히 이안에게 화낸 적도 없는 것 같은데.'

화도 화낼 일이 있어야 내는 거지. 이안은 눈치껏 내가 폭발하기 전에 물러나는 타입이라 화를 낼 일이 드물었다.

'나는 별로 안 무서웠는데, 이안에게는 무서웠던 걸까!'

내가 진지하게 내가 정말 사나운 사람인가 고민하고 있을 때였다. 내 어깨에 얼굴을 비비고 있던 이안이 돌연 고개를 번쩍 들고 말했다.

"아니다. 그런 거 하지 말아요. 당신의 야단은 나만 맞아야 해."

이건 또 무슨 소리야.

"야단맞는 게 중요해요? 뭘 그런 걸 집착하고 그래요."

나는 어이가 없어서 키득키득 웃고 말았다. 그런데 이안이 뜻밖에 정색하고 대답했다.

"당신이 몰라서 그래요. 얼마나 짜릿하다고."

"……."

한 번도 아니고 몇 번째 이런 말을 듣고 있으니 다시금 의혹이 슬그머니 올라왔다.

'……설마 진짜 마조히스트인가.'

혼나는 걸 좋아하는 것 같은데. 나는 눈을 가늘게 떴다.

'어디 한번 다음에는 침실에서 혼내봐?'

이안이 듣는다면 기겁할 생각을, 진지하게 하고 있을 때였다. 이안이 천천히 내가 덮고 있던 이불을 젖혔다. 그리고 내 손을 다정히 잡아끌었다.

"잠깐 이렇게 앉아볼래요? 침대 귀퉁이에 걸터앉아서."

"네네."

나는 이안이 시키는 대로 다리를 침대 아래로 내리고 슬리퍼에 발을 끼웠다. 이안이 그런 내 앞에 무릎을 꿇었다.

"이안? 뭐 하는 거예요?"

"형님이 이렇게 하라고 하던데요."

"그러니까 뭘요?"

나는 이안이 천천히 내 배에 얼굴을 가까이 대는 모습을 바라보았다. 아직 미미하게 부푼 배는, 나만 그 변화를 알 정도였다.

두 손을 배 위에 두고 얼굴을 가까이 댄 이안이 작은 목소리로 속삭였다.

"아가야."

"!!"

나는 눈을 동그랗게 떴다. 목소리가 저절로 떨렸다.

"이, 이게 태담이에요?"

"네. 이렇게 하는 거래요."

"아아……."

이안이 아기를 부르는 순간부터, 심장이 두근두근거렸다. 나쁘지 않은 긴장감이었다.

'아기가 태어나기 전에 아버지가 배에 대고 아기에게 말을 해 주는, 태담이라는 게 있다고는 들었어.'

하지만 제임스는 물론이고, 플로렌스 가문의 어느 남자도 그런 행동을 하지 않았기 때문에 실제로 보는 것은 처음이었다.

'그래. 내 배 속에 아기가 자라고 있는 거구나.'

비로소 실감이 났다.

"음……."

아기를 부른 뒤, 이안은 한참 동안 끙끙거리기만 하고 어떤 말도 하지 않았다.

한참 후 이안이 입술을 삐죽이며 내 배에 이마를 기댔다.

"뭐라고 말을 해야 할지 모르겠습니다."

토라진 듯 찡그린 얼굴이 몹시 사랑스러웠다. 나는 그의 머리 카락을 부드럽게 쓸어넘기며 말했다.

"하고 싶은 말을 하면 되지 않을까요?"

"으음."

나는 다정한 눈으로 그가 말하길 기다렸다. 한참을 고민하던 이안이 손을 세우고는 소곤소곤 속삭였다.

"네가 태어나도 네 엄마는 내 거란다."

아니, 이 사람이!

"그게 뭐예요!"

내 감동 돌려줘. 도대체 무슨 말을 하려나 기다렸더니만!

하지만 나의 불평에 이안은 뻔뻔하게 대꾸했다.

"그게 제가 제일 하고 싶은 말입니다."

"아이한테 질투하는 건 더더더 추해요. 그러지 말아요."

"질투가 아닙니다. 이건 정당한 지분 주장……."

"못 말려, 진짜."

아직 태어나지도 않은 아이를 상대로 지분 주장이라니. 어이가 없어서 나는 결국 웃고 말았다.

이안의 따끈따끈한 손바닥이 내 무릎부터 위로 슬금슬금 올라왔다.

"올리비아, 우리도 대화를……."

바로 그때였다. 거친 발소리가 어지럽게 복도가 울렸다.

나는 허리에 힘을 주고 긴장했다. 이안은 혀를 차며 자리에서 일어났다.

"비전하!"

"전하!"

희한하게도 문을 열고 들어온 사람이 두 사람이었다. 그리고 제각각 다른 사람을 불렀다.

하녀들도 당혹스러웠는지 서로를 마주 보았다. 그리고는 서로 급하다는 듯이 자신의 용건을 소리쳤다.

"태황제 폐하께서 방문하셨습니다!"

"마이엔 공께서 방문하셨습니다!"

"그게 무슨 말이지?"

나는 눈살을 찌푸렸다. 하녀들도 혼란스러운 것 같았다. 한쪽이 울먹거리며 말했다.

"아니, 태황제 폐하께서 오신 것이 맞는데."

그러자 다른 쪽도 서둘러서 말을 했다.

"아니에요. 마이엔 공께서 찾아오셨어요."

"……아무래도 두 분이 동시에 찾아오신 것 같군요."

두 사람의 이야기를 모두 들은 이안이 턱을 문질렀다. 그리고 내 손등에 입을 맞추었다.

"손님 접대는 제가 할 테니까 단장하고 내려오도록 해요. 아무래도 아침 식사를 같이 하실 생각으로 오신 것 같네요."

"네. 부탁해요."

이안은 빠른 걸음으로 방 밖으로 나갔다.

나도 서둘러서 자리에서 일어났다. 임신한 뒤로 화장을 안 하거나, 하더라도 최대한 옅게 하고 있었지만, 그래도 시간이 꽤 필요했다.

"어서 세숫물을 가져오렴. 가벼운 원피스도 꺼내주렴."

어째 예감이 썩 좋지 않았다.

❖ ❖ ❖

역시나라고 해야 할까. 나쁜 예감은 잘 맞는다고 해야 할까.

'왜 이렇게 화가 많이 나 있어?'

응접실에 있는 세 남자는 모두 얼굴이 굳어져 있었다.

'아니, 우리 아버지마저!?'

세상 화내는 방법을 모를 것 같은 우리 아버지까지 화가 나 있다니.

'역시 친정과 시댁은 가까워질 수 없는 것인가…!!'

나는 인사를 하는 대신 슬쩍 대화에 귀를 기울였다. 어느 정도 온도가 차가운가 염탐하기 위해서였다.

먼저 말을 꺼낸 사람은 태황제였다.

"이른 아침부터 무슨 일로 오신 건가?"

"딸아이와 오랜만에 오붓하게 식사를 하려고 왔는데……."

아버지는 아버지답지 않게 묘하게 느릿한 어조로 말을 흐리다가, 태황제와 똑바로 눈을 맞추었다.

"폐하께서는 어쩐 일로 방문하셨습니까?"

그러자 태황제는 발랄하게 대답했다.

"나는 이웃집에 살고 있소."

"이웃집이요?"

목소리만 들어도 으스대는 것이 분명했다. 아버지가 어이없어 하는 투로 반문하자, 태황제는 더더욱 신이 난 어조로 대답했다.

"조카를 마음 놓고 보고 싶어서 아예 이웃집을 샀지."

'얼씨구.'

왜 남편의 나이 차이 많이 나는 형이 조카를 두고 주접을 떨고 있단 말인가.

'당신 손자한테나 그렇게 해.'

속으로 그렇게 중얼거리고 있으니 아버지가 내 마음을 읽은 것처럼 대답했다.

"임신하고 편안하게 있어야 할 텐데."

"그게 무슨 뜻이오?!"

아버지의 한숨 같은 비꼼에 태황제가 발끈했다. 더 수습하기 힘든 상황이 되기 전에 나는 가벼운 어조로 대화에 끼어들었다.

"안녕하세요. 오셨어요?"

"제수씨!"

"내 딸아."

내가 들어오기 무섭게 두 사람이 서로 반가운 어조로 나를 불렀다. 아버지의 호칭에 나는 속으로 혀를 찼다.

'내 딸이라니.'

우리 아버지까지 저리 각을 세우실 줄은 몰랐는데. 잠깐 사이에 어마어마한 신경전이 오간 모양이다.

두 사람이 나를 돌아보자, 두 사람 사이에 앉아 있던 이안도 나를 돌아보았다.

"올리비아."

이안이 내 이름을 부르는, 그 네 글자에서도 그의 고단함이 느껴졌다.

'이안이 저렇게 여유가 없어 보이는 건 또 처음이네.'

이래저래 신기함을 느끼며 나는 어색함을 내색하지 않고 싱긋 웃었다.

"모두 오늘 아침 식사를 함께하고 싶어서 오셨나 보군요. 우리 아기도 기뻐할 거예요."

기쁜지 안 기쁜지 내가 어찌 알겠나. 하지만 어차피 저들도 알 수 없으므로 막 던졌다.

아기 이야기로 분위기 환기를 시키려고 한 것인데, 뜻밖에 두 사람의 자랑이 이어졌다.

"내 조카이니 나를 더 반길 테지."

"손자 사랑은 외가 아니겠습니까."

'오……'

태황제가 유치한 거야 하루 이틀 일이 아니지만, 설마 아버지까지 같이 저렇게 나오실 줄이야?

'쉽지 않은 상대들이군.'

하지만 내쫓기도 쉽지 않은 사람들이었다. 나는 마음을 단단히 먹었다. 그리고 화사하게 웃으며 말했다.

"자리를 옮기도록 해요. 다 준비가 되었답니다."

만찬장으로 자리를 옮기는 사이, 이안이 내 곁에 다가와서는 속삭였다.

"……아침 먹다가 체하는 거 아닙니까? 얼른 가라고 할까요?"

아까 두 어른 사이에서 말도 못 거들고 쭈굴거리던 모습이 눈에 선하거늘. 그래도 날 걱정해서 내쫓아보겠다고 다짐하는 모습이 귀여웠다. 나는 이안의 손을 꽉 잡았다.

"걱정하지 말아요."

이 누나가 시어머니 셋도 모셨단다.

신경전은 아침 식사를 하는 내내 이어졌다. 아침 메뉴는 두 어른을 의식한 탓인지, 평소보다 거창했는데, 거창해지기 위해 재료가 많은 것이 화근이 되었다.

태황제가 포크로 반숙 달걀프라이를 찌르며 말했다.

"우리 조카는 분명 달걀을 싫어할 거요. 이안이 어릴 때 달걀을 안 먹었거든."

전혀 그런 기색을 느끼지 못했던지라, 나는 조금 놀라서 이안에게 소곤거렸다.

"진짜예요?"

"……기억나지 않습니다."

일단 태황제 본인이 근거인 이야기인 것으로.

그가 말하기 무섭게, 우리 아버지가 대답했다.

"우리 손자는 생선을 싫어하더군요. 깔끔한 성품인가 봅니다."

말투는 기품이 넘쳤지만 결국 내용은 '넌 이거 모르지?'를 벗어나지 못했다. 이번에는 이안이 내게 소곤거렸다.

"진짜입니까?"

"일단 입덧할 때 생선이 역하긴 했어요."

"이런."

이안은 무척 아쉬운 표정을 지었다.

'그러고 보니 입덧 시기를 이안 모르게 지나고 말았네.'

사실은 오르세에 있었던 때가 입덧 시기였지만, 마이엔 공 저택 시중인들이 내 식단을 잘 챙겨준 덕분에 이안뿐 아니라 나 또한 입덧을 잊고 지냈다.

'아니, 그런데 입덧까지 일일이 챙겨서 뭐하려고?'

뭔가 이런 배려를 받아본 적이 없기에 마냥 생소하고 어색한 기분이었다.

'사실 이 자리 자체가 어색해.'

나는 여전히 설전을 벌이고 있는 두 어른을 물끄러미 바라보았다. 가슴이 간질간질한 것 같기도 하고, 성가시기도 하고 묘한 기분이었다.

그때 이안이 내게 소곤거렸다.

"그런데 언제까지 이 사소한 신경전을 봐야 하는 겁니까?"

"어른들은 원래 다 그러세요."

별것 아닌 걸로 자존심 상하고, 또 세우는 게 어른이더라.

하지만 이대로 너무 무의미하게 시간이 흐르는 것 같아, 나는 적절히 잘라내기로 마음먹었다.

'언제까지 아침에 이 난리를 겪을 수도 없고!'

나는 웃으면서 말을 시작했다.

"두 분께서 이렇게 곧 태어날 아기를 기다리고 계시니 정말 기뻐요."

내 말에 두 사람이 나를 바라보았다. 나는 눈을 내리깔고 슬픈 표정을 지었다.

"하지만 제가 요즘 산전 우울증인지, 마음이 자꾸자꾸 가라앉아요."

"저런! 그러면 안 되지, 제수씨!"

"올리비아."

태황제는 흥분했고, 우리 아버지는 덩달아 우울해졌다. 이안까지 굳어진 얼굴로 중얼거렸다.

"그랬습니까. 전혀 몰랐는데……."

'당신까지 속으면 어떻게 해!'

하지만 여기서 이안에게 주절주절 이야기할 수가 없어서 나는 손가락으로 테이블을 톡톡 두드리며 말했다.

"그래서 우리 아기에게 줄 예쁜 선물을 보면 마음이 풀릴 것 같은데……."

말꼬리를 흐리는 나의 말에, 당장 태황제와 아버지가 앞다투어 이야기했다.

"제수씨! 어떤 게 좋을까? 어떤 게 없어?"

"무엇이든 말해봐요."

이렇게 낚시가 쉬워서야. 나는 속으로 한숨을 쉬면서도 겉으로는 처연한 미소를 지으며 말했다.

"제국와 오르세에서 내로라하시는 분들이 저와 아기에게 줄 선물을 가지고 경쟁을 하신다면 제가 얼마나 기쁠까요? 그렇게 해주실 수 있으시죠?"

"아…… 물론 그래야지, 제수씨."

"딸을 위해 그렇게 해야지요."

"네. 그럼, 일주일 뒤에 우리 아기가 제일 좋아할 만한 선물을 가져와 주세요. 절대로 그 일주일 동안에는 두 분 다 저희 집에 오시면 안 돼요. 저한테 힌트를 얻을 수도 있으니까요."

그렇게 나는 두 어른을 집에서 내보냈다.

❖ ❖ ❖

'어휴, 아버지한테는 조금 죄송하지만.'

그래도 오르세에서 제국까지 내 출산을 지켜보겠다고 오셨는데 내쫓는 것 같아서 마음이 좋지 않았다.

'그래도 아버지만 오시게 하면 또 태황제 폐하께서 삐지실 테니까.'

비밀로 하기도 어려웠다. 저렇게 수시로 옆집에서 출몰하니!

'잘했어. 잘했어.'

그렇게 생각하며 나는 내 앞에 놓인 차를 들었다. 임산부에게 홍차가 좋지 않다고 해서, 마시는 차는 히비스커스였다.

잠시 조용히 앉아 있으니, 이안과 애니가 다가왔다.

"언니!"

"애니, 학교 끝났니?"

"응!"

밝게 웃는 애니의 얼굴이 아름다웠다. 애니의 뺨에 입을 맞추고 있으니, 이안이 내 옆자리에 앉았다.

"일단 개구멍은 막았습니다. 새로 만드실 수도 있지만."

"……개구멍이요?"

"네. 막상 가서 보니 담장 아래를 파내서 만든 구멍이더군요."

"그 체구로 통과하기가 쉽지 않으실 텐데?"

개구멍은 통상 작은 구멍을 말하는 것 아니던가.

'그럼 뭐라고 불러야 하지? 곰구멍?'

어째 이상한데.

미간을 찌푸리고 있으니, 이안이 한숨을 내쉬며 대답했다.

"그 구멍이 좀…… 많이 컸습니다."

"많이 커요?"

"네. 파느라 고생했겠더군요."

본인이 팠을 리는 없으니 어디 시종을 또 시키셨으리라. 나도 덩달아 한숨을 내쉬었다.

"여기저기 민폐시네요."

정문을 통과하기가 귀찮아서 개구멍을 파다니 이게 무슨 스케일의 이야기인가.

'좀 더 따끔하게 혼을 낼 걸 그랬나.'

그런 고민을 하고 있으니, 애니가 활짝 웃으며 우리 대화에 끼어들었다.

"언니! 선물 대결한다는 게 사실이야?"

"으응? 대결이라고 하긴 좀 뭐하지만."

나는 이안이 애니에게 뭐라고 이야기했는지 몰라, 이안을 흘 긋 쳐다보았다.

대결이라. 어떻게 보면 맞는 말이기도 했다.

'그냥 집에 못 들어오게 하려고 만들어낸 행사이긴 한데.'

내 속도 모르고, 애니는 눈을 별처럼 반짝반짝 빛내며 물었다.

"나도 참가해도 돼? 나도 멋진 선물을 하고 싶어."

선물 이야기를 하는 동생이 마냥 귀엽기만 해서 나는 키득키 득 웃었다.

"애니, 너는 내 곁에 있어 주는 것만으로도 선물이란다."

"그래도! 나도 무언가 해주고 싶단 말이야."

'용돈도 얼마 되지 않는데, 무슨 선물을 하겠다고.'

거기까지 생각했다가, 나는 고개를 흔들었다.

'선물은 가격이 아니라 마음이 중요한 거니까.'

지난 생에 나는 지나치게 이성적으로 대하다가 로메오에게도 애니에게도 상처를 입혔다.

'이번 생까지 그렇게 딱딱하게 굴고 싶지 않아.'

나는 온화한 미소를 지으며 고개를 끄덕였다.

"그래. 언니가 기대하고 있을게."

"정말?! 내가 1등 해야지! 기대하고 있어!"

"그래."

애니는 나름대로 염두에 둔 물건이 있는지, 가벼운 걸음으로 본관으로 향했다.

손을 흔들며 애니를 배웅하던 나는 내 곁에 앉아서 아무 말 없는 이안을 바라보았다.

"이안?"

이안은 턱을 괴고 진지하게 생각에 잠겨 있었다. 나는 느릿하게 입을 열었다.

"……설마 당신까지 끼어들겠다는 생각을 하고 있는 건 아니겠죠?"

내 말에 이안은 싱긋 웃으며 대답했다.

"제 아내에 관한 것은 뭐든 제가 1등이어야 하니까요."

"그만두세요!"

이 사람, 아까부터 왜 이런담!

나는 진심으로 그를 말렸다. 하지만 상황은 점점 더 커지기만 했다.

다다음날, 나는 오랜만에 황궁으로 출타했다. 방문하는 곳은 다름 아닌 이 나라 최고의 귀부인들이 모이는 다과회.

'제국에서의 행사는 정말 오랜만인데.'

임신을 핑계로 불참할까도 싶었지만 그럴 수가 없었다.

– 나 혼자 남자인걸! 제발 참석해줘, 올리.

바로 로메오의 눈물의 편지 때문이었다.

'얘는 지난 생에도 다과회 때문에 힘들어하더니.'

보통 황제가 남자일 때는 다과회는 황후의 소관이 된다.

하지만 황제가 여자일 때는?

'그냥 과감하게 행사를 때려치우면 될 텐데.'

유례없는 상황이니, 전대까지 의례적으로 하던 행사들은 과감하게 접으면 된다.

하지만 그것도 못 한다는 평가를 받고 싶지 않은 로메오는 무리하게 여자 황후의 일까지 해내려고 했다.

'그 결과가 나한테 징징거림이라니 유감이지만.'

어차피 다과회에 나란히 참석한다고 해도 우리는 친한 척도 할 수 없을 텐데. 하지만 로메오의 마음도 충분히 이해가 가는지라, 나는 군말 없이 행사에 참가했다.

물론, 오랜만이라 긴장도 되었다.

"어째 편하지가 않네."

집에서야 몸 어디 한 곳도 조이지 않는 넓은 원피스를 입으며 지냈지만, 귀부인들이 모두 모이는 행사에까지 그리 편안한 옷을 입긴 뭐 했다.

'가슴이 좀 커졌나.'

그래서 가슴 아래쪽으로 매듭을 지은 엠파이어 스타일의 드레스를 입었는데, 그 또한 조금 불편했다.

'그래도 신발은 예뻐. 좋아.'

높은 구두 대신, 리본으로 발목을 장식하는 발레리나 슈즈를 신었는데, 발랄하면서도 편안해서 마음에 들었다.

'이안이 센스가 좋다니까.'

물론, 이 코디는 모두 이안의 작품이었다.

"당신한테는 이렇게 귀여운 게 어울려요."

오늘 아침, 이안은 내가 미리 골라둔 옷과 신발을 과감하게 치우고 새 옷을 골라주며 저렇게 말했다. 아침의 그를 떠올린 나는 얼굴을 붉혔다.

'귀여운 게 어울리다니. 그런 말 처음 들어.'

이안과 지내는 시간이 길면 길수록 내가 모르고 있었던 나를 발견하게 되는 느낌이었다. 물론, 나쁘지 않았다.

"내가 주문을 걸어줄게요. 기운이 나는 마법의 주문."

그리 말하며 그는 내 입술에 가볍게 입을 맞췄다.

"그럼 오늘 다과회도 재밌게 즐기고 와요. 절대 무리하지 말고."

사근사근한 웃음이 지금도 선연히 떠올랐다. 나는 괜스레 내 입술을 문질렀다.

'자기도 바쁘면서. 하여간 어떻게 저 남자가 무뚝뚝한 남자라고 생각했는지 모르겠어.'

조금 걷는 사이, 이미 내 몸은 거의 다과회장에 도착해 있었다. 분주하게 돌아다니는 시녀들을 본 나는 단단히 마음을 먹었다.

'그럼 힘을 내볼까!'

나는 다과회장 안으로 사뿐사뿐 들어섰다.

❖ ❖ ❖

긴장한 것이 무색하도록, 다과회 분위기는 평온했다.

"임신 축하드려요, 타이론 대공비 전하."

"부군께서 몹시 좋아하시겠어요."

"임신이라는 사실을 알자마자 태교 여행을 보내주신 분이신 걸요. 어쩜 그리 다정하신지."

'아하.'

많은 사람들이 내게 축하 인사를 건넸다. 그들의 인사를 하나하나 들으며 나는 지금 사람들이 나에 대해 어떻게 알고 있는지 깨달았다.

'만두 폐하께서 이렇게 소문을 내셨구나!'

내가 처음 제국에서 사라졌을 때, 아무 해명도 하지 않았기 때문에 사람들은 내가 삼각관계에 지쳐서 도망쳤다고 알고 있었다.

하지만 무려 태황제가 흥에 겨워 이렇게 말하고 다닌 것이다.

"우리 제수씨가 아기를 가졌어! 이안을 꼭 닮은 미남미녀지!"

'아니, 왜 이안을 꼭 닮았다고 호언장담을 하는 거지. 심지어 미남미녀? 쌍둥이냐?'

물론 나도 이안을 닮을 것 같다고 생각은 했었다. 하지만 나야 태몽에서 이안을 꼭 닮은 아들을 봐서 그런 것이고!

'내가 민감한 건가? 내가 민감하게 반응하는 거야?'

직전에 태황제와 우리 아버지의 신경전 때문인지, 저 말이 썩 달갑게 들리지 않았다.

하지만 결과적으로 내게 나쁘지는 않았다. 나쁜 소문들은 싹 사라지고 다정다감한 타이론 대공의 소문만 남았으니 말이다.

"그래서 아들인 것 같아요, 딸인 것 같아요?"

"글쎄요. 저도 너무 궁금하네요."

대충 그런 대화를 주고받을 때였다.

"황제 폐하 드십니다!"

시종의 말에 우리는 일제히 자리에서 일어났다. 그리고 다들 얼떨떨한 표정을 지었다.

'잠깐만, 황제 폐하?'

'내가 제대로 들은 것 맞아?'

서로가 서로의 얼떨떨한 얼굴을 보며 청각에 이상이 없음을 확인했다. 그리고 이어서 다과회장으로 두 사람이 걸어들어왔다. 황제 스타티스와 로메오였다.

'아닛! 황제 폐하께서도 참석한다는 말은 없었잖아!'

나는 고개를 숙인 채로 두 사람이 착석하기를 기다렸다.

'시녀들이 어쩐지 분주하게 움직인다 했더니.'

갑자기 상석을 하나 더 만들어야 해서 분주하게 움직였던 모양이다.

"모두 자리에 앉으시오."

황제가 위엄 있는 목소리로 말했다. 그제야 부인들은 자리에 앉았다. 나는 슬쩍 로메오의 눈치를 살폈다. 로메오는 묘하게 초췌해 보였다.

'황궁살이가 정말 많이 힘든가? 어쩌 볼 때마다 야위는 것 같은데.'

다음에 입궁할 때는 보양식이라도 챙겨서 들어와야겠다.

속으로 다짐하고 있으니, 스타티스 황제가 웃음기 없는 얼굴로 물었다.

"그래, 무슨 이야기를 그렇게 재미나게 하고 있었는가?"

"타이론 대공가의 좋은 소식에 대해 이야기하고 있었습니다, 폐하."

냉큼 대답한 것은 가장 가까이 앉은 후작부인이었다. 스타티스는 턱을 괴었다.

"타이론 대공가의 좋은 소식이라. 그에 관해서라면 짐도 많은 이야기를 들었지."

턱을 괴며 슬쩍 웃는 얼굴이 소름 끼치게 이안과 닮아 있었다. 나는 서둘러서 고개를 숙였다.

"송구합니다. 폐하께서 신경 쓰실 만한 일이 아닙니다."

굳이 따지자면 우리 아이와 스타티스 황제는 사촌지간이니, 신경을 써도 이상하지 않은 일이었다. 하지만 내가 이렇게 서둘러서 잘라내는 데는 이유가 있었다.

'이안을 놀리기 위해서라면 분명 다소 엉뚱한 명령도 내리실 분이셔!'

이안과 스타티스의 관계는 무척 묘해서, 서로 챙기는 것 같으면서도 약 올릴 기회만 찾고 있었다.

역시나 이번에도 마찬가지였다.

"재미있는 내기를 하고 있다면서?"

스타티스는 고양이 같은 미소를 지으며 한 마디를 툭 던졌다. 나는 움찔했고, 순진한 로메오가 그 미끼를 덥석 물었다.

"내기요?"

"아, 황후는 모르는가? 지금 대공가에서는 곧 태어날 아기님이 가장 좋아할 선물을 찾아내는 내기를 하고 있다네."

"아, 그래서……."

로메오는 묘한 소리를 내며 말꼬리를 흐렸다. 나는 눈살을 찌푸렸다.

'그래서, 라니? 또 나 몰래 무슨 일이 벌어지고 있는 거냐.'

가장 유력하게 짚이는 후보는 바로 태황제 폐하였다.

'설마 이거 관련해서 주접을 떨고 다닌 것은 아니겠지?'

아니긴 뭐가 아니겠는가. 유감스럽게도 정답이었다. 태황제에게 한껏 도발을 당한 스타티스는 위험한 미소를 지으며 말했다.

"짐은 무슨 선물을 해야 짐의 격에 맞을까? 내 사촌에게 영지라도 미리 하사할까?"

'참가해주지 않는 것이 도와주시는 것입니다만.'

아직 태어나지도 않은 아이에게 영지를 하사하겠다는 건가?

'제발 그만둬!'

이미 물려받을 것이 충분히 많은 아이였다.

나는 속으로 비명을 질렀다.

'이 이상 관심받고 싶지 않아!'

❖ ❖ ❖

다과회를 마치고 나는 심신이 완전히 지쳐서 집에 돌아왔다.

마차 문을 여니, 이안이 당연하다는 듯이 나를 향해 손을 내밀었다. 그의 손바닥 위에 손을 올리며 나는 지친 목소리로 말했다.

"당신네 집안은 다 배포가 미쳤어요."

"뜬금없이 무슨 말입니까?"

이안은 눈살을 찌푸렸다. 나는 설명 대신 그에게 한 장의 종이를 내밀었다.

나를 내려준 뒤, 종이를 펴본 이안의 미간 주름이 더더욱 깊어졌다.

"지도? 그런데 왜 이렇게 군데군데 찢어져 있습니까?"

"폐하께서 다트판에 걸어두신 지도예요."

나는 한숨 섞인 목소리로 대답했다.

"그 찢어진 부분이 우리 아기에게 줄 영지래요."

"네?"

그게 다과회에서 있었던 일이었다. 제국 지도를 다트판에 올려놓고 맞추는 영지를 우리 아이에게 주겠다나, 뭐라나.

'나보고 단검을 던져보라고 하셨지.'

나는 얼떨떨해하면서도 단검을 던졌고, 처음에는 난생처음 던지는 단검인지라 빗맞았다.

'그래서 오기가 솟아났고.'

정신 차려보니 다섯 번 기회 중 세 군데나 단검으로 맞췄다는 사실.

"난처하다면 그냥 일부러 빗맞추면 될 텐데. 역시 대공비는 화끈한 성격이 매력이야. 황궁에 자주 놀러 오도록."

스타티스는 정원이 떠내려가라 깔깔깔 웃고는 지도만 남긴 채 자신의 집무실로 떠났다.

그 뒤에 로메오가 필사적으로 폐하는 농담도 통 크게 하신다며 애써 이 상황을 포장했다.

'이 금발 남매는 왜 날 가지고 그러는 거야.'

나는 입술을 삐죽이며 이안을 흘겨보았다. 이미 내 안에 이안과 스타티스는 남매처럼 묶여 있었다. 얼굴도 비슷하고, 성격도 비슷하고.

'좋은 듯 슬쩍 꼬인 점이라든가.'

내가 터덜터덜 저택 안으로 들어서니, 이안이 지도를 아무렇게나 구겨 던지며 대답했다.

"폐하께서는 왜 그러신답니까?"

"태황제 폐하께서 어제 황궁을 한바탕 휘젓고 다니셨대요."

"이런."

내 대답에 이안은 손가락을 딱 울렸다.

"우리 집에 못 오게 하니 이제 황궁에 가서 주접을 떨고 계신 모양이군요."

주접이라.

'황제일 땐 이 정도가 아니었는데.'

이제는 이 주접을 모르는 사람이 이 나라에 없을 지경이었다.

"그냥 우리 집에 봉인해야 할까요."

나는 힘없이 중얼거렸다. 이렇게 여기저기 사고를 치고 다니게 풀어둘 바에는 이 한 몸 희생해서 봉인해야 하나 싶었다.

그런 나를 물끄러미 바라보던 이안이, 내 뺨에 쪽 하고 입을 맞췄다.

"황제 폐하께도 효도할 기회를 드려야죠."

그냥 황궁에 가도록 내버려 두라는 말이었다. 나는 피식 웃고 말았다.

"효도라. 효도라기보다 한 번쯤 눌러주고 싶으신 것 같던데."

스타티스의 행동은 아무리 좋게 보아도 효도라고 하긴 어려웠다. 하지만 나의 반론도 이안은 가볍게 흘려버렸다.

"부모의 객관적 위치를 각인시켜주는 것도 효도라면 효도겠죠. 저는 부모님이 안 계셔서 모르겠네요."

"아이고. 말은 잘하세요."

교묘하게 자신의 약점을 내밀어서 반박할 수 없게 만드는 말이었다. 내가 어이가 없어서 피식 웃으니, 이안이 팔을 뻗어서 내 어깨를 감싸 안았다.

"벌써 일주일에 이틀이 이렇게 흘러버렸네요. 닷새 남은 평화로운 시간을 함께 보내도록 합시다."

"어떻게요?"

"일단은 낮잠이 어때요?"

"당신은 졸리지 않잖아요."

나는 흘긋 이안의 옷을 바라보았다. 내가 나갈 때와 다른 것을 보니 그도 외출에서 돌아온 것이 분명했다.

'그럼 처리해야 할 일이 또 생겼을 거 아냐.'

그런 생각을 하는 내 귓가에 이안이 낮은 목소리로 속삭였다.

"저는 당신의 베개 담당이죠."

거절하기 어려운 달콤한 목소리였다.

'언니는 바쁜가?'

애니는 살금살금 올리비아의 집무실을 기웃거렸다. 살짝 열린 문틈으로 안에서 나누는 대화가 들렸다.

"이게 매출표입니다."

'일하고 있구나.'

애니는 슬쩍 틈새에 귀를 기울였다. 케닌 보좌관이 오르세에 남으면서 최근 올리비아에게는 새로운 일들이 많이 생겼다.

'저 사람이 새로 채용한 보좌관인가 보다.'

애니는 문틈으로 슬쩍슬쩍 보이는 안경 낀 여성을 바라보며 생각했다. 그녀의 맞은편에 앉은 올리비아는 사무적인 어조로 대화를 나누고 있었다.

"오르세 코너를 꾸미는 건 어떻게 진행되고 있죠?"

"수요 조사 중입니다. 일단 맛보기 행사에서는 대단히 반응이 좋았습니다."

"그렇군요. 그럼 1층에 커다란 행사매장을 확보해서 먼저 기획전을 해보죠. 그래도 반응이 좋으면 정식매장을 내는 거로."

"좋은 생각이십니다."

두 사람이 나누는 대화가 어려워서인지, 순간 애니에게는 올리비아가 무척 먼 사람처럼 느껴졌다.

'언니…….'

아니, 언제는 가까웠던 적이 있었나.

'언니는 옛날부터 똑 부러졌었지. 자기 일을 잘했고.'

여자가 공부한다는 이야기를 들으면 경기를 일으키는 아버지가 올리비아에게만 아카데미를 허락한 이유는 하나뿐이었다.

신경 쓰지 않아도, 올리비아가 알아서 아카데미 진학까지 잘했으니까.

'언니는 나랑 달라. 나는 늘 어설프니까.'

아버지가 아무 말 못 하도록 똑 부러지게 훈수도 두지 못하고, 아버지가 모르는 것을 무심하게 넘기지도 못했다. 이러니 올리비아처럼 상황을 빠져나갈 수 없는 것도 당연했다.

'그래도 지금까지는 내 언니였는데…….'

애니는 시무룩한 표정을 지었다. 올리비아가 자랑스러운 언니였던 예전과, 부모님이 다르다는 사실을 알게 된 지금은 또 마음가짐이 달랐다.

잠시 웅크리고 생각에 빠져 있던 애니는 손바닥으로 자신의 뺨을 짝 때렸다.

'무슨 생각을 하는 거야! 지금도 언니는 내 언니잖아! 언니도 그렇게 말했고. 아무리 남들이 그렇게 손가락질한다고 해서 나까지 그렇게 생각하면 안 돼.'

하지만 이렇게 스스로를 독려해도 어쩔 수 없이 마음이 약해
졌다. 애니는 여전히 올리비아에게 얹혀살았고, 많은 것들을 그
녀의 호의에 기대어 있었으니까.

그래서 이번 선물 이야기가, 애니에게는 무척 달가웠다.

'언니를 기쁘게 해주고 싶어.'

받기만 하는 염치없는 사람이 되고 싶지 않았다. 애니는 주먹
을 꽉 쥐었다.

❖ ❖ ❖

'케넌의 빈자리가 느껴지네.'

백화점에 대한 이야기를 마무리 짓고 나는 한숨을 내쉬었다.
나도 제국을 장시간 비웠던지라, 인수인계가 필요한데, 보좌관
또한 새로운 사람인지라 아직 업무 이야기를 하는 데 공백이 있
었다.

'금방 익숙해지겠지. 새 보좌관도 열심히 하는 사람이고.'

최근 날아온 편지에 의하면, 케넌은 물 만난 고기 같았다.

– 오르세 좋아요! 오르세 만세! 세라비ㅡ!

'이러다 영영 제국으로 안 들어온다고 할지도.'

잠시 쉬고 있으니 하녀가 한 뭉치의 초대장을 쟁반에 담아왔
다. 하녀를 따라 들어온 이안이 고개를 갸웃했다.

"이게 웬 편지입니까?"

나도 방금 봐서 잘 모르겠지만. 나는 봉투를 뒤집어보았다. 딱 두 장의 발신인을 확인하는 순간, 무슨 내용인지 알 수 있었다.

"……지난번 다과회에 참석한 부인들이 보내신 거예요."

"재미있는 시간이었나 보군요."

재미? 재미를 느낄 새가 있었나.

'황제 폐하께서 등장하신 다음부터는 너무 긴장해서 기억이 잘 안 나.'

뭔가 계속 내게로 스포트라이트가 와서 당혹스러웠던 기억이 난다.

'차라리 이안과 내 문제였다면 뻔뻔했을 텐데, 하필 태황제 폐하가 언급되어서!'

나는 가장 위에 있던 봉투를 페이퍼 나이프로 갈랐다. 그사이 쟁반에 올려진 편지를 하나하나 살펴보던 이안이 코끝으로 한숨을 내쉬었다.

"화이트폴은 없군요."

"후작부인은 지난번 다과회에도 나오지 않으셨어요."

"흐음."

말꼬리를 흐리는 모습이 영 불안했다. 나는 페이퍼 나이프를 내려놓으며 물었다.

"무슨 일이 있나요?"

"전혀 없습니다."

"그런데 왜 굳이 찾아요?"

화이트폴과 우리는 더 이상 이야기를 할 것이 없는데. 이안은 턱을 문지르며 중얼거렸다.

"당신에게 앓는 소리를 하면 혼쭐을 내주려고 찾았습니다."

"?"

대답을 들으니 더더욱 알쏭달쏭했다.

'앓는 소리 할 것이 뭐가 있담.'

화이트폴 후작부인은 원래 사교계 활동이 잦은 편이 아니었다. 그것은 뒤집어 말하면 굳이 사교활동을 하지 않아도 잘 굴러가는 명문가라는 뜻이었다.

'그 아가씨는 성격상 잘살 것 같고.'

나는 마지막까지 자신이 옳다고 믿어 의심치 않던 붉은 머리 릴리아나를 떠올렸다.

'지금쯤이면 폴카로 시집가지 않았을까?'

한 번쯤 체크해 봐야겠다고 생각하며 나는 편지를 펼쳤다. 정갈한 글씨체로 적힌 내용은 대략 이러했다.

– 타이론 대공비 전하께

저희 가문에서도 축하의 선물을 전해드리고 싶어서요. 어느 날 방문하면 좋을지 답신해주시기 바랍니다.

"오, 이런."

설마설마하며 나는 다음 편지도 열어보았다. 발신인은 다르지만 내용은 거의 흡사했다.

나는 편지를 내려놓으며 지친 얼굴로 중얼거렸다.

"아무래도 폐하께서 선물을 하겠다고 하시니, 너도나도 성의를 보이려는 것 같아요."

"나름대로 경쟁이군요."

이안은 깔끔하게 상황을 정리했지만 내 마음은 그의 말처럼 편안하지 않았다.

'왜 경쟁을 하고 그런담.'

체면 때문에 선물을 받아도 답례를 해야 하고, 이만저만 성가신 것이 아니다.

'물론, 이번 기회에 친분을 가져도 나쁘지 않은 이들이지만.'

이런저런 생각을 하며 내가 손가락으로 턱을 톡톡 두드리고 있을 때였다. 이안이 어깨를 으쓱하며 말했다.

"차라리 규모를 키워서 연회를 여는 건 어떻습니까?"

"네?"

뜻밖의 말에 나는 눈을 동그랗게 떴다.

'규모를 키워? 연회?'

연회를 연다는 생각은 조금도 못 했는데. 조금 당황스러워하는 내게, 이안은 조곤조곤 말했다.

"막상 아기가 태어나고 나면 정신이 없어서 열기 어려울 겁니다. 전야제라는 느낌으로 몸이 가벼울 때 축하연을 열도록 하죠."

"거기서 선물 개봉식도 하고요?"

"기왕 경쟁이 붙은 것, 규모를 키우는 게 낫지요."

"그것도 일리가 있는 말이네요."

나는 느릿하게 고개를 끄덕였다. 그러고 보니, 지난 생에도 축하연 같은 것이 열리긴 했던 것 같다.

'나는 침대 위에 있었지만.'

아파 죽겠는데 밖에서는 웃고 떠들었다. 그래서 더더욱 세상에 나 혼자만 있는 것 같아 서러워서 울었었지.

'그게 축하연이었구나.'

신기할 정도로 아무 생각이 들지 않았다. 그냥 그랬구나, 하는 마음뿐.

"올리비아?"

대답 없이 생각에 잠긴 내가 이상했는지, 이안이 나를 불렀다. 나는 어색하게 웃었다.

"네. 한번 생각해볼게요."

❖ ❖ ❖

그 시간, 애니는 거리에 나와 있었다. 넓은 광장에 아이들이 즐겁게 뛰어다니고 있었다.

분수가에 앉아서 애니는 어린아이처럼 발을 붕붕 흔들었다.

'그런데 언니는 무얼 좋아할까?'

애니는 잠시 생각에 잠겼다. 사실 떠오르는 것은 많았다.

'언니는 책을 좋아하고, 바삭한 토스트도 좋아하고, 구슬 꿰어서 만든 팔찌도 좋아했었지.'

애니는 올리비아가 받고 기뻐했던 것들을 하나하나 떠올렸다.

하지만 그 직후 조금 시무룩해졌다.

'하지만 이제는 언니에게 다 있을 텐데.'

바삭하게 구운 식빵에 꿀만 발라먹어도 행복했던 시절이 있었다. 하지만 이제 자매는 그것보다 훨씬 깨끗하고 맛있는 음식들을 먹으며 지냈다.

'오히려 내가 나쁜 과거를 떠올리게 할지도 몰라.'

올리비아와 함께 시간을 보낸 추억이지만, 애니는 그 시간들조차 돌이키기 싫은 과거가 되었을 거라 생각했다.

'그럼 어떻게 하면 좋을까.'

애니가 골똘히 생각에 잠겼을 때였다. 등 뒤에서 슬슬 변성기가 오기 시작한 목소리가 그녀를 불렀다.

"무슨 생각 하세요, 아가씨?"

"에릭!"

그녀의 등 뒤에는 견습기사로 저택에서 일하고 있는 에릭이 서 있었다.

훈련을 마치자마자 나온 것인지, 햇빛에 빨갛게 물든 얼굴이 뜨거워 보였다. 애니는 손수건을 내밀었다.

"땀이 엄청 많이 났네. 바로 달려온 거야?"

"모, 목욕은 했는데. 냄새나나요?"

"전혀. 더워 보여서 물어본 거야."

그렇게 이야기했더니 에릭의 얼굴이 더더욱 붉어졌다. 순진한 애니는 그 사실을 눈치채지 못하고 고개만 갸웃했다.

"언니한테 뭘 주면 좋아할까 고민하고 있었어."

"어제는 팔찌를 만들어줄 거라고 했잖아요."

두 사람의 약속은 어제 이미 정해져 있었다. 애니가 구슬을 사러 번화가로 나오겠다고 하니까 에릭이 기꺼이 경호를 하겠다고 대답했던 것이다.

에릭의 대답에 애니의 얼굴이 더더욱 흐려졌다.

"아니, 처음엔 그런 마음이었는데, 아무리 생각해도 언니가 기뻐할 것 같지가 않아서……."

최근 올리비아의 목은 이안이 직접 걸어준 화려한 루비 목걸이가 장식하고 있었다.

'분명히 구슬 같은 건 조악하게만 보일 거야.'

그렇다고 형부처럼 화려한 금붙이를 사줄 만한 형편이 되는 것도 아니다. 애니는 고민에 빠졌다.

"하지만 아기 옷이나 용품들도 다 있을 테고."

애니의 투덜거림을 듣던 에릭이 가볍게 고개를 기울였다.

"아가씨의 특기를 살리시는 건 어때요?"

"내 특기?"

"아가씨는 약초에 능하잖아요. 수면에 도움이 되는 약초들로 속을 채운 베개나 무릎담요 같은 걸 드리면 좋을 것 같은데요."

"아."

에릭이 그 생각을 떠올린 건, 애니가 평소에 진통제나 연고를 만들어서 에릭에게 건네주곤 했기 때문이다.

에릭의 말을 들은 애니는 자리에서 벌떡 일어났다.

"왜 그런 생각을 못했을까. 에릭 넌 천재야!"

"헤헤."

임신을 했으니 분명 올리비아도 숙면이 어려울 터였다.

"그럼 천이랑 약초를 사러 가야겠다. 가자."

애니는 에릭의 옷자락을 잡아당겼다. 그 바람에 다시 에릭의 얼굴이 새빨갛게 달아올랐지만, 또 눈치채지 못했다.

'그리고 행운을 부른다는 네 잎 클로버를 수놓아줘야지.'

애니는 속으로 결심했다.

'세상 모든 행복이 다 언니에게 가도록.'

그렇게 며칠이 흐르고 약속했던 일주일이 되었다.

준비할 시간이 얼마 남지 않아서 축하연은 그리 규모 있게 준비되지는 않았다. 나는 과감하게 가족 단위 파티를 목표로 하여 음식도 장식도 아기자기하게 꾸몄다.

'이제 손님만 맞으면 되는군!'

어차피 다과회 손님들만 맞기 때문에 몇 명 되지 않았다. 내가 목록을 체크하며 마음의 준비를 하고 있을 때였다.

"제수씨!"

"윽!!"

들려서는 안 될 말에 나는 뛸 듯이 놀라고 말았다.

"폐, 폐하?!"

아니, 이 사람! 왜 이렇게 일찍 왔어?!

내 계획에 따르면 태황제의 등장은 축하연의 중반부 이후였다. 그런데 제대로 개시도 하기 전에 나타난 것이다.

놀란 나를 보며 태황제는 허허허 사람 좋은 미소를 지었다.

"그렇게 반기지 않아도 되네. 우리는 가족 아닌가."

'반기는 거로 보이냐.'

하여간 철저한 자기 중심주의였다.

하지만 그렇다고 대놓고 야박하게 굴 수도 없는 노릇이라, 나는 어색하게 웃으며 은근히 되물었다.

"보통 귀빈은 가장 늦게 오시는데……."

평생 남에게 눈치를 주었지, 눈치를 받아본 적은 없는 태황제는 배를 내밀며 대답했다.

"아무리 귀빈이라고 해도 가장 가까운 곳에 사는데 늦는 게 말이 되는가."

"그, 그건 그렇지만요."

듣고 보니 일리가 있는 말이었다.

'담장만 폴짝 넘어오면 되니.'

그리고 저번에도 개구멍을 팠던 분인데, 이번이라고 과연 정문으로 왔을까 싶었다.

내가 한숨을 쉬고 있으니, 태황제는 이곳저곳을 기웃거리며 물었다.

"그건 그렇고 사돈댁께서는 안 오셨나?"

"여기 왔습니다."

"아버지!"

묻기 무섭게 목소리가 들렸다. 나는 두 번째로 놀라고 말았다.

'우리 아버지는 또 왜 이리 일찍 오셨어!'

이분들, 이렇게까지 신경전을 벌이는 거였나! 오는 시간까지 중요한 거였어?

아버지는 잘 어울리는 남색 정장 차림이었다. 온화한 미소를 지으며 인사를 하는 모습은 신경전과는 거리가 멀어 보였다.

"반갑습니다."

하지만 곧장 태황제에게 인사를 건네는 아버지를 보며 나는 내 생각을 수정했다.

'무척 신경 쓰고 계시군.'

평범한 사돈도 어려운데, 한쪽은 오랜 시간 끝에 찾은 친아버지이고, 다른 한쪽은 부모 없는 나이가 많은 형이니 예민할 수밖에 없었다.

내가 말 꺼내기도 전에 태황제가 먼저 포문을 열었다. 만두 주제에 노려보는 모습이 무척 알량스러웠다.

"무척 부지런하군. 귀빈은 천천히 나타나야 하는 거 모르오?"

'당신도 일찍 오셨잖아요.'

하고 싶은 말은 있었으나 참았다. 그러자 아버지는 우아한 미소를 지으며 대답했다.

"늙으니 잠이 없어져서 그런다더군요."

'우리 아버지가 더 젊으실 텐데.'

어른들의 대화인지, 어린이들의 대화인지 모를 수준이었다. 사이에 낀 나는 그냥 허허 웃었다.

'이럴 때는 아무 말도 안 하는 게 상책이지.'

애들 싸움이든 어른 싸움이든 중간에 끼어들면 같이 끌려들어갈 뿐이다.

그 뒤로는 신경전을 관전할 시간도 없었다. 손님들이 연달아 찾아왔기 때문이다.

"축하드려요, 전하."

"두 분이 모두 미남미녀시니, 아기의 미모도 기대가 됩니다."

이런저런 덕담을 들으며 나는 손님을 맞이했다.

그렇게 분위기가 충분히 무르익고, 고대하던 선물을 뜯어야 할 때가 되었을 때였다.

이안이 커다란 상자를 안고 와서는 뿌듯한 미소를 지었다.

"제 것부터 열어보시죠."

'저걸 준비하느라 늦게 나타나셨군!'

기어코 선물을 준비한 모양이다. 이안이 나서자, 태황제도 그를 밀치며 얼굴을 디밀었다.

"내 것부터! 당연히 내 것부터 열어야지."

"제발 비키시죠, 폐하."

"어허! 말투는 공손한데 몸짓은 전혀 공손하지 못하구나."

"……알면 비켜주십시오."

신경전이 그쪽으로까지 번지고 있을 때였다. 나는 문득 연회장을 돌아보았다. 익숙한 얼굴이 보이지 않았다.

"애니는요?"

내 동생 애니가 보이질 않았다.

'애니가 오지 않을 아이가 아닌데.'

뭔가 불길한 예감이 가슴을 간질였다. 나는 이안의 팔을 살짝 잡아당겼다.

"아무래도 무슨 일이 있는 것 같아요. 애니를 데려올 테니까, 잠시만 손님 상대 좀 해주세요."

"아랫사람들을 시키는 게 낫지 않겠습니까?"

이안의 말이 옳았다. 하지만 내 직감이, 이건 내가 직접 나서야 하는 일이라고 말하고 있었다.

"아주 잠시면 되어요. 다녀올게요."

"무리하지 말아요."

이안은 고개를 끄덕이며 나를 보내주었다.

나는 손이 비는 하녀들과 함께 정원으로 나갔다.

"애니!!"

하지만 저택의 정원이 워낙 넓은지라, 하녀들의 도움을 받아도 애니를 찾는 것이 쉽지 않았다.

'정말 저택 밖으로 나간 걸까?'

그런 것치고는 아는 사람들이 없었다. 애니의 방에는 아마도 나를 주려고 준비한 듯한 베개와 무릎담요가 예쁘게 리본으로 묶여 있었다.

'분명 오늘 참석하려고 했던 모양인데…….'

그런데 왜 모습을 드러내지 않은 걸까.

'혹시 눈치가 보이는 걸까.'

어쩔 수 없이 생각이 부정적으로 흘러갔다. 주변에서 애니에게 손가락질할 사람들도 무척 신경 쓰였기 때문이다.

'아무리 내가 막아도, 모든 입을 다 막을 수 있는 건 아니니까.'

나를 두고도 남편 잘 만나서 팔자 폈다고 말하는 사람들이 널려있는데, 나와 친자매도 아닌 애니를 향해서는 더 심한 말이 쏟아질 것이 뻔했다.

'내가 조금 더 세심하게 신경을 써야 했는데.'

그렇게 혀를 차고 있을 때였다. 너른 풀밭 너머로 리본이 팔락거렸다.

애니였다.

"애니!!"

"어, 언니?"

나는 서둘러서 애니를 향해 걸어갔다. 흙투성이가 된 애니가 고개를 들었다. 나는 나도 모르게 언성을 높였다.

"도대체 어딜 갔던 거야?"

"언니……."

하지만 막상 가까이 다가가서 살핀 동생의 얼굴은 엉망이었다. 밖에 얼마나 오래 있었는지, 차갑게 얼어붙은 데다가 눈에는 눈물이 그렁그렁했다.

내가 움찔할 군자, 애니가 잔뜩 달아오른 얼굴로 울먹거렸다.

"언니한테 주고 싶었는데, 없어서……. 계속 찾고 있었어."

"도대체 뭐가!"

이렇게 될 때까지 찾을 게 뭐가 있단 말인가. 걱정하는 마음으로 소리를 지르니, 애니가 더더욱 의기소침해져서 웅얼거렸다.

"네 잎 클로버가……."

"뭐라고?"

나는 눈살을 찌푸리고 말했다. 네 잎 클로버라니.

'토끼풀 말이야?'

그걸 왜 웅크리고 찾았단 말인가.

"언니한테는 다 있잖아. 비싼 것도, 좋은 것도! 그래서 나는 네 잎 클로버를 따주고 싶었는데……."

말문이 막혀 굳어 있자, 애니의 눈에서는 눈물이 펑펑 쏟아지기 시작했다.

"내가 해줄 수 있는 게 없으니까……."

"세상에, 애니."

나는 그제야 애니가 무엇을 말하는지 깨달았다.

'그놈의 선물 때문에!'

애니는 최선을 다해서 선물을 마련했지만, 그럼에도 부족하다고 느꼈던 모양이다.

'그래서 진짜 네 잎 클로버를 모으려고…….'

동생이 그런 맘고생을 했다고 생각하니 나도 덩달아 울컥했다. 나는 애니의 손을 꼭 붙들었다.

"언니는 네가 행복하기만 해도 충분해. 정말이야. 네가 뭘 주었어도 언니는 기뻤을 거야."

"하지만 언니."

나의 말에 애니는 옷자락을 꽉 쥐고 바닥을 내려다보았다.

"언니도 알잖아. 귀찮고 손이 많이 가면 미움받는다는 걸……."

"애니!"

"부모님도 내게 무조건적이지 않았는데 어떻게 언니가 그렇게 할 수 있어?"

"……."

애니에게는 플로렌스 자작의 학대가 고스란히 상흔으로 남아 있었다. 나는 입술을 꽉 깨물었다.

'몹쓸 인간 같으니.'

아이가 사랑을 받는데, 아이라는 사실 외에 무슨 이유가 필요하단 말인가. 쓸모 있어야 하고, 예쁘고 얌전해야 사랑을 준다는 건 순전히 어른들의 이기심 아닌가.

'나는 그렇지 않아.'

하지만 그 말들을 애니에게 하기에는 막막하기만 했다. 나는 그저 애니의 손을 꽉 붙들었다.

"일단 집으로 돌아가자."

"안 돼. 아직 못 찾았단 말이야!"

일이 벌어진 것은 순식간이었다. 애니가 나를 세게 밀친 것도 아니었다. 내가 삐딱하게 서 있던 것도 아니었다.

"앗!"

그런데 애니가 손을 뿌리치는 그 순간, 내 몸이 기우뚱 균형을 잃었다.

'다리에 힘이, 갑자기……?'

갑자기 어지러우면서 토할 것 같은 메스꺼움이 몰려왔다. 나는 느릿하게 풀밭에 쓰러졌다. 그리고 희게 질린 얼굴로 이마만

짚었다.

"어, 언니!"

그런 나의 어깨를 애니가 꽉 붙들었다.

"괘, 괜찮아? 어, 어, 어떻게 하지?"

내가 애니를 붙잡고 싶었다. 나보다 네가 더 힘들어 보인다, 괜찮니 묻고 싶었다.

하지만 입을 열면 헛구역질을 할 것 같았다. 애니가 눈물에 흠뻑 젖은 얼굴로 소리쳤다.

"누가 좀 도와줘요!!"

❖ ❖ ❖

지나던 하녀의 도움을 받아서 나는 내 침실에 눕혀졌다. 내 옆에서 펑펑 울고 있는 애니의 손을 붙들고 있으니, 의사가 허겁지겁 달려왔다.

"무슨 일이 있으셨습니까?"

"갑자기 다리 힘이 풀려서 넘어졌네."

"지금은 괜찮으신가요?"

몇 가지 질문에 답하고 나니, 의사가 안도의 한숨을 내쉬었다.

"기립성저혈압 같습니다. 임신 여성에게 나타나는 증상들 중 하나이니, 혼자 산책하거나 하는 일이 없도록 주의해주십시오."

나는 고개를 끄덕였다. 그리고 아직까지 눈물을 줄줄 흘리고 있는 애니를 바라보았다.

"들었지, 애니?"

나는 다른 손을 뻗어서 애니의 머리를 쓸어내렸다.

"네 탓이 아니니까 울지 않아도 돼."

"언니……."

내 위로에 애니의 눈물은 잦아들기는커녕 오히려 더 심해졌다. 나는 눈짓으로 하녀들과 의사를 내보냈다.

애니는 두 손으로 자신의 얼굴을 가리며 울부짖었다.

"엄청 놀랐어! 이러다가, 이러다가 조카한테 무슨 일이 일어날까 봐……."

"불행한 일은 일어나지 않았을 거야."

나는 애니의 머리카락을 쓸어넘겼다. 이것만큼은 확답할 수 있었다.

"네가 내 행운이니까."

내 인생은 늘 후회투성이었지만, 애니를 생각하면 그 어느 때보다 강해질 수 있었다. 내가 망설여서 애니가 지난 생처럼 불행해지는 게 가장 두렵기 때문이다.

'아, 이런 게.'

나는 눈을 동그랗게 떴다.

'이런 게 부모의 마음일까.'

조건 없이 해주고 싶고, 살뜰하게 보듬어주고 싶은 마음.

지난 생에는 몰랐던, 아니 알 기회도 없었던 마음을 조금이나마 알 것 같았다.

＊ ＊ ＊

애니는 울다 지쳐서 잠이 들었다. 그 아이를 방에 눕혀주고, 의사의 말대로 얌전히 침대에 누워 있으니 이안이 찾아왔다.

"이안."

"올리비아."

가까이 다가온 이안이 침대가에 무릎을 꿇고 나와 눈을 맞추며 물었다.

"괜찮습니까?"

"의사에게 들었을 거 아니에요. 가벼운 빈혈이었어요."

나는 몸을 일으켜 앉았다.

"손님들은요?"

"잘 정리해서 보냈습니다."

그리 대답하면서 이안이 내 얼굴을 문질렀다. 그런데 어쩐지 느낌이 평소와 달랐다. 나는 그의 손을 붙들어 보았다. 손바닥에 피딱지가 엉겨 붙어 있었다. 나는 저절로 미간을 찌푸렸다.

"손은 왜 그래요?"

내 질문에 이안은 어색한 미소를 지으며 내 품에 파고들었다.

"여기 달려오고 싶은 걸 참다가 조금."

"조금이 아닌데요."

다시 살펴보려고 했지만, 그가 두 손으로 내 허리를 꽉 끌어안는 바람에 볼 수가 없었다. 잠시 굳어져 있던 나는 조심스럽게 이안의 머리카락을 토닥거렸다.

그렇게 얼마나 있었을까. 문틈으로 빼꼼 태황제와 아버지가 얼굴을 내밀었다.

"제수씨."

"괜찮은가요?"

"폐하. 아버지."

나는 두 사람을 반기며 웃었다. 이안을 떼어내려 했지만, 그가 매달린 채 꿈쩍도 하지 않아서 그냥 내버려 두었다.

"전 괜찮아요. 기립성저혈압이라고, 일어나면 어지러움을 느끼는 증상이래요."

"저런. 그럼 이 저택에 모든 계단을 없애야겠군."

내가 대답하기 무섭게 태황제가 주접을 떨었다. 놀라운 건 그럴 때면 늘 면박을 주던 아버지까지 고개를 끄덕였다는 점이다.

"맞습니다. 계단을 모두 없애고 정원도 평평하게 만들죠."

"농담이 지나치시네요."

두 사람의 말에 나는 까르르 웃었다. 그러자 여태 무릎을 꿇고 내 허리쯤에 매달려 있던 이안이 가라앉은 목소리로 물었다.

"왜 농담이라고 생각합니까?"

"아……."

그의 푸른 눈동자를 마주하는 순간 나는 입을 꾹 다물고 말았다. 그의 눈에는 슬픔이 소용돌이치듯 돌고 있었다.

솔직히 조금 당혹스러웠다.

이안은 입술을 삐죽이며 말을 이었다.

"처음에 쓰러졌다는 이야기를 들었을 때 얼마나 걱정했는지 아십니까. 그래도 손님맞이가 허술하면 당신이 자책할 것 같아서 마무리까지는 잘했지만요."

이안은 다시 내 허리춤에 고개를 묻었다.

"중간에 몇 번이나 다 때려치우고 뛰어오고 싶었습니다."

이안이 말을 끊기 무섭게 태황제가 맞장구를 쳤다.

"그래, 제수씨. 이 녀석이 얼마나 무서워했는지 아나?"

"나도 많이 걱정했습니다."

태황제도, 아버지도 나를 가라앉은 표정으로 응시하고 있었다. 나는 입술을 파르르 떨었다.

"미안해요, 모두."

참 이상한 기분이었다.

'미안하기도 하고, 당혹스럽기도 하고, 조금 기쁘기도 해.'

나를 짓궂게 괴롭히고 있다고 생각했던 태황제까지, 진지하게 나를 걱정한다는 사실이 참 묘했다.

나는 솔직하게 내 마음을 표현했다.

"사실 이렇게 다른 사람들이 날 걱정하는 것이 처음이라서……. 제가 좀 얼떨떨했어요."

"올리비아."

내 말에 아버지의 표정이 아프게 일그러졌다. 내가 평생 누구의 걱정도 받지 못하고 자라온 것이 고스란히 드러났기 때문이다. 나는 괜찮다는 의미로 싱긋 웃어 보였다.

"내일 다시 방문해주세요. 선물은 내일 열어보도록 해요. 우리 가족들끼리요."

내 말에 당장 기쁘게 고개를 끄덕일 줄 알았던 태황제는 뜻밖에 고개를 흔들었다.

"무리할 필요 없네. 이제 옆집에 사는걸. 다음에 보면 되지."

"맞아요. 일단 쉬도록 해요."

아버지가 바로 맞장구를 쳤다. 나는 눈을 동그랗게 떴다가 이내 배시시 웃고 말았다.

"감사해요."

나는 크게 착각하고 있었다. 그냥 임신이라는 이벤트에 저 사람이 무척 신이 난 거라고 말이다.

'사실 나와 이안을 생각하고 있었구나.'

생각해보면 당연한 것이었다. 누가 자기 재미만으로 남에게 시간을 할애하겠는가.

'내가 지나치게 속 좁게 생각했나 봐.'

태황제와 아버지가 내 방을 나서고 나서야 이안은 다시 고개를 들었다. 축 늘어진 눈꼬리가 비 맞은 강아지 같았다.

"오늘은 같이 자도 됩니까?"

나는 흔쾌히 고개를 끄덕였다. 저절로 손이 그의 머리카락을 헤집었다.

"그래요. 씻고, 잠옷 입고, 다시 만나요."

"음……."

내 말에 이안은 일어나지 않고 내 손길만 얌전히 받았다.

'이럴 땐 꼭 강아지 같아.'

내가 물끄러미 잘생긴 얼굴을 내려다보고 있으니, 그가 슬쩍 내 눈치를 살피며 조심스레 물었다.

"나도 여기서 씻으면 안 되겠습니까?"

나는 이안의 머리를 살살 쓸어넘기며 대답했다.

"나 어디 안 가요. 아무 일 없고요."

내 말에 이안은 입술을 삐죽 내밀었다.

"눈만 떼면 무슨 일이 생기니 이제 못 믿겠습니다."

"하하."

나는 키득키득 웃었다. 그리고 침대맡에 줄을 당겼다. 기다리고 있던 하녀가 얼른 얼굴을 내밀었다.

"부르셨어요, 마님?"

"전하의 잠옷을 가져오너라. 목욕 준비도."

"예."

내 명을 들은 이안이 눈꼬리를 휘며 웃었다. 침대에 걸터앉은 그가 내 뺨에 가볍게 입을 맞췄다.

"오늘은 왜 이렇게 제 투정을 다 받아줍니까?"

꼭 언제는 안 받아준 것처럼 말한다. 나는 피식 웃었다.

"저는 원래 당신에게 약한데요?"

"제게만 허락해주는 다정함이란 말씀이십니까."

이안은 키득키득 웃으며 다시 내 뺨에 입을 맞췄다.

"좋네요, 아주."

"못 말려."

오늘 걱정시킨지라, 나는 얌전히 이안의 어리광을 받아주었다. 그 뒤로, 가볍게 몸을 닦고, 잠옷을 입은 우리는 나란히 침대에 누웠다. 이안의 손바닥에 약을 발라주는 것도 잊지 않았다.

이안은 이번에도 아낌없이 어리광을 부렸다.

"너무 따가워요! 나를 사랑하는 만큼 살살 해주세요."

나는 빙긋 웃으며 소독약을 콸콸콸 부었다. 이번에는 진짜 비명이 터져나왔다.

"앗, 따가!"

❖ ❖ ❖

누워서도 귀찮게 굴 줄 알았는데, 이안은 금방 잠들어버렸다.

나는 내 허리를 끌어안고 있는 이안의 팔을 만지작거리다가 내 배에 두 손바닥을 가만히 올려놓았다.

'아기라.'

아직 배가 나오지 않아서일까. 어떤 감각도 느껴지질 않았다.

'아직 실감은 안 나는데.'

깊은 고통의 기억 때문인지, 임신을 했을 때도 임신 자체가 기쁘다기보다 이안에게 뭐라고 말할까 하는 걱정이 앞섰다. 이안이 좋다고 말해준 뒤로는 더 깊이 생각을 해보려고 하지 않았다.

'이번에도 그렇게 고통스러울까.'

결국, 내가 인내해야만 하는 상황들만 떠올랐기 때문이다.

하지만 아기를 떠올리니 이런 생각도 들었다.

'아기에게 무슨 일이 생겼다면 모두 많이 슬퍼했겠지?'

저 주접쟁이들이 슬퍼하는 모습은 상상이 되지 않았지만.

'조심해야겠다.'

그리 생각하고 나는 조금 놀랐다. 지난 생에는 그런 생각을 하지 못했기 때문이다.

'……사느라 바빴으니까.'

임신했다고 선물을 챙겨주는 사람도 없었고, 임산부에게 좋은 음식들을 골라주는 사람도 없었다.

내 몸에 대해서도, 아기에 대해서도 생각할 겨를이 없었다.

'내가……'

막 입술을 깨물었을 때였다. 이안이 슬쩍 몸을 뒤척이는 듯하더니 내 귓가에 낮은 목소리로 물었다.

"안 자고 무슨 생각 합니까?"

"당신은 안 잤어요?"

"당신보다 먼저 잠들면 안 되죠."

참 별걸 다 생각한다. 나는 조금 키득거리고 웃다가 나른한 한숨을 내쉬었다.

"그냥 몸을 조심해야겠다는 생각?"

내 대답을 들은 이안은 나를 안고 있는 팔에 힘을 주며 내게 속삭였다.

"좋은 생각입니다."

그 목소리에는 진심이 절절하게 묻어나와서, 나는 조금 샐쭉해졌다.

'아니, 내가 그렇게 속을 썩였나?'

조금 썩인 것 같기도 하고.

생각해보니 찔리는 것도 많아서, 나는 어색하게 하하 웃었다.

이안은 아무래도 상관없다는 듯이 나를 자신 쪽으로 끌어당겨서는 이마를 내 어깨에 문질렀다.

"뭘 해도 좋으니 내 곁에서만 해요."

"당신이 지켜줄 테니까?"

"어떻게 해서든."

나른한 한숨을 내쉬는 건 그쪽이었는데, 정작 마음이 편해진 건 내 쪽이었다.

"이안, 나 조금 알 것 같아요."

"무엇을 말입니까?"

목덜미를 간질이는 숨결에 어깨를 움츠리던 나는 잔잔한 미소를 지었다.

"사랑이 뭔지, 다정함이 뭔지……."

내가 애니에게 불안감을 준 것은 내가 일방적으로 주려고만 했기 때문이었다.

'사람과 사람과의 관계를 그렇게 쌓아가면 안 돼.'

살면서 한 번도 누군가에게 소중히 여김을 받아본 적이 없기에, 나는 그냥 이렇게 하면 되는 줄 알았다.

'하지만 이제는 알겠어. 누군가가 나를 진심으로 걱정해주는 게 어떤 느낌인지. 내가 어떻게 해야 하는지도.'

이런 내 마음이 전해진 걸까. 이안은 느릿하게 고개를 끄덕였다.

"저도 그렇습니다."

나는 그를 돌아보았다. 그의 굵은 손가락이 내 허리를 지나, 내 손등 위에 포개어졌다. 따뜻한 체온이 아랫배에 전해졌다.

"솔직히 아직 실감이 나지 않습니다. 제 아기가 태어난다는 게, 제가 아버지가 된다는 게."

나는 눈을 깜빡였다. 이안은 조금 부끄러운지, 살짝 눈을 일그러뜨리며 웃었다.

"당신과 단둘이 지내는 미래 외에 그려본 적이 없어서."

"……저도 그래요."

그가 나와 똑같은 생각을 한다는 사실이 놀랍기도 하고, 또 안심이 되기도 했다. 나는 이안에게 솔직하게 털어놓았다.

"내가 좋은 엄마가 될 수 있을까요? 자신이 없어요."

내가 인생에서 보아온 어머니란, 파넬의 시어머니 세 명과 일찍 돌아가신 플로렌스 자작부인뿐이었다.

'모두 이상적이라고 하기 어려웠지.'

제임스 하나에만 목을 매고 있느라고 며느리조차도 경쟁자 취급하던 세 사람. 힘없이 남편의 학대를 방관만 하던 이모.

그리고 무엇보다 엄마가 되기 위해서는 일단 아기를 낳아야 했다.

'이번에도 난산일지도 몰라.'

차라리 죽는 게 나은 고통이었다. 나는 솔직하게 그 공포를 털어놓았다.

"당장 아기를 잘 낳을 수 있을지도 모르겠는걸요. 두려워요. 그 고통을 감내해야 한다는 것이."

아기를 낳고 기르며 가장 힘들었던 것이 그것이었다.

아기를 만든 사람은 둘인데, 그 과정과 고통, 희생은 온전히 내 몫이었기 때문이다.

'너무나 외롭고 괴로웠어.'

다시 떠올리기만 해도 목이 꽉 막혔다. 눈물이 흐를 것 같았지만, 내가 지금 울면 이안이 또 걱정할 것 같아서 꾹 참았다.

그때였다. 잠시 말없이 듣고 있던 이안이 천천히 입을 벌렸다.

"이런 경우, 답은 하나뿐이지 않겠습니까."

답이 무엇일까.

임신과 출산은 여성이 할 수 있는 가장 고귀한 일이라고? 예쁜 자식을 얻기 위한 고통이니 참아야 한다고?

'다른 사람들도 다 그렇게 사는데 왜 너만 죽는소리냐고 탓하기도 했었지.'

진상들이 들려주던, 조금도 공감할 수 없었던 이야기들을 떠올리며 내가 입술을 꽉 깨물었을 때였다.

이안은 느릿한 어조로 대답했다.

"같이 노력해봅시다."

"……!"

뜻밖의 이야기에 나는 눈을 동그랗게 뜨고 이안을 마주 보았다. 이안은 조금 멋쩍은 듯 웃었다.

"저도 아버지가 되는 건 처음이라, 잘할 수 있을지 모르고, 방법도 잘 모르지만 말이에요."

그의 서투르기 짝이 없던 태담, 괜한 라이벌 의식을 불태우며 선물을 고르던 모습들이 하나둘 내 머릿속에 떠올렸다.

'맞아. 그에게도 어려운 일이지.'

부모가 된다는 건 서투를 수밖에 없는 일이다. 태어나는 아이는 세상 누구와도 같지 않고, 그 누구도 그 아이에게 적절한 교육이 무엇인지 확답해주지 못한다.

그런 내 불안한 마음을 잠재우듯, 이안은 느긋한 미소를 지으며 덧붙였다.

"잘할 수 있을 거예요, 우리는."

그 말에 나는 결국 꼴사납게 울음을 터뜨리고 말았다.

그리고 의외로 신경전은 아주 쉽게 끝나고 말았다.

다음 날, 나는 응접실에서 스타티스와 분위기가 무척 흡사한 마르고 꼿꼿한 부인을 마주할 수 있었다.

"제 남편이 폐가 많았습니다, 대공비."

"화, 황후 마마……."

바로 만두 태황제의 아내이자, 스타티스 황제의 어머니 태황후였다. 당황한 나머지 황후 마마라고 부르는 나를, 그녀가 표정 변화 없이 사무적인 어조로 정정해주었다.

"태황후 마마라고 불러야지요."

"네, 태황후 마마."

"좋아요."

꼭 고모나 이모에게 혼나는 것 같은 묘한 기분이었다. 내가 어색한 표정으로 입을 다물었을 때였다.

태황후가 허리를 숙였다.

"어쨌든 제 남편이 폐가 많았습니다. 제가 잘 수거해가도록 하겠습니다."

"아, 그 정도는 아니었는데……."

쓰레기도 아니고 수거라니.

'물론, 민폐이긴 했지만.'

연락도 없이 들이닥치는 건 물론, 멋대로 내기의 스케일을 키우지 않나, 사돈댁과 신경전을 벌이지 않나.

'생각해보니 엄청난 민폐였군.'

나를 걱정하는 모습에 내 마음이 풀리긴 했지만, 하나하나 따지니 민폐인 건 분명했다.

내가 긍정도 부정도 하지 못하고 어색하게 서 있으니, 저쪽에서 이안과 태황제가 걸어왔다.

평소처럼 '제수씨이~' 하고 주접을 떨려던 그는 태황후를 보는 순간 얼음처럼 얼어붙고 말았다.

"여, 여보."

늘 갓 쪄낸 만두처럼 보송보송하던 얼굴이 창백해지는 것은 신선한 변화였다.

태황후는 눈썹 하나 까딱하지 않고 태황제를 불렀다.

"얼른 이리 와요, 당신. 내가 아주 하고 싶은 말이 많아요."

'와, 진짜 황제 폐하께서 앞에 서 있는 것 같아.'

스타티스와 외모로는 닮은 구석이 없었지만, 말투나 풍기는 분위기가 아주 비슷했다.

잠시 눈치를 살피던 태황제가 파리처럼 두 손을 비비며 태황후의 곁으로 다가갔다.

"몸은 괜찮소? 건강이 아주 좋지 않았잖소."

삐쩍 마른 여인 곁에서 토실토실하고 건장한 체구의 남자가 굽신거리는 것이 어울리는 듯 안 어울렸다.

하지만 빈말로라도 괜찮냐고 묻지 않는 편이 나았으리라. 그 말을 듣는 순간 시종일관 냉정하던 태황후의 얼굴이 시뻘겋게 달아올랐으니 말이다.

"그걸 알고 있는 사람이 이렇게 사고를 치고 다니나요!"

태황후가 빽 소리를 지르자, 태황제는 더더욱 어깨를 움츠렸다. 태황후는 발을 탁탁 굴렀다. 높은 하이힐이 대리석에 부딪혀 맑고 위협적인 소리를 내었다.

"주책도 유분수지. 후궁들이 다 떠나고 나니까, 할 일이 없어서 잘살고 있는 동생 부부를 괴롭혀요?"

"괴, 괴롭히다니. 내 딴에는 아끼는 마음에 한 것인데!"

"그게 괴롭히는 거죠! 시아버지가 옆집으로 이사를 와도 열 받을 판에, 나이 많은 형이 그런다니 말이 되나요!"

"윽."

태황후의 말에 일순간 파르르 했던 태황제는 계속되는 일갈에 입을 꾹 다물고 말았다.

나는 그 모습을 보며 속으로 박수를 쳤다.

'잘한다, 잘해.'

이러면 안 되는데, 솔직히 좀 고소했다. 나를 그동안 그렇게 난처하게 했으니, 이 정도 면박은 당해도 괜찮지 않을까?

하지만 역시 만두 태황제.

태황후의 말에 조금 수그러드는 것 같았던 그는 다시금 버럭 자기가 잘했다는 듯이 소리를 질렀다.

"하지만 그럴 거면 결혼하지 말아야지! 결혼한다는 건 가족도 보듬겠다는 뜻이잖아!"

아니, 언제부터 혼인신고서가 모든 것을 디폴트하게 되는 문서가 되었단 말인가.

'할 말은 많은데 말이 안 통하니 이길 수가 없다.'

심지어 나보다 나이도 많고, 태황제이기까지 하다. 나는 반박을 하지 못하고 입을 다물었다. 그러다 문득 깨달았다.

'혹시 이렇게 많은 사람들이 반박을 하지 않고 넘어간 끝에, 저렇게 자기 말이 진리인 줄 아는 완전체가 탄생한 것인가!'

그리 생각하니 소름이 돋아 내가 막 나의 팔을 꽉 붙들었을 때였다.

태황후가 그 헛소리를 견디지 못하고 버럭 하고 말았다.

"당신이 그런 생각이니까 그 많은 후궁들이 다 우르르 떠난 거예요. 당연한 게 어디 있어요? 다 서로서로 맞추어 가는 거죠!"

"윽."

태황후의 말에 태황제는 입을 다물었다.

태황후의 얘기에 납득해서가 아니라, 실권을 잃기 무섭게 많은 후궁들에게 버려진 자신의 처지가 떠올랐기 때문이었다.

'그러게 있을 때 잘하지.'

내가 한심한 눈으로 그를 바라보고 있으니, 어느새 내 곁으로 다가온 이안이 나의 손을 꽉 잡았다.

"?"

고개를 갸웃하며 마주 보니 그는 푸른 눈을 휘며 특유의 그윽한 눈웃음을 쳤다.

'아니, 이 남자는 또 갑자기 왜 애교람.'

평소라면 귀여워 보였을 텐데, 상황이 상황인지라 뜬금이 없었다. 내가 이안과 눈을 마주하고 있을 때였다.

태황제가 애절한 어조로 태황후에게 말했다.

"그래서 황후는? 황후는 내게 돌아온 건가?"

돌아오다니?

'설마 태황후께서도 태황제를 뺑 차버린 거야?'

그래서 갑자기 독거노인이 된 태황제는 우리 옆집으로 다짜고짜 이사를 왔고?

'역시 가족밖에 남는 것이 없다, 같은 구시대적 발상을 했겠지. 안 봐도 훤하다.'

그 증거로 태황후가 나타나기 무섭게 태황제의 개구리처럼 커다란 눈망울에 초롱초롱 눈물이 맺혔다.

"조강지처가 좋다더니……."

태황제가 감격한 얼굴로 태황후의 손을 잡으려고 했을 때였다. 태황후가 얼음처럼 차가운 목소리로 대꾸했다.

"내가 미쳤어요?"

"!!"

북해 만년설도 이렇게 차갑지는 않을 것이다. 태황후는 태황제를 그야말로 무감한 눈으로 바라보며 덧붙여 말했다.

"당신이 주접떨어서 못 살겠다고 황제 폐하께서 말씀하시길래, 혼쭐을 내러 온 것뿐이에요. 더 이상 주책이라는 말 듣지 말고 거기까지만 하세요."

"여, 여보!"

태황후에게 SOS를 날린 것은 다름 아닌 스타티스 황제였던 모양이다.

'참 의외네.'

태황제를 우리에게 토스하고 아주 홀가분해하고 있을 줄 알았더니, 나름대로 한구석에 기억은 하고 있었던 모양이다.

태황제를 끌고 떠나면서 태황후는 다시 꼿꼿한 태도로 나를 응시했다.

"저 옆집도 제가 알아서 처분할 테니까 걱정하지 말아요. 임신했다고 들었는데 예쁜 아기 만나기를 바랍니다."

"감사합니다."

워낙 깔끔한 태도라 아까 화낸 사람과 같은 사람인가 싶을 정도였다. 나와 이안은 태황제 부부를 배웅하러 현관까지 나갔다.

막 마차에 오르기 직전, 태황후는 나를 바라보며 말했다.

"그리고 제 도움이 필요할 때는 언제든지 말해요. 집안에 상의할 만한 여자 어른이 없어서 고민스러울 때가 많을 테니까요."

"……감사합니다."

솔직히 생각하지 못했던 말인지라 대답이 조금 늦었다.

태황제와 태황후를 태우고 마차는 사라졌다. 잠시 멍하니 서 있던 나는 한숨을 내쉬었다.

'내가 알던 분과 전혀 다른데.'

물론, 나는 지난 생에도 이번 생에도 태황후를 거의 만나보지 못했다. 그녀는 몸이 약했고, 그녀를 대신해서 행사를 지킬 수많은 후궁이 있었던 탓에, 공식행사에 거의 모습을 드러내지 않았기 때문이다. 어쩌다 참석해도 얼굴만 비추고 사라지는 것이 대부분이었다.

'저렇게 당차게 쏘아붙일 수도 있는 분이셨나.'

신기한 눈으로 태황후가 사라진 곳을 보고 있노라니, 이안이 고개를 갸웃하며 물었다.

"왜 그런 표정입니까?"

"의외라서요."

나는 솔직하게 내가 생각한 것들을 대답했다.

"저런 성품이신데 어떻게 그 많은 후궁들을 견디셨을까요?"

"글쎄요."

내 말에 이안은 눈살을 찡그렸다.

"그동안은 참으셨겠죠. 황제 폐하께 해가 될까 봐."

그 대답은 뜻밖에 내 마음을 아프게 했다.

'자식을 위해 참다니.'

태황제는 변덕스러운 성품이고, 태황후가 조금이라도 심기를 거스르면 그 화는 고스란히 스타티스에게 쏟아질 수도 있었다.

태황후는 자기 때문에 자식의 앞날이 가로막혔다는 말을 듣고 싶지 않아서 필사적으로 인내했던 것이다.

'그런데 미래가 바뀌어버렸지.'

원래대로는 스타티스가 즉위한 후에도 태황제는 꽤 오래 뒷방 권력자로 정사를 쥐락펴락했었다.

그런데 미래가 바뀌어 그는 지금 모든 실권을 젊은 황제에게 넘긴 상태였다.

'그러니 더 이상 참을 필요가 없어진 거야.'

그리고 내 추측이 맞다는 듯이 이안은 고개를 끄덕이며 이렇게 말했다.

"저도 저분이 저렇게 직설적으로 말씀하시는 것 처음 보네요."

참고 또 참다가 마음의 병으로 늘 시름시름 앓기만 했던 지난 생의 태황후.

'좋은 일이겠지.'

지나간 세월이 돌아오는 것도 아니지만 지금이라도 그에게 하고 싶은 말을 다 할 수 있게 되어 다행이라고 생각했다.

내가 고개를 주억거리고 있노라니, 이안이 슬쩍 내 눈치를 살피며 물었다.

"그래서 태황후께 묻고 싶은 게 있습니까?"

"네?"

"아까 말씀하셨잖아요. 도움을 청하고 싶은 게 있으면 언제든지 연락하라고."

은근히 신경 쓰였던 모양이다. 나는 배시시 웃었다.

"괜찮아요."

나는 이안의 커다란 손에 깍지를 껴서 꽉 잡았다. 따뜻한 체온이 금세 손바닥을 뜨끈뜨끈하게 달구어주었다.

"당신이 함께할 거라고 했으니까요. 나는 당신에게 의지하면 되지요."

"올리비아."

이안이 조금 놀란 표정으로 나를 바라보았다. 나는 발끝을 들어서 이안의 뺨에 입을 쪽 맞추었다.

"저는 당신이 있어서 괜찮아요."

내가 의지하고, 모든 것을 숨김없이 보여줄 수 있는 상대가 지금 내 눈앞에 있었다.

나는 진심으로 활짝 웃었다.

그런 나를 보던 이안의 눈동자가 지진이라도 난 것처럼 흔들렸다. 나를 멍하니 보던 남자가 손바닥으로 자신의 얼굴을 덮었다가, 다시 나를 마주 보았다.

"아, 정말……."

잇새로 흘러나오는 목소리가 절절 끓었다. 그의 입술이 깃털처럼 가볍게 내 이마에 닿았다.

그리고는 그가 고개를 숙이며 낮은 목소리로 중얼거렸다.

"당신과 있으면 꼭 일곱 살 난 아이가 된 기분입니다."

"왜요?"

"참을성이 없어지거든요."

그 순간 커다란 손이 내 뒷머리를 독수리처럼 꽉 낚아채는 것 같더니, 내가 좋아하는 살구색 입술이 한 치의 빈틈도 없이 내 입술에 맞닿았다.

‘뜨거워.’

심장이 기분 좋게 뛰었다. 맨살에 닿고 싶은 갈망이 고스란히 느껴지는 손길이 나의 허리와 등을 배회했다.

입술이 떨어지니, 진지하게 가라앉은 푸른 눈동자 속에 내 얼굴이 고스란히 보였다.

"안아줘요."

"하지만……."

저토록 투명하게 욕망을 드러내면서도 참는 그가 더없이 사랑스러웠다.

이번엔 내가 먼저 그의 입술에 입을 맞추었다.

3

아내를 위해
할 수 있는 일들

"그래서 이름은 지었습니까?"

태황제가 그렇게 끌려간 뒤, 나는 한동안 들을 리 없다고 생각했던 말을 듣게 되었다.

다름 아닌 우리 아버지에게!

"아버지……."

태황제를 내쫓고 나니, 이제는 우리 아버지가 나를 닦달하는 건가.

'나는 아직 아기에 대해서 진지하게 고민할 마음의 준비가 되지 않았는데.'

나는 어색한 미소를 지으며 대답했다.

"아직 아들인지 딸인지도 모르는걸요. 이름을 생각하기에는 너무 일러요."

그렇게 온화하게 아버지의 관심을 흩뜨리려고 했더니, 아버지의 맞은편에서 우유를 홀짝이고 있던 애니가 뜻밖에 소리를 높였다.

"하지만 언니, 이름은 중요한 거잖아. 지금부터 고민해도 빠르지 않다고 생각해."

"⋯⋯!!"

애니 너마저!

'내 동생까지 나를 닦달할 줄이야.'

이쯤 되니 여태 이름을 고민하지 않는 내가 문제인가 싶었다. 입술을 꽉 깨물고 있으니, 아버지가 우아하게 찻잔을 들어 올리며 애니에게 물었다.

"그러고 보니 아가씨는 곧 아카데미 연구실로 들어간다고 했지요?"

애니는 지난번 나와 고민 상담을 했던 대로 아카데미에 들어가서 진지하게 연구자의 길을 걷기로 결심했다.

아직 아카데미를 졸업하지 않은 어린 학생이 받을 수 있는 최고의 파격적인 제안이었다.

'역시 똑똑한 내 동생!'

나는 애니가 자랑스러웠다. 꼭 내가 칭찬을 받은 것처럼 뿌듯한 미소를 짓고 있으니, 애니가 수줍게 웃으며 대답했다.

"교수님께 말씀드려서 일단 시기를 늦추었어요. 언니가 출산한 다음에는 들어가서 생활하겠다고요. 다행히 교수님도 허락해 주셨어요."

교수가 허락한 것은 애니가 행실이 어여쁜 학생이라는 이유 때문이기도 했지만, 그 언니가 타이론 대공비라는 점도 크게 한 몫했다.

애니는 따뜻한 미소를 지으며 나를 돌아보았다.

"출산하면 마음도 불안할 텐데, 언니의 곁에 있고 싶어요."

"애니."

우리 막냇동생이 이렇게 다정한 생각도 하게 되다니.

'언제 이렇게 다 자랐담.'

나는 바보처럼 눈물이 날 것 같아서 검지로 내 눈꺼풀을 꾹 눌렀다. 그러자 귀신처럼 내 앞으로 손수건이 내밀어졌다.

"자요."

"……이안?"

나는 눈을 동그랗게 떴다. 오늘 일이 있어서 잠시 나갔던 이안이 도대체 언제 들어온 건지 내 곁에 서서 손수건을 내밀고 있었다.

'진짜 타이밍 한번 기가 막히네.'

어떻게 이렇게 필요하다 싶을 때 짠 하고 나타나는지 모를 노릇이다. 애니가 내 곁에 의자를 빼어 앉는 이안을 보며 짓궂은 미소를 지었다.

"물론, 형부가 한시도 떨어지지 않겠지만요."

"물론입니다."

이안은 냉큼 대답했다. 은근한 뿌듯함까지 느껴져서, 괜히 내 얼굴이 붉어졌다.

'하여간 팔불출이라니까.'

다른 사람들 앞에서는 이렇게 노골적으로 굴지 않아도 되는데. 거기까지 생각했던 나는 문득 지난번 선물 때처럼 애니가 상처받을 수도 있다는 생각에 퍼뜩 변명처럼 덧붙였다.

"하지만 이안과 너는 분명히 다른걸. 언니를 생각해줘서 고마워, 애니."

"헤헤."

내 말에 애니는 수줍은 미소를 지었다.

화기애애한 우리 자매를 그윽한 눈으로 바라보던 아버지가 천천히 두 손을 테이블 위에 올리고 턱을 괴었다.

그리고는 특유의 온화하지만 우아한 어조로 말했다.

"제가 곧 태어날 손주에게 무엇을 줄 수 있을까 고민해봤습니다만."

그 말에 나는 사레가 들릴 뻔했다.

'생제르망 상회 전체에다가, 오르세에 가지고 있는 사적 재산들까지 이미 엄청나게 많이 주셨는데!'

"또 줄 수 있는 게 남으셨어요?"

진짜 순수하게 궁금해서 물어본 것이었는데, 돌아오는 대답이 깔끔하기 그지없었다.

아버지는 고개를 살짝 기울이며 웃었다.

"당연하지요. 평생 혼자 살면서 일밖에 하지 않았는걸요."

아내도 자식도 없으면 보통 혼자 살다 갈 몸이라며 신나게 놀지 않을까. 그런데 우리 아버지는 열심히 돈을 벌었다니.

'근면함의 상징.'

나는 존경의 눈빛으로 아버지를 바라보았다. 아버지는 지극히 평이한 어조로 말했다.

"제 사유재산은 모두 당신에게 넘겼지만, 넘기지 않은 것들도 물론 있습니다. 제 개인이 아니라, 왕족 마이엔 공으로서 소유하고 있는 것들이죠."

"네?"

그런 건 넘기면 큰일 나는 거 아닌가.

'왕족으로서 소유하고 있는 거라뇨! 그건 함부로 양도할 수 있는 게 아니잖아요!'

그런 중요한 문제를 왜 이리 평이하게 말한단 말인가. 반박하고 싶은 포인트는 많은데 반박을 하지 못하고 입술만 뱅긋거리고 있자니, 아버지는 피식 웃었다.

"그렇게 걱정하지 않아도 됩니다. 물론, 제가 가진 영지들은 사사로이 양도하기에 예민한 문제라 국왕께서 허락하지 않으시겠지만."

예민하다는 형용사로 수식하기에는 영토는 큰 문제가 아닐까.

아버지는 턱을 문지르며 중얼거렸다.

"우리 손주를 위해서 마리아나 해에 있는 섬 몇 개 정도는 충분히 줄 수 있지 않을까……."

"네? 섬이요?"

상상하지 못한 선물에 나는 눈을 휘둥그레 떴다. 아버지는 대수롭지 않다는 듯이 가벼운 어조로 대답했다.

"사람이 살지 않는 무인도입니다. 밤에 바라보는 별이 무척 아름답지요."

여러모로 모순적인 말이었다. 나는 눈을 깜빡이며 멍한 어조로 되물었다.

"무인도에서 별을 바라보신 적이 있으세요?"

무인도는 사람이 살지 않는 섬이잖아?

'거기서 어떻게 별을 봐?'

그랬더니 돌아온 대답이 가관이었다.

"거기 별장을 지었거든요."

"……."

숨이 막힌다는 게 이런 건가 싶었다.

'아니, 그런데 낯설지 않아. 이 당혹스러움. 기시감이 느껴져.'

공교롭게도 이런 상황이 몇 번 있었던 것 같다.

보석 18세트라든지, 드레스 사러 갔더니 모자에 장갑에 구두에 아기 옷까지 한 아름 안고 온 일이라든지.

잠시 멍하니 있던 나는 조심스럽게 아버지에게 물었다.

"……아버지, 하나만 여쭤어도 될까요?"

"예."

"지난번에 오르세에서 이안이 모든 물건을 싹쓸이해서 사들이는 걸 보고 무슨 생각 하셨어요?"

오르세에서 생제르망 상회의 물건을 본다고 갔더니, 이안이 이것저것 주문해서 짐마차 하나를 가득 채웠던, 바로 그날.

나는 그날 아버지가 뭐라고 말하며 웃었는지 똑똑히 기억하고 있었다.

"사위가 손이 크군요."

그런데 그보다 더하면 더 했지, 덜하지 않은 아버지를 보니 그때 그 말이 다르게 들렸다.

"설마 그때 그 말이 '사위가 낭비가 심하구나!'가 아니라 '그래, 저 정도 통은 있어야지!'라는 뜻이셨어요?"

설마설마하며 물었더니, 아버지는 가볍게 고개를 갸웃하시며 이렇게 대답했다.

"낭비라는 건 돈이 없는 사람이 돈을 함부로 쓸 때 붙이는 말입니다. 우리 사위 같은 사람에게 붙이는 말이 아니죠."

"장인 어르신의 말씀이 옳습니다."

"……."

얼씨구, 둘이 쿵짝이 딱딱 맞는다.

'내 금전 감각이 이상한 것인가, 저 두 사람이 이상한 것인가.'

나는 미묘한 표정으로 두 사람을 바라보다가, 애니도 나와 같은 표정이라는 사실에 작게 안도했다.

어쨌든 분위기는 화기애애했고, 근황에 관한 이야기가 재미있게 이어졌다.

이안은 아버지에게 진지하게 조언을 구했다.

"안 그래도 장인어른께 투자 문제로 상의드리고 싶은 게 있었습니다만……."

"좋습니다. 이 노인의 경험이 필요하다면 얼마든지요."

일적인 이야기다 보니까 자연스럽게 두 사람은 다른 곳으로 자리를 옮겼다. 나란히 걸어가는 두 사람의 뒷모습을 흐뭇하게 보고 있자니, 애니가 뺨을 발그레 붉히며 말했다.

"형부는 정말 멋진 것 같아."

"어떤 점이?"

그렇게 애니에게 물으면서도 나는 내심 잘생긴 외모, 젠틀한 태도 등등의 대답을 기대했더란다.

그런데 돌아온 대답은 그런 나의 기대를 와장창 깨버렸다.

"시원시원하고 아낌없이 쓸 때 쓰는 거?"

"뭐어?"

이안의 많고 많은 장점 중에 하필 재력이라니! 현실적으로 걱정이 될 수밖에 없었던 나는 나도 모르게 할머니 같은 조언을 늘어놓았다.

"애니, 네 형부 같은 남자는 세상에 별로 없어. 저런 소비습관이 당연한 거라고 생각하면 결혼하고 큰일 난단다."

"내가 어린아이인 줄 알아? 나도 그 정도는 알거든?"

내 말에 애니는 도리어 나를 어린아이 보듯 하며 웃었다.

"그리고 언니는 걱정할 거 없어. 형부는 선이 뚜렷하잖아. 아무에게나 헤프게 사용하는 게 아니라고."

"그런가?"

'나는 줄곧 비정상적인 소비만 보았는데.'

나는 고개를 갸웃했다. 나와 애니가 바라보는 이안의 모습이 다를 수밖에 없다는 건 알고 있었지만, 이야기하면 할수록 다른 사람 이야기를 하는 것 같았다.

'아버지도 이안도 그렇게 말하는 것을 보니 나도 조금 더 익숙해지려고 노력해봐야겠어.'

어쨌든 나도 이안에게 내 가치관만 강요할 생각은 없었기에, 속으로 그렇게 다짐했다.

고민에 빠진 나와 달리, 애니는 금세 다음 화제로 넘어갔다. 바로 아버지가 언급하신 섬에 관한 것이었다.

"그건 그렇고 섬이라니 멋지다. 심지어 내 소유의 별장만 덩그러니 있는 무인도라니!"

"그러게……."

미쳐버린 스케일에, 나는 고개를 끄덕였다.

"도대체 섬이 뭘까? 바다는 뭐지? 책으로는 읽었지만, 상상이 안 가."

"그건 그렇네."

애니는 눈을 빛내며 상상의 나래를 펼쳤다. 나는 애니가 왜 저리 흥분하는지는 이해했다.

'수도에서 나고 자란다면 바다를 보기 어려우니까.'

지난 생에서 애니가 한 번이라도 바다를 본 적이 있을까?

나는 조금 가라앉은 표정으로 테이블을 내려다보았다.

이안의 목소리가 들린 것은 바로 그때였다.

"그럼 기분 전환 겸 여행을 다녀오면 어떨까요?"

뒤를 돌아보니 이안이 산뜻한 미소를 짓고 있었다.

"네?"

뜬금없이 여행이라니 무슨 소리란 말인가. 내가 느리게 눈을 깜빡이고 있으니, 이안이 다시 내 곁에 앉으며 말했다.

"아이를 낳으면 꽤 오래 돌아다닐 수가 없을 테니까요. 이번 기회에 바람도 쐬고, 아이에게 예쁜 것도 보여줄 겸 여행을 다녀오는 것도 좋을 것 같습니다."

"바다로요?"

"바다로."

가장 가까운 바다조차도 수도에서 꽤 멀 텐데. 내가 걱정스러운 표정을 짓자, 이안은 안심하라는 듯이 내 손을 붙들었다.

"마리아나까지는 무리겠지만, 삼 일 정도 서쪽으로 내려가면 콘라드라는 작은 해양도시가 있어요."

콘라드. 처음 듣는 이름이었다. 내가 눈을 깜빡이니, 이안이 조금 더 부연 설명을 덧붙였다.

"무역상이 다니는 큰 항구는 아니지만, 편안히 쉬면서 해산물 요리도 먹고 바다 구경도 할 정도는 된답니다."

"언니, 들었어? 수도 근처에도 바다를 끼고 있는 도시가 있대!"

"어어……."

이미 애니는 잔뜩 흥분해서 방방 뛰고 있었다. 내가 얼떨떨하게 대답하자, 애니는 금세 눈치를 보고 수그러들었다.

"아, 물론 언니가 피곤하다면 어쩔 수 없지. 언니 편한 대로 결정해. 나는 신경 쓰지 말고."

이미 방방 뛰는 모습을 보았는데 어떻게 내키지 않는다고 이야기하겠는가.

이안을 그런 내 걱정을 덜어내려는 것처럼, 손을 쥔 손에 꽈악 힘을 주었다.

"주치의는 물론이고, 가까운 거리니 시중들 사람도 많이 데려갈 수 있습니다. 길이 잘 닦여 있어서 누울 수 있는 큰 마차도 가능하고요."

그렇게까지 말하는데 뭐라고 거절하겠는가. 나는 희미한 미소를 지으며 고개를 끄덕였다.

"좋아요. 그러면 몸이 더 무거워지기 전에 다녀오도록 해요."

❖ ❖ ❖

내가 여행을 조금 달가워하지 않은 이유는 최근 내 몸의 변화 때문이었다.

컨디션이 나쁜 것은 아니었다. 오히려 임신 중기에 든 나는 어느 때보다 생생하고, 피부에서도 빛이 났다.

하지만 동시에 조금씩 느껴지는 몸의 변화 때문에, 임신이 더없이 현실적인 일로 다가오기 시작했다.

'숨이 막혀.'

내 방에서 잠이 들었던 나는 어느새 물에 빠진 사람처럼 허우적거렸다. 아직 아기가 복부를 압박하려면 한참 남은 시기였건만, 숨이 턱턱 막히고 손발이 저릿저릿 저렸다.

'어지럽고, 걷지도 못하겠고.'

언젠가 느꼈던 고통이 꼭 오늘의 일처럼 선명해졌다. 나는 무력하게 입술만 빼끔거렸다.

'이대로 죽는 걸까?'

침대에서 앉지도 못하고 천장만 바라보던 그 고통에 시달릴 바에는 죽는 게 나을 거란 생각까지 들었다.

그런 무력감에 슬슬 잠겨가고 있을 때였다. 커다란 목소리가 나를 깨웠다.

"올리비아!"

"헉!"

나는 몸을 일으켜 앉았다. 강한 팔이 벌떡 일어나는 나를 자신의 품으로 꽉 끌어당겼다.

나는 거친 숨을 내쉬며 눈을 깜빡거렸다. 한참 시간이 지나서야 천천히 숨이 가라앉았다.

'꿈이었어.'

모든 것이 꿈이었다. 나를 짓누르던 압박감도, 죽을 것만 같던 절망감도.

"이안······?"

나는 꿈인가 현실인가 분간이 되질 않아, 조심스럽게 그의 이름을 불렀다. 그는 내 이마에 입을 쪽 맞추며 대답했다.

"네, 올리비아."

"하아."

나를 안고 있는 단단한 품이 이안이라는 사실을 깨닫고 나니, 급하게 어깨에서 힘이 빠져나갔다.

나는 긴 한숨을 내쉬었다. 이안이 내 어깨를 끌어안고 있던 팔을 풀고 나와 눈을 맞추었다.

"괜찮습니까?"

나는 고개를 끄덕였다. 목이 깔깔한 것을 제외하면 아무 문제 없었다.

"물 좀 주세요."

"잠시만요."

이안이 서둘러서 침대에서 일어나 테이블에서 물컵을 가지고 왔다. 물을 한 잔 마시니 정신이 한층 더 또렷해졌다.

'이제 임신했다는 실감이 드나 봐.'

그저 의사가 임신했다고 말했을 때와 실제로 몸에 변화가 두드러지게 나타나기 시작하는 것은 내게 주는 공포감의 무게가 달랐다.

'역시 잊을 수 없는 걸까.'

내가 고통스러웠던 출산 과정을 떠올리며 미간을 찌푸렸을 때였다. 이안이 내 눈치를 조심스럽게 살폈다.

"정말 괜찮습니까? 가위가 심하게 눌리는 것 같던데."

"······글쎄요."

빈말로라도 괜찮다고 대답할 수가 없었다. 나는 흐릿하게 웃었다. 그리고 나를 걱정스레 응시하는 이안을 마주하고 고개를 흔들었다.

"당신 탓이 아니에요. 제가 마음이 불안해서 그래요."

"그 또한 제 잘못입니다. 제가 의지가 되지 못한 거니까요."

"정말 아니라니까요."

이 사람은 어떻게 이렇게 내게 포용적일 수 있는 걸까. 명백하게 내 탓인 부분까지 끌어안고 가려는 다정한 말에, 내 눈에는 찔끔 눈물이 고이고 말았다.

나는 애써 밝은 미소를 지어내며 말했다.

"아기 낳다가 죽는 사람도 많잖아요? 그런 이야기를 많이 들어서 불안한가 봐요. 물론, 제게 그런 불행한 일이 꼭 일어난다는 법이 없는데도."

말을 하면서도 내 마음은 칼에 베이기라도 한 것처럼 따끔거렸다.

일어난다는 법이 없다지만, 그것이 일어나지 않는다는 법 또한 없어서.

목숨에 별 지장이 없다고 해도 죽는 것이 나을 만큼 아플 수 있다는 것 또한 알고 있어서.

"제가 보기와 달리 겁이 많거든요."

나는 이런 식의 말이 썩 긍정적인 피드백을 받을 수 없다는 것 또한 경험으로 알고 있었다.

"너만 아기 낳았니? 세상 모든 어머니는 다 그렇게 낳아."

"아주 유난을 떠는구나."

실제로 죽을 고비를 넘기고 누워 있을 때 들었던 말들이었다.

하지만 누구나 그렇게 반응하는 말에도, 이안은 완고하게 고개를 가로저었다.

"당신은 겁이 많지 않아요. 아주 용감하고 씩씩한 사람이지요."

그의 손바닥이 내 얼굴을 조심스럽게 쓸어내렸다. 몹시 사랑스러운 사람을 바라보는 시선에, 내 마음이 두근거렸다.

"누구나 두려울 수 있는 일이에요. 자신을 탓하지 말아요."

"……."

다정하고 상냥한 말에 환하게 웃어주고 싶었는데, 흘러나올 것 같은 울음을 참느라 고개를 끄덕이는 것이 고작이었다.

'맞아. 출산은 여자의 인생에서 몇 번 없는 이벤트라고? 서너 번만 해도 많은 거잖아.'

그런 일을 좀 두려워하면 뭐 어떻담. 세상 최고로 유난을 떨어도 이해해줄 수 있는 일이었다.

'하여간 못된 사람들이었어.'

그렇게 나는, 오랫동안 마음에 품고 있었던 과거의 상처 하나를 또 시간 속으로 흘려보낼 수 있었다.

"아직 이른 새벽입니다. 다시 눕도록 하죠."

이안은 내게 팔베개를 해주었다. 자신의 품에서 걱정하지 말고 잠자라는 듯이 어깨를 꽉 붙들어주는 손길이 자상했다.

"더 좋은 의사를 찾아볼까요? 산모를 돌본 경험이 많은 사람으로?"

나름대로 내 고민을 덜어주려는 듯, 제안도 해왔다. 나는 키득키득 웃고 말았다.

"타이론 대공가의 주치의보다 훌륭한 의사가 세상에 어디 있겠어요? 황궁에라도 찾아갈 셈이에요?"

"필요하다면."

농담인 줄 알았는데, 돌아오는 소리가 퍽 진지했다. 나는 입술을 삐죽이며 그의 허리를 끌어안았다.

"그러지 말아요. 황제 폐하께서 이번에는 당신이 주접떤다고 혼낼지도 몰라요."

"혼나도 상관없습니다. 당신이 이렇게 잠을 잘 자지 못하는 게 더 큰 문제니까요."

"못살아, 정말."

나는 내 시선에 맞닿아 있는 이안의 빗장뼈에 쪽 하고 입을 맞췄다. 그가 푸른 눈을 동그랗게 뜨고 나를 내려다보았다. 나는 배시시 웃었다.

"수도를 떠나면 또 괜찮아질 거예요. 여행 기대할게요."

나름대로 괜찮다는 뜻으로 한 행동이었는데, 의외의 자극을 한 모양이다.

이안이 조금 낮게 가라앉은 목소리로 물었다.

"……여행만 기대되나요?"

어깨를 끌어안고 있던 손이 천천히 둥근 어깨에서 팔꿈치까지 미끄러졌다. 나는 눈을 깜빡거리며 반문했다.

"그럼 뭘 더 기대해야 하는데요?"

"이를테면 오늘 새벽이라든지?"

웃는 얼굴은 개구쟁이처럼 해맑건만, 덮고 있는 얇은 이불을 걷어내는 손길은 야릇했다.

"웃."

몸이 가볍게 돌아가면서 나는 침대에 반듯하게 눕고 그가 나를 위에서 내려다보는 자세가 되었다. 나는 입술을 삐쭉거리며 새침하게 말했다.

"주치의가 무리하지 말라고 했는데요."

내 말에 이안이 살짝 움찔하더니, 미간을 찌푸리며 말했다.

"아무래도 다른 주치의를 찾아야 할 것 같습니다. 틀린 말만 하는 걸 보니."

"못 살아."

하여간 말은 잘하지. 나는 키득거리며 두 팔을 들어 이안의 목을 휘감았다.

❖ ❖ ❖

그렇게 며칠의 준비 기간이 끝나고, 콘라드로 떠나는 날이 되었는데. 어째 수도를 빠져나가려고 보니 호위의 수나, 마차의 수가 계획한 것보다 훨씬 많았다.

이안은 팔짱을 끼고 미간을 잔뜩 찌푸린 채로 중얼거렸다.

"……나름대로 취지를 가진 여행이었는데."

그의 푸른 시선이 향한 곳에는 한 쌍의 부부가 서 있었다. 이안은 신경질적으로 금빛 머리카락을 쓸어넘기며 물었다.

"왜 여기 계신 겁니까, 두 분?"

이안의 질문에, 금빛 머리카락을 하나로 올려 묶고, 편안한 승마복 차림을 한 여성이 씩 장난스러운 미소를 지었다.

"별궁에 가서 온천욕이나 하면서 쉬려고 했더니 모후께서 이미 사용하고 계셔서 말이야."

바로 이 나라의 황제 스타티스였다!

'폐하께서 왜 우리 앞마당에 있는 거야?'

이제는 내가 황궁에 사는 게 아닌가 하는 착각까지 들었다.

'심심하면 황족들이 출몰하니.'

심지어 황제 부부만 있는 게 아니라 수많은 기사와 시종들, 마차까지 줄지어 서 있었다.

'설마?'

나는 고개를 갸웃했다. 불길한 예감을 느낀 것은 이안도 마찬가지였던 모양이다. 이안은 눈을 가늘게 뜨고 물었다.

"설마 저희와 함께 콘라드로 휴양을 떠나겠다는 말씀입니까?"

이안의 차가운 시선을 견디지 못한 로메오는 어깨를 움츠리며 슬쩍 황제의 뒤로 숨었다. 스타티스는 특유의 냉소적인 표정을 지으며 대답했다.

"어차피 잔뜩 병력을 동원하는 것, 함께 가면 서로서로 이익 아니겠나. 물자도 절약하고, 안전하기도 하고, 재미도 있고."

언뜻 들으면 그럴듯하지만, 전혀 맞지 않는 이야기였다. 어디 일국의 황제가 휴양을 이리 가뿐하게 떠난단 말인가?

'사고라도 나면 어쩌려고. 심지어 황제와 황후가 함께?'

절대 있어서는 안 되는 사고이지만, 혹시라도 불우한 일이 생겨나면 두 사람 중 하나는 나라를 다스려야 한다. 그래서 황제 부부가 나란히 움직이는 일이 고금에는 없었다.

당연히 그 부분을 지적할 줄 알았던 이안은 입술을 삐뚜름하게 비틀었다.

"돈이 썩을 만큼 많으신 분이 물자 절약해서 뭐 하시려고요."

그 말이 그 말이긴 한데, 참 간결하면서도 사람 속을 박박 긁는 말이었다.

이안을 싱글싱글 놀리던 스타티스 황제도 이번만큼은 화가 났는지, 권위로 찍어누르기를 시전했다.

"그래서 내 충성스러운 신하인 타이론 대공은 내가 합석하는 것이 불만이다?"

"……자손만대의 영광이옵니다."

"뿌드득, 하는 소리가 들린 것 같은데?"

"뿌드득!"

억지로 하는 대답에 뿌드득 소리가 난다고 말을 하는 사람이나, 그런다고 또 일부러 소리를 내는 사람이나.

'정말 사이가 좋다니까.'

투덕거리는 두 사람을 보며 내가 흐뭇한 미소를 지었을 때였다. 스타티스의 시선이 나를 향했다.

"잘 지냈나, 대공비?"

"황제 폐하를 뵙습니다."

나는 인사를 올렸다. 그리고 공손하게 고개를 숙여 사과했다.

"일전에는 개인적인 사정으로 국혼에 참석하지 못했습니다. 죄송합니다."

무슨 사연이 있었든, 내 도주를 황제가 권한 것이든 간에 국혼과 대관식에 참석하지 못한 건 사실이었다.

내 사과에 스타티스는 가볍게 어깨를 으쓱했다.

"내 사촌을 잉태했는데 어찌 개인적인 사정이라 하겠나. 나도 축하해주지 못해서 미안하네."

어조는 딱딱하지만 온화하기 그지없는 인사에 내가 눈을 동그랗게 떴을 때였다. 스타티스가 무척 신경질이 난다는 듯 얼굴을 확 구기며 덧붙였다.

"물론, 그로 인해 국경일로 지정하자는 둥, 축제를 벌이자는 둥 말도 안 되는 헛소리를 두 시간이나 듣고 있어야 했던 내 고충도 알아줬으면 좋겠군."

"아, 그곳까지……."

도대체 얼마나 주접을 떨어낸 것이요, 만두 태황제.

'태황후 폐하께서 더 혼쭐을 내주셨으면.'

속으로 그리 빌고 있으니, 스타티스 황제가 가벼운 걸음으로 돌아서며 말했다.

"그럼 출발하지."

그 말 한마디로 우리 여행의 리더가 바뀌었다. 이안은 눈살을 찌푸렸다.

"정말 따라오시는 겁니까?"

"어허, 무엄하다. 따라오다니. 짐이 가는 길에 대공이 묻어온 거지."

"……."

드물게 말문이 막힌 이안을 보며 나는 또다시 까르르 웃고 말았다.

가족들끼리 떠나기로 했던 태교 여행은, 당초 계획과 비교할 수 없이 화려해졌다. 마지막으로 마차를 점검하며 이안은 뾰족한 목소리로 툴툴거렸다.

"정말, 황태자가 되기 전에 저 톡 튀어나온 이마빡 좀 때릴 걸 그랬습니다."

그 말에 나는 나도 모르게 이안의 이마를 쳐다보고 말았다.

'세상에, 이마까지 닮았네.'

곱슬곱슬한 금빛 머리카락이 가볍게 덮은 수려한 이마가 잠시 시선을 빼앗았다.

'아무리 조카라고 해도, 이마를 때릴 생각은 못 할 테지만.'

사이좋게 투덕거리던 두 사람을 떠올리니 다시 웃음이 나왔다. 나는 작게 키득거리며 이안에게 말했다.

"두 사람 진짜 엄청나게 현실 남매 같은 거 알아요?"

"어딜 봐서요?"

이안은 진짜 불쾌하다는 듯이 얼굴을 구겼다. 그런데 그 표정이 도리어 더 황제와 비슷한 인상을 주었다.

'기본 이목구비가 완전히 똑같은데. 선대의 유전일까?'

새삼 선선대 황제의 얼굴이 궁금해졌다.

"이상 없습니다."

"출발하면 될 것 같습니다."

잠시 일행이 늘어나서 혼선이 있었으나, 금세 배치가 끝났다. 마차에 올라타기 전, 로메오가 살짝 찾아와서는 나를 불렀다.

"올리."

"로메오."

지난번에도 살이 좀 빠졌다고 생각했는데, 이번에 보니 확실히 턱선이 날카로워 보였다.

'설마 로메오의 건강이 좋지 않아서 갑작스레 휴양을 결정한 건가?'

결혼하고 자꾸 살이 빠지는 것이 영 불안했다. 나는 걱정스러운 시선으로 로메오를 응시했다. 로메오는 수줍게 웃었다.

"어쨌든 너랑 같이 가게 되어서 좋다. 우리 오르세로 여행 가기로 하고 결국 못 갔잖아."

"그러게."

내게 로메오의 약속은 소중한 기억이었다. 로메오도 그것을 나처럼 소중히 기억하고 있다니 마음이 따뜻해지는 기분이었다.

"그럼 있다가 도착해서 더 이야기하도록 하자."

"응."

로메오와 그렇게 인사를 하고 있으니, 이안이 내 곁으로 다가왔다. 강아지처럼 내 어깨에 얼굴을 비비는 모습이 귀여웠다. 나는 그의 머리카락을 두 손으로 쓰다듬으며 물었다.

"이제 마음이 좀 풀렸어요?"

"당신이 좋아하니 되었다고 생각했을 뿐입니다."

지극히 나를 중심으로 생각하는 말에 나는 결국 사랑스러움을 참지 못하고 이안을 꼭 끌어안았다. 이안도 그런 나를 마주 안아주었다.

내 뺨에 입을 맞춘 뒤, 포옹을 풀어내며 이안이 말했다.

"당신은 여기에서 처제랑 함께 타도록 해요. 장인어른은 제가 모시겠습니다."

"당신이 불편한 거 아니에요?"

"전혀 아닙니다."

이안을 재차 붙잡으려다가 나는 멈칫하고 말았다.

'애니와 아버지가 한 마차를 쓴다면 더 어색하잖아.'

왜 그 생각을 못 했는지. 내가 입술을 우물거리며 망설이니, 이안이 싱긋 깔끔한 미소를 지었다.

"걱정하지 말고 타도록 해요. 이번 여행은 당신이 즐거운 게 최우선입니다."

다정한 푸른 눈을 마주하고 나는 결국 몇 번이나 했던 말을 우물우물 꺼낼 수밖에 없었다.

"……고마워요, 정말."

내 말에 이안은 눈꼬리를 휘며 씩 웃어 보였다.

❖ ❖ ❖

최대한 편안한 마차를 구하겠다더니, 진짜 세상에 이런 마차도 있나 싶은 것이 내 앞에 놓여 있었다.

'그냥 침대가 통째로 들어 있는데?'

그냥 사흘 내내 침대에서 뒹굴면서 기다리면 되는 마차였다. 막상 그런 물건을 앞에 두고 나니 애니가 신경 쓰였다.

'나야 그냥 누워서 쉬는 게 제일 좋지만, 어린 애니는 그렇지

않다고.'

휴양을 떠나면서도 애니는 여러 권의 약초학책을 챙겼다. 사흘 내내 누워서 책을 읽는다면 척추에 절대로 좋지 않을 게 뻔했다. 나는 마차에 올라서 침대 모서리에 자리를 잡는 동생을 보며 조심스럽게 물었다.

"편안하니, 애니?"

"당연한 거 아냐? 아주 좋아!"

다행히 애니는 침대 마차가 마음에 쏙 든 모양이었다.

"마침 내가 언니 마사지해주려고 생오이도 들고 왔거든? 누워서 가면 딱 맞네."

'내 동생은 정말 야무지기도 하지.'

나는 어떤 상황에서든 나름의 재미를 찾는 애니를 흐뭇한 눈으로 바라보았다. 그렇게 있자니, 자연히 이 여행을 계획하고 주도한 사람의 얼굴이 떠올랐다.

'이안.'

이렇게 푹신한 침대 마차를 수배했으면서 깔끔하게 마차에서 내리다니.

'지금쯤 아깝다고 생각하고 있지 않을까 몰라. 그 남자, 깔끔하게 생겼지만, 머릿속은 온통 시뻘건데.'

거기까지 생각했다가, 나는 퍼뜩 고개를 들었다.

'설마 지금 내가 그 겉은 멀쩡하지만 속은 음흉한 사람을 아쉬워하는 건가?!'

음흉이 나한테까지 전파된 것인가. 진지하게 고민에 빠졌을 때였다. 내 옆에 누운 애니가 고개를 갸웃하며 물었다.

"무슨 생각해, 언니?"

"응? 아, 아니."

"형부 생각해?"

"……!!"

그렇게까지 티가 났나.

'아니, 그런데 티가 나면 어떻게 나는 건데? 설마 음흉하게 웃고 있었나.'

나는 반사적으로 손바닥으로 내 얼굴을 만지작거렸다. 그런 나를 보고 애니는 배를 잡고 웃었다.

"하하하, 언니 얼굴 빨개졌다."

"그, 그만 놀려."

애니의 말에 내 얼굴이 점점 더 빨개진 것은 당연한 순서였다.

한참을 깔깔대고 웃은 애니는 너무 웃어서 고인 눈물을 손가락으로 흩어내며 말했다.

"나는 언니가 정말 형부랑 만나게 되어서 다행이라고 생각해. 너무 예쁘게 사는 것 같아서 보기 좋아."

한참 어린 동생에게 예쁘게 산다고 칭찬을 받으면 뭐라고 말해야 할까.

'애초에 우린 신혼부부이고 말이지.'

나는 조금 새침하게 대꾸했다.

"……그건 한 10년쯤 산 뒤에 이야기해야 하는 거 아닐까."

"왜 그렇게 할머니처럼 얘기하고 그래?"

애니는 시큰둥하게 대답하는 나를 어이없다는 듯이 돌아보았다. 나는 어깨를 으쓱했다.

'이 언니가 세상 풍파를 거하게 맞아서 그런단다.'

이 세상에서 저들만 사랑하는 줄 아는 것처럼 난리를 치며 결혼했다가 몇 년도 안 가서 남보다 못한 사이가 되는 걸 내가 얼마나 많이 봤는데.

'우리 로메오만 해도 후궁들 때문에 머리카락 빠진다고 난리였었지.'

나는 하도 시기 질투가 여자의 전유물인 것처럼 들어와서, 진짜 남자들은 그런 감정이 없는 줄 알았다.

'없긴 뭐가 없어. 로메오 보니까 남자들도 그 상황이 되니 음습하기 그지없더구먼.'

서로 편짜서 몰아내기, 누명 씌우기, 총애 투기도 모자라 나중에는 황태자가 서로 자기 애라고 우기고 난리가 났다.

'그러고 보니 이번 생에는 후궁을 안 들이시네?'

또 무언가가 바뀐 걸까.

'황제 폐하는 도통 무슨 생각이신지 모르겠단 말이야.'

"실례."

'그래, 지금도 저렇게 무심하게……'

계속 황제를 떠올리고 있던지라, 나는 조금 늦게 반응하고 말았다.

"화, 황제 폐하!"

스타티스 황제가 우리 마차에 오른 것이다.

'으아! 나는 내가 골똘히 생각한 나머지 환상이라도 보는 줄 알았어!'

설마 진짜 황제 본인이 나타날 줄이야!

당황스러운 건 애니도 마찬가지였다. 애니는 혀가 딱딱하게 굳어서는 가엾을 정도로 덜덜 떨며 인사를 올렸다.

"폐, 폐, 폐, 폐하를 뵙습니다."

이렇게 우리 두 사람이 깜짝 놀라는데도, 황제의 반응은 평이하기 짝이 없었다.

"편하게들 있게. 나도 편하게 있으려고 들어온 거니까."

"⋯⋯."

아니, 이 무슨 악독한 상관 같은 발언이죠?

'편하게 있으려면 자기 마차에 있어야지, 왜 우리 마차에 오르는데?'

황제는 권하지 않았는데도 알아서 침대 정중앙에 반듯하게 누웠다. 그리고는 눈을 감고 덤덤하게 대답했다.

"타이론 대공, 이 여우 같은 사람 같으니. 이런 마차를 숨겨두고 거짓 보고를 올려?"

"⋯⋯."

그 말을 듣는 순간 나는 상황이 어떻게 된 건지 알 수 있었다.

'빼돌렸구나, 이안.'

하여간 마음을 놓을 수 없는 두 사람이었다.

'사이가 좋은 건지, 나쁜 건지.'

서로 이렇게 한 방씩 주고받으면서도, 막상 공공의 적이 나타나면 끈끈해지는 관계. 그야말로 현실 남매였다.

'그래도 역시 황제 폐하시네. 욕도 고상하게 하시고.'

여우 같은 사람이라니. 나라면 여우 같은 놈이라고 소리쳤을 것이다. 누워서 눈을 감으신 황제 폐하께서 근엄한 목소리로 하명하셨다.

"대공비도, 플로렌스 영애도 얼른 눕게. 임산부를 앉혀놓으면 대공이 정말 날뛸지도 몰라."

"……실례하겠습니다."

매우 있을 법한 일이었다. 나는 얼른 앉아 있던 자리에 다시 누웠다. 덕분에 침대 위에는 나, 황제 폐하, 애니라는 기묘한 순서로 누운 세 명의 여자만 남게 되었다.

삐걱. 작은 소음을 내며 마차가 굴러가기 시작했다. 눈을 멀뚱멀뚱 뜨고 벨벳으로 둘러싸인 마차 지붕을 바라보던 내가 입술을 열었다.

"불경한 질문이오나, 여기 계시면 황후 마마께서 외로워하지 않으실까요?"

스타티스가 여기 있다는 건 로메오가 홀로 마차에 올라 있다는 뜻 아닌가.

"황의가 푹 쉬라고 했으니 건드리지 않으려고 하네."

내 질문에 황제는 여전히 눈을 감은 채로 대답했다. 표정 없이 눈을 감은 얼굴은 어쩐지 금욕적인 느낌이 묻어났다.

'역시 로메오가 아파서 휴양을 가는 건가.'

친구가 걱정이 되어, 내 얼굴도 저절로 흐려졌다.

그 뒤로 우리는 한참 동안 말을 하지 못했다. 특히 애니는 황제가 자신의 옆에 누워 있다는 부담감에 숨도 작게 쉬는 것 같았다.

'차라리 애니를 내 옆으로 데려오고 싶은데! 그렇다고 폐하를 문간에 둘 수도 없고, 창가에 눕힐 수도 없고!'

사면초가로다. 내가 잔머리를 데구루루 굴리고 있을 때였다. 스타티스가 뜬금없이 물었다.

"그래서 마이엔 공에게 선물은 뭘 받았나? 아바마마께서 승부를 가리지 못했다고 방방 뛰시던데."

"하. 하. 하."

나는 어색하게 웃었다.

'승부를 가리지 못하긴 했지.'

다음 날 승부를 가리기로 했는데 태황후가 찾아와서 혼쭐을 냈으니까.

나는 쑥스러워하면서 대답했다.

"마리아나 해에 있는 섬을 받기로 했습니다."

"섬이라. 좋은 선물이군."

무미건조한 대꾸에 나는 어색하게 웃었다. 섬이 좋긴 한데.

"한 10년 뒤에나 가보지 않을까요?"

10년이 아니라 평생 가보지 못할 수도 있었다. 대공 부부가 제국을 벗어나기가 쉽지 않기도 하고, 아기도 장거리 여행을 버틸 수 있을 만큼 자라야 하지 않겠는가. 내 대답에 스타티스는 오히려 날 이해 못 한다는 어조로 말했다.

"꼭 눈에 보여야 만족할 수 있나? 그저 소유하고 있다는 것만으로도 마음이 따뜻해질 것 같은데."

꼭 이안이 할 법한 대답이었다.

'역시 영혼의 단짝임이 틀림없어.'

나는 살짝 고개를 돌려서 스타티스의 옆얼굴을 바라보았다.

이안보다 조금 더 기다란 금빛 속눈썹이 가늘게 떨리고 있었다. 이안의 말대로 톡 튀어나온 이마, 오뚝한 코, 조금 고집스러워 보이는 입술, 큰 귀까지.

'정말 이안이랑 많이 닮았어.'

처음에는 흘긋 보았는데 자꾸 닮은 곳이 보이다 보니 점점 시선이 집요해졌다.

'딸을 낳으면 황제 폐하랑 무척 비슷할지도.'

그런 상상을 하고 있으니, 감겨 있던 황제 폐하의 눈이 반짝 떠졌다. 맑은 하늘처럼 푸른 눈이 나를 물끄러미 바라보더니 뜬금없이 물었다.

"그래, 그래서 대공은 꼬박 12주 동안 금욕했나?"

"네?"

정말 들을 거라고 상상도 못 한 질문이었다.

'12주? 이, 임신 초기 안정기간을 말하는 건가?'

그걸 왜 물어? 이렇게 선뜻 물어도 되는 사이였나, 우리!

내 속마음이야 어떻든, 황제는 질문했고 나는 대답해야만 했다. 나는 얼떨떨해져서 어물어물 대답했다.

"그, 그야, 제가 오르세에 있었으니까요."

하고 싶어도 할 수가 없었겠지. 내 말에 황제는 다시 천장을 바라보며 고개를 끄덕였다.

"아, 물리적 거리가 있었군. 하긴, 대공이 그렇게 참을성이 있을 리가 없지."

'아니, 왜 이렇게 남의 신랑을 까는 건데?'

문득 발끈한 나는 퉁명스러운 어조로 덧붙여 말했다.

"하지만 12주가 되기 전에 재회하긴 했습니다. 그때도 잘 참았고요."

내 남편의 판단 주체가 하반신이 아니라 머리에 있다는 걸 강력하게 주장하고 싶어서 한 말이었는데, 뜻밖에 황제가 긴 한숨을 내쉬는 것 아닌가.

"다른 사람이면 몰라도 대공보다도 못한 인내심의 소유자가 되고 싶진 않다."

"······?"

도대체 어떤 맥락에서 이야기하는 건지 감이 잡히질 않았다.

내가 고개를 갸웃갸웃하고 있으니 애니가 조심스럽게 운을 뗐었다.

"저기, 저어······."

나와 스타티스는 동시에 애니를 돌아보았다. 애니는 푸릇하고 기다란 야채를 들고는 울 듯 말 듯한 얼굴로 어색하게 웃었다.

"오이 마사지해드릴까요?"

처음 마차 여행을 시작했을 때, 이렇게 어색한 셋이서 함께 마차를 탈 수 있을까 싶었다.

하지만 그런 걱정이 무색하도록, 잘게 자른 오이를 올려놓고 우리는 허물없이 속에 있는 이야기를 하기 시작했다.

'이렇게 오이를 올려놓고 있어서야, 엄숙한 척 무게 잡기가 쉽지 않은걸.'

모두 우리 동생 덕분이었다.

스타티스는 주로 이안에 관한 이야기를 늘어놓았다.

"대공은 어릴 때부터 재수가 없었다. 몰래 발 걸어 넘어뜨리고 천사 같은 외모로 넘어가는 사람이었지."

"아, 그럴 것 같아요."

나는 눈을 깜빡거렸다.

'지금까지도 몇 번이나 나를 웃는 얼굴로 넘어뜨렸잖아.'

나한테 다 맞춰주는 것 같으면서도, 또 은근히 자기 맘대로 몰고 간단 말이지.

내가 고개를 끄덕이고 있으니, 스타티스는 조금 더 격양된 어조로 말을 늘어놓았다.

"남을 칭찬하는 법이 없고, 쉽사리 인정하지도 않는다. 그런 주제에 남이 자신을 건드리는 것은 조금도 못 참지. 사람에 따라서 태도가 바뀌는 것도 아주 재수 밥맛이다."

……아니, 또 왜 남의 신랑을 까고 계신데?

'너무 심한 거 아니야!'

내 남편, 까도 내가 까야지 이건 너무하다 싶었다. 그래도 황제에게 버럭 '왜 그렇게 말씀하세요!' 하고 소리칠 수는 없는 노릇이라, 나는 작은 목소리로 반박했다.

"그 정도는 아닌데요."

그런데 뜻밖의 타박이 날아왔다.

"언니, 폐하 말씀도 들어봐야지."

"애니……?"

아니, 네가 어떻게?

'너 형부 좋다고 말했잖아! 지금 황제 폐하 편드는 거니?!'

충격에 빠진 나를 내버려 두고 스타티스와 애니는 이안의 이중성에 대한 이야기를 더 나누었다.

'아니야! 우리 남편 그런 사람 아니라고!'

달기가 설탕 같은 사람이라는 나의 반박은 두 사람에게 무참하게 씹히고 말았다.

얼굴에 붙은 오이를 떼어내며 스타티스는 소녀처럼 입술을 삐죽였다.

"하여간 나는 대공이 싫다. 아주아주 싫다. 좀 더 어릴 때 모르는 척 정강이를 까서 자빠뜨려야 했어."

이마빡을 때릴 걸 그랬다고 후회하던 이안의 말과 묘하게 겹쳐지는 말이었다. 나는 눈을 깜빡이다가 피식 웃고 말았다.

"이러니저러니 해도 이안 하고 사이가 좋으시네요. 그렇죠?"

"절대 아니래도."

"네네."

나는 이제 대충 스타티스와 이안의 관계를 알 것 같았다. 저리 말하지만, 속으로는 나름의 끈끈한 유대가 있으리라.

다시 말끔해진 얼굴로 침대에 누운 스타티스가 나른한 목소리로 중얼거렸다.

"어쨌든 대공과 대공비가 행복하게 사는 것 같아. 짐은 몹시 흡족해. 앞으로 아들 열한 명만 더 낳도록."

"그……건 좀 무리일 듯싶지만, 노력해보겠습니다."

하여간 마음을 놓을 수가 없다.

'열한 명이라니. 왜 저리 구체적인 수치로 말하는 건데?'

한 명 낳는 것도 무서워 죽겠는데 열한 명이라니, 상상만으로도 아득해져서 나는 그냥 고개를 흔들어버렸다.

그때였다.

"폐하께서는 자녀 계획이 있으신가요?"

내 동생 애니가 말간 눈을 반짝이며 스타티스에게 물었다. 황제 부부의 내밀한 사정은 함부로 입에 올려서는 안 되는 것이기에 나는 사색이 되어 애니를 불렀다.

"헉! 애니!"

"괜찮네. 괜찮아."

그런데 뜻밖에 불호령을 내릴 줄 알았던 스타티스가 무척 관대하게 손을 내젓는 것 아닌가.

'차분하신 듯해도 선 넘는 것을 절대 용납하지 않는 스타일이신데.'

왜 저리 관대하담.

'침대에 누워 있어서 마음이 편해진 것일까? 침대에서는 온화

한 분이셨나!'

알쏭달쏭해하는 나는 내버려 두고, 스타티스는 특유의 무미건조한 어조로 대답했다.

"짐은 최근 성현들의 옛말 중에 틀린 것이 하나 없다는 걸 배웠지."

"뭔데요?"

"임신에는 두 가지 종류가 있다. 계획, 아니면 사고."

"네?"

스타티스의 말을 이해하지 못하고 애니는 이맛살을 찌푸렸다. 하지만 내게는 머리를 땡 치는 듯한 명언이었다.

"아니, 누가 그런 주옥같은 말씀을……."

"짐이 했네."

"예?"

아니, 성현들의 옛말이라며.

'이 사람 이런 사람이었나?'

문득 만두 태황제랑 겹쳐 보이는 건 나의 착각인가. 황제는 미간을 찌푸리며 귀찮아 죽겠다는 투로 손을 내저었다.

"하여간 인생에 계획은 다 쓸데없는 거야. 계획을 세운다고 인생이 계획대로 되는 것도 아니고. 그래서 자녀 계획도 세우지 않기로 했네."

참 이런 모습이 낯설기는 한데, 나쁘지는 않았다. 오히려 진짜 속내를 보는 것 같아 정겹기까지 했다. 나는 키득키득 웃다가 조심스럽게 물었다.

"황후 마마와는 어떠세요?"

"로메오는 좋은 남자지. 결단력이 조금 부족하지만."

역시 칼 같은 즉답이 날아왔다.

로메오의 장점은 착하고 배려심 넘치는 성격이었지만, 그런 만큼 상대방의 눈치를 살피느라 결단을 내리질 못하곤 했다.

커다란 결점이라면 결점인 부분을, 스타티스는 가벼운 어조로 획 넘어갔다.

"결단력이라면 짐에게 넘쳐나니, 남편에게까지 바랄 필요는 없지 않겠는가. 그러니 좋은 남편일세."

"……다행입니다, 폐하."

로메오에 대한 모진 소리가 나오면 어쩔까 해서 속을 졸이고 있던 나는 안도의 한숨을 내쉬었다.

'다행이야. 둘이 잘 맞는 것 같아서.'

지난 생에서 로메오의 맘고생을 고스란히 보아온 나에게는, 스타티스의 온건한 평가가 달갑기만 했다.

미소 짓는 나를 스타티스가 물끄러미 바라보았다.

"그 부분에서는 나는 그대에게 감사해야 하네, 대공비."

"예? 무엇을 말입니까?"

또 뜻밖의 말인지라 나는 눈을 동그랗게 떴다. 스타티스는 쓸쓸름한 미소를 지어 보였다.

"나는 사실 황후와 데면데면한 사이로 지낼 마음이었네. 딱히 로메오가 마음에 들지 않아서가 아니라, 황제라면 으레 그래야 한다고 배웠기 때문에."

그 말은, 아직 오지 않은 미래를 기억하고 있는 나에게 조금 변명처럼 들렸다. 지난 생에서 로메오와 스타티스는 선이 명백한 좋은 파트너 같은 모습의 부부였기 때문이다.

'그저 황제는 가정에서도 그렇게 지내야 한다고 배워서 그리 대했다면.'

그 차가운 냉대에 속을 끓이던 내 친구의 감정은 아무 의미가 없었다는 뜻이지 않은가.

"그러나 그대와 대공의 모습을 보고 마음을 바꾸게 되었지. 대공의 나사 풀린 모습을 보고 있자니, 자연스럽게 이런 생각이 들더군."

잠시 숨이 턱 막혀서 입술을 깨문 나에게, 스타티스는 느릿한 어조로 덧붙여 말했다.

"왜 나는 황제라는 이유로, 가정에서까지 상대를 견제하며 지내야 하는가?"

"!!"

그 말은 그녀의 마음이 확실하게 변했다는 뜻이기도 했다. 나는 재빠르게 대답했다.

"로메오는 믿을 만한 사람이에요. 저는 폐하께서 좋은 선택을 하셨다고 생각합니다. 그리고…… 그렇게 생각해주셔서 정말 감사해요."

내 친구가 불행한 결혼생활을 반복하게 되지 않도록, 마음을 바꿔주어서 감사하다.

나는 진심을 담아 인사했다. 스타티스는 그런 나를 물끄러미 바라보다가 피곤한 듯 눈을 감으며 대답했다.

"그건 내가 운이 좋은 덕분이지."

하여간 높은 자의식까지 이안하고 꼭 닮았다. 나는 나도 모르게 피식 웃고 말았다.

눈을 감고 스타티스는 느릿한 어조로 말했다. 슬슬 졸음이 밀려오는 듯, 목소리는 가라앉아 있었다.

"여하간 짐은 기분이 좋네. 난생처음 계획에 없던 도박을 질렀는데 터진 기분이거든."

나는 황제의 옆모습을 바라보다가 키득키득 웃으며 말했다.

"이안은 처음부터 두 분이 잘 지낼 거라고 했어요."

"대공이?"

내 말에 스타티스는 눈살을 찌푸리며 가늘게 눈을 떴다. 나는 웃었다. 웃을 수밖에 없었다.

'맞아. 이안은 다 알고 있었어.'

"제가 로메오가 걱정된다고 했더니, 폐하는 분명 호감을 가지고 있는 거라고 했거든요. 지금 생각하니 제가 괜한 걱정을 했던 것이네요."

스타티스를 잘 아는 이안은, 스타티스의 마음이 바뀌고 있다는 것 또한 눈치챘던 것이다.

자신이 이안의 손바닥 위에 있었다는 사실을 전해 들은 스타티스의 눈살이 찌푸려졌다.

"……좋았던 기분이 다시 나빠지는군."

"하하하."

진심이 아니라는 걸 알기에 나는 다시 큰소리로 웃고 말았다. 그때, 애니가 작은 손을 들었다.

"저어."

기혼 여성들끼리 지나치게 대화에 빠져들었던 것인가. 나는 동생을 배려하지 못했음을 깨닫고 애니의 목소리에 귀를 기울였다. 애니는 아기 고양이 같은 눈망울을 깜빡이며 물었다.

"그런데 아기는 어떻게 생기나요?"

"……."

나와 스타티스는 누가 먼저랄 것 없이 자는 척, 눈을 감았다.

누워서 이동하는 데다가, 도란도란 이야기도 하니 콘라드에 순식간에 도착할 수 있었다.

"이곳이 콘라드입니다."

"와아."

마차 문을 열고 내리니 물씬 소금기 가득한 공기가 밀려 들어왔다.

'여기가 바다.'

이안의 말대로 웅장한 항구도시는 아니었지만, 있을 것은 다 있었다. 빨간 지붕을 가진 흰 등대, 어지러이 날아다니는 갈매기 떼, 수시로 오가는 작은 배들이 한눈에 들어왔다.

"우와아아, 저게 바다군요! 정말 책에서 읽은 대로예요. 햇빛이 반짝반짝 부서지는 것 같아요!"

가장 신이 난 사람은 애니였다.

'정말 바다가 보고 싶었구나.'

저렇게 신이 난 애니의 모습은 난생처음 보았다.

"그렇게 좋아?"

"웅! 바다에 진짜 오고 싶었거든."

"그렇구나."

나는 잔잔한 눈으로 애니를 바라보았다.

'하긴, 누구든 마음에 품고 있는 풍경이 있으니까.'

나의 경우에는 그것이 오르세였다. 결국 두 번이나 죽을 때까지 가지 못하고 세 번째에야 갈 수 있었던 그곳.

'애니도 바다를 볼 수 있어서 다행이야.'

아마 지난 생의 애니 또한 바다를 갈망하면서도 한 번도 보지 못했을 것이다.

"콘라드에 오신 것을 환영합니다."

우리를 반기러 나온 사람은 바로 콘라드의 영지 관리인이었다. 콘라드는 작은 도시라서 콘라드령으로 따로 분리된 것이 아니라 근처의 큰 도시에 예속되어 있었다.

"영주성이 있었다면 그리 모셨겠지만, 이곳에는 영주성이 없습니다. 최대한 좋은 숙소를 수배하였으나……."

"상황은 모두 이해하고 있으니 긴장하지 않아도 좋네."

스타티스는 갑자기 황제를 모시게 되어 식은땀을 뻘뻘 흘리는 영주관리인을 달랬다.

가장 좋은 숙소를 수배하려고 애썼다는 것이 거짓이 아닌 것처럼, 그가 안내해준 건물은 언덕 위에서 바다를 한눈에 내려다볼 수 있는 한적한 곳이었다.

"우와."

오자마자 테라스로 뛰어나간 애니는 탄성을 내질렀다. 늘 차분하던 눈이 별빛을 담은 것처럼 반짝였다.

애니가 뺨을 붉히며 중얼거렸다.

"이 풍경을 함께 볼 수 있었으면 좋았을 텐데."

애니의 말에 나는 조금 놀라 눈을 크게 떴다.

아름다운 것을 볼 때, 맛있는 것을 먹을 때, 생각나는 사람이 있다는 게 무슨 의미겠는가.

'사랑을 하고 있구나.'

진지한 교제이든, 한때 스치는 가벼운 애정이든, 무엇이든 좋았다. 나는 자상한 미소를 지으며 애니에게 물었다.

"그게 누구인지 물어도 되니, 애니?"

"그, 그, 그게."

내 물음에 애니의 눈동자가 흔들렸다. 잠시 머뭇거리던 애니가 검지를 입술에 대며 속삭였다.

"언니, 이건 비밀이야."

"그래."

"그 애는 나 때문에 뭔가 이득을 보게 된다고 여기면 슬퍼할 거야. 그런 사람이거든. 그러니까 진짜 비밀이야."

"어서 말이나 해보렴."

연신 비밀이라고 다짐, 다짐을 받아내는 애니가 귀여워서 나는 푸후훗 웃고 말았다.

얼굴을 토마토처럼 새빨갛게 붉힌 애니가 내 귀에 작은 목소리로 소곤거렸다.

"나, 타이론 기사단에서 견습기사로 지내고 있는 에릭이란 아이를 좋아해."

"……!!"

설마설마했지만 들려오는 이름에 나는 눈을 동그랗게 뜨고 말았다.

'정말 이어지고 있었구나. 애니와 에릭의 인연이.'

에릭이 얼마나 간절하게 애니를 사랑하는지는 이미 지난 생에 보아 알고 있었다. 하지만 이번 생까지 두 사람이 잘될 거라는 보장은 없지 않은가.

'다행이야.'

내가 끼어드는 바람에 도리어 일이 잘못된 건 아닐까 걱정했는데, 다행이었다. 나는 빙그레 미소 지으며 애니에게 물었다.

"그 아이와도 이야기가 된 거야?"

"……."

잠시 우물쭈물 망설이던 애니는 작게 고개를 끄덕였다. 그리고 조금 단호한 어조로 덧붙였다.

"하지만 정식으로 교제하는 건 아니야. 아직 어리니까."

"에릭이 그렇게 말해?"

"에릭은 진짜 기사가 되어서 내 앞에 떳떳해질 수 있으면 그때 교제 신청을 하고 싶대."

그러니까 아직 서로의 감정만 확인한 상태라는 뜻이었다.

나는 나도 모르게 혀를 차고 말았다.

"의외로 태평한 아이구나. 그렇게 미루다가 자신이 준비되었을 때, 너는 이미 다른 사람하고 결혼해 있으면 어떻게 하려고?"

지난 생에서 실제로 두 사람은 그렇게 엇갈렸다.

나를 파넬로 팔아치웠지만, 진상들에게 가로막혀서 생각보다 돈을 얻지 못하자, 플로렌스 자작은 애니를 구제 불능의 쓰레기에게 빨리 넘겼다.

'그 뒤로 얼마나 애니가 마음고생을 했는데.'

오로지 아기를 낳기 위해 애니를 사 온 남편은 애니가 불임이라는 사실을 알게 되자, 쓸모없는 물건처럼 함부로 대하기 시작했다.

몸도 마음도 넝마가 된 그녀를 구해준 것이 그때까지도 줄곧 애니를 짝사랑하고 있던 에릭이었다.

'그런데 준비가 될 때까지 기다리다니.'

이러다가 또 타이밍이 어긋나는 것 아닐까. 슬그머니 피어오르는 불안감에 내가 입술을 깨물었을 때였다. 애니는 의연하게 웃으며 말했다.

"괜찮아. 내가 변하지 않을 거니까. 나는 에릭이 좋아. 에릭이 아닌 다른 사람은 상상도 되지 않고."

"애니."

도대체 언제 이렇게 컸을까.

결연한 의지를 담아서 반짝이는 눈망울이 아름다웠다. 나는 애니의 풍성한 곱슬머리를 쓰다듬으며 말했다.

"언니는 네가 좋다는 사람이라면 누구든 좋아."

"언니!"

내 대답에 애니는 활짝 웃으며 나를 끌어안았다.

"언니에게도 얼른 소개하고 인정받고 싶어. 언니도 분명 좋아할 거야."

나는 동생을 마주 끌어안았다. 그리고 조용히 마음속으로 기원했다.

'두 사람의 사랑에 어떤 장애도 없기를.'

나는 애니의 삶이 예쁜 동화처럼 행복하게 오래오래 살았답니다, 로 끝나길 바랐다.

❖ ❖ ❖

하지만 수도를 떠나왔음에도, 나는 푹 잠들 수 없었다. 침대에 누우면 어김없이 고통의 기억들과 불길한 예감들이 나를 괴롭혔다.

"헉!"

콘라드에 도착한 첫날 밤, 나는 또다시 외마디 비명을 지르며 자리에서 벌떡 일어나고 말았다.

"하아. 하아."

거친 숨을 몰아쉬며 나는 두 손바닥에 얼굴을 묻었다. 물속에 잠겨 있다가 겨우 육지로 나온 것 같았다.

"하아……."

예상은 했었지만, 불안감이 내가 생각했던 것보다 심했다. 그만큼 내게 뿌리 깊은 고통스러운 기억이었기 때문이다.

'이대로는 배 속 아기에게도 좋지 않을 텐데.'

잠을 잘 자지 못한 것이 이미 꽤 오래되었다. 임신했을 때 눈물이 많아지거나, 수면 패턴이 바뀌는 것은 흔한 증상이었지만, 이렇게까지 길게 이어지는 건 분명 이상했다.

'내가 마음을 좀 더 강하게 먹어야 하는데.'

나는 내 곁에서 눈을 감고 자는 이안을 돌아보았다. 달빛에 희게 빛나는 얼굴이 수려했다.

'다행이다. 오늘은 깨우지 않아서.'

이안은 예민한 편이라 내가 조금만 움직여도 깨어나곤 했다. 하지만 콘라드까지 오는 마차 여행이 고된 탓에, 오늘만큼은 푹 잠이 든 모양이었다.

'물을 마시고 나도 다시 누워야겠다. 도대체 지금 몇 시지?'

그런 생각을 하며 침대에서 슬리퍼에 발을 끼웠을 때였다.

"아앗!"

종아리가 쥐어짜이는 듯한 아픔이 훅 밀려왔다. 나는 비명을 지르며 바닥에 주저앉고 말았다. 이안이 서둘러서 내게로 구르듯 다가왔다.

"올리비아! 왜 그래요?"

"다리가, 다리가 아파서……."

다리가 욱신거려서 눈물이 핑 돌았다. 당장이라도 주치의를 부르러 달려가려는 이안을 나는 덜덜 떨리는 손으로 붙들었다.

"쥐, 쥐가 났나 봐요."

주치의를 부를 만한 일이 아니었다. 잠시 나를 돌아보던 이안이 내 곁에 자리를 잡고 앉았다.

"잠시만요."

"아앗!"

커다란 손이 내 종아리를 주무르기 시작했다. 근육을 비트는 것만 같아서 저절로 비명이 흘러나왔다.

'맞아. 임신하면 이런 변화도 있었지.'

사소하지만 성가신 고통이었다. 그래도 이안의 손아귀 힘이 좋아서 그런가, 쥐는 금방 풀렸다. 나는 말랑말랑한 종아리를 주물러주는 손을 붙들었다.

"이제 괜찮아요."

이안이 걱정스러운 표정으로 나와 눈을 맞췄다.

"다른 곳은 저리지 않습니까?"

"괜찮아요."

대답은 했지만, 한숨이 나왔다.

'앞으로도 이런 일이 부지기수일 텐데.'

그때마다 이안을 깨우는 것도 미안한 일이었다. 나는 어색한 미소를 지었다.

"미안해요. 나 때문에 깊이 잠들지 못해서. 차라리 침실을 따로 쓰는 편이 낫지 않겠어요?"

"괜찮습니다."

이안은 완고한 태도로 고개를 저었다. 그리고는 팔을 넓게 펼쳐 나의 어깨를 끌어안았다.

"아기를 가지는 건 참 힘든 일이군요. 이렇게 계속 몸이 아프기도 하고."

"그러니까요."

나는 지끈거리는 머리를 손바닥으로 눌렀다. 내가 충분히 안정되었다고 확인한 이안이 조심스럽게 나를 부축해서 다시 침대에 눕혔다.

그가 내 곁에 앉아, 이불을 정돈해주며 물었다.

"이불을 조금 더 두꺼운 것으로 바꿀까요? 따뜻해지면 아무래도 순환에 도움이 되지 않겠습니까."

날씨가 더워지는 계절인지라, 이불이 얇은 것은 당연했다. 나는 잠시 고민하다가 이안을 향해 손을 내밀었다.

"그럼 안아줘요."

이안은 가볍게 웃더니 내 곁에 누워서는 자신의 품에 나를 꽉 가두었다.

추워서 쥐가 난다고 생각한 건지, 유난히 몸을 바싹 붙여와서 웃음이 나왔다. 나는 키득거리며 그에게 물었다.

"당신은 왜 이렇게 체온이 높아요? 어릴 때부터 그랬나요?"

"글쎄요. 누군가를 마주 안아본 적이 없어서."

이안이 말을 할 때마다 그의 숨결이 머리카락을 간질였다. 그는 낮은 목소리로 속삭였다.

"제 체온을 아는 사람도 이 세상에 당신뿐입니다."

"하하."

어떻게 이렇게 달콤한 말을 잘하는지.

'이안은 어떻게 이렇게 든든한 걸까.'

나는 그의 가슴팍에 이마를 문질렀다. 두근두근 울리는 심장 소리가 기분이 좋았다. 하지만 불안함이 완전히 가시지도 않았다. 나는 눈을 질끈 감고 그에게만 매달려 있었다.

내가 쉽사리 잠이 들 것 같지 않았는지, 이안이 물었다.

"따뜻한 우유를 마실까요? 수면에 도움이 될 거예요."

"아니요. 되었어요."

"저녁도 거의 먹지 않아서 배가 고플 텐데."

"별로 입맛이 없어요."

우유도, 달달한 것들도 최근에는 썩 당기질 않았다. 모두 마음이 편안해야 먹고 싶은 마음도 생기는 것 아니겠는가.

"올리비아."

이안이 걱정스러운 시선으로 나를 응시했다. 나는 손에 힘을 주어 너른 등을 꽉 끌어안았다.

"안아줘요. 그거면 충분해요."

이 불안은 온전히 내 마음의 문제였다. 그가 어떻게 해줄 수 없는 문제로 그를 괴롭히고 싶지 않았다.

❖ ❖ ❖

'올리비아.'

이안은 자신의 품 안에서 새근새근 잠이 든 올리비아의 얼굴을 내려다보았다. 고운 눈가에는 검은색 그늘이 드리워 있었다.

최근 잠을 잘 이루지 못한 탓이었다.

'무엇이 불안해서 그럴까? 내가 의지가 되질 않나.'

올리비아는 처음 만났을 때의 당차고 철없어 보이는 인상과 달리, 마음에 상처가 많은 사람이었다.

상처는 평소에는 아문 듯 보이다가도 어떤 조건이 맞아떨어지면 언제 나왔냐는 듯이 제 존재감을 주장했다.

'그런 것이 트라우마이지.'

이안이라고 불안하지 않은 것이 아니었다. 어린 시절의 그에게 부모는 채워지지 않은 공백이었다. 자신이 받아보지 않은 무조건적인 애정을 과연 내 자식에게 줄 수 있을까?

'하지만 올리비아와 함께라면 이 불안감 또한 건너갈 수 있을 거야.'

자꾸만 아이가 올리비아를 닮은 딸이었으면 좋겠다고 말하는 것도 같은 맥락이었다. 그녀를 닮은 아이라면 사랑할 수 있을 것 같았으니까.

'그러니 당신도 나를 의지해줘요.'

이미 그는 그녀에게 많은 용기와 위안을 받고 있었다. 그녀는 모르는 것 같지만.

❖ ❖ ❖

"그만…… 먹을게요."

나는 들고 있던 숟가락을 내려놓았다. 내 맞은편에서 식사하고 있던 아버지와 애니, 이안의 시선이 모두 나에게 꽂혔다.

'윽, 역시.'

말을 하면 걱정을 끼칠 거라는 걸 알았다. 하지만 말을 안 할 수가 없었다.

'도저히 들어가질 않는걸.'

내 앞에는 절반 조금 넘게 비워진 클램차우더 수프가 놓여 있었다. 전채요리였다.

'이것도 가까스로 먹었다고.'

조개와 크림의 냄새가 올라오는 순간 거짓말처럼 입맛이 뚝 떨어졌지만, 걱정을 끼치기 싫어서 억지로 숟가락을 움직였다.

하지만 그것도 절반이 최선이었다. 아버지가 얼굴을 살짝 일 그러뜨리시며 말했다.

"……하지만 아직 메인 요리가 나오지 않았는걸요. 이 바다에서 갓 잡은 싱싱한 꽃새우 요리라고 합니다."

꽃새우라니. 수도에서 먹기 힘든 진귀한 식재료였다.

하지만 그럼에도 뚝 떨어진 입맛은 돌아오질 않았다. 나는 어색한 미소를 지으며 자리에서 일어났다.

"해산물이 잘 맞지 않는 거 같아요. 먼저 올라가서 쉴게요."

"저런."

아버지가 걱정스러운 시선으로 나를 바라보았다. 애니가 얼굴을 잔뜩 일그러뜨리고 말했다.

"내가 괜히 바다로 오자고 한 거야?"

동생의 말에 나는 손사래를 쳤다. 내 컨디션이 떨어지는 것과 애니는 아무 상관관계가 없었다.

'문제는 내 안에 있는걸.'

바다가 아니라 그대로 저택에 있었더라도 나는 이렇게 피곤해했으리라.

"전혀 아니야, 애니. 네가 기뻐하는 모습만으로도 와서 다행이라고 생각해."

"하지만……."

"그냥 오늘 입맛이 없어서 그래. 내일은 더 맛있는 거 먹자."

"응."

동생을 달래고, 나는 식당을 빠져나왔다. 혼자 방으로 올라가려고 했더니 성큼성큼 커다란 발걸음 소리가 내 뒤를 따라왔다.

"올리비아."

"이안."

바로 이안이었다. 바닷가 도시에 와서 그런지, 이안은 소매 폭이 넓은 셔츠에 가볍고 얇은 바지 차림이었다. 좀 더 자유롭고 홀가분하게 느껴지는 차림도 그런 것처럼 잘 어울렸다.

'그래. 우리는 여행을 왔지.'

그런데 나 때문에 이안도 밖으로 나가질 못하고 있었다. 나는 갑자기 미안해져서, 이안의 등을 떠밀었다.

"식사마저 하고 와요. 식사한 다음에는 콘라드도 구경하고 오고요. 저는 어제 잠을 설쳐서 그런가 졸리네요."

내 말에 이안은 산뜻한 미소를 지으며 내 손을 꽉 붙들었다.

"저도 그래요. 그럼 함께 침실로 가요."

"하지만 당신……."

'식사도 다 하지 못했잖아요.'

그 말이 목 안쪽에서 울렁거렸다. 나는 정말 전채요리만 들고 나왔기 때문에, 이안 또한 수프에 샐러드 조금만 먹었을 것이 분명했다.

'그런데 나를 따라 나오다니.'

내 얼굴이 죄책감에 흐려졌을 때였다. 이안은 전혀 개의치 말라는 듯이 밝게 미소 지으며 말했다.

"당신하고 함께 자고, 당신이 배고플 때 먹으면 됩니다. 한 끼 정도 굶어도 문제없고요."

"말도 안 돼요. 당신이 나보다 덩치가 얼마나 큰데."

"그렇게 따지면 당신은 두 사람 몫을 먹어야 하는걸요."

"……윽."

반박을 할 수 없게 만드는 말이었다. 나는 입술을 꾹 다물고 말았다.

'이안의 말이 맞아. 배 속의 아기를 생각하면 잘 먹어야지.'

하지만 목에 가시가 걸린 것처럼 음식이 넘어가지 않았다. 나는 두 손으로 치맛자락을 쥐었다.

"아니면 먹고 싶은 건 없어요? 과일이라든지, 고기라든지?"

"어……."

아기를 가졌으니 먹고 싶은 음식이라. 나는 눈을 깜빡깜빡거렸다.

"그, 글쎄요."

나는 솔직히 조금 당황스러웠다. 이런 질문을 받을 거라고 생각하지 못했으니까.

'보통 사람들은 임신하면 특정 음식들이 무척 당긴다고는 하던데.'

하지만 먹고 싶다고 해서 사다 주는 것 또한 배려 아니겠는가. 나는 그간 그런 배려를 받아본 적이 없었다.

내 놀란 표정을 미심쩍은 표정이라고 생각한 듯, 이안은 진지한 어조로 말했다.

"어떻게 해서든 구해올 테니까 말해주십시오, 올리비아."

용이라도 잡아 오겠다는 듯이 결연하게 말하는 표정이 어쩐지 재미있었다. 나는 푸흐흐 힘 빠진 미소를 지었다.

"그러다가 정말 바다 건너고 산 넘어서 가져와야 하는 걸 말하면 어쩌려고 그래요."

"그렇다면 나중에 우리 아이에게 들려줄 추억이 되겠지요."

이안이 내 배 위에 따끈따끈한 손바닥을 올렸다. 그리고 웃음기 어린 목소리로 속삭였다.

"네가 엄마 배 속에 있을 때부터 얼마나 입맛이 까다로운 아이였는지 아니?"

"으악!"

상상만 해도 창피한 이야기였다. 나는 이안을 살짝 흘겨봤고, 이안은 키득키득 웃음을 흘렸다. 나는 고개를 가볍게 흔들었다. 그리고 조금 더 홀가분한 얼굴로 대답했다.

"더워서 입맛이 떨어졌을 뿐이에요. 걱정하지 말아요, 이안."

"……."

내 대답에, 이안의 풀렸던 얼굴은 다시 딱딱하게 굳어지고 말았다.

❖ ❖ ❖

나는 꿈을 꾸고 있었다. 과거 언젠가, 실제로 있었던 일이었다.

"마님, 힘을 더 주셔야 합니다. 조금만 더, 조금만, 더!"

"못해. 난 못해……."

꿈속의 나는 아기를 낳고 있었다. 20시간이나 진통에 시달렸던, 바로 그때였다.

"죽을 거 같아."

헉헉대며 눈물 콧물 다 쏟은 얼굴로 말을 했더니, 나와 마찬가지로 진이 다 빠진 산파가 나를 호되게 나무랐다.

"정말 여기서 멈추시면 마님도 아기도 죽는 거예요! 마지막 힘까지 다 짜내셔야 해요!"

"흑."

눈물이 주르륵 흘렀지만, 멈출 수가 없었다. 나는 다시 이를 악물고 애를 썼다.

그렇게 아기를 낳고, 완전히 혼절했다가 정신을 차렸을 때, 나는 걸을 수가 없었다. 멍하니 누워 있는 내 귓가로 하녀들의 수군거림이 들렸다.

"아기가 너무 컸어."

"살아나신 것이 기적이야. 보통 사람이었으면 죽었을걸."

내가 죽을 뻔했단다. 아기가 커서.

꿈인데도 고통이 지나치게 생생했다. 눈물을 줄줄 흘리고 있자니, 진상들이 나타나서는 내게 손가락질을 했다.

"그러게 식탐도 작작 부렸어야지. 아기를 가졌다고 절제 없이 마구 먹어대니 아기가 그렇게 배 속에서 자란 것 아니겠니."

결국 내 목숨줄을 내가 줄였다는 소리였다.

'아니야. 내가 무슨 식탐을 부렸다는 거야. 막달까지 일했는데.'

나의 반박은 조금도 말이 되어 나오질 못했다. 일방적인 비난을 받다가 나는 번쩍 눈을 떴다.

"헉!"

꿈이었다.

'지독해, 진짜…….'

창밖으로는 주홍색 해가 길게 늘어졌다. 멍하니 창밖을 보고 있자니, 조심스럽게 문을 열고 들어서던 이안이 나를 보고 소스라치게 놀라 달려왔다.

"올리비아, 괜찮아요? 또 아팠나요?"

"이안."

나는 대답 대신 그를 꽉 끌어안았다.

'나는 왜 이렇게 미련한 걸까.'

나도 고통의 기억을 얼른 떨치고 싶었다. 하지만 무엇 하나 내 마음대로 되질 않았다.

'피곤해.'

그냥 이안의 품에 안겨 있고만 싶었다.

❖ ❖ ❖

그렇게 며칠이 흘렀다.

정원에 앉아서 볕을 쬐고 있으니, 그림자가 얼굴을 가렸다. 고개를 드니 금빛 머리카락을 경쾌하게 하나로 높게 묶은 여자가 서 있었다.

"오랜만이군, 대공비."

"황제 폐하를 뵙습니다."

바로 스타티스였다.

좋지 않은 컨디션 때문에 나와 이안은 주로 숙소에 머물렀지만, 다른 일행들은 콘라드의 구석구석을 구경하며 돌아다녔다.

그중 가장 발랄하게 돌아다닌 사람이 바로 스타티스와 로메오였다. 오늘도 당연히 두 사람이 나갔을 거라 생각했던 나는 눈을 동그랗게 떴다.

"오늘은 숙소에 계시네요?"

"로메오가 병이 나서 말이야."

스타티스는 권하지 않았는데도 털썩 내 맞은편에 앉았다. 그리고는 가볍게 입술을 삐죽였다.

"골골거리길래 그냥 두고 나왔네."

"곁에서 간호하는 게 아니고요?"

"안 돼. 골골거리는 걸 보면 자꾸 찍어 눕히고 싶어져."

"?"

반려자가 골골거리면 다정하게 돌보아 줘야지, 왜 찍어 누른단 말인가.

'폐하께서도 하여간 이해하기 어렵다니까.'

스타티스도 기본적으로 자기중심적인 화법의 소유자였기 때문에 맥락을 놓치면 이해하기가 어려웠다.

내가 눈을 깜빡이고 있자니, 스타티스가 나른하게 등받이에 등을 기대고는 물었다.

"요즘 그대 걱정 때문에 모두 한숨을 쉬느라 땅이 꺼지겠던데."

그 말에는 나도 움찔할 수밖에 없었다.

'티를 내고 싶진 않았는데.'

뭐라고 변명을 할 것인가 고민하고 있자니, 스타티스가 제법 날카로운 질문을 던졌다.

"혹시 그대가 마차 안에서도 잠들지 못하고 웅크리고 앉아 있던 것과 관계가 있나?"

그 말에 나는 깜짝 놀라고 말았다. 나는 두 손을 꽉 맞잡았다.

"알고 계셨나요?"

"그렇게 매일매일 깨는데 모를 수가 있나."

"⋯⋯."

콘라드까지 오는 마차 안에서도 나는 연신 불안함에 시달리며 수시로 잠에서 깨었었다.

'그때마다 폐하께서는 잘 주무시고 계시는 줄 알았는데.'

당연히 눈치를 채지 못할 줄 알았는데, 이렇게 단도직입적으로 찔러오니 당황스러웠다. 스타티스는 턱을 살짝 치켜들며 물었다.

"말해보지. 무엇이 그렇게 불안해서 잠도 이루지 못하는가?"

"그냥."

나는 입술을 우물거렸다. 이안과 비슷한 푸른 눈동자를, 지금이 순간 똑바로 마주할 수가 없었다.

"그냥 임신해서 그런 것 같아요."

"임신?"

내 대답에 스타티스의 얼굴이 와락 구겨졌다. 그녀는 도무지 이해하지 못하겠다는 듯이 고개를 갸웃하며 물었다.

"왜? 대공이 아기를 가지기 싫대?"

이안이 아기를 가지기 싫어했다는 사실까지 추측하고 있었다니. 내가 생각한 것 이상으로 예리한 사람이었다.

"아니, 아니에요. 물론, 그이는 처음에 싫어했지만."

나는 당황해서 손사래를 쳤다. 그리고 우물우물 입술을 열었다. 이상할 정도로 감춰왔던 이야기가 솔직하게 흘러나왔다.

"전 아기 낳는 게 두려워요. 죽을 수도 있는 일이잖아요."

내 대답에, 스타티스의 미간 주름은 더더욱 깊어졌다. 그녀는 팔걸이를 손가락으로 톡톡 두들기며 물었다.

"짐은 잘 이해가 가지 않는군. 대공과 마이엔 공이 어련히 최고의 의료진을 찾아다니고 좋은 것으로만 준비했을 텐데 무엇이 그리 불안한가?"

"……폐하께서는 불안하지 않으세요?"

이렇게 속마음이 술술 흘러나오는 것은 아무래도 눈앞에 앉아 있는 여자가, 이안과 비슷한 얼굴을 가지고 있어서이리라.

"폐하께서도 언젠가 아기를 낳으실 거잖아요."

아기를 가지고, 열 달을 품어, 낳는 것은 보통 일이 아니다. 죽을 수도 있고, 죽지 않더라도 죽을 만큼 아플 수도 있다.

"하지만 그건 인생을 송두리째 바꾸는 일이죠."

그보다 더 막연한 건, 출산은 그 뒤로 이어지는 수많은 변화들의 시작에 불과하다는 점이다.

허나 나약하기 짝이 없는 내 질문과 달리, 스타티스의 대답은 강인했다.

"불안하여 바뀌는 것이 없는데 왜 내가 불안에 떨겠는가."

나는 찻잔을 들어 입술에 대는 행동으로 슬쩍 내 표정을 감추었다. 그러자 얼음처럼 차가운 스타티스의 눈동자가 나를 담았다.

"대공비의 불안은 도대체 무엇에서 기인하는 거지? 그대는 이미 그 고통을 아는가?"

"그……."

직설적인 질문에 내가 어색하게 웃음을 흘렸을 때였다.

하녀가 달려와서는 내 앞에서 사시나무 떨듯 몸을 떨며 소리를 질렀다.

"전하! 크, 큰일 났습니다!"

"뭐?"

큰일이라니. 휴양차 쉬러 온 곳에서 큰일이 날 것이 뭐가 있단 말인가.

'식량이라도 도둑맞았나?'

그렇게 시답잖은 생각을 했으나, 들려오는 말이 심각했다.

"대, 대공 전하께서!"

"이안이?"

이안의 호칭이 나오는 순간부터 심장이 쿵쾅쿵쾅 어지럽게 뛰기 시작했다. 나는 창백해진 얼굴로 하녀를 응시했다.

'이안이 왜? 이안에게 무슨 일이 생긴 건가?'

온갖 나쁜 일들이 머릿속을 스치고 지나갔다. 내 손가락이 덜덜 떨리는 것을 알아차린 스타티스가 엄한 목소리로 하녀를 꾸짖었다.

"어디서 심기를 어지럽히느냐?! 제대로 말하지 못할까!"

"죄, 죄송하옵니다."

하녀는 물론이고, 불안함 속으로 정신없이 끌려가던 나까지 정신이 번쩍 나게 하는 불호령이었다.

하녀는 그제야 제대로 상황을 전달했다.

"대공 전하께서 현재 두 손을 모두 크게 다치셨습니다!"

❖ ❖ ❖

'아니, 그 사람이 두 손을 모두 다칠 일이 뭐가 있어?'

나는 불안함에 손톱을 잘근잘근 씹으며 하녀를 쫓아갔다. 하녀가 안내해준 곳은 뜻밖에 주방이었다.

'주방?'

플로렌스 가문에 있을 때야 사실 주방을 자주 들락날락했다. 끼니를 잘 챙겨주지 않을 때가 다반사였으니, 나라도 스스로 챙겨야 했던 것이다. 하지만 올리비아 타이론이 된 뒤로는 주방에 얼씬도 한 적이 없었다. 내가 아니어도 잘 관리하는 인력들이 많이 있으니 말이다.

'그런데 이안이 주방에는 왜⋯⋯?'

온갖 의문이 머릿속을 왔다 갔다 했다. 주방에 들어서니, 이안은 의자에 앉아 있었고, 주치의가 그의 양손에 연고를 덕지덕지 바른 참이었다.

'세상에.'

그의 두 손이 새빨갛게 달아올라 있었다. 척 보기에도 아픔이 몰려와서, 나는 눈을 질끈 감고 말았다.

"올리비아."

나를 먼저 발견한 것은 이안 쪽이었다. 어색하게 웃는 얼굴을 보니 하녀가 소리친 것만큼 중한 상태는 아닌 것 같았다.

'웃긴 왜 웃어. 사람 심장을 이렇게 떨어지게 해놓고.'

내 눈치를 살피느라 지은 억지웃음인 것을 아는데도, 그렇게 얄미울 수가 없었다. 나는 그의 곁으로 다가서며 흐트러진 머리카락을 쓸어넘겼다.

"도대체 이게 무슨 난리예요?"

"올리비아, 그게⋯⋯."

이안은 어색한 미소를 지으며 뺨을 긁적였다. 그때 그의 곁에 있는 테이블 위에 놓인 두꺼운 작은 유리 냄비가 보였다.

'저걸 맨손으로 잡아서 화상을 입은 모양인데.'

문제는 뭔데 이안이 이걸 맨손으로 잡았단 말인가. 나는 슬쩍 냄비를 들여다보았다. 안에는 노란 쌀알 같은 것이 적은 국물과 함께 섞여 있었다.

"이게 뭐예요?"

음식 같기는 한데, 썩 맛이 있어 보이지는 않았다. 제국 음식 중에서는 찾아볼 수 없는 이국적인 비주얼이었다.

이안의 얼굴이 붉어졌다. 이안은 난처한 듯 고개를 숙여 눈을 내리깔며 대답했다.

"달걀죽입니다. 당신이 먹고 싶다던⋯⋯."

"네?"

이안의 말에 나는 눈을 동그랗게 떴다.

'내가 도대체 언제 먹고 싶다고 했어요?'

그렇게 물으려다가 생각해보니 한 번 달걀죽이 먹고 싶다고 말했던 기억이 났다.

'몸이 펄펄 끓어 누워 있자니 얼굴도 모르는 어머니가 그리워졌었지.'

어머니에 대해서 아는 거라고는 아버지가 만들어준 달걀죽을 좋아했다는 것뿐이어서, 충동적으로 그 이야기를 했었더란다.

'그런데 그게 왜 지금 나와?'

나는 살짝 입술을 벌리고 그와 그릇을 번갈아 가면서 바라보았다.

그러니까, 이거 설마?

"……지금 그거 당신이 만든 거예요?"

"그게."

놀라서 묻는 내 질문에 이안은 더더욱 멋쩍은 표정을 지었다. 그는 조금 빠른 어조로 변명을 하듯 말을 늘어놓았다.

"당신이 요새 도통 기운을 못 차리지 않았습니까. 마침 콘라드로 오는 길에 장인어른과 이야기를 나눌 시간이 많이 있었고."

"이안."

"당신이 이게 먹고 싶다고 말했던 것이 떠올랐거든요. 그런데 그릇이 이렇게 뜨거울 줄은……."

"이안, 나 좀 봐요."

나는 두 손으로 횡설수설 말을 늘어놓은 이안의 얼굴을 감쌌다. 이안이 푸른 눈을 들어 나를 바라보았다. 감출 수 없는 혼란스러움이 그의 눈동자에 가득했다.

'당황했구나.'

평소 무언가를 별로 실패해본 적이 없는 남자인지라, 요리도 쉽게 할 수 있다고 생각했던 모양이다. 그러다 이렇게 화상까지 입으니 부끄럽기도 하고, 자존심도 상하고.

'귀여워.'

그래서 평소와 달리 주절주절 말을 늘어놓은 모습이, 그렇게 귀여워 보일 수가 없었다.

나는 당장이라도 가슴을 열고 튀어나올 것처럼 쿵쿵 뛰는 심장을 부여잡고, 주치의 쪽을 응시했다.

"진료는 끝났는가?"

"네. 모든 처치는 끝났습니다."

"그럼 모두 나가보게. 전하와 단둘이 나누고 싶은 이야기가 있으니."

"예."

모든 사람들이 우르르 몰려나갔다. 주방에 남은 사람은 결국 우리 둘뿐이었다.

나는 여전히 의기소침해하고 있는 이안을 마주했다.

"다른 사람을 시킬 수도 있었잖아요. 왜 당신이 직접 했어요?"

부드러운 어조로 물었음에도, 이안은 그게 책망하는 것처럼 들렸던 모양이다. 그의 어깨가 가늘게 움찔 떨렸다. 잠시 망설이 던 그가 조심스러운 어조로 대답했다.

"당신을 위해서 할 수 있는 일이 무엇일까 생각하다가 직접 만들어보기로 했습니다."

"나를 위해서요?"

이안은 조금 머뭇거리다가 자신의 손을 들어, 내 손등 위에 포 갰다. 눈이 내리깔리며 가지런한 속눈썹이 파르르 떨렸다.

"당신이 기뻐하는 모습이 보고 싶었으니까요."

"이안."

숨이 턱 막히는 것 같았다.

'나는 무엇을 두려워하고 있었던 걸까.'

이안은 몇 번이나 내게 말하지 않았던가. 혼자 내버려 두지 않 겠다. 고통스러운 짐을 혼자 짊어지지 말아라.

'그런데도 한없이 불안해한 건 바로 나였어.'

그런 나 자신을 깨달으니, 얼어붙었던 마음 한구석이 미지근하게 녹아내리는 기분이었다. 나는 울먹거렸다.

"난 정말 바보예요."

"올리비아?"

이안이 눈을 동그랗게 뜨고 나를 바라보았다. 나는 와락 그를 끌어안았다. 그리고 낮은 목소리로 그에게 속삭였다.

"사랑해요, 이안."

그가 반사적으로 나를 마주 안으려다가 약을 바른 손 때문에 멈칫하는 것이 느껴졌다. 그런 행동 하나하나가, 더없이 사랑스럽게 느껴졌다.

"정말 사랑해요."

내가 그에게 했던 고백들 중 가장 절절한 목소리였다.

❖ ❖ ❖

그렇게 이안의 화상 사건은 마무리가 되었다.

"2주 정도만 붕대를 감고 있으면 될 것 같습니다. 연고는 하루에 두 번씩 발라주셔야 합니다."

주치의도 이만하길 천만다행이라고 몇 번이나 신신당부했다.

그리고 돌아온 다음 날의 티타임.

양손을 붕대로 둘둘 감은 이안의 입에 내가 조심조심 셔벗을 떠넣어 주고 있자니, 맞은편에 앉아 있던 스타티스가 고개를 절레절레 흔들며 말했다.

"쯧쯧, 요리 하나 할 줄을 몰라서 그 사달을 냈소?"

자존심을 박박 긁는 한마디였다. 그냥도 손쉽게 할 줄 알았다가 실패하는 바람에 마음에 상처를 입은 이안인지라, 이마 한구석에 삐죽 힘줄이 솟았다.

이안은 그답지 않게 빈정거렸다.

"그러는 황후 마마께서는 아주 요리를 잘하시나 봅니다."

그쪽으로 도발은 하지 않는 게 나았을 텐데. 나는 손바닥으로 얼굴을 가렸다. 스타티스는 싱긋 미소를 지어 보였다.

"우리 황후는 못 하는 게 없지."

"얼씨구?"

이안이 어이없는 표정으로 로메오를 돌아보았다. 로메오는 쩔쩔매면서 대답했다.

"요, 요리가 취미였기 때문에."

"……."

무슨 귀족 영식이 요리냐, 라고 생각할 수 있지만, 로메오는 태생부터 알키서스 가문에서 좋은 집안의 데릴사위로 보내려고 정해두었던 몸. 요리뿐만 아니라 이것저것 내조에 도움이 되는 잡지식이 많은 편이었다.

스타티스는 싱글싱글 웃으며 약 올리기에 박차를 가했다.

"지금 그대가 들고 있는 셔벗도 우리 남편이 만든 거라네. 우리 대공이 이리 무능해서야 어떻게 내조를 하는지……."

"그만하시죠."

결국 참지 못한 이안이 차가운 목소리로 스타티스의 말을 잘라냈다. 두 손이 화상 상태가 아니었다면 테이블도 주먹으로 내려쳤을 기세였다.

"이제 실컷 쉬시고 노셨으니 얼른 수도로 돌아가십시오."

"싫은데?"

"국정이 장난입니까. 어서 돌아가세요."

"그렇게 나라를 걱정하는 대공은 짐의 허락 없이 이리 날아오지 않았는가."

"폐하!"

어떻게 대공의 휴가와 일국의 황제의 휴가가 같을 수 있단 말인가. 그런 불만을 담아, 이안이 스타티스를 응시했을 때였다.

스타티스는 턱을 괴고, 무심한 표정으로 대꾸했다.

"가고 싶으면 대공이나 돌아가지? 짐은 여기 2주는 더 있을 예정이니라. 안정기까지 움직이지 말라고 황의가 신신당부했거든."

"……안정기라뇨?"

2주. 안정기. 무시할 수 없는 단어의 연속에 이안은 멍하니 반문했다. 나는 퍼뜩 놀라서 로메오를 바라보았다. 로메오는 새빨간 얼굴로 머리카락을 긁적이며 웃었다.

"아기가 생겼습니다, 대공."

"뭐어?!"

세상에! 우리 로메오가 아기 아빠가 되다니!?

'지난 생에는 국혼한 뒤에도 3년쯤 있다가 생겼었는데? 이게 무슨 일이야?'

국혼을 치른 시기를 생각하면 그야말로 초고속 임신 아닌가!

"너무 빨리 생긴 거 아닙니까?"

나와 마찬가지로 시기 계산을 한 이안이 눈살을 찌푸리며 스타티스에게 물었다. 스타티스는 여전히 따분하다는 표정으로 대답했다.

"아기는 하늘이 내려주는 것이니, 가지고 싶다고 가질 수 있는 것도 아니고 가지기 싫다고 안 생기는 것도 아니네."

"번드르르한 말은 집어치우시죠."

"그러는 대공은 뭐 계획적인 임신이었는가?"

"......."

번드르르한 말 집어치우라고 말하기 무섭게 황제가 훅 찌르고 들어왔다. 진검이었다면 피를 토했을 날카로운 일격이었다.

말문이 막힌 이안을 보며 스타티스는 마지막 한마디를 더 던졌다.

"내 남편이 만들어준 셔벗이나 얼른 먹고 가시게."

이안의 완벽한 패배였다.

❖ ❖ ❖

"결혼하시더니 능글맞아지셔서, 아주 이야기할 때마다 화가 나 죽겠습니다."

티타임이 파하고, 나와 함께 정원을 산책하며 이안은 투덜거렸다. 나는 그저 웃으며 대답했다.

"사이가 더 좋아져서 그런 거겠지요."

"절대로 아닙니다."

이안은 진저리를 치며 대답했다. 나는 소리 없이 미소 지으며 그를 바라보았다.

'로메오도 아이를 가졌구나.'

나는 티타임 때 보았던 로메오의 얼굴을 떠올렸다. 쑥스러워 하고 있지만, 분명 기뻐하는 얼굴이었다.

'그게 아버지의 얼굴일 테지.'

그리고 나는 이안이 어떤 표정으로 내 임신 소식을 들었는지 를 떠올렸다.

"저는 아버지가 될 준비가 되어 있습니다."

얼마나 당당한 표정을 지었는지도.

"이안."

내가 걸음을 멈추자, 이안이 몸을 돌려 나를 바라보았다. 나는 진지한 눈으로 이안을 마주하며 말했다.

"앞으로 잘 부탁드려요."

"네?"

뜬금없는 말에 이안이 고개를 기울였다. 나는 차분한 어조로 한 마디 한 마디 이었다.

"아기의 어머니로서, 그리고 당신의 아내로서요. 부족한 면도 많겠지만, 최선을 다할게요."

이 남자의 곁에 서기 위해, 얼마나 많은 날을 돌아왔던가. 그의 손을 잡은 뒤에도 얼마나 많은 방해가 이어졌던가.

'그런데도 나는 그의 손을 잡았지. 그리고 이제.'

우리는 부모가 될 준비를 하고 있었다.

전혀 연고 없는 낯선 남녀가 만나 결혼을 하여 부부가 되는 것은 보통 일이 아니다. 취미, 취향 뭐 하나같지 않은 것을 끊임없이 조율해야 한다.

그리고 부모가 되는 것은 그보다도 더 큰 인내심과 희생이 필요한 일.

'하지만 이제 더는 두렵지 않아.'

어떤 아픔이 있더라도, 또 어떤 난관에 부딪히더라도 포기하지 않고 맞서 싸울 용기가, 내 마음 안에 가득 차올랐다.

모두 내 앞에 선 남자가 내게 준 것들이었다.

그리고 그 남자는, 나의 말에 눈꼬리를 휘며 그윽한 미소를 지어 보였다.

"저도 마찬가지입니다, 올리비아."

그가 붕대로 휘감긴 손을 내게 내밀었다. 오직 나를 기쁘게 하려고 궂은일도 마다하지 않은 손이었다.

"기쁨도 슬픔도 언제나 당신 곁에서 함께 짊어지겠다고 약속합니다."

그가 낮은 목소리로 내게 말했다. 나는 환하게 웃으며 그의 팔에 팔짱을 끼었다.

"좋아요."

우리는 다시 멈췄던 걸음을 옮기기 시작했다. 이안이 명랑한 어조로 내게 물었다.

"함께 아기 이름부터 고민해볼까요? 저도 생각해둔 이름이 있 긴 합니다만."

무심코 펜을 쥔 것처럼 손을 움직이기에, 나는 얼른 그의 팔짱 을 낀 손에 힘을 주었다. 그리고 엄격한 어조로 그에게 말했다.

"그 전에 당신 손이 나아야지요. 흉이라도 질까 봐 겁나요."

그러자 그가 내 뺨에 쪽 입을 맞추었다.

"흉이 생기더라도 제 아내만 예뻐해 주면 상관없습니다."

"어머, 이미 말씀드렸던 거 같은데요."

나는 눈을 깜빡이며 새침한 미소를 지었다.

"당신이 길가에 비렁뱅이더라도, 내가 사랑하는 남자는 당신 뿐이라고요."

내 말에, 이안이 눈도 깜짝하지 않고 나를 지긋하게 바라보았 다. 그의 푸른 눈동자 안으로 불꽃이 튀는 것처럼 일렁이는 열망 이 보였다.

"그렇다면 이번에는 제가 고백해야겠군요."

온전히 나를 향하는 순수한 열망. 바로 그가 내게 보이는 사랑 이었다.

"사랑합니다, 올리비아. 영원히 내 곁에 있어 주십시오."

이렇게 멋진 남자가, 절절히 사랑을 고백하는데 내가 뭐라고 대답하겠는가. 나는 배시시 웃으며 그의 입술에 입을 맞췄다.

"기꺼이요."

❖ ❖ ❖

휴양을 끝내고, 우리는 수도로 돌아왔다. 귀환과 동시에 황제의 임신이 대대적으로 알려졌기에, 귀환길은 대단히 성대했다.

"황제 폐하 만세!"

"황후 폐하 만세!"

수많은 만세 소리를 뒤로 하며 수도로 입성하는 스타티스와 로메오 부부의 모습은 무척 인상적이었다.

'분명 아기도 어여쁠 테지.'

다정다감한 로메오가 어련히 잘 돌보겠는가. 그리 생각하며 나도 흐뭇한 미소를 지었다.

그 뒤로 나는 로메오와 임신 정보나 육아 상식 따위를 나누며 한가로이 지냈다.

한 통의 편지가 날아온 것은 그런 날들 중 어느 오후였다.

그 시간은 나와 이안이 정해둔 태담 시간이었다. 편안한 안락의자에 앉은 나는 빙긋 웃으며 두 손으로 내 배를 감쌌다.

"이제는 제법 배가 부풀었지요?"

"글쎄요."

내가 느끼기에는 이제 배가 많이 부푼 것 같았는데, 이안이 보기에는 전혀 아닌가 보다.

'많이 묵직해졌는데.'

내가 입술을 삐죽이며 슬슬 간질간질한 옆구리를 문지르고 있으니, 이안이 무릎을 꿇고 내 배에 가까이 얼굴을 대었다.

"아가야, 아빠 말 들리니?"

그리고는 대답을 기다리는 것처럼 내 배에 귀를 가만히 대고 있는다. 나는 키득키득 웃고 말았다.

"듣고 있을 거예요."

지금은 귀를 대어봤자 꼬르륵 물소리만 들리지 않을까. 그러자 이안은 다시 배에 대고 속삭였다.

"듣고 있으면 발로 빵 차보렴."

"태동이 생기려면 아직 더 있어야 해요."

나는 부드러운 시선으로 이안을 응시했다. 이안은 내 배에서 손을 떼더니, 자신이 들고 온 작은 책을 펴들기 시작했다.

나는 미간을 찌푸리고 말았다.

"오늘도 책을 읽을 거예요?"

"그럼요. 어릴 때부터 교육이 중요하니까요."

"오늘은 무슨 책인데요?"

"오늘이요? 오늘은……."

내가 이렇게 얼굴을 찌푸리며 제목을 묻는 이유가 있었다. 이안은 늘 얼토당토않은 책을 가지고 왔던 것이다.

아니나 다를까. 오늘도 이안은 활짝 웃으며 이렇게 대답했다.

"[어차피 혼자 사는 인생]인데요?"

"이안!"

아직 세상에 태어나지도 않은 아이에게 혼자 사는 인생을 가르칠 셈인가!

'어제는 [아빠에게 엄마를 양보해]라는 책이었지! 어디서 그

런 책을 구해와서는.'

도대체 태교를 하겠다는 건지, 홀로서기부터 가르치겠다는 건지 알 수가 없었다.

내가 얄밉게 싱글싱글 웃는 이안의 이마를 검지로 꾹꾹 눌렀을 때였다. 집사가 조심스럽게 문을 두드렸다.

"전하, 급전이 왔습니다만."

"뭐지?"

급전. 말 그대로 급한 편지.

'급전은 자주 주고받지 않는데.'

황궁에서 온 것인가 했더니 봉투가 황궁의 것이 아니었다.

"……."

이안은 굳어진 얼굴로 집사가 내미는 편지를 받아들었다. 그리고는 열어보지도 않은 채 세로로 쭉 찢으려고 했다.

"뭔데, 그렇게 휙 찢어버리려고 해요!"

그 모습을 보고 있으니 가만히 있을 수가!

나는 얼른 손을 뻗어서 이안의 손을 붙들었다. 이안은 상큼하게 미소 지으며 어깨를 으쓱했다.

"정말 쓸데없는 편지라서요."

"잠깐만 줘봐요."

"정말 신경 안 써도 되는데……."

이 남자가 이렇게 말꼬리를 흐릴 때는 방심하면 안 된다는 뜻이다. 나는 이안의 손에서 편지를 빼앗아 들었다.

발신인은 다름 아닌 화이트폴 가문이었다. 나는 고개를 갸웃했다.

"아니, 여기서 웬 편지가? 심지어 급전?"

"잠깐만요, 올리비아. 태교에 좋지 않으니 열어보지 말아요."

'도대체 무슨 편지길래.'

이렇게까지 막으니 도리어 내용이 궁금해졌다. 나는 이안의 만류도 무시하고 봉투를 뜯었다.

편지 내용은 무척 평이했다. 태교 운운한 게 이상할 정도로 말이다.

– 폴카 왕비 후보 경합전에, 릴리아나를 밀어주십시오.

"왕비 후보 경합전?"

낯선 단어에 나는 고개를 갸웃했다. 이안은 어깨를 으쓱했다.

"당신이 오르세에 있는 동안 정해진 일이에요. 폴카의 왕비가 되고 싶은 영애들은 제국 안에 많지 않습니까? 그래서 폐하께서 공정한 경합전을 벌이기로 하셨답니다."

"그런데 밀어달라는 건 무슨 말이죠?"

공정하게 치르는 경합전에 왜 이런 편지를 보낸단 말인가. 내가 눈을 깜빡이니, 이안이 쓴웃음을 지었다.

"대회의에서 그 후보 검증을 거치는데, 가장 큰 발언권을 가진 사람이 바로 저거든요."

"아."

내일이 바로 대회의가 있는 날이었다.

'그래서 급전을.'

이 편지가 유출되면 걷잡을 수 없이 망신일 텐데. 어지간히 몸이 달았던 모양이다.

편지를 팔랑이던 나는 조금 가라앉은 목소리로 물었다.

"어느 후보에게 투표할지는 정한 거예요?"

그랬더니 뜻밖의 대답이 돌아왔다.

"전 대회의를 불참할 생각인데요?"

"왜요?"

"제 아내 얼굴 보기에도 바쁜데 무슨 후보 경합전 같은 것까지 얼굴을 비춥니까."

이안은 내 허리를 끌어안았다. 안락의자에 있는데 덩치 큰 사내가 내게 매달리니, 꼭 커다란 골드레트리버가 올라탄 것만 같았다.

"이안."

"예, 올리비아."

나는 그의 부들부들한 금빛 머리카락을 쓸어넘겼다. 사락사락 빠져나가는 촉감에, 내 마음까지 정리가 되는 것 같았다.

나는 천천히 입을 열었다.

"딱히 마음을 사로잡는 후보가 없었다면 이번에는 화이트폴 영애를 뽑도록 하죠."

"네?"

내 말에 내 원피스 가슴팍에 달린 리본을 깨물고 있던 이안이 고개를 번뜩 들었다.

"하지만 당신, 릴리아나를 싫어하지 않습니까?"

"싫어요. 싫은 건 사실인데."

이걸 뭐라고 설명해야 할까. 나는 난처한 미소를 지었다.

"제 이기심일 수도 있지만……. 곧 아기도 태어나는데 괜한 원한을 사고 싶지 않아요."

사실 이성적이기보다는 감성적인 이유였다.

지난 생에서 릴리아나는 폴카의 왕비였는데, 이번 생에서 되지 못한다면 순전히 내가 미래를 바꾼 탓 아닌가.

'조금의 마음의 빚도 지고 싶지 않아.'

하지만 그렇다고 무작정 그녀를 밀어달라는 건 아니었다.

"물론, 더 적합한 후보가 있다고 생각한다면 굳이 그렇게 할 필요 없어요."

"올리비아."

내 말에 허리를 안고 있던 손을 풀어낸 이안이, 심각한 표정을 지었다.

"하지만 그렇게 폴카의 왕비가 된다고 해도 그녀는 행복하기 어려울 겁니다. 그녀가 바라보는 왕비는, 화려하고 높은 자리는 모두 허상이니까요."

나도 그 생각을 안 해 본 것은 아니었다. 막연히 왕비가 되면 행복할 거야, 나는 세상의 주인공으로 태어났으니까, 같은 허상을 끌어안고 살기에는 세상이 녹록하지 않다.

'후궁 몇 명만 들어와도 마음이 무너져내릴걸.'

물론, 그녀의 불행을 바라는 건 아니었다. 그저 나의 추측일 뿐이다. 나는 어깨를 으쓱했다.

"그것은 그녀의 몫인 거죠."

그녀는 이미 이 길을 바라고 있지 않은가. 굳이 흐르는 강물을 막지 않겠다는 정도일까. 그녀가 왕비가 되기를 진지하게 원하는 것까지는 아니었다.

내 뜻을 전해 들은 것인지, 잠시 심각한 표정을 짓고 있던 이안은 입술을 굳게 다물며 고개를 끄덕였다.

"알겠습니다."

"대회의 참석할 거예요?"

"저는 아내의 말을 잘 들으니까요."

이안은 다시 내 품에 얼굴을 비비적거렸다. 토라진 듯 입술을 삐죽거리는 얼굴까지도 수려하여 내 시선을 저절로 빼앗았다.

"하지만 조금 서운하긴 하네요. 아내가 나서서 다른 여자를 챙겨주라고 말하니."

그의 말에 나는 미간을 찌푸렸다.

"다른 여자라뇨. 오해할 소리를."

"애칭 부른다고 화내고 질투할 때는 귀여웠는데……."

"으악!!"

엄하게 말하면 그만할 줄 알았더니 한술 더 떠서 나불거린다. 나는 나도 모르게 두 손바닥으로 그의 입술을 막았다.

"아바브브?"

이안이 눈을 깜빡이며 말했다. 나는 빨개진 얼굴을 푹 숙였다.

"……무슨 말인지는 모르겠지만 아무 말도 하지 마세요."

"응!"

대답은 잘하지.

나는 이안을 흘겨보다가 천천히 두 손바닥을 떼었다. 이안이 키득키득 웃으며 멀어져 가는 내 손바닥에 입을 맞췄다.

"부끄러워하는 걸 보니 역시 그랬군요."

"질투 아니었어요. 질투 아니라고요! 알겠어요?"

"누가 봐도 질투인 것 같았는데."

얄밉기도 하지! 나는 입술을 잘근잘근 씹다가 이안을 흘겨보며 말했다.

"그러는 당신도 로메오가 올리라고 부를 때마다 물고 늘어지잖아요!"

"저는 늘 정정당당하게 밝히지 않습니까. 저는 질투하고 있습니다."

나의 반격은 아무 소용이 없었다. 이안이 너무나 담담하게 자신이 질투쟁이임을 인정했기 때문이다. 그는 거기에서 그치지 않고 이런 말까지 진지하게 늘어놓았다.

"기왕이면 제 이름을 허리띠로 만들어서 당신에게 달아주고 싶네요. 엄한 놈팡이 접근금지라고 커다랗게 수놓아서."

"와, 상상만 해도 창피하네요."

벨벳 띠로 커다랗게 '이안 타이론'이라고 써서 붙여놓는다니.

'하여간 엉뚱한 생각만 한다니까.'

나는 코끝으로 한숨을 쉬며 안락의자에 몸을 깊숙하게 묻었다. 이안은 꼬리를 살랑살랑 흔드는 강아지 같은 표정을 지으며 물었다.

"그래서 제가 대회의 다녀오면 뭐 해주실 겁니까?"

"제가 뭘 해줘야 해요?"

"당연한 거 아닙니까. 당신이 말 안 했으면 절대로 안 갔을 텐데요."

"으음."

맞는 말 같기도 하고, 틀린 말 같기도 하고.

'하지만 나도 하고 싶은 말이 있었으니까.'

언제쯤 이야기를 할까 고민했는데, 딱 좋은 타이밍이었다. 나는 깔끔한 어조로 말했다.

"지금 머리 자르죠."

"예?"

내 말에 이안은 눈을 동그랗게 떴다. 나는 어깨를 으쓱했다.

"계속 머리 자르자 자르자 하고 못 잘랐잖아요. 아무래도 미루면 안 되겠어요. 지금 잘라요."

"그리고요?"

이안은 조금 얼떨떨한 것 같았다. 나는 긴 한숨을 내쉬었다. 그리고 그가 반색해 마지않을 거라 확신하는 대답을 내뱉었다.

"자른 머리에 어울리는 모자랑 드레스 사러 가요."

"!!"

내 말에 이안의 눈동자가 훅 줄어들었다. 꼭 간식을 발견한 고양이 같은 눈이었다. 그는 뺨을 발그레하게 붉히고는 신이 나서 물었다.

"일주일쯤 쇼핑해도 됩니까?"

"어휴, 진짜."

왜 단위가 그 모양이야. 시간도 아니고 날짜냐.

"일주일이 뭐예요. 70분으로 합시다."

"너무 짧아요. 불합리합니다."

"그게 뭐가 불합리해요? 너무한 건 당신인 거 아시죠?"

"당신은 예뻐서 꾸며도 꾸며도 질리지 않습니다. 그러니까 절대로 제 탓이 아닙니다."

이제는 초월 논리까지 들이댄다. 무조건 내 탓이란다.

'내가 말로 이안을 이길 수 있을 리가 없지.'

결국 물러난 쪽은 나였다. 나는 눈을 감으며 고개를 끄덕였다.

"네네, 마음대로 하세요."

이안이 신이 나서는 내 입술에 쪽 입을 맞추었다.

❖ ❖ ❖

바로 머리 자를 준비를 하라고 했더니 집사가 가위와 쟁반, 넓은 천을 바로 꺼내와 주었다. 나는 등받이가 짧은 의자에 앉았다. 이안이 가위와 빗을 들고 내 등 뒤로 섰다.

나는 눈살을 찌푸렸다.

"정말로 당신이 자르는 거예요? 세련과 촌스러움은 한 끗 차이인 거 아시죠?"

"저만 믿으세요. 저는 못 하는 게 없는 남자입니다."

"네네, 2주나 붕대를 감고 계셨지만요."

"그건…… 정정하죠. 요리 빼고 못 하는 게 없는 남자입니다."

하하하, 뻔뻔한 대답에 나는 낮게 웃고 말았다.

찰캉찰캉.

은제 가위가 다물릴 때마다 나는 소리가 꼭 맑은 물소리처럼 듣기 좋았다.

그의 기다란 손가락이 내 목덜미와 귓가를 스쳤다. 평소라면 오싹했을 손길이건만, 오늘은 어쩐지 졸음이 밀려왔다.

'진지하네.'

내 앞에 세워진 거울 덕분에 이안이 머리 자르는 모습을 바로 볼 수 있었다. 나는 심혈을 기울여 내 머리카락 끝 한 올 한 올을 바라보는 이안을 거울을 통해 바라보았다.

'집중하는 얼굴도 잘생겼네.'

어느 각도이든 무결점이기 어려운데, 이안은 반짝반짝 빛이 났다. 잘생긴 얼굴을 요모조모 뜯어보고 있자니, 저절로 이런 궁금증이 흘러나왔다.

"우리 아이는 어떻게 생겼을까요?"

내 질문에 이안이 거울을 통해 나와 눈을 마주 보았다. 푸른 눈이 씩 부드럽게 휘어졌다.

"당신을 닮은 은발에 붉은 눈동자였으면 좋겠습니다."

저 찬란한 금빛 머리카락도 포기하기는 어려운데. 나는 가볍게 눈을 찡그렸다.

"반반이라는 선택지는 없는 건가요?"

"제 예감인데, 왠지 반반은 없을 거 같습니다."

감이 좋은 남자의 말인지라, 나도 모르게 저절로 고개가 끄덕여졌다. 그러다 문득 마음에 작은 두드림이 들려왔다. 나는 눈을 빠르게 깜빡였다.

"아이 이름을 정했어요."

찰캉. 귓가의 머리카락을 자르던 이안이 다시 나를 응시했다. 나는 그를 마주 보고 웃었다.

"길리언(Gillion)이라고 하죠."

"무슨 의미가 있나요?"

"많은 것을 가진 사람이란 뜻이에요."

태어날 때부터 이렇게 많은 사람의 축복을 받는 아이가 어디 있겠는가.

'잘 어울려.'

제 아버지를 닮았다면 분명 너스레를 잘 떨겠지. 생각하면 생각할수록 잘 어울리는 이름이었다.

하지만 뜻밖에 손뼉을 치며 동의해줄 줄 알았던 이안이 입술을 꾹 다물었다.

"……."

굳어진 얼굴을 보니 심장이 덜컹 내려앉는 기분이었다. 나는 조심스럽게 그의 눈치를 살피며 물었다.

"왜 그래요? 마음에 안 들어요?"

"네. 남자 이름 같아서 아무래도 거슬립니다만."

움찔.

예리한 남자 같으니. 나는 반사적으로 내 배를 끌어안았다.

'하지만 아무리 생각해도 남자 같은걸.'

두 번이나 꾼 태몽이 지금도 생생했다.

'이안을 꼭 닮은, 아들.'

그런 생각을 하며 있자니, 이안이 느릿하게 픽 웃었다.

"하긴."

"?"

고개를 갸웃하며 돌아보니, 이안은 다시 온화한 미소를 짓고 있었다.

"여자아이라면 길리아나라고 부르면 되겠군요. 좋은 이름입니다."

"길리언. 길리아나."

나는 조심스럽게 이름을 되뇌어 모았다. 입술에 착 달라붙는 것이 둘 다 좋은 이름이었다. 나는 활짝 웃었다.

"좋아요. 그럼 그렇게 해요."

이안은 나를 보고 마주 웃었다.

"그럼 다시 앞을 볼까요? 거의 다 잘랐답니다."

"그래요."

나는 다시 거울을 바라보았다. 기다란 머리채가 툭툭 떨어질 때마다 머리도, 마음도 가벼워졌다.

이안의 말과 달리 꽤 오랜 시간이 흘러서야 머리를 자르는 것은 끝이 났다.

'이렇게 짧은 머리는 처음이네.'

목덜미를 스치는 머리카락 촉감이 낯설었다. 나는 손가락으로 머리카락 끝을 만지작거리다가 웃었다.

"다른 사람이 된 것 같아요. 잘 어울리나요?"

거울 속에 보이는 짧은 머리의 내가 무척 어색했다. 하지만 나쁜 기분은 아니었다. 오히려 조금 후련한 느낌이었다.

'이런, 그런데 가지고 있는 옷들이 잘 안 어울릴지도 모르겠네. 좀 더 발랄하게 기장을 줄여야 하나.'

어울릴 만한 코디를 떠올리며 거울을 보던 나는 이안을 마주 보았다.

"그럼 이제 외출을 할까요?"

그런데 당장 반색해서 방방 뛸 줄 알았던 남자의 얼굴이 자못 심각했다.

"올리비아."

"네?"

왜 저렇게 진지하게 나를 부른담? 내가 지레 긴장해서 덩달아 심각한 표정을 지었을 때였다.

이안은 무척 진지한 목소리로 이렇게 말했다.

"그 전에 당신 옷에 제 이름을 써야 할 것 같습니다만."

"무슨 소리예요!"

아까 농담으로 말했던 허리띠 발언을 잇는 말이었다.

'심각하게 듣고 있었더니!'

긴장했던 것이 우스워져서 나는 이안을 흘겨보았다. 이안은 그런 나를 꽉 끌어안으며 중얼거렸다.

"너무 예뻐서 누가 잡아가면 어떻게 하죠? 그놈을 가만두지 못할 거 같은데."

"가상의 적까지 만들면서 피곤해지지 맙시다."

어째, 이 사람도 안 그랬던 것 같은데 점점 주접이 느는 것 같다. 내 타박에 이안이 나를 더 꽉 끌어안았다. 그리고는 쪽쪽 얼굴에 입을 연신 맞추었다. 강아지가 핥는 것처럼 뺨이 간지러워, 나는 까르르 웃음을 터뜨리고 말았다.

"걱정할 필요가 뭐 있나요. 나는 당신밖에 모르는데."

"!!"

내 말에 이안의 눈동자가 커다래졌다. 잠시 고민하듯 미간을 찌푸리고 있던 그가 낮은 목소리로 중얼거렸다.

"역시 외출이 아니라 일단 침실로……."

은근한 유혹에, 나는 허리를 더듬는 그의 손목을 꽉 틀어쥐고 엄격한 어조로 말했다.

"그래도 좋은데, 약속한 일주일에서는 하루 깔 거예요."

"으음."

내 말에 이안은 진심으로 얼굴을 찌푸리고 고민에 빠졌다. 그리고는 고양이처럼 눈망울을 빛내며 물었다.

"둘 다 하면 안 됩니까?"

"몸이 힘들어서 안 되어요, 욕심쟁이 씨."

당신이야 체력이 넘칠지 몰라도, 나는 슬슬 피곤하다고.

한참을 끙끙대고 있던 이안은 결국 결연한 표정으로 말했다.

"마음을 정했습니다."

"뭔데요?"

나는 키득키득 웃으며 이안을 마주 보았다. 이안은 내 귓가에 속삭였다.

"당신이 일전에 약속한 대로 오프숄더 드레스를 여기까지 끌어내리고……."

"으앗!"

또 부끄러움은 내 몫인가.

나는 얼굴을 새빨갛게 붉히고 그의 입을 틀어막고 말았다.

외전

황제 부부는
오늘도

"영원한 사랑을 맹세합니까?"

대신관의 낭랑한 목소리가 울렸다. 로메오는 반사적으로 자신의 옆에 선 여자를 바라보았다.

주근깨가 뿌려진 건강한 얼굴에 푸른 눈동자가 별처럼 빛났다. 하나로 높게 묶은 금빛 머리카락이 그 자체로 왕관처럼 찬란했다.

'처음 만났을 때는 저 머리카락이 짧았는데.'

귀끝을 스치듯 짧았던 것이 엊그제 같은데 벌써 머리카락이 묶일 정도로 자랐다.

망설임, 외로움, 나약함과는 거리가 멀 것 같은 단단한 입매가 천천히 벌어졌다.

"맹세한다."

그 말에 로메오는 저도 모르게 실소할 뻔했다.

'영원한 사랑이라.'

국혼과 동시에 치러지는 대관식. 두 사람의 결혼을 묶기에는 사랑 같은 단어는 너무나 개인적이지 않은가.

'사랑할 수 있을까?'

로메오는 물끄러미 스타티스의 옆얼굴을 바라보았다. 연한 주홍빛 입술이 눈에 들어왔다.

'그때 저 입술로……'

일방적으로 멱살이 잡혀서는 박치기하듯 입술을 부딪쳤었지. 강렬했던 첫 키스를 떠올린 로메오의 얼굴이 화끈 달아올랐다.

'도대체 무슨 생각이었을까.'

얼굴을 붉히며 선 로메오를 스타티스가 천천히 돌아보았다. 갑자기 시선이 마주하게 된 로메오는 눈을 동그랗게 떴다.

그녀가 무표정한 얼굴로 손바닥을 로메오에게 내밀었다.

"맹세하는가, 황후?"

"아."

그의 대답이 늦었던 모양이다. 로메오는 정신을 차리고 스타티스의 손바닥에 자신의 손을 올렸다.

"맹세합니다."

대답을 하고 나서, 로메오는 퍼뜩 정신을 차렸다.

'아니, 그런데 내 손이 아래로 가야 하는데?'

지금 상황은 누가 봐도 로메오가 다소곳한 새신부 아닌가.

'지금이라도 고쳐 쥐어야 하나.'

그런 고민을 하며 로메오는 스타티스의 손을 바라보았다. 스타티스가 작은 목소리로 속삭였다.

"……이제 내 손을 놓아주지?"

"예?"

얼빠진 표정을 짓고 있던 로메오는, 모든 사람들이 로메오와 스타티스가 맞잡은 손을 보고 있다는 사실을 깨달았다.

"아!"

'바보처럼, 맹세했으면 손을 놓았어야 했는데.'

연습을 했는데도, 막상 결혼식 상황이 되니 머릿속이 백지처럼 하얗게 질렸다.

'어?'

후다닥 손을 빼내는데, 마찬가지로 손을 거두는 스타티스의 얼굴이 눈에 들어왔다.

'웃어?'

분명 피식 웃고 있었다. 이 웅장하고, 부담스러운 자리에서.

'왜?'

설마 자신의 얼빠진 행동 때문에 스타티스가 웃고 있다는 건 상상도 못 하고, 로메오는 고개를 갸웃거렸다. 대신관이 엄숙한 어조로 선언했다.

"대관식을 시작하겠습니다."

입맞춤도, 드레스도, 축하의 꽃 세례도 없는 건조한 결혼식이었다.

❖ ❖ ❖

'아아, 피곤하다.'

대관식까지 끝내고 마차를 타고 황궁으로 돌아온 로메오는 긴 한숨을 내쉬었다.

'퍼레이드라는 것도 보통 일이 아니구나. 두 번은 못 하겠다.'

이 나라 황제의 국혼인지라, 두 사람은 황관을 쓰고 거리를 한 바퀴 돌았다. 새로운 황제와 황후의 얼굴을 알리기 위함이었다.

"황제 폐하 만세! 황후 폐하 만세!"

"행복하세요!"

"예쁜 사랑 하세요!"

황제 부부를 보기 위해 거리로 나온 백성들이 두 사람을 축복했다.

'행복. 사랑.'

너무 많은 이야기를 듣다 보니 나중에는 그린 듯한 미소를 지으며 손을 흔드는 것이 고작이었다. 하지만 두 개의 단어만큼은 귀에 꽂혔다.

'이렇게 만났는데도 행복할 수 있을까.'

사실 하루 이틀 한 생각이 아니었다. 이미 어릴 때부터 로메오 알키저스가 어딘가의 데릴사위로 정략결혼한다는 건 정해져 있었으니까.

어느 정도 행복을 포기하고 있기까지 했으나.

'올리도 행복하라고 말했는걸. 노력해야지.'

하나뿐인 친구를 떠올린 로메오는 입술을 꽉 깨물었다.

올리비아 타이론.

학창시절에 두 사람은 이런 이야기를 꽤 많이 했었다.

"오르세에 가보고 싶어. 가서 아버지를 만나고 싶어. 딱히 무얼 하고 싶은 건 아니야. 그냥 얼굴만이라도 보고 싶어."

"갈 수 있을 거야."

그런 이야기를 도란도란 나누면서도, 사실 두 사람은 알고 있었다. 그를 찾는다고 행복해지지도 않고, 찾는 것도 실제로 어렵다는 걸.

하지만 그저 그런 꿈이라도 나누고 싶었다.

'행복하고 싶었으니까.'

그리고 그렇게 이야기를 하던 친구는 결국 아버지도 찾고, 남편과 행복해지기까지 했다.

"고마워, 로메오. 모두 네 덕분이야."

로메오는 올리비아가 어떻게 타이론 대공을 만났는지 알고 있는 사람이었다. 알기만 했나! 적극적으로 도와주기까지 했다.

'올리는 정말 용감해.'

행복하지 않은 시댁을 박차고 나와서 새로운 사랑을 찾다니. 로메오는 마음을 다잡았다.

'그러니까 나도 노력할 거야. 행복해지도록.'

설령 정략결혼이었다고 해도 두 사람이 함께 행복해지는 방법도 있으리라. 로메오는 그렇게 다짐했다.

"이쪽입니다, 황후 마마."

"그래."

로메오는 곧장 북방으로 떠나야 했으나, 제국법상 인정받은 혼례는 초야를 치러야만 했다.

초야를 치르기 전 몸을 단장하기 위해 시종의 안내를 받을 때였다.

등 뒤에서 소곤소곤 시녀들의 목소리가 들렸다.

"아무리 그렇다고 해도 드레스도 못 입고 결혼하셨네."

"눈부시게 아름다우셨을 텐데."

시녀들의 목소리는 아주 작고 금세 조용해졌기 때문에, 누가 말했는지를 알 수가 없었다. 하지만 로메오의 귓가에 한 단어는 확실하게 박혔다.

'드레스.'

신부들은 눈처럼 흰 웨딩드레스를 입고 사랑을 맹세한다. 결혼하는 날이 여자가 인생에서 가장 아름다운 날이라는 말까지 있을 정도.

'맞아. 그런 날인데 우린 제복을 입고 보냈지.'

강인한 황제 이미지를 위해 어쩔 수 없었다고 하지만 조금 아쉬운 것도 사실이었다.

'폐하께서도 그런 결혼을 꿈꾸셨을지도 모르고.'

로메오는 드레스를 입은 스타티스의 모습을 상상해 보았다. 반짝거리는 금빛 머리카락에 티아라를 꽂으면 소녀처럼 화사하지 않았을까.

'그래. 맞아. 아무리 상황이 여의치 않았다고 하더라도……'

남편인 자신은 챙길 수 있는 것 아닌가.

"폐하, 옷을 벗어주십시오."

"잠깐만."

"예?"

로메오는 수발을 드는 시종에게 진지한 어조로 부탁했다.

"필요한 것이 있는데 신방에 구해다 줄 수 있겠는가?"

❖ ❖ ❖

로메오가 생각한 것처럼 스타티스는 말랑말랑한 사람이 아니었다. 아마 스타티스에 비하면 로메오가 훨씬 결혼식에 대한 환상이 있으리라.

'아, 피곤해 죽겠네.'

묵직한 담비 망토를 한구석에다가 던지듯이 벗으며 스타티스는 고개를 까딱까딱거렸다.

'더워 죽겠는데 무슨 담비.'

황제의 옷은 대부분이 상징성을 가지고 있는 것이기에 계절감이나 활동성 부분에서는 망한 경우가 많았다.

'싫다고 안 입을 수도 없고.'

국혼도, 대관식도 역시 예상했던 것처럼 따분했다. 마차를 타고 수도를 한 바퀴 도는 것도 지나치게 지루했다. 중간에 마차를 박차고 일어나 그냥 말 위에 올라타서 내지르고 싶다는 생각을 몇 번이나 했는지 모른다.

'재미있는 건 황후 얼굴을 구경하는 것밖에 없었어.'

로메오의 얼굴을 떠올린 스타티스는 픽 하고 웃고 말았다.

'그 얼빠진 얼굴이라니.'

스타티스는 국혼 때의 로메오를 떠올렸다. 식 내내 빤히 스타티스의 얼굴을 쳐다볼 때는 일부러 시선을 눈치채지 못한 척했다.

'저쪽도 어지간히 심심하구나 했지.'

심심해서 죽을 것 같은데 평생 자신의 목줄을 쥘 여자의 얼굴 좀 보고 있으면 어떤가.

그런 마음으로 무시하고 있었더니만.

"맹세합니까?"

맹세를 해야 하는 타이밍에서까지 멍하니 바라볼 줄이야.

'도대체 무슨 생각을 하고 있었을까.'

그리고는 빨리 맹세하라는 뜻에서 그를 톡 건드리려고 했더니 냉큼 그 손에 자신의 손바닥을 올려놓는 것 아닌가.

'하여간 귀여운 사람이야.

갑자기 공주를 에스코트하는 기사 같은 꼴이 된 스타티스는 웃음을 참느라 허벅지를 꼬집어야 했다.

'내가 막연히 생각했던 것처럼 날을 세우며 대하지 않아도 되는 상대라서 다행이지.'

평생 황후를 견제하며 살려면 얼마나 피곤했겠는가.

'사실 그것도 각오하고 있었지만.'

그런 생각을 하며 스타티스가 묶인 머리카락을 풀었을 때였다. 곁에 있던 시녀가 공손하게 고개를 숙이며 스타티스에게 말했다.

"침방에 드실 채비를 하셔야 합니다."

"아아."

'오늘 초야는 예정대로 치르나 보군.'

로메오가 곧 죽을지도 모른다, 아니다 가지고 대회의에서 치열하게 다투더니만, 결국 초야까지 치르는 것으로 결론이 난 모양이다.

'어차피 한 번으로 임신할 리도 없으니.'

그리고 로메오는 죽지 않는다. 로메오가 북방으로 출정하는 것은 일종의 '쇼'였으니까.

'타이론 대공이 어지간히 많이 사병을 보냈던데. 실제로 출정한다고 해도 죽을 리가 없어.'

로메오를 배려한 것인지, 수많은 타이론 사병들이 북방으로 출정하였다. 스타티스는 시큰둥하게 머리카락을 쓸어넘겼다.

'……차라리 진짜 출정하는 편이 상징적으로나 뭐나 다 좋았으려나.'

스타티스의 인생 계획상 임신과 출산은 빨라야 3년 뒤의 일이었다. 하지만 아무리 피임을 철저하게 하더라도 자꾸 관계를 가지다 보면 언제 들어설지 모르는 게 아기.

'지금이라도 그냥 북방으로 보내버릴까.'

로메오가 들으면 무척 서운해할 이야기를 속으로 생각하며 스타티스는 걸음을 옮겼다.

장미꽃잎이 뿌려진 욕조에서는 훈기가 풀풀 올라왔다. 따끈한 물에 온몸을 담그고 있으니 점점 더 몸이 찹쌀떡인 양 늘어졌다.

'그냥 잠이나 잘까.'

굳이 초야 치를 필요가 무엇 있나. 그냥 대충 잔 척하고 잤다고 하면 되지.

'그쪽도 썩 달가워할 것 같지 않고.'

오늘 밤이 지나면 또 한참 떨어져 있어야 하는 부부였다.

'그럼 오늘은 잠이나 자자.'

그리 결론을 짓고, 스타티스는 자리에서 일어났다. 물을 닦고 있으니 시녀가 속이 훤히 비치는 야한 슬립을 들고 오기에 턱짓으로 물렸다.

"그냥 편안한 잠옷으로 들고 와."

"하오나, 폐하. 오늘은 초야이온데……."

"발가벗고 유혹해야 하는 건 짐이 아니고 황후다. 짐이 왜 그런 거추장스러운 옷을 입어야 하는가."

"유, 유혹이라뇨. 그런 의미가 아닙니다."

"그 천 쪼가리에 그런 의미가 아니면 어떤 의미가 있는데?"

"……."

스타티스의 매서운 추궁에 시녀는 울상을 지으며 쪼그라들고 말았다. 사실 시녀 입장에서는 별생각 없이 슬립을 들고 왔을 뿐이다.

그간 황제의 후궁들이 들어올 때도, 다른 황녀와 황자들이 결혼할 때도 신부는 으레 이런 야한 슬립을 걸쳤으니까.

'하여간 세상 바뀐 줄을 모르고.'

혀를 끌끌 차며 스타티스는 베이지색 바지 파자마를 걸쳤다. 저벅저벅 걸어서 신방에 가니, 시녀장이 문 앞에 서 있다가 고개를 숙였다.

"황후는?"

"먼저 드셨습니다."

"그래."

어차피 잠이나 잘 건데.

그런 생각을 하며 스타티스는 문을 열었다. 그리고 방 한가운데 서 있던 로메오를 보게 되었다. 그의 품에는 흰 드레스와 면사포가 들려 있었다.

스타티스의 눈썹이 크게 휘었다.

"그게 뭐지?"

"그, 그건……."

스타티스의 차가운 목소리에 로메오의 몸이 움츠러들었다. 로메오는 연신 스타티스의 눈치를 살피며 쭈뼛쭈뼛 대답했다.

"그, 아까 국혼이 신경 쓰여서……."

"국혼이 왜?"

"국혼이라기보다 대관식이었지 않습니까."

실제로 스타티스 본인에게는 황후를 얻게 되었다는 것보다, 스스로 황제가 되었다는 의미가 컸다.

'그런데 그게 무슨 소리야?'

국혼보다 대관식인 것이 당연하지. 그리 생각하며 쳐다보고 있으니, 얼굴을 새빨갛게 붉힌 로메오가 주섬주섬 이렇게 대답하는 게 아닌가.

"폐하께 결혼은 한 번……이 아니고 여러 번 하실 수도 있겠지만, 그래도 첫 결혼이신데 그렇게 흘려보내는 게 아쉬우실 것 같아서요."

이 와중에 인생에 한 번뿐인 결혼식이라는 헛소리를 하지 않는 게 다행이었다.

'이미 후궁 후보가 둘이나 있으니.'

황제는 이번 국혼 때 모두 함께 혼인하기를 원했으나 스타티스는 그 권유를 거절했다.

'앞으로도 일단 들일 생각은 없고.'

말하자면 황제에 대한 소소한 반항이었다.

'후궁들과 배다른 형제들 때문에 내가 무슨 고생을 했는데.'

말이 형제이지, 그 사람들은 형제 같지도 않았다. 그냥 거대한 구렁이나 뱀처럼 보일 뿐. 이안과 친해진 것도 가정환경이 그 모양인 것이 컸다.

'하지만 이 결심을 이 남자에게 말해줄 생각은 없지.'

로메오 알키저스. 처음부터 끝까지 가장 유력한 황후 후보였던 남자.

애초부터 삶의 목적이 잘난 부인의 남편이 되는 것이었다는 듯이, 남자의 이력은 평범했다.

조금도 위협적이지 않은 전공에, 취미조차도 요리.

'집안에서 이 남자를 이용해먹으려는 어른이 없을 리가 없어.'

저 정도로 한평생을 통제받았다는 건 분명 뒷배가 있다는 뜻이었다. 태황제 한 사람에게 휘둘리는 것도 지긋지긋한데 굳이 저 집안까지 끌어들이고 싶지 않았다.

'……그런데 왜 이리 꽃밭이야?'

하지만 하는 행동을 보고 있으면 이 남자가 정말 자신이 알고 있는 서류상의 남자인가 싶었다.

"짐이 드레스를 입고 결혼하고 싶을 것 같아서 준비했다?"

"그, 그게."

스타티스의 말에 로메오는 강아지처럼 풀이 죽어서는 눈꼬리를 축 늘어뜨렸다.

"제가 잘못 생각했다면 죄송합니다."

그 꼴을 보고 있으니, 또 웃음이 날 것 같았다.

'이거, 위험한데.'

지난번에 충동적으로 입을 맞췄을 때도 그렇고, 이 남자는 왜 이렇게 문득문득 귀엽단 말인가.

'슬슬 눈치 살피는 게 꼭 강아지 같아.'

눈치는 살피는데, 또 눈치가 없다는 점에서 백치미가 있다고 해야 하나.

'어쩐지 골려주고 싶어.'

스타티스는 이안과 매우 흡사한 미소를 지었다.

"그 드레스는 짐보다는 그대에게 어울릴 것 같은데."

"네?"

스타티스의 말에 로메오는 눈을 동그랗게 떴다. 스타티스는 짐짓 진지한 척 드레스를 훑어보며 말했다.

"보아하니 몸 선도 가늘고, 얼굴도 예쁘장하고."

아닌 게 아니라 어디서 급하게 공수한 드레스는 어떤 몸에라도 맞도록 낙낙했다.

'그리고 이 남자는 작지.'

문득 스타티스는 왜 로메오에게 별반 거부감을 느끼지 않는지 깨달았다. 로메오는 성품만 온순한 게 아니라 외양적으로도 위협적인 면이 하나도 없었다. 그냥 초식동물이라고 해야 하나.

'내 망할 동생 놈들과는 다르군.'

그저 아들이라는 이유로 스타티스를 압박해대던 후궁 소생의 황자들은 하나같이 자신들의 덩치로 스타티스의 기선을 제압하려고 시도했다.

"그리 가녀린 몸을 가지고 어찌 황제의 위엄이 살겠습니까."

"고함도 지르지 못하면서 어찌 회의를 들어가시려고."

"이런 일은 사내들이 하는 일입니다."

그런 놈들을 꿇어 앉히기 위해 스타티스는 웃음을 지우고, 더

욱더 엄격한 어조로 말을 하게 되었다.

'그런데 이 남자는 해가 없어.'

저잣거리 저열한 소문 중에는 나라를 다스리는 황제라도 밤에는 남편 밑에서 깔리는 신세 아니냐는 것도 있었다.

'하지만 아무리 봐줘도 이 남자는 그럴 깜냥이 안 돼 보여.'

봐라. 지금도 드레스가 어울린다는 말에 눈물이 그렁그렁해지지 않았나.

"노, 농담이 지나치십니다."

또다시 웃음이 터져 나올 뻔했으나 스타티스는 꾹 참았다. 그의 인권을 존중해서가 아니고 그를 더 완벽하게 놀리고 싶었기 때문이다.

"어째서 농담이라고 생각하지?"

진지하게 되묻는 스타티스를 보며 로메오는 얼음처럼 꽝꽝 얼어붙었다.

'조금만 더 떠밀면 정말 입을 것 같은데.'

이렇게 재미있는 사람은 처음이었다. 하루 종일 시달려서 당장 자고 싶었던 마음은 어디론가 사라져버렸다.

스타티스는 슬쩍 입꼬리를 올리며 도발했다.

"짐의 초야를 가져가려고 하는 것 아닌가? 좀 더 발칙하게 굴어보지."

"으윽······."

스타티스의 도발에 로메오는 신음을 흘리며 몸을 떨었다. 그리고는 이내 어깨를 축 늘어뜨리며 대답했다.

"그, 그럼 갈아입고 오겠습니다."

진짜 드레스를 입을 셈인가 보다. 스타티스는 터덜터덜 돌아서는 로메오의 어깨를 붙들었다.

"무슨 소리."

로메오가 커다란 눈으로 스타티스를 바라보았다. 스타티스는 매우 경쾌한 어조로 말했다.

"벗어."

"네?"

이미 커진 눈이 더 커질 수 있었는지, 이제는 사슴처럼 울먹거렸다. 웃음을 꾹 눌러 참으며 스타티스는 무심한 어조로 말했다.

"어차피 오늘 밤에 벗을 옷 아니었나. 당장 여기서 벗어."

"그, 그건."

로메오는 계속 움찔움찔거리면서 속절없이 안고 있던 드레스만 꽉 쥐었다.

"그게⋯⋯."

'시녀들의 말에 휘둘리지 말았어야 했는데!'

이쯤 되니 뭐하러 드레스를 챙겼나 싶어졌다.

'이건 그녀의 마음을 기쁘게 하기는커녕, 나만 난처해지고 있잖아!'

물론 로메오의 착각이었다. 스타티스는 지금 무척 즐거워하고 있었으니 말이다.

'안 입는다고도 못하겠고, 입지도 못하겠고.'

어찌 되었든 난처함의 끝까지 내몰린 로메오는 결국 눈에 눈물이 그렁그렁 걸리고 말았다.

그런 로메오를 보고 결국 스타티스는 어색한 미소를 짓고 말았다.

"어휴, 이렇게 융통성이 없어서야."

단호한 태도와 달리, 부드럽고 고운 손가락이 로메오의 눈가를 문질렀다. 동글동글한 눈물이 주르륵 스타티스의 손등을 타고 흘렀다.

스타티스는 조금 누그러진 어조로 속삭였다.

"울음 뚝. 이래서야 짐이 추행하는 것 같지 않나."

"……추행 맞는데요?"

"훌쩍거리면서도 할 말은 다 하는군."

당장 이 자리에서 옷을 벗으라고 하는 게 추행이지, 뭐란 말인가. 하지만 눈물이 그렁그렁한 얼굴로 벌벌 떨면서 할 말은 아니었다. 스타티스는 손바닥으로 로메오의 얼굴을 문질렀다. 주홍빛 눈동자가 노을처럼 아름다웠다.

"이 드레스는 날 배려한 거겠지. 맞나?"

"네."

로메오는 훌쩍거리면서 고개를 끄덕였다. 스타티스는 확연히 부드러운 어조로 되물었다.

"어째서?"

"그야……."

로메오는 입술을 우물거렸다. 울음이 잦아들고 나니 코끝까지 빨갛게 달아올랐다. 맑게 빛나는 눈으로 그는 스타티스의 푸른 눈을 마주했다.

울먹이던 것에 비해, 목소리는 또렷했다.

"우리는 이제 평생을 함께할 사이 아닙니까. 그러니 폐하께 잘 보이고 싶었습니다."

"나에게 잘 보여서 뭐하게? 그대의 북방행을 미뤄달라고 부탁 하려고?"

"그런 거 아닙니다."

스타티스는 눈살을 찌푸렸다. 그동안 그녀에게 바라는 것들만 많던 사람들 때문에 생긴 반사적인 반응이었다.

하지만 곧 이어지는 로메오의 말에 스타티스의 눈썹은 느슨하 게 풀리고 말았다.

"……행복해지고 싶으니까요."

행복. 혼기를 꽉 채운 성인 남자가 말하기에는 지나치게 막연 한 말 아닌가.

'나쁘지 않아.'

하지만 그 꿈같은 말들이 거슬리지 않았다. 스타티스는 로메 오의 머리카락을 살짝 손가락에 말아쥐었다. 연한 푸른색 머리카 락은 새벽하늘 같은 빛깔이었다.

"나는 그대가 금발이 아니어서 황후로 간택했지."

후보는 셋. 그중 두 사람은 스타티스와 같은 금발이었다. 그래 서 스타티스는 로메오를 택했다.

'후궁을 두어 많은 자식을 낳더라도, 황후 소생만큼은 뚜렷하 게 드러나길 바랐으니까.'

황위를 담보로 사람의 목줄을 죄는 건 절대로 하고 싶지 않았다. 사랑이라고는 한 톨도 없는, 지극히 계산적인 결혼.

"그런 결혼에 행복이 있을 수 있다고 생각하나?"

냉소적인 스타티스의 물음에도, 로메오는 움츠러들지 않았다. 오히려 곧게 고개를 들어 그녀를 마주했다.

"시작은 그렇다고 할지라도 노력하고 싶습니다."

"어째서?"

"제 친구와 꼭 행복해지기로 약속했으니까요."

"하."

이 몽환적인 남자는 행복의 이유까지도 꿈속에 사는 것 같았다.

"그 친구가 바로 타이론 대공비겠군."

한 번도 충동적인 적이 없이, 현실적이기만 했던 스타티스에게는 그 또한 신선했다.

'하긴, 그건 타이론 대공도 마찬가지 아닌가.'

이안 타이론의 성질이 나쁘다는 건 진즉 알았지만, 그렇게 해맑게 웃을 수 있다는 건 처음 알았다.

'그 또한 타이론 대공비를 만나서 변한 것일 터.'

스타티스는 피식 웃고 말았다.

"참 알면 알수록 탐나는 사람이야, 대공비는. 그 지랄맞은 대공의 성미를 맞추기가 쉽지 않을 텐데."

스타티스의 시선이 도대체 어떻게 반응해야 할지 몰라서 당황스러워하는 로메오에게 꽂혔다. 그녀의 입술이 긴 호선을 그렸다.

"물론, 그건 그대에게도 해당되는 사안이겠지만."

자기 입으로 뻔뻔하게 자신이 선한 사람이라고 주장하는 타이론 대공과 다르게, 스타티스는 자신이 까다로운 사람이라는 걸 명확하게 인지하고 있었다.

그리고 이안보다 한층 더 고압적이기도 했다.

'행복해지고 싶다며? 그럼 나에게 맞춰야지.'

어찌 되었든, 지금 그녀는 눈앞의 남자가 궁금했다. 거짓으로 연약한 척을 하는 건지, 어디까지 긁으면 성질이 나오려는지. 모두 다.

스타티스는 경쾌한 어조로 말했다.

"뭐해? 어서 벗어."

재차 시작된 옷 벗어 타령에, 로메오는 다시 어깨를 움츠리며 쭈뼛거렸다.

"바, 방금 추행은 안 하신다고……."

"누가 추행이래? 짐이 뭐가 아쉬워서 남자를 추행하나."

"그, 그거야."

'방금 당신 입으로 그렇게 말했잖아요!'

사내의 옷을 스스로 벗으라고 하는 게 추행이지, 뭐란 말인가.

또다시 울먹거리는 로메오를 바라보며 스타티스는 픽 웃었다.

벗기 싫으냐? 그럼 내가 벗지 뭐.

"추행이 아니라 초야를 치르자는 거지."

툭툭 손가락이 단추를 푸는 소리가 두 사람만 있는 방에서 크게 울렸다. 스르륵 떨어져 내리는 파자마를 보고 로메오는 새빨개진 얼굴을 돌렸다.

하지만 다가오는 흰 나신은 피할 수도, 물러날 수도 없었다. 그녀가 그에게 다가와서는 그가 안고 있던 것들을 낚아챘으니까.

"이런 팔랑팔랑한 드레스는 내 취향이 아니지만, 면사포는 잘 챙겼어."

드레스를 한번 펼쳐보고는 바닥에 휙 던진 스타티스가 폭이 넓은 면사포를 펼쳤다. 그리고는 아무것도 걸치지 않은 몸에 면사포만 카디건처럼 둘렀다.

피식 웃는 얼굴이 담담해서 더 야릇했다.

"제법, 매혹적이지 않은가."

로메오의 얼굴이 화르륵 불타올랐다.

❖ ❖ ❖

나쁘지 않았다.

그게 초야에 대한 스타티스의 단상이었다.

'생각만큼 격하지 않았지.'

스타티스도 물론 밤일에 대해서 배웠다. 실전은 몰라도 이론은 완벽했다. 하지만 막상 경험한 초야는 그녀가 읽었던 어떤 기록들과도 달랐다.

'역시 글은 믿을 것이 못 된다니까.'

애초에 경험이 없는 두 남녀가 이론만 빠삭해서 무슨 거사가 일어나겠는가. 조금 민망한 순간들도 있었고, 눈을 질끈 감고 넘어간 순간들도 있었다.

'어쨌든 막 아프고 그렇지도 않았어. 나쁘지 않았지.'

스타티스는 따뜻한 물을 머리 위에 끼얹으며 한숨을 내쉬었다. 이른 아침에 일어나서 오랜 시간 목욕을 하는 건 스타티스의 버릇이었다.

보통 이럴 때는 오늘 하루를 어떻게 보낼 것인가 생각하기 마련이지만, 오늘은 계속 로메오의 생각뿐이었다.

'간질간질해.'

스타티스는 자신이 이상한 상태라는 사실을 그저 묵묵히 인정했다.

'부부라서 다른 것인가?'

이 부분에 있어서는 스타티스도 답할 수 없었다.

목욕을 마치고 가운만 걸친 채 나오니, 수건을 들고 많은 시녀들이 달라붙었다. 머리를 말려주는 손길을 느끼며 스타티스는 눈가를 꾹 눌렀다.

"오늘 업무는 뭐지?"

"중신들과 회의가 있습니다."

"그거야 매일 있는 일이고."

국혼이 어제였으니 하루쯤 쉬어도 좋으련만, 이제 막 황제가 되었으니 쉴 시간도 없었다. 시녀장이 내미는 서류를 넘겨보며 스타티스는 관심이 없는 척 툭 물었다.

"황후는?"

그녀의 질문에 시녀장은 고개를 푹 숙이며 대답했다.

"주무시고 계십니다."

"아직도?"

스타티스는 눈살을 찌푸렸다. 그도 그럴 것이, 그녀의 하루는 늘 이른 시간에 시작되었기 때문이다. 그것은 피곤했던 대관식과, 긴 초야를 치른 다음 날도 마찬가지였다.

시녀장은 '어제 늦게 주무셨잖아요!'라고 대답하고 싶은 것을 꾹 누르며 재차 고개를 숙였다.

"……원래 체력이 없으신 분 같았습니다."

뭐라고 말하겠는가. 어떤 상황이든 간에 아내보다 먼저 나가 떨어진 남편이 문제지!

미간을 찌푸렸던 스타티스는 이내 한숨을 내쉬었다.

"몸에 좋은 것을 많이 먹이라고 전하게."

하지만 그 말은 시녀장에게 몹시 의외였다. 물론 의외는 지난 밤 황제가 황후전에서 잠들었을 때부터 의외였지만 말이다.

'좋은 걸 먹이라니? 체력을 키우겠다는 뜻이신가?'

남편의 체력을 키울 때의 의미는 단 하나뿐이지 않겠나. 시녀장은 설마설마하며 물었다.

"오늘 밤에도 황후전에 드실 것입니까?"

그 말에 스타티스는 드물게 바로 답하지 못하고 굳어졌다. 그녀 자신도 뭔가 이상하다는 사실을 깨달은 것이다.

'내가 황후전에 들어? 또?'

황후 소생을 황태자로 삼을 생각은 있었지만, 굳이 불필요한 스킨십까지 할 생각은 없었다.

'그런데 내가 왜?'

자꾸 나답지 않은 짓을 하는 걸까.

스타티스는 심각한 표정으로 턱을 괴고 생각에 빠졌다. 좀처럼 충동적이지 않은 사람인지라, 지금의 변화가 썩 달갑지 않게 느껴졌다.

하지만 이내 스타티스는 자신의 행동을 납득했다.

'하지만 황후는 곧 북방으로 떠나잖아?'

그가 아무리 그녀를 변화시키려고 한다고 해도, 애초에 그에게 주어진 시간이 별로 없었다.

'한참 북방에 있다가 돌아오면 나도 결혼의 설렘 같은 건 싹 정리했을 테지.'

지금의 흔들림은 처음 결혼을 해서 생겨난 균열 같은 것이다. 그렇게 생각을 정리한 스타티스는 고개를 끄덕였다.

"그러지."

❖ ❖ ❖

한편, 로메오의 첫날밤에 대한 단상은 스타티스와 완전히 달랐다.

'아이고, 죽겠다.'

스타티스가 조금 아프지만 좋을 것이다, 라는 말을 들었다면 로메오는 그동안 아주아주 좋을 것이다, 라는 말만 반복해서 들었다.

그런데 솔직히 좋다기보다는.

'뭐가 뭔지 모르겠어.'

분명 좋긴 좋았는데, 뭐랄까. 좋지 않은 의미의 무아지경이라고 해야 할까.

사람이 일에 쏙 빠진다고 황홀경을 느끼진 않지 않나.

딱 그런 느낌이었다. 뭔가 상대에게 맞추려고 하다 보니 무리해서 정신없이 휘말려버린.

"……눈부셔."

로메오는 어제보다 핼쑥해져서 자리에서 일어났다. 커튼을 뚫고 들어오는 햇살이 따사롭기 그지없었다.

그 와중에 스타티스는 일찍 일어나서 일과를 시작한 건지, 곁이 비어 있었다.

멍하니 있으니 밖에서 시종이 공손하게 물어왔다.

"기침하셨습니까, 황후 폐하."

자리에서 벌떡 일어나려니 허리도 아프고, 종아리도 굳어 있고, 머리까지 욱신거렸다.

'하긴, 새벽녘에나 잠이 들었으니.'

절대로 예상하지 못했던 격정적인 밤이었다.

가운 앞자락을 여미고 일어나며 로메오는 시종에게 어색하게 웃어 보였다.

"머리가 아프네. 너무 일찍 일어났나 봐."

그랬더니 시종은 무뚝뚝한 얼굴로 고개를 숙였다.

"지금은 오후입니다만."

"뭐?!"

시종의 말에 로메오는 침대에서 펄쩍 뛰었다. 그리고 서둘러서 창문을 바라보았다.

　연한 오렌지색 햇살은 늦은 오전 햇살 같기도 했고, 늦은 오후 같기도 했다.

　'그럼 저 빛이 해가 지고 있어서 저런 색이란 말이야?!'

　로메오는 놀라서 눈을 깜빡거렸다.

　"설마 내가 하루 꼬박 잠을 잔 것인가?"

　"그렇사옵니다."

　"……."

　이게 도대체 무슨 일이란 말인가.

　'착즙되어 쪼글쪼글해진 오렌지 껍질이 된 기분이다.'

　널브러져 있다가 이제야 침대 밖으로 기어 나오다니.

　'무서워!'

　이렇게 하루가 삭제될 정도로 힘들었단 말인가. 놀랍기만 할 따름이었다.

　'다들 그럼 어떻게 사는 거지?!'

　로메오가 얼떨떨해하고 있으니 시종이 고개를 숙이며 말했다.

　"그럼 식사를 올리겠습니다."

　"아, 식사."

　이걸 아침이라고 해야 해, 저녁이라고 해야 해.

　미리 식사를 준비하고 있었던 것인지, 금방 따끈한 식사가 든 카트가 방으로 들어왔다. 그런데 그 양이 심상치 않았다.

　"아니, 이게 뭐지?"

"시금치 수프에, 아기 돼지를 통째로 구운 스테이크, 데친 장어를 올린 샐러드……."

"한 끼 식사로는 과하지 않나?"

스테이크도, 샐러드도 디저트까지 모두 묵직해서 메뉴 설명을 듣는 것만으로도 턱 막히는 기분이었다.

그러자 시종은 또다시 공손하게 대답했다.

"잘 드시게 하라는 폐하의 명령이었습니다."

"……."

뭔가 불순한 의도가 느껴졌다.

'아니지, 아닐 거야. 한 나라의 황후가 이렇게 연약하면 안 되니까 그런 명을 내리신 거겠지.'

초야 한 번에 하루가 삭제되다니. 이런 체력으로는 내명부를 다스릴 수 없었다. 로메오는 조금 더 정신을 차리기로 마음먹고 부지런히 식사를 했다.

나름대로 빨리 포크를 움직였는데도, 곁에 선 시종은 자꾸만 재촉을 해댔다.

"조금만 더 빨리 드시옵소서."

"남기셔서도 안 되고, 느리게 드셔서도 안 됩니다."

아니, 먹는 사람 마음이 불편하게 왜 이렇게 자꾸 재촉을 해댄단 말인가.

"그만하시게. 이러다가 체하겠네."

로메오가 엄한 소리로 시종을 꾸짖자, 시종은 다시 황송한 듯 고개를 숙였다. 그러나 그는 뜻을 굽히지 않았다.

"시간이 없어서 그렇사옵니다."

"무슨 시간이 없는데?"

"폐하께서 오늘도 침소에 드신다고 하셨사옵니다. 준비가 필요하옵니다."

"뭐?"

상상도 못 한 이야기에 로메오는 눈을 휘둥그레 떴다.

'오늘도 침소에 드신다고?'

로메오는 눈을 동그랗게 뜨고 반사적으로 자신의 흐트러진 침대를 바라보았다. 그리고 멍하니 중얼거렸다.

"오늘 또?"

아무래도 황제의 정력이 그가 상상한 것 이상인 듯싶었다.

❖ ❖ ❖

식사는 6시 무렵에 끝이 났다. 황제는 8시에 황후궁에 찾아오겠다고 전갈을 보냈다.

'2시간 남았구나.'

황제가 오기 전에 몸을 깨끗하게 씻고 단장할 의무가 있었기 때문에, 로메오는 장미꽃잎이 둥둥 떠 있는 욕조에 들어가서 머리카락을 흠뻑 적시고 있었다.

'뭔가 잘못된 것 같은데.'

이게 바람직한 부부관계의 단추를 꿴 것인가 아닌가. 로메오는 알 수가 없었다.

'애당초 왜 오늘도 침소에 드시는 거지?'

로메오가 막연하게 상상한 스타티스와의 관계는 조금 더 건조했다.

남들의 눈을 의식해서 정해진 날에만 합방을 하고, 평소에는 그저 예의 바르게 대하기만 하는 사업적 파트너 같은 부부.

'그런데 어제도 전혀 그런 느낌이 아니었잖아.'

지금 와서 회상해보니 스타티스는 즐거워 보였다. 계속 드레스를 입히려고 하기도 하고 옷을 벗기려고도 했지.

'그리고 먼저 훌렁 옷을 잡아 내리실 때는……'

면사포를 휘감은 몸을 떠올린 로메오의 얼굴이 순식간에 달아올랐다.

그다음 펼쳐진 일들에 비하면 그건 아무것도 아니었지만!

'불순하다. 불순해.'

몽글몽글 떠오르는 어제의 기억을 털어내기 위해 로메오는 물속으로 흡하고 한 번 잠수했다가 나왔다.

'이제 슬슬 머리를 말리고 단장을 해야겠어.'

그런 생각을 하며 물 밖으로 나왔는데.

"목욕은 의외로 거칠게 하는 편이군, 황후."

"화, 황제 폐하?!"

금빛 머리카락을 늘어뜨리고, 편안한 베이지색 카디건을 걸친 스타티스가 언제 온 건지 욕실에 앉아서 건들거리고 있었다.

'으, 으악! 알몸!'

로메오는 반사적으로 자신의 몸을 손바닥으로 가렸다. 그리고는 새빨개진 얼굴로 물었다.

"어, 어째서 여기 계신 겁니까? 게다가 전갈로 알리신 것보다 빨리 오셨습니다."

"황후가 내일이면 북방으로 출병하지 않는가. 그래서 어제처럼 늦게 재우면 안 될 것 같아서 내가 일찍 왔지."

"네에?"

아예 오지 않는다는 선택지도 있지 않나요.

그 말은 차마 하지 못하고 로메오는 어색하게 웃었다. 스타티스는 턱짓으로 자신의 옆을 가리켰다.

"타월은 여기 있네."

"그, 그."

시중을 들 시종들은 황제가 오는 바람에 모두 자리를 떠나준 모양이다.

'그럼 내가 직접 걸어가서 저 타월을 집으란 말인가!'

황제에게 가져다 달라고는 할 수 없으니, 결국 자신이 나서야 한다는 뜻이었다.

'하지만 창피한데!'

이제는 로메오의 목덜미까지 새빨갛게 물들었다. 그런 로메오를 보며 스타티스는 싱긋 미소 지었다.

"더 물에 있으면 퉁퉁 불 것 같은데. 어서 이리 오게, 황후."

로메오는 익힌 문어처럼 새빨개져서는 주춤주춤 욕조에서 나왔다. 그리고 스타티스의 곁으로 걸어갔다.

'빨리빨리.'

상대방은 옷을 다 갖춰 입고 있는데, 자신만 홀딱 벗고 있는 상황이 이렇게 창피할 줄이야!

'이젠 황제 폐하께서 오신다고 하면 절대로 목욕 안 할 거야. 절대로 안 해!'

이런 난처한 상황은 두 번은 사양이었다.

그가 빠른 손으로 큰 수건을 넓게 펴서 몸을 망토처럼 두르고 있자니, 스타티스가 갑자기 자리에서 일어섰다.

로메오의 몸이 움찔 떨렸다.

'가, 가까워!'

그대로 수건을 끌어 내리기라도 할 것 같아서, 로메오가 수건을 꽉 쥐었을 때였다. 스타티스의 손가락이 로메오의 머리카락에 닿았다.

"여기 꽃잎이 붙었군."

"……."

가볍게 머리카락을 건드렸다가 떨어지는 손가락의 곡선이 유려했다. 그녀의 검지에는 방금 물에 떠다니던 붉은 꽃잎이 들려 있었다.

로메오가 눈을 동그랗게 뜨고 멍하니 꽃잎을 바라보고 있자, 스타티스는 살짝 고개를 기울였다.

"혹시 짐에게 예쁘게 보이려고 일부러 머리에 붙인 것인가?"

"절대 아닙니다!"

이건 또 무슨 해괴망측한 소리란 말인가. 애초에 로메오는 그런 애교 같은 걸 부릴 줄 모르는 성품이었다.

'이렇게 빨리 오실 줄도 몰랐는걸.'

로메오가 당황해서 버벅거리고 있으니, 스타티스의 입술이 부드럽게 휘어졌다.

"저런, 그럼 이번 기회에 하나 배웠으면 좋겠군."

점점 가까이 다가오는 푸른 눈동자가 초승달처럼 가늘었다.

"꽃으로 장식한 모습이 무척 사랑스러우니, 앞으로 짐에게 잘 보이고 싶을 때는 꼭 꽃으로 장식하고 나오게."

"……!!"

가까이 다가온 입술이 로메오의 입술을 대답도 할 수 없도록 바로 삼켜버렸다.

꽉 쥐고 있던 수건이 스르륵 소리를 내며 바닥에 툭 떨어졌다.

❖ ❖ ❖

'……이번에는 진짜 아침인가.'

로메오는 퀭한 얼굴로 눈을 떴다. 여전히 그의 옆자리는 비어 있었다. 로메오는 가만히 눌린 자국이 있는 베개를 바라보다가 이불을 머리끝까지 뒤집어쓰고 말았다.

'또 해버렸다.'

정말 이럴 생각은 아니었는데. 욕실에서 그를 향해 빙긋 웃는 스타티스의 얼굴이 몹시 그윽해서…….

'머릿속이 툭 하고 끊어지는 기분이었어.'

그 순간에는 오로지 그녀를 품에 안고 싶다는 생각뿐이었다.

물론, 그 와중에도 그녀가 황제이며, 그가 소중히 대해야 하는 존재라는 사실은 잊지 않았지만.

'정말, 이번에는 다 기억이 나.'

자신의 품에 쏙 들어오는 허리와, 흐트러지던 금빛 머리카락, 붉게 달아오르던 주근깨 가득한 뺨도.

'……조금 좋았을지도.'

사실 많이 좋았지만, 수줍은 로메오는 쾌락에 젖어 있는 것이 점잖지 못하다고 생각했다. 그래서 그 여운에 잠겨 있을 수가 없었다.

'딴생각. 딴생각.'

그렇게 되뇌고 있자니, 어제처럼 시종이 밖에서 고했다.

"기침하셨습니까, 황후 폐하."

"들어오라."

어제와 똑같은 시종이었다. 그는 로메오에게 허리를 꾸벅 숙여 인사를 올리고는 이렇게 고해올렸다.

"폐하께서 북방행은 내일 해도 되니 오늘은 쉬시랍니다."

설마 잠자리 때문에 중요한 출정이 밀릴 줄이야!

로메오는 다시 후끈후끈 달아오르려는 얼굴을 손바닥으로 가리고 물었다.

"설마 오늘도 오후인가?"

"점심이 조금 안 된 시간입니다."

"……."

거의 오후라는 소리였다.

'그래도 어제보다는 좀 나은가.'

결국 막바지의 기억이 흐릿한 건 어제나 오늘이나 똑같지만.

'어제는 도대체 몇 시에 잠을 잔 걸까. 폐하께서는 조금도 지치지 않으셨던 것 같은데.'

그럼 내가 약골이라는 뜻인가!

로메오가 손바닥에 얼굴을 묻은 채 약간의 자괴감에 잠겨 있자니, 시종이 알아서 점심 식사가 든 카트를 끌고 왔다.

"오늘은 정력에 좋다는 흑염소 스테이크와……."

"뭐?"

"죄송합니다. 정력에 좋다는 말은 못 들은 걸로 해주십시오."

"……."

정력에 좋다는 음식까지 먹이고 있었냐!

'용의주도하신 분.'

그런 명령을 누가 내렸겠는가. 로메오는 부르르 떨었다.

어쨌든 황명이니 다 먹어야 할 것 같아서, 로메오는 꾸역꾸역 음식을 밀어 넣었다. 좋아하는 음식이 육식보다는 채식에 가까운 그에게는 조금 곤혹스러운 식단이었다.

'그런데 황제 폐하께서는 괜찮으실까?'

아니, 이렇게 자신은 시름시름해서 식단까지 바꿔야 하는 상황인데, 같이 밤을 보낸 황제는 안녕한 것인가!

로메오는 조심스러운 어조로 물었다.

"그런데 황제 폐하께서는 괜찮으신가?"

"평소와 똑같은 일정을 소화 중이신 걸로 알고 있습니다만."

"어."

튼튼하시구나.

그래도 튼튼하다고 신경을 안 쓰면 안 되는 것 아닌가. 로메오는 재차 물었다.

"황제 폐하의 요리사를 만나고 싶은데."

북방행이 결정된지라, 로메오는 사실 황후로서 해야 할 일들을 당장 넘겨받지 않았다. 마침 태황후 또한 황궁에 남겠다고 한지라, 급하게 인수인계를 받을 상황도 아니었다.

'그러니 한가한 시간에 조금이라도 내가 할 수 있는 일을 해 보자.'

일단은 황제 폐하의 식단과 취향, 그리고 생활 전반을 알아보는 것으로.

❖ ❖ ❖

오늘은 정말 안 찾아올 줄 알았던 스타티스가 또다시 초저녁에 로메오를 찾았다.

'내가 왜 또 찾아온 거지?'

로메오도 당혹스러웠지만, 발걸음을 하는 스타티스도 당혹스럽기는 마찬가지였다.

'이게 다 그 남자가 너무 재미있어서 그런다.'

어쩜 그렇게 놀리는 재미가 있는 것인지. 스타티스는 이 재미를 이제야 알게 된 것이 서운할 지경이었다.

'이래서 타이론 대공이 대공비를 만난 다음부터 집에서 두문불출하는 것이군.'

이렇게 재미있는 일이 집에 있는데, 굳이 집 밖으로 나오고 싶지 않은 게 당연했다. 일이야 아랫사람에게 맡기면 그만이고.

'나는 맡길 사람이 없어서 오호통재로다!'

황제가 되어서 좋다고 생각했더니 이런 변수가 생길 줄이야. 국정이 성가시게 느껴진다는 점에서 스타티스는 움찔했다가, 이내 어깨를 으쓱했다.

'어차피 곧 떠나니까.'

곧도 아니다. 바로 내일이다.

'이번에는 정말 잠깐 얼굴만 보고 나와야지.'

이미 충동적으로 하루 미루지 않았던가. 스타티스는 다짐, 또 다짐하며 황후궁에 들었다.

"오셨습니까, 황제 폐하."

하지만 그녀의 다짐은 황후궁에 들기 무섭게 흔들리고 말았다. 바로 로메오 때문이었다.

'일부러 저리 꽁꽁 싸맨 건가.'

활동적으로 움직이면 땀이 뻘뻘 나오는 계절이었다. 그런데 로메오가 입은 옷은 목까지 모두 가리는 셔츠에 긴 소매였다. 최대한 속살을 내보이지 않겠다는 의지가 풀풀 풍겨나왔다.

'귀엽기는.'

그래봤자 벗으라고 명하면 바로 벗겨질 옷 아니던가.

'또 괜히 내 마음을 흔드는군.'

저런 옷차림에 쭈뼛쭈뼛 겁이 많은 토끼처럼 연신 눈치를 보는 모습이 그렇게 귀여울 수가 없었다. 스타티스는 속으로 열심히 다짐, 또 다짐했다.

'오늘은 얼굴만 보기로 했다. 오늘은 얼굴만.'

저 옷을 벗기고 새빨갛게 달아오르는 얼굴이 보고 싶지만, 오늘은 참으리라!

시간이 이른 저녁인지라 두 사람은 오붓하게 식당에 앉아서 식사를 들었다.

스타티스와 마주 앉아서 로메오는 무척 긴장한 듯 연신 스타티스의 눈치를 살폈다.

"왜 자꾸 짐을 그리 바라보지?"

"조, 조금 어색해서 그렇습니다."

"어색해?"

스타티스는 눈치채지 못한 척 은근히 물었다.

"침대가 아닌 테이블 위에서 짐을 바라보니 느낌이 이상한가?"

"푸홋!"

말이 지나치게 적나라했던 탓인지, 로메오는 마시고 있던 물을 거하게 뿜고 말았다.

"콜록! 콜록! 콜록!"

"저런. 내가 진심을 찔렀나 보군."

"절대 아닙니다!"

당황한 주제에 거세게 고개를 흔드는 모습이 꽤나 귀여웠다. 스타티스는 피식피식 웃고 말았다.

"아네. 다 알고 있어. 그러니 진정하지 그래."

"큰 소리를 내어 죄송합니다."

"그것도 알면 되었고."

스타티스의 말에 로메오는 시무룩하게 고개를 숙였다. 그의 앞에 있는 접시는 절반도 비우지 못했다. 스타티스는 입술을 삐죽였다.

'저리 조금 먹으니 힘을 쓰지 못하지.'

억지로라도 더 먹이고 싶은 마음이 불쑥 올라왔지만, 자신 때문에 긴장해서 먹지 못하는 게 분명했다.

"이만 정리할까?"

"네."

스타티스는 턱짓으로 상을 치워달라 명했다. 시종들이 빠른 손길로 식탁을 치우고 후식을 내왔다. 작은 유리그릇에 주홍색 얼음덩어리가 담겨 있었다.

스타티스는 눈살을 찌푸렸다.

"이건 뭐지?"

스타티스의 취향은 확고했다. 후식은 진한 커피. 혀가 얼얼하도록 독한 것으로.

'내 취향을 몰라서 이것을 내온 것은 아닐 텐데.'

설마 후세 생산(?)에 도움이 되는 무언가인가. 스타티스가 눈을 가늘게 떴을 때였다.

로메오가 몹시 수줍어하며 대답했다.

"제가 만든 셔벗입니다."

"셔벗?"

"한번 드셔보십시오."

"……."

스타티스의 미간이 다시 반듯하게 펴졌다.

'직접 만들었다고?'

후식이 왜 바뀌어서 나왔나 했더니 황후가 몸소 만든 것인지라 어쩔 수 없이 바뀐 모양이다. 스타티스는 어깨를 으쓱했다.

'나를 위해 만들었다는데 당연히 맛을 보아야지.'

어쩐지 마음이 들뜨기까지 했다. 하지만 어릴 때부터 감정을 드러내지 않도록 철저하게 교육을 받은 스타티스인지라, 신난 티는 조금도 내지 않았다.

로메오는 긴장한 표정으로 스타티스를 바라보았다. 작게 한 스푼 우물거리던 스타티스가 어깨를 으쓱했다.

"맛있군. 이게 뭘로 만든 거지?"

안도의 한숨이 저절로 나왔다. 로메오는 한결 안도한 어조로 대답했다.

"감입니다."

"감?"

감이라는 말에 스타티스의 펴졌던 얼굴이 다시 와락 구겨졌다. 로메오는 서둘러서 고개를 숙이며 덧붙였다.

"감을 싫어하신다고 들어서. 이렇게 하면 잘 드실 수 있지 않을까, 하는 마음에 만들어 보았습니다."

"싫어하는 음식을 왜 주었지? 짐을 화나게 하고 싶어서?"

"절대 아닙니다."

이미 벌벌 떨고 있는 얼굴이, 일부러 그녀를 도발할 정도의 깜냥은 당연히 없어 보였다. 로메오는 어물어물 대답했다.

"그, 그냥. 골고루 먹어야 건강해지니까요."

그 모습을 보니 또 신기하게 웃음이 피식피식 나왔다. 스타티스는 턱을 괴고 물었다.

"짐을 건강하게 만들어서 뭘 하려고? 간밤에 부족했나 보군."

로메오가 스타티스의 말의 의미를 알아듣는 데는 약 30초가 필요했다. 뒤늦게 말을 알아들은 로메오의 얼굴이 다시 새빨갛게 달아올랐다.

"네에?!"

간밤에 부족은 무슨. 아니, 애초에 이렇게 당당히 이야기할 수 있는 화제인가?

'내가 뭐라고 대답해야 해?'

동공이 지진이라도 난 것처럼 흔들렸다. 고민하고 고민하다가 눈을 들어보니 빙글빙글 웃고 있는 스타티스의 얼굴이 눈에 들어왔다.

놀린 것이다.

"정말 짓궂으십니다!"

로메오가 잔뜩 입술을 삐죽이며 그렇게 대답하니, 스타티스는 턱을 괴고 앉아서는 피식 웃었다.

"놀리는 재미가 있는 그대가 잘못인 거지."

"저는, 저는……."

놀리면 재미있다고 이렇게 사람을 놀려도 되나. 하지만 막상 뭐라고 하자니, 상대는 황제였다.

'내가 뭐라고 따지냐고요.'

로메오가 속으로 그렇게 좌절하고 있자니, 스타티스가 재차 웃으며 말을 붙여왔다. 능숙한 화제 전환이었다.

"요리를 원래 잘하나?"

"처음에는 할아버지가 배우라고 하셔서 시작했습니다만."

사실 로메오의 인생 전반은 할아버지가 만든 것이기도 했다. 하지만 맛보기 수준에서 더 나아간 것은 분명 로메오의 선택이었다.

"지금은 좋아합니다. 재미있어요."

"특이하네."

요리를 좋아하는 남자라. 평생 요리를 할 생각도, 배울 생각도 없었던 스타티스에게는 신선했다.

"잘 만드는 음식은 뭐지?"

스타티스의 질문에 로메오는 어깨를 움츠렸다. 이번에는 다른 종류의 부끄러움 때문이었다.

"그렇다고 본격적으로 배운 것은 아닙니다. 만들 수 있는 것도 그냥 간단한 샌드위치나 수프 같은 정도이지요."

"좋군. 내일 점심은 황후가 만든 정찬으로……."

원래 바빠서 정찬을 다 먹지 않는 편인 스타티스가 반색하며 말을 이었을 때였다. 그녀가 조금 둔하게 눈을 깜빡였다.

"아, 내일은 북방으로 떠나는 날이던가."

로메오가 북방으로 떠나서 파넬 공작과 바꿔치기를 하는 것은 이미 사전에 다 논의가 끝난 것인데, 왜 이제 와서 새로운 사실처럼 느껴지는지 모를 일이었다.

눈을 깜빡이던 스타티스는 느릿한 어조로 덧붙였다.

"내일 말고 내일모레 떠나면……."

"더 이상 미룰 수는 없습니다, 폐하. 하물며 사적인 일로는요."

그러자 로메오가 드물게 확고한 어조로 스타티스의 말을 잘랐다. 스타티스는 눈살을 찌푸렸다.

"사적이라니. 짐은 이 나라의 황제이고, 그대는 황후이다. 우리 부부의 일에는 사적인 것이 하나도 없다."

"그렇다고 하더라도요."

로메오는 부드러운 미소를 지으며 고개를 흔들었다.

"돌아오면 많이 만들어드리겠습니다. 약조 드리지요."

"……."

마냥 밀면 밀리는 대로 휘둘릴 것 같더니, 뜻밖에 강경한 소리도 잘한다. 스타티스는 턱을 괴고 있던 손을 풀고, 눈을 가늘게 떴다.

"참 이상한 일이야."

"예?"

이상한 것이 어디 한두 가지이던가. 보낼 생각 없던 초야를 보내게 되었고, 다신 찾지 않겠다더니 다음 날에 이어 오늘까지 앉아 있다.

'이게 다 저 남자의 태도가 달라서야.'

왜 이렇게 자꾸만 계획과 어긋나는 걸까 생각해보니 모두 저 남자 때문이라는 결론이 나왔다.

'황후가 내가 생각했던 황후가 아니기 때문에.'

분명 약혼식 때만 해도 인상이 흐릿한 남자였는데 왜 이렇게 색이 달라졌단 말인가. 스타티스는 고개를 갸웃했다.

"그대는 왜 내게 요리를 해주고 싶어졌지? 요리야 요리사가 하면 그만인 것을."

"그게 황후의 일이니까요."

"그거야 엄밀히 말하면 아직 아니지. 내명부는 태황후 폐하의 소관이고."

"그건 그렇습니다만."

로메오는 설명하기 어려운 듯, 살짝 난처한 표정을 지었다.

"폐하께 잘 보이고 싶었습니다."

"그러니까 왜?"

결국 그녀의 사고는 한 가지 질문을 되풀이했다.

그대는 왜 이렇게 달라진 행동을 하는가.

"그대가 설령 쓸모가 하나도 없다고 해도 짐은 그대를 황후에서 폐하지 않을 거야. 그런데 우리 부부가 굳이 친근해야 하는 이유가 있나?"

그냥 데면데면하게.

서로에게 예의만 지켜서.

그것이 스타티스가 로메오에게 바라는 황후였다. 하지만 지금 로메오는 명백히 그 선을 넘었다.

"솔직히 나는 당황스러워."

한번 운을 떼어서인지, 속마음이 술술 쏟아져나왔다.

"한 번도 공적인 일로 흔들린 적이 없는데, 그대는 북방행도 취소하고 내 곁에만 잡아두고 싶어지니."

변덕스러운 태황제에게 일평생을 휘둘린 탓에 스타티스는 무엇이든 계획대로 되지 않는 것을 혐오하기에 이르렀다.

하지만 로메오는 처음부터 끝까지 달랐다. 제 생각대로 되질 않는데도 그 변화마저 기꺼울 정도로 말이다.

스타티스는 눈살을 찌푸리며 물었다.

"이게 좋은 현상인가?"

로메오는 덩달아 눈살을 찌푸리며 대답했다.

"좋은 현상 아닐까요?"

로메오는 그렇게 대답할 수밖에 없었다. 그도 사이좋은 부부에 대해서는 타이론 대공 부부 외에는 알지 못했으니까.

그의 부모 또한 정략결혼을 했고, 자신들이 어른들의 설계대로 살아온 것처럼 자식의 인생 또한 설계했다. 로메오를 태어나자마자 어디 좋은 집안 데릴사위로 보내겠다고 마음먹은 것처럼 말이다.

"저도 막연히 제 배우자와는 데면데면하게 지낼 거라고 생각했어요. 운이 좋아서 황후 자리까지 올랐지만."

그렇다 보니 로메오도 다른 형태의 부부를 꿈꾼 적이 없었다. 정확히는 올리비아가 이안 타이론과 결혼하기 전까지.

"하지만 이제는 잘 지내고 싶어요. 그래서 서로 행복해지면 좋겠습니다. 그게 가능하다는 걸 알았으니까요."

그냥 숨만 쉬면서, 자기가 하고 싶은 것만 하면서, 그저 그림처럼 예쁜 삶을 남들에게 꾸며 보여주기만 하기에는 우리의 인생이 너무 길었다.

로메오는 빛나는 눈으로 스타티스를 똑바로 응시하며 또박또박 말했다.

"저는 제가 할 수 있는 한 최선을 다하겠습니다. 황제 폐하께서 믿을 수 있는 배우자가 되도록요. 그러니 폐하께서도 저를 믿어주세요."

한없이 여리게만 보이던 남자인데, 또 그렇게 말하는 모습이 제법 믿음직스러웠다. 일순간 그의 모습에서 가슴이 뻐근해진 스타티스가 그의 이름을 불렀다.

"로메오."

"!!"

그녀가 그의 이름을 부르는 것은 이번이 처음인 것 같았다. 로메오는 눈을 동그랗게 떴다. 토끼 같은 모습에 스타티스는 픽 웃고 말았다.

"오늘은 그냥 얌전히 돌아가려고 했는데."

그녀가 자리에서 일어났다. 자신을 향해 거침없이 걸어오는 스타티스를 본 로메오가 슬그머니 시선을 다른 곳으로 돌리면서 중얼거렸다.

"아아, 그럼 그냥 돌아가시는 것도 괜찮을 것 같습니다만……."

"그렇게 매혹적인 말만 해대면서 짐보고 돌아가라고?"

스타티스의 손가락이 로메오의 턱에 닿았다. 그 순간 소름이 오스스 돋았다. 로메오는 눈을 데구루루 굴리며 말했다.

"아랫사람들이 잔뜩 있습니다, 폐하."

"그거야 물리면 그만이지."

스타티스가 말하기 무섭게 식사 시중을 들던 이들이 우르르 식당 밖으로 나갔다. 로메오는 입술을 깨물었다.

"하, 하오나."

"신혼부부가 신혼도 즐기지 못하고 헤어지게 생겼는데 아랫사람들의 눈치까지 살펴야 하나?"

'우린 보통 신혼부부가 아니잖아요!'

사이좋게 지내고 싶다고 말했지만, 이렇게 몸정부터 쌓아가는 건 지나치게 고속질주인 것 아닐까!

로메오의 눈이 빙글빙글 돌았다. 그런 그가 귀엽기만 해서, 스타티스는 그의 뺨에 살짝 입을 맞췄다.

"욕실에서도 했는데 뭘 수줍어하고 그래?"

"……으아."

'그건 제 본의가 아니었습니다만.'

로메오는 무척 할 말이 많은 표정으로 스타티스를 응시했다. 그러자 스타티스의 눈썹이 쓰윽하고 올라갔다.

"그래서 싫었나?"

"……그건 아닙니다."

뭐가 뭔지도 모른 채 지나간 첫째 날과 달리, 둘째 날은 분명 달랐다.

'그리고 셋째 날은 또 다를 테지.'

로메오는 빨갛게 붉힌 얼굴로 스타티스의 허리를 끌어안았다.

"……그때는 귀여웠는데 말이지."

스타티스는 입술을 삐죽이며 툴툴거렸다. 졸지에 절친한 친구의 첫날밤 이야기를 듣게 된 올리비아의 얼굴이 애매하게 굳어졌다.

"회임하셨습니다!"

계획보다 훨씬 빠른 임신이었다. 뜻밖에, 황궁은 축제의 분위기였다.

"빨리 후계자를 낳아버리고 폐하의 뜻을 펼치는 것도 나쁘지 않습니다."

태황후는 계획대로 되지 않아서 낙심하고 있는 딸에게 그렇게 말했다. 자신을 탓하는 사람도, 이 소식을 싫어하는 사람도 하나 없는 상황에서 스타티스는 도리어 조금 얼떨떨했다.

'뭐야, 계획이랑 어긋났는데도 오히려 반응이 온건하네.'

온건하기만 했나. 태황후의 적극적인 지지 아래에 부부는 콘라드로 휴양까지 떠날 수 있었다.

"신혼여행도 다녀오지 못했잖습니까. 이참에 즐겁게 부부간의 시간을 보내시죠."

덕분에 깨닫게 된 것이다.

'인생이 계획대로만 되지 않는구나.'

스타티스의 푸념인지 자랑인지 모를 이야기를 들은 올리비아는 고개를 살짝 갸웃했다.

"폐하의 계획은 뭐였는데요?"

"아기는 한 3년쯤 있다가 가지려고 했지. 그때쯤에는 후궁도 셋은 들이려고 했고."

"아아."

"?"

어쩐지 그럴 줄 알았다는 표정을 짓는 올리비아를 보니 입맛이 떨떠름했다.

'대공비는 가끔 손바닥 위에 날 올려놓고 있는 것 같이 보인단 말이야.'

분명 오래 겪어보지 않았는데, 그녀를 잘 안다는 듯한 기색이 언뜻언뜻 보였다. 그게 또 호의가 가득 담겨 있어서 기분이 나쁘지 않다는 점이 독특했다.

고개를 갸웃거리던 올리비아가 눈을 깜빡이며 물었다.

"폐하, 혹시 태몽도 꾸셨어요?"

"아니."

초기라서 그런지, 원래 꿈을 잘 안 꾸는 체질이라서 그런지 태몽은 아직이었다.

"그대는 태몽을 무얼 꾸었나?"

"저는 흰 강아지 꿈을 꾸었어요."

"강아지는 무슨. 늑대면 모를까."

"하하하."

귀엽기 짝이 없는 태몽에 스타티스는 입술을 비틀었다.

'대공 같은 능구렁이에게 어떤 유전의 기적이 벌어져도 강아지 같은 자식이 나올 리가 없어.'

우리 황후라면 모를까. 그런 생각을 하고 있자니, 올리비아가 눈을 반짝이며 물었다.

"그럼 딸이면 좋을 것 같으세요, 아들이면 좋을 것 같으세요?"

"글쎄."

질문에 스타티스는 잠시 대답을 멈췄다. 그때였다. 그녀의 등 뒤에서 로메오의 목소리가 울렸다.

"무슨 이야기를 그렇게 재미나게 하세요?"

"로메오."

꽃을 꺾어오는 길인지, 로메오의 품 안에는 한 다발의 장미가 들려 있었다. 스타티스는 충동적으로 로메오에게 물었다.

"황후는 아들이면 좋겠나, 딸이면 좋겠나?"

"네? 으음."

로메오는 걸음조차 멈추고 생각에 잠겼다. 스타티스는 입술을 비틀었다.

'반드시 아들이지.'

그녀가 적통임에도 당연히 황태자가 되지 못한 데에는 그녀가 여자라는 점이 가장 크게 작용했다. 안정적인 황권 확보를 위해서라도 스타티스는 장자가 아들이길 바랐다.

하지만 그런 계산속이 무색하도록, 로메오는 활짝 웃으며 이렇게 대답했다.

"저는 둘 다 좋을 것 같은데요?"

"……."

스타티스는 저도 모르게 환한 미소를 짓고 말았다.

'하여간 우리 황후는 늘 그렇지. 계산할 줄도 모르고, 그저 해맑고.'

하지만 그 덕분에 배우게 되지 않았던가. 인생은 계획대로 되지 않는다는 걸.

그리고 그 계획의 노선을 벗어나더라도 인간은 더 좋은 결과를 만나게 될 수도 있다는 걸.

"……그대 말이 옳아."

아들이든 딸이든 뭐가 중요하겠는가.

'그깟 후궁 안 두면 그만이지.'

경쟁 체제가 될 것 없이 다 황후의 소생이면 그만 아니겠는가.

로메오는 자신이 스타티스에게 또 어떤 변화를 주었는지 모른 채 고개를 갸웃거렸다. 그리고는 자신이 안고 온 한 아름의 장미를 내밀었다.

"꽃을 좋아하셨죠? 그래서 아침에 막 피어난 장미로만 골라 땄답니다."

"고마워."

꽃은 좋아하지 않았다. 아마도 그날, 로메오의 머리카락에 붙은 꽃잎을 떼어주었던 일 때문에 그런 결론을 내린 듯하지만.

'꽃보다 예쁜 건 당신일세.'

꽃다발을 안아 들며 스타티스는 낯간지러운 말은 목 안으로 삼켰다. 그런 건 안정기가 끝나고 침대 위에서 실컷 들려줄 생각이었다.

외전

아들은
아버지를 쏙 빼닮았다

올해 일곱 살 난 길리언 타이론 대공자는 어린 나이에 비해 수많은 타이틀을 가지고 있었다.

'남신의 강림' '아버지를 쏙 빼닮은 미남' '서글서글한 미소가 사랑스러운 소년' '제국에서 가장 아름다운 소년' '지상에 강림한 아기천사'

일곱 살밖에 안 먹은 아이에게는 부담스럽기 짝이 없는 호칭들이었지만, 사실 본인은 조금도 개의치 않았다.

'세상에 나보다 예쁜 아이는 없는걸.'

소년은 대단한 나르시시스트였다. 하지만 이 다소 밥맛 없는 (?) 성정은 한 번도 구설에 오른 적이 없었다.

'어머니도 참 특이해. 겸손하시다고 해야 하나.'

당연하다면 당연했다. 올리비아 타이론 대공비는 아들이 아버지를 닮은 나르시시스트가 되는 것을 굉장히 경계했기 때문이다.

'어머니가 자랑하지 말라면 자랑하지 말아야지.'

그리고 그 아들은 대단한 마마보이였다.

❈ ❈ ❈

일설에 의하면, 자신의 뒤를 이를 첫아들을 받아 든 이안 타이론 대공의 첫 마디는 이거였다고 한다.

"내가 다시 아이를 가지면 사람이 아니다."

그만큼 지독한 난산이었다.

출산이 이런 것인지 모르고 가벼운 마음으로 산실에 들었던 이안은, 올리비아가 진통하는 그 순간부터 제 자리에 서질 못하고 왔다 갔다를 반복했다.

"괜찮아? 이게 언제 끝나는 거지? 곧 끝나는 건가? 원래 이렇게 고통스러운 건가?"

"……전하, 지금까지 같은 질문을 67번 하셨습니다."

"67번 할 동안 변화가 없으니까 그런 것 아니야!"

진통이 시작된 것은 사람들이 활발하기 활동하기 시작하는 오전 10시쯤.

어떤 아기들은 새벽에 갑자기 성급하게 나가려고 떼를 써서 부모를 곤란하게 만든다고 하던데, 이 아이는 아침 식사가 끝나고 문을 두드리니 참으로 예의 바른 신사라고 생각했다.

'젠장! 이럴 줄 알았으면 출산에 대해서 더 알아봤을 거야.'

이안은 초조하게 손톱을 물어뜯었다. 식은땀이 줄줄 흐르는 올리비아의 얼굴을 닦아주기도, 그녀의 손을 잡아주기도 했지만, 결국 어떤 것도 분담해줄 수 없었다.

그렇게 해가 저물고 오후 10시가 되던 그때까지 꼬박 12시간.

신사라고 생각했던 아이는 결국 주변을 모두 녹초가 되게 만들고서야 세상에 태어났다.

"으아앙!"

"건강한 남자아이입니다, 전하."

"축하드립니다, 전하!"

산모는 초산임에도 불구하고 아이를 서넛은 낳아본 사람처럼 의연했건만, 남편 쪽이 문제였다. 이안에게 시달릴 대로 시달린 의료진들은 핼쑥한 얼굴로 이안에게 축하 인사를 건넸다.

갓 태어난 아기는 무척 작았고, 얼굴을 새빨갰으며, 몸 여기저기가 푸르스름했다. 작은 머리통에는 적은 숱이지만 선명한 금빛 머리카락이 돋아나 있었다.

"……내가 다시 아이를 가지면 사람이 아니다."

쭈굴쭈굴한 얼굴임에도 누굴 닮았는지 한눈에 알아볼 수 있는 아기였다. 그럼에도 아들을 품에 안은 감회는 건조하기 짝이 없어서, 듣고 있던 이들이 움찔 놀랐다.

이안이 복잡한 눈빛으로 품에 안긴 아기를 바라보고 있을 때였다. 등 뒤에서 희미한 목소리가 울렸다.

"……아기는요?"

"올리비아!"

혼절한 듯했던 그녀가 이안을 향해 팔을 들었다. 이안은 얼른 안고 있던 아기를 올리비아의 품에 안겨주었다.

"아기는 여기 있습니다."

"내 아기."

누운 채로 아기를 한쪽 팔에 끼우게 된 올리비아가 고개를 살짝 들어서 아기의 이마에 입을 맞췄다.

연신 흘린 식은땀에 머리카락이 그녀의 얼굴에 달라붙어 있었다. 이안은 고개를 돌리며 낮은 목소리로 욕설을 내뱉었다.

"젠장."

"이안?"

아기는 다시 하녀들이 데려갔다. 올리비아는 조금 놀란 표정으로 이안을 바라보았다. 절대로 그녀 앞에서 거친 소리를 내는 적이 없는 이안이었기에 더더욱 의외였다.

'왜 그러지? 감격이 벅차올라서 그러나?'

그런데 당연히 돌아보고 그녀에게 뭐라고 대답할 줄 알았던 그가 고개를 숙인 채로 어깨만 들썩거렸다. 올리비아는 설마설마하며 물었다.

"……울어요?"

"안 웁니다."

"우는 것 같은데."

대답이 좀 떨렸다. 그러자, 이안은 소맷부리로 자신의 눈을 거칠게 문질렀다. 그리고는 올리비아의 곁에 다시 무릎 꿇고 앉으며 대답했다.

"원래 눈망울이 반짝이는 편입니다."

"하하, 이 와중에도 잘도 말하네요."

그래도 한번 터진 눈물이 좀처럼 다시 가라앉지 않는지, 이안의 뺨을 타고 눈물이 주르륵 흘렀다. 올리비아는 키득키득 웃으며 손가락으로 이안의 눈가를 문질렀다.

"난 괜찮아요, 이안. 그러니까 울지 말아요."

"제가 안 괜찮습니다."

평소에는 이 정도 달래면 곱게 고개를 끄덕이더니, 오늘은 정말 놀랐는지 계속 토를 달았다.

올리비아는 힘없이 손을 뻗어 이안의 금빛 머리카락을 토닥토닥 거렸다.

'귀여워.'

정말 이렇게까지 귀여울 노릇인가. 몸은 욱씬거리고, 손가락 까딱할 힘도 없는데 자꾸만 저 우는 얼굴을 만지고 싶었다.

그렇게 고양이를 어르듯, 이안의 머리를 쓰다듬고 있자니 눈물도 서서히 잦아들었다. 그가 마지막으로 빨간 눈꼬리를 문지르며 투덜거렸다.

"정말 이놈의 것, 잘라버리든지 해야지."

적나라한 말에 올리비아는 결국 또 웃음이 터져버렸다.

"무슨 소리예요."

"웃지 말아요. 진짜 돌아버리는 줄 알았으니까."

정말 많이 놀랐던 모양이다. 올리비아는 잔잔한 눈으로 이안을 바라보았다. 개구쟁이처럼 입술을 삐죽거리던 그가 천천히 몸을 일으키고는 올리비아의 뺨에 입을 맞췄다.

"너무 고생했어요."

순순히 입맞춤을 받으며 올리비아는 쓴웃음을 지었다.

"나, 꼴이 말이 아닐 텐데."

12시간이나 시달렸으니 초췌하고 부어 있을 것이 분명했다. 하지만 이안은 고개를 가로저었다.

"지금 봐온 것 중에서 최고로 예뻐요."

이번에 입술이 닿은 곳은 올리비아의 입술 위였다. 얕게 입을 맞춘 뒤, 그는 순순히 떨어져나갔다. 올리비아는 작게 한숨을 내쉬었다.

"결국 이름은 길리언이 되었군요."

아들이면 길리언, 딸이면 길리아나.

'역시 아들이었어.'

이제 막 태어난 신생아임에도 알 수 있었다. 이안 쪽을 더 많이 닮았다는 걸.

'꿈도 믿을 만하다니까.'

그런 생각을 하며 나지막하게 한숨을 쉬고 있자니, 이안이 입술을 댓발 내밀고 툴툴거렸다.

"이미 정해져 있었지 않습니까."

이안의 말을 들은 올리비아는 피식 웃고 말았다. 그가 말하는 정해져 있다는 건 성별이 아니었다.

그녀가 아기를 낳기 일주일 전, 스타티스 부부가 먼저 아기를 낳았다. 조산이었지만, 건강한 딸 아기였다.

"딸이니, 아이 이름을 길리아나라고 해야겠군."

이미 태황제의 주접으로 길리언, 길리아나라는 이름을 알고 있었던 스타티스는 아무렇지도 않게 이름을 채갔다.

'우리가 먼저 지었습니다!'라는 이안의 항의는 당연하지만 받아지지 않았다.

"대공이 지어준 이름이니 아기도 무척 기뻐할 걸세."

스타티스가 뻔뻔하게 그렇게 말해버렸기 때문이다.

그때를 떠올린 이안이 입술을 삐죽거리며 툴툴거렸다.

"하여간 마음에 안 드는 부부라니까요."

"이안."

올리비아가 엄한 어조로 이안을 꾸짖었다. 이안은 눈을 내리깔고는 강아지처럼 올리비아의 손등에 뺨을 비볐다.

"올리비아."

그가 부르는 그녀의 이름은 늘 설탕처럼 달았다. 올리비아는 한쪽 눈을 살짝 일그러뜨렸다. 이안은 그런 올리비아의 손가락에 입을 맞췄다.

"고생했어요. 어서 한숨 자도록 해요. 내가 당신 곁을 지킬 테니 걱정하지 말고."

자라고 했지만, 바로 잠들 수는 없었다. 땀에 젖은 옷도 갈아입고, 흐른 피도 닦아내야 했으니까.

올리비아가 인상을 쓰며 중얼거렸다.

"이가 아픈 거 같아요. 손목도 아프고."

"턱에 힘을 주어서 그럴 겁니다."

이안이 조심스럽게 올리비아의 턱을 문질렀다. 눈그늘이 짙어진 얼굴이 안쓰럽기만 했다.

"차라리 제 배 속에 넣고 제가 낳는 게 낫겠습니다. 이렇게 심장이 떨어져서야."

"그렇게 심한 편도 아니에요. 다른 사람들은 훨씬 오래 걸리는걸요."

12시간 진통이 결코 편안한 것은 아니었지만, 그보다 훨씬 길게 고생하는 난산도 많았다.

'이만하길 다행이지.'

올리비아가 속으로 그렇게 생각하고 있자니, 이안이 달콤한 목소리로 대답했다.

"다른 사람이 무슨 상관입니까. 내 아내가 당신인데."

"하하."

이안의 대답에 올리비아는 결국 큰 소리로 웃음을 터뜨리고 말았다. 할 수만 있다면 그를 끌어안고 입을 쪽 맞춰주고 싶었다.

"어떻게 이렇게 예쁜 소리만 하죠?"

"당신이니까요."

올리비아의 손가락에 재차 입을 맞춘 이안이 울상을 짓고 중얼거렸다.

"정말 절대로 둘째는 낳지 않을 겁니다. 당신이 그때처럼 올라타도 절대로 안 넘어갈 거예요."

"저도 사양이에요……."

그 후 올리비아는 따뜻한 수건으로 몸을 닦고 깨끗한 잠옷을 입고 침대에 누웠다. 고생한 탓인지 순식간에 죽은 듯이 잠이 들었다.

올리비아의 곁을 지키는 이안에게 곁에 다가온 집사가 조심스럽게 말을 붙였다.

"전하, 전하께서도 옷을 갈아입으셔야……."

물론 이안은 들은 체도 하지 않았다.

"모두 물러가라. 나는 내 아내의 곁을 지킬 것이다."

"그랬었죠."

타이론 대공저에서 열린 티파티. 기꺼이 참석한 스무 명의 귀부인들이 입에 올린 것은 다름 아닌 길리언의 탄생 때 이야기였다. 특히 출산 과정은 물론이고, 꼬박 하루 넘게 부인의 곁을 지킨 타이론 대공의 이야기는 수도에 널리 퍼져서, 대공 부부의 금실이 얼마나 좋은지 알려주는 에피소드 중 하나가 되었다.

"얼마나 부러운지 몰라요."

"우리 그이는 제가 아기를 어디로 낳았는지도 모를걸요."

"호호호, 짓궂으셔라. 아무리 무심해도 모를 수가 있나요."

화사하게 꾸민 귀부인들이 모두 우아한 미소를 지으며 대화를 이어나갔다. 그 중심에는 어깨를 살짝 스치는 은빛 머리카락을 가진 아름다운 부인이 있었다.

"부끄러운 이야기네요. 벌써 수년이나 지났는걸요."

바로 올리비아였다.

올리비아 타이론 대공비는 아가씨 시절에는 사람들의 큰 주목을 받지 못했지만, 대공비가 된 이후에는 완전히 달라졌다.

'저 여자가 오르세의 마이엔 공의 딸일 줄 누가 알았겠어.'

'타이론 대공이 괜히 혼인한 게 아니라니까.'

처음 결혼할 때는 사랑하는 마음이 빚어낸 금세기 최고의 신데렐라 스토리였으나, 지금은 이안을 부러워하는 시선도 적지 않았다.

올리비아 타이론이 소유하고 있는 수많은 것들을 보라. 백화점과 거대한 상회, 그리고 오르세에 가지고 있는 수많은 저택들.

'제국과 오르세를 오가느라 바쁘지.'

'제국에 계실 때 눈도장을 찍어야 해.'

사업적인 문제로 제국과 오르세를 오가는 대공비 때문에, 그녀가 가끔 주최하는 티파티의 초대장은 가치가 천정부지였다. 그녀의 눈에 들어서 마티니 백화점 VIP만 되어도 이득이니, 저마다 그녀와 친해지고 싶어 했다.

'다들 무슨 생각을 하는지 안 들어봐도 알 것 같네.'

한편, 티파티를 내려다보며 왕년의 사교계 퀸이었던 올리비아는 무척 시니컬한 생각을 하고 있었다.

'저런 표정은 좀 감추지. 부채는 됐다 뭐하나.'

아무리 눈치가 느리다고 해도 사람을 돈다발처럼 바라보는 시선을 모른 척하기가 어려운 법이다. 하물며 저렇게 티 나게 바라보고 있어서야.

'아아, 지루해. 이 시간에 케닌의 보고서를 읽는 편이 더 나을 텐데.'

올리비아를 대신해서 오르세에 남은 케닌은 현재 전성기를 보내고 있었다. 얼마나 완벽하게 적응을 했냐면, 이런 편지를 보낼 정도였다.

- 아무래도 저는 전생에 오르세 사람이었나 봐요.

거기에 동봉된 케닌의 초상화는 더더욱 가관이었다. 분홍색 바탕에 푸른색 무늬가 있는 화려한 셔츠를 입고 머리 모양도 괴상했다!

'일은 제대로 하는 걸까. 지난번에도 연락했더니 남부 섬을 순회 중이라고 하지 않나.'

아무래도 제국으로 불러들여야 하는 거 아닐까 싶었지만, 또 올라오는 보고서와 실적은 눈부셔서 그런 말을 쏙 들어가게 만들었다.

'어쨌든 꼼꼼히 봐야 해. 뭔가 이상하다고.'

하지만 마티니 백화점 사업도 해야 하고 생제르망 상회 제국 지부 사업도 해야 하는 올리비아 입장에서는 오르세의 상회 일까지 신경 쓰기가 영 쉽지 않았다.

'아아, 바쁘다 바빠.'

이렇게 바쁜 그녀가 제국에 머무를 때마다 다과회를 개최하는 이유는 단 하나뿐이었다.

"타이론 대공자께서는 정말 늠름하세요."

"아직 연치가 어리신데도 정말 의젓하세요."

"저희 아들과 비교하면 너무 어른스러우셔서 깜짝깜짝 놀란답니다."

바로 하나뿐인 아들, 길리언 타이론 때문이었다.

길리언 타이론은 이안을 꼭 빼닮은 아름다운 소년이었다. 복숭앗빛의 싱그러운 뺨에, 여자로 착각할 만큼 그윽한 눈매, 구불거리는 아름다운 금빛 머리카락은 그를 만나는 모든 사람의 마음을 사로잡기에 충분했다.

그리고 그는 그 이름처럼, 태어날 때부터 가지고 있는 것이 많았다.

"짐의 첫 사촌인데 그냥 넘어갈 수 있나. 그에게 타이론 백작위를 내리고 그린란드를 영지로 내린다."

첫 시작은 황제 폐하였다. 조산으로 아이를 낳은 만큼, 황제의 출산 시간은 무척 짧았는데, 그만큼 정무로 복귀하는 기간 또한 짧았다.

그리고 복귀하자마자 내린 명이 바로 저것이었다.

"폐하, 무척 과하옵니다! 재고하여주시옵소서!"

고작 태어난 지 40여 일 된 아기가 백작이 된다는 소식에 혼비백산한 올리비아는 황궁으로 당장 서신을 띄웠다. 그러자 돌아온 황제의 대답은 쌈박하기 그지없었다.

"왜? 그대가 다트로 맞춘 세 개를 모두 주려다가 참는 건데."

이것이 황제의 스케일인가. 할 말이 없어졌다.

"황제 폐하께서도 저렇게 하시는데 내가 가만히 있을 수 있나. 아들이라고? 그럼 황실보고 안에 있는 검들 중 한 자루를!"

만두 태황제도 당연히 지지 않고 주접을 떨었다.

"이 아이는 오르세의 왕족이기도 하니 당연히 오르세 왕국의 보물을 꺼내야지요."

사돈 체면에 가만히 있을 수가 있나. 마이엔 공도 등판했다.

이렇게 난리를 치는 와중에 의외로 가장 난리를 칠 줄 알았던 이안 타이론 대공은 조용했다.

이안이 아기를 위해 뭘 줄까 너무나 궁금했던 나머지, 누군가가 용기를 내어 이안에게 물었다.

"대공 전하께서는 태어난 아드님을 위해 무엇을 준비하셨습니까?"

"나는 준비하지 않소."

"네? 어째서요?"

"세상에서 제일 예쁜 어머니를 이미 가지게 해주었으니, 그 녀석이 내게 감사해야 맞지."

역시 자타공인 아내 팔불출다운 대답이었다.

하여간 이렇게 많은 것을 타고난 아들을 두고 있으니, 올리비아는 이런 걱정을 하게 되었다.

'우리 아들이 제대로 된 사회성을 기를 수 있을까? 주변에 죄 어른들뿐인 데다가 저 어른들도 저렇게 저 아이를 예뻐하지 못해서 안달이니.'

그래서 생각해낸 것이 아이를 가진 부모들과 함께하는 티파티였다.

'우리 아들에게도 좋은 친구가 생겼으면.'

그런 생각을 하면서 올리비아는 찻잔을 들었다. 지루하기 짝이 없는 시간이었지만 그냥 좋은 차를 즐기는 시간이라고 생각하면 그 또한 그럭저럭 버틸 만했다.

한편, 같은 시간 길리언 타이론 대공자는 속으로 이런 생각을 하고 있었다.

'아아, 지루해.'

워낙 천사처럼 예쁘게 생긴 아이인지라 지루해하는 표정도 사랑스럽기 그지없었다. 동년배 소년 소녀들은 은연중에 길리언에게 선뜻 다가서지 못하고 주변만 맴돌고 있었다.

그 모습이 길리언의 눈에 차지 않는 것은 당연했다.

'하고 싶은 말이 있으면 그냥 와서 할 것이지.'

길리언은 취향이 완전히 제 아버지와 똑같았다. 무슨 소리냐 하면 올리비아처럼 제가 하고 싶은 말을 똑 부러지게 할 때 가장 좋아한다는 뜻이다.

'어머니도 참. 이런다고 친구가 생길 턱이 있나. 수준이 맞아야 생기지.'

길리언은 턱을 괴고 속으로 다소 재수 없는 생각을 했다. 하지만 미운 일곱 살임을 감안하면 할 수 있는 생각이었다.

하지만 그다음 생각은 별로 귀엽지 않았다.

'물론, 그렇게 생각하시는 게 귀엽지만.'

좋아서 어쩔 줄 몰라 하는 어머니를 떠올리며 길리언이 슬쩍 미소 지었을 때였다.

어린 영애 하나가 활짝 웃으며 길리언에게 말을 붙였다.

"길리언, 우리랑 공놀이하자."

"더워."

길리언은 시큰둥하게 대답했다. 그러자 곁에 앉아 있던 다른 영애가 까르르 웃으며 말했다.

"더워? 그럼 부채질해줄까?"

"그러면 눈이 건조해져."

이렇게 대놓고 귀찮아하면 그만할 법도 하건만, 다 같이 키득 거렸다.

"귀여워."

'뭐가 귀엽다는 건지.'

이 사람이고 저 사람이고 다 귀찮았다. 많은 여자아이에게 둘 러싸인 채 앉아 있던 길리언은 한숨을 폭 내쉬었다.

'난 결혼하지 말고 혼자 살아야겠다. 집에서도 이렇게 시달린 다고 생각하니 피곤해.'

공교롭게도 제 아버지와 비슷한 비혼 희망이었다.

그렇게 여자아이들에게 둘러싸여서 시큰둥한 대답을 해주고 있을 때였다. 웬 남자아이 한 명이 한쪽에 공을 끼고 심통이 난 표 정으로 말했다.

"다들 그 녀석은 내버려 두고 우리끼리 공놀이하자."

누군가 해서 고개를 들었더니, 어디 3층에서 굴러떨어진 식빵 같이 생긴 녀석이었다. 길리언은 눈살을 찌푸렸다.

'저 녀석은.'

안 그래도 볼 때마다 거슬리던 녀석이었다. 길리언이 입술을 비틀었을 때였다.

아까 같이 공놀이하자던 애가 제일 사납게 대꾸했다.

"싫은데? 우리가 왜?"

"난 길리언하고 이야기하고 싶어."

"그래. 길리언은 예쁘잖아."

"이익."

그녀들의 말에 식빵의 얼굴이 일그러졌다. 물론 길리언도 어이없어하긴 마찬가지였다.

'아까는 공놀이하자더니.'

역시 곧이곧대로 들을 수 없다, 사람의 말!

바로 그때였다. 여자애들이 모두 길리언의 편을 들어서일까. 식빵이 붉으락푸르락해지더니 빽 소리쳤다.

"그래봤자 개는 반푼이 혈통이잖아! 그런 애랑 뭐하러 잘 지내려고 해?"

"……."

그 말에 길리언의 얼굴이 딱하고 굳어졌다.

'뭐라고?'

저 반푼이 혈통이라는 말이 뭔지는 길리언도 알고 있었다. 바로 올리비아가 마이엔 공의 혼외자이기에 나온 말이었다.

사실상 마이엔 공이 평생 수절하며 지조를 지켰음에도, 두 사람이 정식 혼인상태가 아니었음을 지적하며 사람들은 올리비아를 혼외자로 깎아내렸다.

'그걸 지금 내 앞에서 간 크게 떠들어?'

길리언의 눈썹이 쓱 올라갔다. 그러자 그 식빵 녀석이 도리어

310

더 화를 내었다.

"그걸 얘네들이 몰라서 그렇지, 알면 너랑 놀아줄 거 같아? 너는 결혼도 못하고 평생 혼자 살걸!!"

"……."

그 말을 들은 길리언의 얼굴이 싸늘하게 굳어졌다. 식빵은 괜히 쫄아서 으르렁거렸다.

"뭐, 뭐? 사실이잖아?"

"사실이면 뭐든 말해도 된다는 거야?"

"그래! 나는 정직한 것뿐이라고."

"그래? 그렇구나."

그 대답에 길리언은 활짝 웃었다. 워낙 예쁘게 생긴 이목구비인지라, 웃는 순간 꽃이 휘날리는 것처럼 환하게 빛났다.

"헉."

두근!

일순간, 심지어 그 식빵 녀석마저 할 말을 잃고 길리언의 얼굴을 바라보았을 때였다.

길리언은 천사처럼 해사한 미소를 지으며 이렇게 물었다.

"여자들은 예쁜 남자를 좋아하는데 너는 어떻게 결혼해?"

촌철살인이었다.

말뜻을 알아들은 식빵의 얼굴이 순식간에 붉게 타올랐다. 그는 버럭 고함을 질렀다.

"나, 남자는 외모가 전부가 아니야!"

"그래?"

물론, 결혼이 얼굴로만 되는 건 아니다. 집안, 재력, 성격, 직업 등등 다양한 요건이 맞아떨어질 때 이루어지는 것이긴 한데.

길리언은 무슨 말이냐는 듯이 이번에는 반대쪽으로 고개를 기울었다.

"근데 성격이 썩 좋지도 않잖아."

"무슨 근거로 내 성격이 좋지 않다는 건데!"

저 겉만 번지르르한 녀석은 예쁘장한 얼굴에 악마 같은 성격을 감추고 있다고 믿어 의심치 않는 식빵이 버럭 소리 질렀다.

'나야말로 천사처럼 착한 성품을 가지고 있는걸.'

얼굴은 좀 부족할지라도 마음은 벨벳처럼 곱다고 생각했을 때. 길리언은 울먹이듯 얼굴을 일그러뜨리며 웅얼대듯 말했다.

"그야 나는 정말로 너를 걱정해서 하는 말인데 지금 화를 내고 있잖아."

"뭐?!"

누가 걱정하는 말을 그렇게 한단 말인가! 식빵이 화가 나서 큰소리로 반박하려고 했을 때였다.

"길리언의 말이 맞아!"

"못됐어!"

그 주변에 있는 친구들이 우르르 몰려와서 소리를 질렀다. 여자애들만이 아니라 남자애들까지였다.

"흑."

지금 자신의 편이 아무도 없다는 사실을 깨달은 순간.

"흐아아앙!!"

식빵은 추하게 울며 도망치고 말았다.

그렇게 다과회는 식빵의 울음으로 끝이 나고 말았다.

자초지종을 듣고 달려온 올리비아는 깜짝 놀라서 아들을 붙들었다.

"아니, 길리언!"

"네, 어머니?"

길리언은 커다란 눈망울을 천진하게 깜빡였다. 길리언의 얼굴에서 유일하게 올리비아를 닮은 부분이 바로 눈이었다. 아몬드형의 이안의 눈과 달리, 길리언의 눈은 끝이 여우처럼 뾰족했다.

올리비아는 길리언과 시선을 맞추고 조심스럽게 물었다.

"왜 그런 말을 했니?"

"무슨 말이요?"

"마르티스 영식이 못생겨서 결혼 못 한다는 말."

'그 식빵같이 생긴 게 마르티스 영식이었나?'

알 게 뭐람. 길리언은 시큰둥하게 다시 기억 저편으로 이름을 몰아냈다. 그리고는 천연덕스럽게 대답했다.

"정말 걱정되어서 그랬어요."

"그렇다고 하더라도! 외모 같은 건 직설적으로 지적하면 안 되는 거야."

"왜요?"

올리비아의 말에 길리언은 고개를 갸웃했다.

"제가 잘생긴 건 사실이잖아요."

"그러니까 조금 더 겸손하게…… 아이고."

아들의 잘못을 지적해주려고 했던 올리비아는 말문이 막히고 말았다.

'도대체 어디에서 어떻게 알려줘야 한단 말인가.'

걱정한 대로였다. 태어나서부터 자신이 잘생긴 것을 아는 아이!

'잘생긴 건 좋지만, 남을 무시하면 안 되는데.'

그리 생각하며 올리비아가 입을 다물었을 때였다. 등 뒤에서 그윽한 목소리가 울렸다.

"무슨 일인가요, 올리비아?"

"이안!"

올리비아는 목소리의 주인공을 반색했다. 그녀의 등 뒤에는 멋들어진 검은색 정장을 차려입은 이안이 걸어오고 있었다.

다소 무뚝뚝했던 과거의 인상과 달리, 최근 타이론 대공에 대한 이미지는 '친절하고 겸손한 신사'였다.

'이안이라면 적절한 조언을 해줄 수 있을 거야.'

잘생긴 남자의 삶은 잘생긴 남자가 알지 않겠는가. 그렇게 결론지은 올리비아는 이안에게 말했다.

"이안, 나 머리 아파요. 당신이 길리언에게 다시 이야기 좀 해줘요."

"네, 올리비아."

이미 이야기를 전해들은 것인지, 이안은 자초지종을 묻지 않고 고개를 끄덕였다.

'역시 내 남편이 최고야.'

믿음직한 남편의 뺨에 입을 맞춘 뒤, 올리비아는 자신의 집무실로 올라갔다.

붕어빵처럼 똑같이 생긴 두 부자는 그림 같은 미소를 지으며 올리비아의 멀어지는 등을 바라보았다. 그리고 올리비아가 완전히 사라진 뒤, 이안은 길리언에게 손을 내밀었다.

"잘했다, 길리언."

"별말씀을요."

길리언은 이안의 손바닥에 자신의 손바닥으로 짝 소리가 나게 마주쳤다.

이미 정원에 있던 시종들의 입을 통해 자초지종을 모두 전해 들은 이안이었다. 그는 흘러내리는 머리카락을 쓸어넘기며 중얼거렸다.

"그 못생긴 식빵 같은 것이 겁도 없이 우리 아내를 뒷담을 했다면서."

"그러니까 말이에요. 분수를 몰라도 유분수지."

길리언도 고개를 끄덕였다. 자신과 똑 닮은 노란 머리통을 내려다보던 이안은, 그래도 뒤늦게 아내의 '조언'을 해주라던 부탁을 떠올리고 엄숙한 표정을 지어냈다.

"그래도 매끄럽지 못했어. 질책받을 만한 꼬리는 절대로 남겨두면 안 되는 거란다."

물론 그 방향은 올리비아가 예상한 것과 아득하게 멀었다. 이안의 말에 길리언은 콧방귀를 끼었다.

"흥. 아버지나 잘하세요. 지난번에 셰퍼트 상회의 법인취소 공작을 벌이셨잖아요. 애들 싸움에 죽자고 달려드시다니."

셰퍼트 백작 영식은 지난번 다과회 때 올리비아가 상회를 운영하는 노하우가 부족해서 생제르망을 잘 키우지 못한다고 입을 털었던 열두 살 소년이다.

올리비아가 어린애가 뭘 알고 그랬겠냐고 웃고 넘어가서, 이안도 생글생글 웃으며 넘어가는 듯싶었었는데.

"⋯⋯그거 너는 어떻게 알았냐?"

사실은 뒤에서는 셰퍼트 상회의 법인취소까지 시도했던 것이다. 이안의 물음에 길리언은 어깨를 으쓱하고는 도도하게 대답했다.

"어머니는 모르니까 걱정하지 마세요."

"어디서 이런 능구렁이가 나와서."

"누굴 닮았겠어요?"

"⋯⋯."

"⋯⋯."

말싸움을 하던 부자는 문득 동일한 불쾌감을 느껴서 입을 다물게 되었다.

두 사람은 지나치게 닮아서, 어떤 욕을 하든 자기 얼굴에 침을 뱉는 꼴이었던 것이다.

'왜 나는 아버지를 닮았을까.'

'아내를 닮은 예쁜 딸이나 나왔으면 좋았을 것을.'

심지어 두 사람은 나란히 서서 생각하는 것까지 비슷했다.

둘이 그렇게 오순도순 서 있으니, 올리비아가 다시 내려왔다.

"이야기는 끝났나요?"

"네, 올리비아."

애초에 혼낸 적도 없으면서, 이안은 말을 아주 잘 들었다는 듯이 해맑게 대답했다. 바로 그때였다.

"흑흑, 어머니."

"?!"

옆에서 아주아주 구슬픈 울음소리가 들리는 게 아닌가!

이안은 기가 막혀서 옆을 돌아보았다. 길리언이 닭똥 같은 눈물을 뚝뚝 흘리면서 애절한 목소리로 말했다.

"저는 제가 그렇게 나쁜 말을 했는지 처음 알았어요. 전 정말 나쁜 아이예요."

"뭐라고? 지금 우는 거니, 길리언?"

눈물이 별로 없어서 걱정까지 되던 아들이 지금 서럽게 울고 있었다. 잠시 굳어 있던 올리비아는 서둘러서 길리언의 앞에 무릎을 꿇고 앉았다.

"울지 말렴. 마르티스 영식이 먼저 나쁜 말을 했다면서. 엄마도 다 들었단다."

"그래도요! 저같이 나쁜 아이는 울어도 되어요. 이 얼굴이 못생겨질 때까지 울 거예요."

"도대체 아이를 얼마나 혼낸 거예요, 이안!"

엄마가 달래도 눈물이 그치질 않으니, 결국 불똥이 튄 것은 이안에게였다.

'억울해!'

혼낸 적은커녕, 오히려 이 쪼그마한 아이에게 핀잔까지 들은 이안은 억울하기 짝이 없었다.

이 능구렁이 같은 녀석은 한술 더 떠서 머리를 짚고 비틀거리며 말했다.

"어머니, 너무 혼이 나서 그런가, 조금 어지러워요."

"이리 와, 길리언. 세상에, 우리 아가를 누가."

올리비아는 있는 힘껏 길리언을 마주 안았다. 길리언은 올리비아의 어깨에 뺨을 비비며 말했다.

"오늘 어머니랑 같이 자고 싶어요."

'안 돼!'

그 말에 이안은 입을 떡을 벌렸다.

'오늘은 내가 올리비아랑 자는 날인데!'

이 똑 닮은 부자는 엄마와 아빠, 아들 셋이 다 같이 잔다는 선택지는 애초에 저 멀리로 날려 보냈다. 결국 암묵적인 동의하에 요일을 나누었는데…….

'너 지금 선 넘는 거야. 그만해라.'

'흥.'

부자는 올리비아가 보이지 않는 곳에서 서로 눈빛으로 대화를 나누었다. 하지만 그 치열한 다툼도 결국 올리비아의 말 한마디로 끝이 나고 말았다.

"그래, 그래. 오늘은 힘들었으니까 엄마랑 코코낸내 하자."

"네!"

'코코낸내는 무슨! 덩치가 멧돼지도 때려잡게 생겼구먼!'

올리비아의 손을 잡고 방으로 돌아가는 길리언을 보며, 이안은 애꿎은 바닥만 발로 찼다.

아버지의 마음을 읽은 길리언은 용의주도하게 몰래 혀도 내밀었다.

'메롱.'

'아이고, 저 녀석.'

완전히 이안의 패배였다. 이안은 손바닥으로 얼굴만 덮었다.

"저어, 전하. 하실 일이 아직 남으셨는데⋯⋯."

아내와 아들을 떠나보내고 멍하니 서 있는 대공에게, 보좌관이 조심스럽게 말을 붙였다. 이안의 눈빛이 일순간 번뜩였다.

"마르티스⋯⋯."

"네?"

"그 집 구석에 대해서 조사해와."

"네에??"

이렇게 또 음침한 복수를 할 곳이 한 군데 더 늘어났다.

❖ ❖ ❖

올리비아는 잠옷을 입고 침대에 누웠다. 팔을 넓게 펼치자, 길리언이 쪼르르 들어와서는 팔을 베고 누웠다. 올리비아는 팔꿈치를 세워 길리언의 어깨를 단단히 끌어안았다.

'많이 컸네.'

옛날에는 품 안에 쏙 들어왔는데, 이제는 팔이 좀 짧았다.

'일곱 살치고 큰 편이라고 생각하긴 했지만.'

얼굴을 제 아버지와 쏙 빼닮은 소년은, 체형까지 비슷했다. 키가 훌쩍 크지만 이안은 전반적으로 호리호리한 체형이었는데, 길리언 또한 그랬다. 그래서 가끔 이렇게 안아보면 보기보다 큰 골격에 깜짝 놀라고 마는 것이다.

'많이 닮을 거라고 생각은 했지만, 진짜 이렇게 똑같을 줄은 몰랐어.'

얼굴 전체에서 눈의 형태 빼고는 올리비아를 닮은 곳이 없기 때문에, 눈을 감으면 정말 이안과 똑같았다.

'신기해.'

그와 자신의 아이가 이렇게 무럭무럭 자라고 있다는 사실이 좀처럼 익숙해지질 않았다. 신기한 눈으로 길리언의 요모조모를 뜯어보고 있자니, 길리언이 뚱한 얼굴로 물었다.

"어머니는 왜 아버지하고 결혼했어요?"

입술을 삐죽이는 표정은 또 왜 이렇게 사랑스러운지. 올리비아는 길리언의 머리카락을 쓸어넘겨주며 물었다.

"그런 건 갑자기 왜 묻니?"

"아버지는 쫌생이에, 신경질적이고, 제멋대로잖아요."

"네 아버지를 그렇게 말하는 사람은 너밖에 없을걸."

이안 타이론 대공을 상대로 내리는 평이라고 하기에는 지나치게 박하고 날것이었다.

올리비아는 피식 웃으며 드러난 길리언의 동그란 이마에 입을 맞췄다.

'아, 그러고 보니 이마도 나를 닮았구나.'

이안의 이마는 편편한 편이었다. 이렇게 자신을 닮은 구석을 하나씩 찾을 때마다 신기한 기분이 되었다.

올리비아는 다정한 미소를 지으며 길리언에게 말했다.

"이안은 아주 훌륭한 사람이야. 엄마는 아빠를 만나게 되어서 행복하단다."

"하지만 아빠보다 제가 나은걸요."

"그럼. 우리 길리언이 최고지."

어떻게 남편과 아들이 같겠는가. 올리비아는 길리언의 말에 고개를 끄덕이며 웃어주었다. 길리언은 그런 올리비아를 바라보다가 입술을 삐죽거렸다.

"저랑 같은 나이로 태어났으면 좋았을 텐데. 그럼 어머니랑 결혼했을 거예요."

"그러면 너는 이 세상에 없지 않을까."

어린아이 때 한 번쯤은 한다는 '엄마랑 결혼할 거예요.'를 들은 올리비아는 피식피식 웃었다. 그렇게 길리언과 이야기를 나누고 있자니, 자연스럽게 과거의 기억이 떠올랐다.

'그러고 보면 그 아이들은 잘 지낼까.'

이제는 정말로 만날 일 없는 그 아이들.

제임스도, 진상들도 이제는 기억나지 않는데, 이상하게도 아이들의 얼굴과 이름은 때때로 선명하게 기억이 났다. 바로 지금처럼.

'잘 지냈겠지. 내가 없는 미래에서.'

올리비아는 고개를 흔들어서 생각을 털어버렸다. 하지만 어쩔 수 없이 쓴웃음이 흘러나왔다.

'진상들이 또 아이들은 애지중지했으니까.'

그것이 자신을 견제하려 했던 것이든, 아니면 정말 핏줄이 소중해서였든 간에.

'나도 마음에 여유가 있어서 더 다정한 엄마가 되었더라면 좋았을 테지만.'

제임스의 말이 사실이라면 어차피 그 아이들은 긴 시간을 엄마 없이 살아야 하는 아이들이었다. 차라리 데면데면하게 지내는 편이 나았었는지도 모른다.

이제는 돌이킬 수 없는 과거인지, 미래인지를 떠올리며 올리비아가 쓴웃음을 지었을 때였다. 길리언이 손가락으로 올리비아의 옷자락을 잡아당겼다.

무슨 일 때문에 그러나, 해서 시선을 내려 그와 눈을 마주하니, 귀여운 얼굴이 손을 세우고 소곤소곤 물어왔다.

"어머니가 세상에서 가장 사랑하는 사람이 누구예요?"

어쩜 이렇게 앙큼한 질문을 하는지. 올리비아는 웃음이 나오려는 것을 꾹 참았다. 공교롭게도 그녀는 어젯밤에도 똑같은 질문을 받았다.

"올리비아, 세상에서 가장 사랑하는 사람이 누구입니까? 당연히 저죠?"

'못 살아, 정말. 이렇게까지 닮을 노릇인가?'

올리비아는 길리언의 귓가에 조심스럽게 속삭였다.

"음, 비밀인데. 비밀 지켜줄 수 있니?"

"당연하죠. 신사의 명예를 걸 수 있어요."

이 꼬마 신사는 뺨을 발그레 붉혔으면서도, 꽤나 의젓한 표정으로 고개를 끄덕였다. 올리비아는 웃음기 가득한 얼굴로 길리언의 귓가에 속삭였다.

"엄마는…….."

이안과 길리언을 가장 사랑해.

그들이 물을 때마다 번갈아가며 다르게 대답한다는 건 그녀만 아는 비밀이었다.

외전

그 남자의
장례식

그 남자가 죽었다.

소식을 들은 건 늦은 오후였다. 서신은 오르세로 전달되었다. 서신에 적힌 소식을 읽으며 나는 다소 비현실적인 느낌을 받았다. 아니, 실제로도 거짓말 같았다.

'그렇게 죽여도 죽을 것 같지 않더니만.'

서신에 적힌 것은 다름 아닌 제임스 파넬 공작의 서거 소식이었다.

'결국 그 쪽에서 죽었군.'

그는 수도에 돌아오지 않았다. 전생과 달리, 더 이상 북부에 남아 있을 이유가 없었음에도 그곳에 남았고, 결국 그곳에서 죽었다.

'도대체 왜 그랬을까.'

그의 시끌시끌한 세 시어머니가 한동안 새 며느리를 들이겠다고 사교계를 들쑤시고 다닌 것은 유명했다. 실제로 꽤 괜찮은 후보도 추렸고.

'수도로 돌아왔으면 결혼도 하고 자식도 낳았을 텐데.'

적어도 이렇게 허망하게 혼자 훌쩍 떠나지는 않았으리라.

'무슨 생각이었는지 모르겠네.'

하긴, 언제는 내가 이해할 수 있었나.

코끝으로 한숨을 내쉬며 서신을 테이블에 올려놓으니, 이안이 어깨를 감싸며 물었다.

"괜찮아요, 올리비아?"

"괜찮지 않을 게 뭐 있나요."

얼굴에 닿는 이안의 금빛 머리카락이 간지러워, 나는 까르르 웃음을 터뜨렸다.

"아무 감정 없어요. 사실은 실감도 나지 않고요."

담담한 것에는 그게 가장 컸다. 그는 늘 나보다 오래 살았다. 지금도 그가 여전히 살아 있지 않을까, 싶었다.

'차라리 나가서 콱 죽기를 바랐을 때도 있었는데.'

부부생활이 너무 고통스러워서 차라리 남편 없는 여자가 되는 편이 낫겠다고 생각할 정도였다.

그렇게 미워하고 원망할 때에는 죽지도 않더니만, 죽든 말든 아무 상관 없어지니 죽다니.

'나도 잘 모르겠다.'

자기 마음을 알 수 없어서 나는 어깨를 으쓱했다.

"누가 그 대단한 남자를 죽일 수 있었을까요."

"지병이 있었을 수도 있지."

"그럴 리 없어요. 아주 건강했던 걸요."

미래의 그는 지금 순간에 죽지 않았다. 미래가 바뀌었다는 건 내가 모르는 일이 생겼다는 뜻이다.

'설마 시간을 돌린 것과 관계 있을까?'

갑자기 떠오른 생각에, 내가 입술을 깨물었을 때였다. 다정한 손길이 내 머리를 쓸어넘겼다.

"올리비아."

나는 이안과 시선을 맞추었다. 이안은 평소와 같았다.

"신경 쓰이면 같이 장례식에 참석합시다. 어차피 우리의 귀국 길에는 파넬 령을 지나야 해요. 지금쯤 출발하면 묘지에 안장할 때쯤 도착할 수 있겠군요."

"정말 그럴 필요 없어요."

"올리비아."

그는 내 어깨를 짚은 손에 힘을 주었다.

"제가 보기에는 당신에게도 마음의 정리가 필요해 보여요."

"……."

나는 입술을 꾹 깨물었다. 마치 내가 일부러 들여다보지 않으려던 내 속을 억지로 바라보게 된 기분이었다.

한없이 흔들리는 내 마음을 읽은 것처럼, 이안은 의지하고 싶은 미소를 지으며 말했다.

"내가 곁에서 꼭 붙들어줄게요. 걱정하지 말고 다녀옵시다."

"……고마워요."

나는 고개를 끄덕였다.

❖ ❖ ❖

마침 오르세에서 제국으로 귀국하려던 차였기 때문에, 일부러 서둘러서 짐을 꾸릴 필요도 없었다.

어린 길리언은 마차에 오르기 무섭게 잠이 들었다. 나는 길리언의 등을 토닥이며 턱을 괴고 생각에 잠겼다.

'왜 전생과 달라진 걸까.'

제임스의 죽음은 그만큼이나 당혹스러웠다.

'아직 나는 마흔도 되지 않았는데.'

병도 없고, 암살자가 아무리 달려들어도 끄떡도 하지 않을 만큼 강한 남자를 죽게 만든 건 무엇일까.

곰곰이 생각해도 답을 알 수 없었다. 이제 그와 남남이 된 내가 답을 알고 있는 것도 우스울 테지만 말이다. 이안은 내가 심란하다는 걸 눈치채고 아무 말도 하지 않았다. 역시 센스 있는 남자였다.

국경을 넘어 오래지 않아, 파넬 령에 도착했다. 이안의 말대로 수도에서 장례식을 끝내고, 파넬 령에 있는 묘지에 관을 묻기 위해 관과 가족들이 내려온 참이었다.

'정말 죽었구나.'

그제야 한 장 서신으로 읽었던 사건들이 실감나게 다가왔다.

마차에서 내린 우리 부부에게 검은 베일로 얼굴을 가린 우아한 여인이 인사를 해왔다.

로자 파넬. 바로 첫째 진상이었다.

'아직 살아 있었구나.'

그녀의 장례식이 이맘때였던 거 같은데. 내 기억 속에서는 죽은 사람이 살아 있고, 오래 살아야 하는 사람은 죽어 관에 누워 있으니 기분이 묘했다.

로사 파넬은 담담한 어조로 내게 인사해왔다.

"오랜만이군요."

"네, 오랜만이네요."

그녀의 존댓말이 나의 달라진 위치를 느끼게 했다. 나는 슬쩍 상황을 살폈다. 둘째 진상이 보이질 않았다.

"둘째 부인은요?"

"건강이 좋지 않아 내려오지 않았습니다."

만날 아프다, 아프다 징징 거리더니 결국 제임스의 장례식에도 참석하지 않을 셈인 듯 했다. 셋째 진상은 천으로 덮힌 관에 엎드려서 꺼이꺼이 눈물을 짜내고 있었다.

"아이고, 내 아들. 내 아들."

그리고 첫째 진상은 그런 셋째 진상을 차가운 눈으로 바라보고 있었다. 울지도, 비틀거리지도 않는 모습에, 조금의 슬픔도 느껴지지 않았다.

그 모습이 내 눈에는 괴리가 있어 보였다.

'친어머니는 저 사람 하나니까.'

생각해보면 당연했다. 제임스는 셋째 진상의 아들이었으니까. 그래도 다들 너무한다 싶었다.

'제임스 하나에게 붙어서 공동육아라도 한 것처럼 굴 때는 언제이고.'

특히 나를 괴롭힐 때면, 세 명은 모두 한 몸인 것처럼 쿵짝이 잘 맞지 않았던가. 이제 와서 저렇게 각자 다른 태도를 고집하는 모습이 이상하게 보였다.

내가 위화감에 어색함을 느끼고 있을 때였다. 첫째 진상이 우아한 미소를 지으며 말했다.

"마침 타이론 대공비 부부께서 오셨으니, 잘되었다 싶군요."

장례식에 참석했는데 잘될 것이 무엇이 인단 말인가.

내가 눈살을 찌푸렸을 때였다. 첫째 진상이 어떤 아이를 우리 부부 앞으로 불러 소개했다.

"다음 대 파넬 공작위를 물려받을 아이입니다."

"……이 아이는 누구죠?"

설마 제임스가 죽기 전에 결혼해서 이렇게 큰 아이를 낳았을 것 같지는 않고.

첫째 진상은 또박또박 대답했다.

"공작이 숨을 거두기 전에 양자로 들였습니다. 먼 친척 아이지요."

나는 다시 아이의 얼굴을 내려다보았다.

'제임스와 하나도 안 닮았는데.'

붉은 머리카락에 주근깨가 뿌려진 얼굴은 짓궂게 보였다. 장난이라고는 조금도 몰랐던 제임스와는 완전히 다른 얼굴이었다.

첫째 진상의 말에 관을 붙들고 울던 셋째 진상이 버럭 소리를 질렀다.

"다음 대 공작위라니! 그게 말이 되어요, 형님?! 아직 이 아이가 흙에 묻히지도 않았는데!"

침통해서 울부짖는 셋째 진상에게, 첫째 진상은 냉정한 목소리로 말했다.

"그러니까 네가 평생 천한 것이라는 말을 듣고 사는 것이다."

얼음이 뚝뚝 떨어질 것 같은 목소리가, 나를 향한 것이 아닌데도 저절로 어깨를 움츠러들게 했다. 설마 그런 폭언이 자신을 향할 줄 몰랐던 셋째 진상은, 잔뜩 굳어진 얼굴로 첫째 진상을 바라보았다.

첫째 진상은 엄격한 어조로 말을 이었다.

"개개인의 생명과 달리 집안의 뿌리는 이어져야 하는 것. 슬픔에만 잠겨 있으면 무슨 일이 해결되느냐."

"아니, 그래도 이건 너무 빠르잖아요!"

셋째 진상은 손가락으로 아이를 가리키며 소리를 질렀다.

"심지어 그 아이는 형님네 집안 아이 아닙니까! 우리 제임스와는 피 한 방울 섞이지 않았는데!"

"입 다물어."

첫째 진상의 눈이 파랗게 빛났다.

"한낱 하녀 나부랭이였던 너와 내가 함께 어머니 소리를 들으니, 같은 줄 알았느냐?"

"그, 그런……."

멀리서 바라보며 나는 상황을 이해했다.

'또 멋대로 도장을 찍었구나.'

제임스가 죽을지도 모른다는 소식이 파넬로는 빨리 전해졌을 터. 그래서 옛날부터 제임스의 인장을 관리하던 첫째 진상이 발빠르게 자신의 집안 아이 중에서 하나를 골라 양자입적에 도장을 찍은 것이다.

'저게 사실은 오랫동안 품고 있던 진심일 거야.'

– 내가 너와 같은 줄 알아?

비록 아이를 낳지 못해 줄줄이 첩이 들어오는 걸 바라보았지만, 그녀는 엄연히 귀족. 하녀였다가 운 좋게 아들을 낳아, 자신의 자리를 차지한 그녀를 매서운 눈으로 바라보고 있었던 것이다.

소란을 바라보고 있노라니, 두리번거리던 셋째 진상이 나를 향해 소리쳤다.

"올리비아! 얘야, 네가 말 좀 해주거라! 이게 말이 되니?!"

"……."

하지만 타이론 대공비가 된 내가 저 상황에 낄 이유는 없었다.

나는 천천히 돌아섰다. 추모할 상황이 아니기에, 별다른 인사 없이 마차에 올라탔다. 이안도 그런 내 뒤를 이었다. 문이 닫히자마자, 나는 조용한 목소리로 말했다.

"제임스가 불쌍해요."

아까는 담담하게 그 꼴을 볼 수 있었는데, 막상 한 마디를 내뱉고 나니, 울컥했다.

"저런 사람들이 뭐라고 편을 들고, 평생 이용만 당하다가 죽었는지."

"개인의 불쌍함과 상황의 합리성은 다른 거 아니겠습니까."

이안의 목소리는 차분하게 현실을 짚었다.

"제가 파넬 공작이라면 어머니와 당신을 짝지어 첫째, 둘째 부인을 집안에서 배제했을 겁니다."

그 말에 나는 동그랗게 눈을 떴다. 이안은 조금 냉정한 미소를 지었다.

"이도 저도 판단하지 못하고, 기회가 여러 번 있었음에도 같은 과오를 반복했다면 구제할 수 없다는 뜻 아니겠습니까."

그의 커다란 손이 가볍게 내 얼굴을 쓸어내렸다.

"운이 좋아, 태어날 때부터 넉넉한 가정에서 완벽한 부모를 둘 수 있었다면 좋았겠지만, 그런 사람은 세상에 몇 되지 않습니다."

그것은 이안 자신에게도 마찬가지였다. 그도 방탕한 선대 덕분에 귀한 유년시절을 이리저리 떠돌았으니 말이다.

"자기 한 몸만 챙겨서 불행에서 탈출하는 걸, 이기적이라고 손가락질 할 수 있는 사람도 없습니다."

"……제가 자책하는 것처럼 보이나요?"

"조금쯤?"

나는 이안의 손을 마주 잡았다.

내가 지금 할 수 있는 말은 한 가지뿐이었다.

"그곳에서는 편안하게 쉬어요, 제임스."

외전

릴리아나
화이트폴

그녀를 마주친 것은 완전히 우연이었다.

장소는 오르세 왕국의 왕궁. 오랜만에 오르세에 방문하여 인사를 올리기 위해 왕궁에 입궁한 올리비아는 맞은편에서 걸어오는 여성을 보고 멈춰서고 말았다.

"어머나?"

"어머."

붉은 머리카락을 우아하게 틀어올린 여성은 활짝 피어난 장미처럼 화려한 미인이었다. 머리카락 색에 맞춘 듯, 진한 와인색 드레스를 입고 있었는데, 올리비아의 눈에는 익지 않은 드레스 양식이었다.

당연했다. 저건 제국도, 오르세의 드레스도 아니었으니까.

"오랜만입니다, 왕비님."

"……그러게요."

바로 릴리아나 화이트폴이었다.

올리비아의 인사를 떨떠름하게 받는 그녀의 얼굴에는 짙은 불쾌감이 먹물처럼 번져갔다. 그 모습을 보며 올리비아는 코끝으로 한숨을 내쉬었다.

'여전히 내게 유감인가 보네.'

그녀와 이안의 아들 길리언이 벌써 여덟 살이었다. 릴리아나가 폴카의 왕비로 시집을 가게 된 것도 8년이 지났다는 뜻이었다.

'이제는 과거의 일이 될 법도 하건만.'

실제로 올리비아는 오늘 여기서 릴리아나를 마주할 때까지 그녀에 대해서 까맣게 잊고 있었다.

하지만 상대편은 그렇지 못했던 모양이다.

'그럴 수도 있지. 모두의 마음이 다 내 맘 같은 것은 아니니.'

서운한 일을 모두 잊고 미래를 도모하는 편이 낫다는 건 누구나 알고 있지만, 사람 마음이 그렇게 되는 것은 아니지 않은가.

하물며 릴리아나처럼 자아가 비대한 사람들은.

'이제는 얽힐 일도 없으니.'

거기까지 생각한 뒤, 올리비아는 릴리아나의 생각을 완전히 머릿속에서 몰아냈다. 릴리아나 말고도 그녀가 생각해야 하는 일들은 오르세에 잔뜩 있었다.

니코 왕자의 일로 왕비와 잠시 데면데면했던 올리비아였지만, 그 후에는 다시 두 사람의 관계가 돈독해졌다.

올리비아가 그녀에게 정기적으로 선물하는 제국의 유행상품들이 큰 효과를 발휘했기 때문이다.

"호호호, 덕분에 이번 티파티 때에는 마들렌 부인의 코를 꽉 눌러줄 수 있었다오."

"도움이 되었다니 다행입니다."

두 사람은 화기애애하게 담소를 나누었다.

왕비 입장에서는 사교계 유행을 선도할 수 있는 상품들을 가져다주는 올리비아가 기꺼웠고, 올리비아 입장에서는 왕비가 무료로 생제르망 상회의 물건들을 홍보해주니 이득이었다.

"그래서."

오르세 왕비가 올리비아를 우아한 시선으로 응시했다.

"타이론 대공자는 오르세 국적도 함께 가지게 되었다고?"

"오르세는 제 고향인걸요. 당연한 일입니다."

사실 이렇게 부드럽게 대답하기에는 그 과정이 썩 순탄하지는 않았다.

'사실상 거의 돈으로 산 것이나 다름없지.'

국적을 가졌을 경우, 외국인인 경우보다 상속세에서 이득을 보기 때문에 오르세 쪽에서는 치열하게 국적을 부여해주지 않으려고 버텼다.

하지만 추후 사업을 물려받기 위해서는 이중국적은 필수!

'어휴, 케닌이 수완을 발휘해서 다행이지.'

올리비아는 케넌을 떠올리며 작게 한숨을 내쉬었다. 오르세에 머무는 케넌은 다른 의미로 한숨이 나오게 하는 재주가 있었다.

올리비아가 딴생각을 하고 있자니, 왕비가 훅 치고 들어왔다.

"아예 오르세에서 신붓감을 구하는 건 어떤가?"

"아."

올리비아는 얼굴이 굳어질 뻔한 것을 가까스로 멈췄다. 그리고 온화한 미소를 지으며 물었다.

"소개해주고 싶으신 괜찮은 영애가 있나요?"

"신붓감이야 많지 않은가. 이 왕실에도 비슷한 또래의 영애들이 얼마나 많은데."

"……."

요컨대 가지고 있는 부가 탐이 나서 다시 왕실 식구로 대공비를 넣어 오르세로 가져올 심산인 것이다.

'우리 길리언이 그렇게 호락호락하지 않을 텐데.'

여덟 살이지만 아버지를 꼭 닮은 잔망스러운 소년을 떠올리며 올리비아는 슬그머니 미소를 지었다.

"아직 길리언은 여덟 살인걸요. 천천히 찾아보려고 합니다. 물론, 알려주신다면 적극 검토는 미리 해보도록 하지요."

"여덟 살이면 약혼자를 찾기에는 충분하지 않소. 나도 왕가의 여인이 된 것이 열네 살 때라오."

'그건 범죄지!'

결혼연령에서 성년을 중요시하는 제국과 달리, 오르세는 조혼이 유행이었다. 물론 제국 출신인 올리비아에게는 꺼림칙할 수밖에 없었다.

'그리고 우리 아들은 진정 사랑하는 사람과 결혼할 거라고!'

이미 태어날 때부터 많은 것을 가진 길리언에게는 딱 하나 사랑만이 부족했다. 올리비아는 진심으로 그를 이해하고 응원해줄 수 있는 배우자를 길리언이 만날 수 있기를 바랐다.

'내가 이안을 만난 것처럼.'

그런 생각을 하며 진심으로 미소 지었을 때였다. 시녀가 들어와서는 고개를 조아렸다.

"전하, 폴카의 왕비님께서 방문하셨습니다."

"아아, 오셨습니까."

그 소리에 올리비아는 자리에서 일어났다. 시녀의 안내를 받아서 사뿐사뿐 걸어들어오던 릴리아나가 올리비아를 보고 굳어졌다.

"아."

"안녕하세요, 왕비님."

올리비아는 얼른 릴리아나에게 정중하게 인사를 올렸다. 릴리아나가 굳어진 얼굴로 그런 올리비아를 바라보고 있을 때였다. 오르세의 왕비가 환하게 웃으면서 말했다.

"대공비와 왕비가 동년배에 동향 사람이라고 들었습니다. 서로 이야깃거리가 많을 것 같아서 함께할 기회를 마련했답니다."

"……그러셨군요."

남들이 보기에는 당연히 그럴 법했다. 동향 사람인 데다가, 나이대도 비슷하니까.

하지만 실상 둘의 관계는 좋지 못했다.

'그래도 표정 관리를 저렇게 못해서야.'

올리비아는 여전히 굳어 있는 릴리아나의 얼굴을 보며 속으로 한숨을 내쉬었다.

자리에 앉으니 릴리아나 몫의 차가 세팅되었다. 릴리아나가 손가락 하나 대지 않고 가만히 앉아 있으니, 오르세 왕비가 먼저 말문을 떠냈다.

"그러고 보니 근래에 득녀하셨지요?"

"네, 둘째 아이랍니다."

폴카로 시집간 것이 몇 해인가. 충분히 아이 둘을 낳을 수 있는 기간이었다. 오르세 왕비는 눈을 곱게 휘며 웃었다.

"딸 둘이라니 국왕께서 몹시 예뻐하시겠습니다."

그런데 대답이 영 새침했다.

"그래봤자 딸인걸요."

왕위 계승에 잡음이 있음을 팍팍 알리는 듯한 대답이었다. 여자 황제가 다스리는 제국을 떠올린 오르세 왕비는 릴리아나의 가시 돋친 대답에 조금 당황했다.

그때, 릴리아나의 시선이 올리비아를 향했다.

"……그러는 대공비께서는 아들 하나만 있으시던가요?"

"그렇답니다."

화살이 자신을 향하는 것을 눈치챈 올리비아가 온화한 어조로 대답했다. 그러자 오르세 왕비가 환하게 웃으며 덧붙였다.

"대공자가 대공을 닮아 얼마나 잘생겼는지 모른답니다. 벌써 장래가 기대된다고 할까요."

"……."

아들이 이안을 닮았다는 소리는 릴리아나에게는 썩 달갑지 않은 소식이었다. 그녀는 떨떠름한 표정을 감추기 위해 찻잔을 들었다.

이후 이야기는 지루하게 흘렀다. 유행 이야기, 사교계에서의 고달픔, 바람직한 왕비의 자세 등등.

그러다가 오르세 왕비가 릴리아나의 미모를 칭찬했다.

"아이를 둘이나 낳으셨는데도 어쩜 이리 고우신지."

그 말에 릴리아나는 고개를 들고 우쭐거렸다.

"저는 다산 체질이라고 모두 감탄했답니다. 둘째도 한 시간 만에 태어났지요."

"어머나."

초산이 아니라고 해도 한 시간 만에 순산했다니 부러운 이야기였다. 올리비아가 시큰둥하게 이야기를 듣고 있자니 다시 화살이 그녀를 향했다.

"타이론 대공께서는 외로움이 많으시니, 많은 자녀를 낳아드려야 할 텐데."

웃으면서 하고 있지만 번뜩이는 시선에서 속내를 감출 수가 없었다.

'너 말고 내가 타이론 대공비가 되었다면 이안도 더 행복했을 거야.'

그렇게 말하는 시선이었다.

올리비아는 담담히 그 눈빛을 받아넘기며 해사하게 웃었다.

"그이는 무척 행복하답니다. 저도 마찬가지고요."

"상냥한 분이시니 말씀이야 그렇게 하시지 않겠습니까."

"상냥하지만 빈말은 하지 않는 사람이랍니다. 왕비님께서 더 잘 알고 계실 테죠."

"……."

올리비아의 말이 정확한지라, 릴리아나는 입술을 비틀면서도 입을 다물 수밖에 없었다. 오르세 왕비가 조금 놀랍다는 듯이 되물었다.

"타이론 대공을 잘 아십니까?"

"예. 오누이와 다름없는 사이였거든요."

그 이후 릴리아나는 이안과 얼마나 친한 사이였는지를 늘어놓았다. 차를 호로록 마시며 올리비아는 한숨을 함께 삼켰다.

'아직도 미련이 남나 보구나.'

씁쓸한 이야기였다.

❖ ❖ ❖

"타이론 대공비."

그렇게 티타임을 파하고 돌아서는데, 릴리아나가 복도에서 올리비아를 불렀다. 올리비아는 무슨 일이냐는 듯이 멈춰 섰다.

릴리아나는 아까보다도 훨씬 사나운 얼굴로 올리비아에게 따졌다.

"내 것을 빼앗고 살고 있으니 행복한가?"

"……당신 것이라뇨?"

"그대의 지위, 그대의 남편, 아들까지 모두 내 것이었을 텐데, 그대가 빼앗은 것 아닌가."

"하."

어이가 없으니 웃음이 나왔다. 어지간히 말이 되는 소리를 지껄여야지.

'아직도 그런 망상 속에 사나.'

미련이 남는 거야 어쩔 수 없지만, 현실을 왜곡하는 건 또 다른 문제였다. 올리비아는 날카로운 어조로 그 부분을 지적했다.

"제가 없어지면 이 자리가 당신의 것이 되나요?"

질투도 정도껏이지, 그 이상은 정말 말도 안 되는 소리였다. 하지만 릴리아나는 어린아이처럼 고개를 흔들었다.

"이안은 날 사랑해."

"그건 당신의 망상이죠. 나를 만나지 못했다면 이안은 평생 혼자 살았을 거예요."

이미 한 번 거쳤던 미래이기에, 올리비아는 더 힘을 주어 말할 수 있었다.

"아직도 모르겠어요? 세상의 중심이 당신이 아니고, 당신이 주인공이 될 수도 없다는걸요."

누구나 10대에 깨달아야 하는 진리를, 릴리아나는 아직도 깨닫지 못하고 있었다. 그녀는 올리비아의 말에 발을 구르며 화를 냈다.

"난 달라. 난 특별해. 나는 왕자님의 영원한 사랑을 받을 자격이 있단 말이야."

그 말이 올리비아에게는 더더욱 우스웠다. 동화 속 왕자의 사랑을 꿈꿨다고?

"그래서 왕비가 되셨잖아요?"

그래서 그 왕자와 결혼하여 왕비가 된 것 아닌가.

시큰둥해하는 올리비아의 대답에 릴리아나는 신경질적으로 대답했다.

"뭐가? 그 배불뚝이에 여색만 밝히는 뚱뚱한 남자? 그게 왕자님이라고 할 수 있나?"

"당신이 희망했던 자리였어요."

"이런 자리인 줄 알았다면 희망하지 않았을 거야! 모두 나를 속였어! 당신은 내 것을 빼앗았고."

"……더 이상 말하는 의미가 없군요."

말귀가 통하는 사람이어야 이야기를 하지. 올리비아는 머리카락을 쓸어넘겼다. 릴리아나가 당장이라도 그 머리카락을 뜯고 싶다는 표정으로 올리비아를 노려보며 말했다.

"아무 보잘것없는 당신 같은 여자가 가질 수 있는 자리가 아니야. 다시 내게 돌려줘."

"당신 말이 맞아요. 이 세상에서 나는 그저 하늘을 가로지르는 작은 별 중 하나에 불과하겠죠."

올리비아는 릴리아나의 말에 고개를 끄덕였다. 그리고 곧은 시선으로 그녀를 바라보며 덧붙였다.

"하지만 제발 이제는 깨달아요. 당신은 태양이 아니에요."

"뭐? 이, 이 여자가! 너! 내가 누군 줄 알아?"

그러거나 말거나.

올리비아는 악을 쓰는 릴리아나를 등 뒤에 내버려두고 휙 돌아섰다.

'저 여자가 저리 마음먹고 지옥 같은 인생을 살든, 말든.'

그녀와 상관없는 일이었다.

올리비아는 자신의 인생을 걸어갔다.

외전

애니
플로렌스

"영애께서 약품 분석의 대가라고 들었습니다."

"네?"

연구실에서 흰 가운을 입고 열심히 약초를 분류하고 있던 애니는 멍하니 고개를 들었다. 건장한 체격에 걸쳐진 의복이 바로 눈에 들어왔다.

'수도방위국.'

수도의 치안을 담당하는 수도방위국의 제복이었다. 애니는 살짝 고개를 기울였다.

"제가 도움 드릴 일이 있을까요?"

"물론입니다. 그렇지 않으시다면 찾아왔을 리가 없지요."

남자는 살가운 미소를 지으며 말을 이었다.

"최근 수도에 신종 약물이 퍼져 있는데, 그 성분분석을 의뢰하고 싶습니다."

"그렇군요."

애니는 느릿하게 고개를 끄덕였다. 앳된 얼굴을 보는 사내의
얼굴에도 이채가 어렸다.

'소문과 많이 다르군.'

애니 플로렌스, 22세. 아카데미 연구원. 약초학부 교수 카밀의
수제자.

'연구에 푹 빠져서 연구실 밖으로는 한 걸음도 나오지 않는 답
답한 여자라고 들었는데.'

그의 앞에 선 여자는 예쁘장한 편이었다. 여러모로 소문의 음
침한 연구자와는 다른 이미지였다.

✤ ✤ ✤

아카데미 연구실에 들어간 애니는 그 뒤로 그야말로 눈부신
성과를 수십 가지나 내었다.

근육통에 효과가 있는 연고 개발, 부작용이 적은 감기약 개발,
통증제 개발 등등.

하지만 젊은 여자가 놀라운 재능을 가지고 있다는 건 위험하
다는 뜻이나 다름없었다. 애니도 몇 번이나 업적을 가로채일 뻔
했다.

그녀의 언니가 올리비아 타이론 대공비가 아니었다면.

"이렇게 어린아이의 연구물을 가로채다니! 부끄러운 줄 알 게나!"

감기약을 만들 때, 그녀의 담당교수는 그녀의 보고서로 먼저 특허를 내고 판매를 하려고 했다. 하지만 그 과정에서 보고서의 필체가 애니의 것이라는 사실이 들통났다. 감기약 유통사가 생제르망이라 다행이었다.

물론 그 과정에서 애니의 연구물을 도둑질한 사람들은 반성하지 않았다.

"너는 가장의 어려움을 몰라. 나는 책임질 가족이 있다고."

"너는 젊고 앞날이 창창하잖니! 나중에 새로운 연구물을 내면 되잖아! 너 혼자 명성을 독식할 셈이니?"

"가족도 없는 계집애를 거두어줬더니 고마운 줄도 모르고!"

어쩜 이렇게 레퍼토리들도 똑같은지, 어디 학원에서 배워오나 싶을 정도였다.

물론, 올리비아는 가차 없었다. 도둑질에 마음대로 변명을 가져다 붙이는 이들을 차가운 눈으로 훑어본 그녀는, 아카데미 학장에게 이렇게 말했다.

"설마 아카데미의 교수들이 다 이런 식인가요? 그렇다면 후원의 가치가 없어 보이는군요."

"그, 그럴 리가 있습니까!"

타이론에서 상당한 양의 후원금을 받는 아카데미 학장 입장에서는 말도 안 되는 소리였다.

그는 펄떡펄떡 뛰며 곧장 아카데미 약초학과 교수진 교체를 단행했다.

그래서 정교수가 된 인물이 바로 애니의 스승인 카밀 교수였다. 그녀는 사내 정치에서 밀려서 전임강사를 벗어나지 못하고 있었으나, 청렴함과 성과를 인정받아 정교수로 바로 임명되었다.

사회의 정의구현이었지만, 애니는 마냥 웃을 수 없었다. 자신이 가진 힘을 알게 되었기 때문이다.

'남들이 힘들게 기어올라간 것을 끌어내릴 수 있는 힘.'

자신의 연구실적을 훔친 도둑놈들은 감싸줄 필요도 없는 쓰레기들이었지만, 그들이 한순간에 사라지는 것 또한 애니에게는 비슷한 공포심을 주었다.

그 힘은 그녀의 것이 아니라 올리비아에게서 나오는 것이었으니까.

'그러니까 나는 말조심을 해야 해.'

애니가 자연스럽게 연구실에 처박히게 된 이유도 그것이었다.

❖ ❖ ❖

하지만 실적이 쌓이고 명성이 올라가다 보니 자연스럽게 의뢰도 오기 시작했다.

"저는 근위대의 부단장 칼츠라고 합니다. 반갑습니다, 플로렌스 영애."

"선생님이라고 부르세요. 만나 뵙게 되어 영광입니다."

"알겠습니다, 플로렌스 선생님."

근위대 부단장 칼츠는 일단 애니의 첫인상이 나쁘지 않다고 생각했다. 사실 예상했던 것보다 젊은 여자가 와서 당혹스럽기까지 했다.

'이렇게 젊은데 잘 찾아낼 수 있을까?'

실력은 나이와 비례하지 않건만, 어리석게도 그런 생각까지 들었다. 그 정도로 애니는 한창때였다.

희고 고운 얼굴에 크게 뜨여진 눈은 별처럼 빛이 났고, 높게 묶은 머리카락은 풍성하게 퍼지는 곱슬머리였다.

"……젊으시군요."

결국 칼츠는 참지 못하고 그 말을 내뱉고 말았다. 눈을 동그랗게 뜬 애니는 이내 배시시 웃었다.

"유능하다는 뜻이겠죠. 감사합니다."

"……네."

그런 뜻은 아니었지만. 말하면 말할수록 수렁에 빠지는 것 같아서 칼츠는 입을 다물었다. 그을린 그의 뺨이 살짝 붉어졌다.

"설명해주시겠어요?"

"이게 신종 유행하는 약입니다."

칼츠 경은 주머니에서 작은 봉투를 꺼냈다. 봉투 안에는 설탕

입자 같은 작은 알갱이들이 굴러다녔다. 조심히 그것을 살펴보고 손짓으로 냄새를 맡아본 애니가 입술을 살짝 깨물었다.

"희미한 박하 향이 나네요?"

바람이 불거나 향이 진한 음식과 섞여 있으면 느끼지 못할 정도로 희미한 향이 가루에서 풍겼다.

애니의 말에 칼츠 경은 큰 소리로 반문했다.

"뭐라고요?!"

"희미한 박하 향이 난다고요."

"그걸 아시겠습니까?"

"아니까 대답한 거겠죠?"

애니는 고개를 갸웃했다. 칼츠 경은 굵은 손바닥으로 자신의 얼굴을 덮었다가 한숨을 길게 내쉬었다.

"지금 수사가 지지부진한 것은 그것이 무색무취이기 때문입니다. 그것을 흡입하는 현장을 급습해도 증거 확보가 쉽지 않습니다. 보시다시피 설탕과 완전히 비슷해서요."

"아아."

애니는 고개를 끄덕였다. 어떤 상황인지는 알 것 같았다.

'보통 술을 마시다가 약을 흡입하니까. 술기운에 비틀댄다고 말하고 도망치기도 하고 그렇겠지.'

그리고 실제로 그렇게 잘못 잡혀들어온 사람들도 많으리라. 그렇지 않고서야 저 남자가 갑자기 박하 향을 맡는 애니에게 격하게 반응할 리가 없었다.

'내가 후각이 예민한 편이라고는 들었지만.'

애니는 카밀 교수의 극찬을 떠올리며 검지로 뺨을 긁적였다. 개가 된 것 같아서 미묘한 감정이 들었다.

칼츠 경은 당장 애니의 손을 붙들고 매달렸다.

"영애, 이번 작전에 영애의 도움이 필요합니다!"

"선생님이라고 부르래도요."

"도와만 주신다면 선생님이 아니라 스승님이라고도 부를 수 있습니다."

"제가 부단장님의 스승이 되어서 뭐하게요."

"그렇게 말씀하시지 말고요!"

자기가 논리적이지 않은 말을 하면서 뭘 말하지 말라는 건가. 애니는 시큰둥하게 콧방귀를 끼었다. 그러자 칼츠 경이 애걸복걸을 했다.

"저 약 때문에 심장마비로 죽은 사람이 지난주 몇 명인지 아십니까? 저 약을 사기 위해 돈을 훔치는 사람들은 어떻고요! 제발 도와주십시오, 선생님!"

"거참."

저렇게까지 말을 하는데 모르는 척하자니 양심이 콕콕 쑤셨다. 애니는 한숨을 내쉬었다.

"일단 손을 풀고 이야기해요, 우리."

"해주신다고 할 때까지 절대로 놓지 않을 겁니다."

"그럼 저는 치한을 만났다고 신고해야겠네요."

"……네."

현실적인 말에 칼츠 경은 바로 손을 놓았다. 애니는 팔짱을 끼고 피식 웃었다.

"도와드릴 의향은 있어요. 하지만 그 전에 이야기해야 하는 것들이 있지요."

"뭡니까? 작전은 선생님이 계시다면 일주일이면 종결되지 않겠습니까! 사내놈들밖에 없는 근위대지만 선생님의 편의를 위해서 시설보수도……."

"그런 거 말고요."

애니는 고개를 가로저었다. 그리고 싱긋 웃으며 말했다.

"보수는 어떻게 되나요?"

스물두 살의 애니는 손해를 보지 않았다.

❖ ❖ ❖

'사람이 마땅한 보수를 받는 것이 당연하지.'

애니는 속으로 그렇게 생각하면서 살짝 한숨을 내쉬었다.

'하여간 다들 공짜로 인력을 굴리려고만 해서.'

그녀가 이런 생각을 하게 된 것은 아까 칼츠 경이 이렇게 말했기 때문이다.

"언니가 타이론 대공비인데 따로 보수가 필요하십니까? 이미 부도 명예도 충분하실 텐데요."

'언니 돈은 언니 돈이고, 내 돈은 내 돈이지.'

애니는 속으로 그렇게 생각했다. 올리비아는 동생이 마냥 귀엽고 사랑스러워서 뭐든 해주지 못해서 안달이었지만, 그래도 안 되는 것은 안 되는 것이었다.

'그렇게 다 받아주다 보면 버릇이 나빠진다고.'

이미 올리비아에게 받은 것들이 충분했다. 이 이상 애니는 언니의 신세를 지고 싶지 않았다.

'곧 있으면 독립할 수 있을 거야.'

연구원으로 일하면서 번 돈은 차곡차곡 저축하고 있었다. 이제 조금 있으면 수도에 아담한 주택 하나 꾸려나갈 정도는 되었다.

'그렇게 우리 힘으로 설 수 있을 때가 되면…….'

애니는 작게 웃었다.

'어쨌든 보수는 넉넉하게 챙겨준다고 했으니 일을 해보실까!'

또박또박 따지고 드는 애니에게 쓸려간 칼츠 경은 상당한 금액의 성공보수를 약속했다. 애니는 얇은 장갑을 끼고 칼츠 경이 건네고 간 약 봉투를 집어 들었다.

'그럼 일단 성분 분석부터 해볼까!'

일반인은 거의 느낄 수 없는 무색무취의 약이라니 가슴이 뛰었다. 애니는 콧노래를 부르며 자신의 연구실로 들어갔다.

❖ ❖ ❖

약의 이름은 'Noname'이었다. 무색무취의 특성 때문에 그런 이름이 붙었다.

"하지만 검사 키트를 만드는 게 불가능하지는 않았어요. 애초에 멘톨 성분이 들어 있는걸요. 제 후각이 맞았던 거죠."

으쓱거리는 애니를 보고 칼츠 경은 입을 떡 벌렸다. 그냥 약쟁이들을 잡는 것을 도와달라고 불렀는데 아예 검사 키트를 만들어 올 줄은 몰랐다.

"그, 그게 무슨 원리입니까? 정확합니까?"

"설명해도 모르실 텐데."

"무시하지 말아주십시오!"

그렇게 외친 칼츠 경은 정확히 1분 만에 바로 포기를 외쳤다.

'역시 전문가의 영역은 전문가에게 맡겨야 해.'

대단히 훌륭한 교훈만 얻고 말이다. 애니는 어깨를 으쓱했다.

"그러니까 급습해서 거기 참가자들에게 이 검사 키트로 검사만 하면 될 일이에요. 저는 그럼 이만."

"잠깐만요! 잠깐만요! 그렇게 가시면 어떻게 합니까."

"네? 여기서 뭘 더 해드려야 하지요?"

칼츠 경은 우물쭈물거렸다. 여기에는 두 가지 이유가 있었다. 검사 키트를 잘 이해하지 못해서, 그리고 검사 키트의 신뢰성이 의심되어서.

"당신도 실제로 검사 키트를 실험해본 것은 아니지 않습니까. 첫 번째 투입 작전 때 함께해주십시오. 그때 성능이 확실하다면 두 번째에는 귀찮게 하지 않겠습니다."

"흐음."

애니는 턱을 문질렀다. 그녀가 만든 제품에 대한 의심을 가지는 사람들은 이전에도 많았다.

딱히 칼츠 경이 뭘 몰라서는 아니었다.

저명한 인사들은 그들대로 애니가 남들은 반년 넘게 걸리는 검사 키트를 뚝딱 만들어내는 걸 보고 의심을 가졌으니까.

"뭐, 좋아요. 도와드리기로 약속했으니까요."

애니는 선선히 고개를 끄덕였다.

칼츠 경과 그렇게 약속을 했지만, 사실 그 뒤로 애니는 자신의 시간을 보냈다. 딱히 연락이 없었기 때문이다.

'어쩌면 무작정 부탁만 했지, 어떻게 내게 도움을 청할지까지 생각하지 못한 것일 수도 있지.'

세상 모든 사람들이 자신처럼 합리적일 수 없다는 사실을 인정하고 있다는 점에서 애니는 나이보다 인격적으로 성숙해 있었다.

'그런 것에 일일이 예민하게 굴 수도 없는 거고.'

그리고 칼츠 경이 의뢰한 일이 아니더라도 애니는 충분히 일이 많았다.

"선생님, 배합표 좀 살펴주세요."

"처방 좀 검토해주세요."

애니의 도움을 구하는 사람들은 많았다. 애니는 정신없이 연구실 안을 오갔다.

그렇게 흐른 시간이 2주.

칼츠 경이 불쑥 찾아온 것은 애니가 오랜만에 기숙사가 아니라 타이론 대공저로 퇴근하려던 바로 그때였다.

"오랜만입니다, 선생님."

"……아, 예."

"달갑지 않으신 건 알지만 너무 티 내지 말아 주시죠. 저도 마음에 상처를 입는답니다."

"오시기 전에 편지 한 통만 보내셨다면 이런 시선을 마주할 일도 없으셨을 거예요."

칼츠 경의 우는소리에, 애니는 나긋나긋한 목소리로 날카롭게 돌려 깠다. 더 이상 말해봤자 자신이 이득 볼 것이 없다는 사실을 깨달은 칼츠 경이 어색한 미소를 지었다.

"모시러 왔습니다. 드디어 잠입작전을 해야 해서요."

"잠입작전? 그런 걸 민간인인 저를 시키려고요?"

"물론, 선생님의 안전은 저희가 보장합니다. 최고의 기사들이 따라갈 것입니다."

"흐음."

애니는 신경질적으로 머리카락을 쓸어넘겼다. 그녀의 짜증은 두 가지 이유에서 났다.

첫째, 칼츠 경은 말만 번지르르하지 전혀 구체적이지 않고 실용적이지도 않았기 때문에.

둘째, 올리비아와 길리언이 자신을 기다리고 있기 때문에.

'진짜 오랜만에 타이론가로 가는 건데, 하필 오늘이람.'

평소에는 연구 때문에 바빠서 기숙사 생활인지라, 언니라고 해도 올리비아의 얼굴을 보기가 힘들었다. 형부를 꼭 닮은 사랑스러운 조카는 또 어떻고!

'이번에야말로 길리언의 볼을 쭉쭉 늘려보려고 했는데.'

저 남자의 갑작스러운 행동으로 인해 할 수 없게 된 일들을 하나하나 떠올린 애니는 입술을 비틀었다.

"당신의 막무가내 행동으로 조건이 조금 바뀌었어요."

"네?"

칼츠 경은 애니의 말에 멍한 표정을 지었다. 애니가 무언가를 요구할 줄 몰랐다는 표정이 더더욱 애니의 속을 꼬이게 했다.

'내 잘못이 아니니 당연히 그쪽에서 책임을 져야지.'

애니는 거두절미하게 딱 잘라 말했다.

"제 담당교수님인 카밀 교수님 앞으로 저의 도움을 일주일간 필요로 하니 공가 처리해달라는 공문을 발송해주시죠."

"그건……."

애니의 말에 칼츠 경의 얼굴에 난처한 표정이 바로 떠올랐다. 애니는 그가 뭐라고 웅얼대기 전에 얼른 덧붙였다.

"그리고 타이론 대공비 전하께 제가 오늘 방문할 수 없으니 내일 방문하겠다는 편지도요."

"알겠습니다."

칼츠 경은 바로 고개를 끄덕였다. 애니는 속으로 냉소했다.

'얄팍하긴.'

일주일의 공가를 근위대 공문으로 내게 되면 애니의 임금도 근위대가 지불해야 할 명목이 생긴다. 그래서 공문을 보내달라는 요구에는 망설였으나, 타이론 대공비의 이름이 나오자 바로 고개를 끄덕인 것이다.

'괜히 타이론 대공의 미움을 사서 추궁이라도 당하면 피곤해

지니까 그렇겠지.'

조금 더 권력을 휘두를 수도 있었지만, 애니는 참았다. 올리비아는 애니에게는 한없이 부모처럼 너그러운 구석이 있어서, 애니가 스스로 선을 긋지 않으면 한도 끝도 없을 터였다.

'그렇게 언니를 구설에 오르게 할 수는 없지.'

거기까지 생각한 애니는, 칼츠 경이 타이론 대공저로 편지를 보내는 것까지 지켜본 뒤에 그가 타고 온 마차에 몸을 실었다.

마차 안에서 그는 넓은 지도 한 장을 펼쳐 보였다.

"믿을 만한 제보에 의하면, 오늘 파티가 벌어지는 곳은 이곳입니다."

검을 잡느라 딱딱하게 갈라진 손가락이 지도 한구석을 가리켰다. 그곳을 본 애니의 얼굴이 흐려졌다.

"여긴……."

애니는 저도 모르게 쯧, 혀를 차고 말았다.

'플로렌스 저택.'

바로 애니의 큰 오빠, 빌리 플로렌스의 저택이었다.

❖ ❖ ❖

플로렌스 자작이 이안 타이론 대공에 의해서 대공가로 끌려가서 강제노역에 시달리고 있을 때.

수도의 플로렌스 저택을 재빠르게 차지한 사람이 있었으니, 올리비아보다도 나이가 많은 플로렌스 자작의 장남, 빌리 플로렌스였다.

'상속이라고 하지만 강탈이나 다름없었지.'

그리고 그 무렵, 올리비아는 애니를 지키는 것에만 혈안이 되어서, 빌리가 이 저택을 차지하는 것을 내버려 두었다.

"배가 부른 들짐승은 사람을 공격하지 않는단다. 차라리 오라버니 같은 개차반 인성은 배를 적당히 불려주는 게 나아."

애니는 어린 나이였지만, 올리비아의 말이 옳다고 생각했다. 그녀는 성년이 아니었고, 부계혈통 중심인 이 나라에서 빌리가 애니의 신변에 대해 자신의 권리를 주장하기 시작하면 막을 수가 없었다.

'돈이 없었으면 날 팔아먹겠다고 하고도 남을 사람이었고.'

큰오빠의 됨됨이를 회상하며 애니는 꼬고 있던 다리를 반대 방향으로 바꾸었다.

'어색해.'

발을 까딱하니, 평소에는 신지 않는 검은 구두가 눈에 들어왔다. 가느다란 발목 덕분에 아찔한 느낌이 났다.

'다시 만나러 가고 싶지 않은데.'

막상 작전을 듣고 나니, 그래도 혈연인데 하는 마음이 뭉클 피어났다.

'오빠와 관련이 있는지 없는지를 알고 싶어.'

애니는 빌리가 약에 찌들어서 개짓거리를 하고 산다고 해도 이상하지 않다고 생각했다. 그런 사람이었다.

하지만 문제는 그가 가족이라는 점이다.

'좋아. 한번 이야기나 들어보자.'

마음은 그렇게 먹었지만, 플로렌스 저택을 두드리는 애니의 복장은 평소와 확연히 달랐다. 딱 달라붙는 검은색 슬렉스에 안경까지 썼다.

일부러 딱딱해 보이기 위해서였다. 은연중에 빌리가 자신을 얕잡아보고 위해를 가할 수도 있다고 생각한다는 반증이기도 했다. 마음을 여러 번 다시 다잡은 애니는 플로렌스 가문의 정문에 섰다. 운이 좋다고 해야 할까. 마침 막 외출을 나가려는 듯 나오던 마차가 멈췄다.

문을 열고 나온 남자는 바로 애니가 만나러 온 빌리였다.

"……애니?"

그래도 혈육이라고 한 번에 알아보았다. 애니는 억지로 입꼬리를 끌어 올렸다.

"오랜만이네, 오빠."

마차에서 빌리가 풀쩍 뛰어내렸다. 그리고는 애니의 앞에 섰다. 장갑이 끼워진 손가락이 애니의 턱을 쓱 문질렀다.

"안 죽고 살아 있었니? 이야, 얼굴도 많이 곱상해졌네?"

온몸에 개미가 지나가는 것만 같았다. 애니는 저도 모르게 얼굴을 찌푸리며 빌리의 손가락을 쳐냈다.

"만지지 마."

"이 건방진 게!"

사람과 사람의 관계에서 불필요한 접촉이 싫을 수도 있지, 어째서 그 거부가 건방짐이 된단 말인가.

'날 무시하는 건 여전하네.'

여자를 물건처럼 대하는 부친에게서 무얼 배웠겠는가. 애니는 마음 한구석이 싸늘하게 식는 것을 느꼈다.

빌리는 쓰고 있던 모자를 고쳐 쓰며 빈정거리듯 물었다.

"그래서 여긴 무슨 일이야?"

"오늘 여기 파티가 있다고 들어서 왔어."

"파티? 그 말을 어디서 들었어?"

애니의 말에 빌리는 대번에 얼굴을 구겼다. 애니는 속으로 생각했다.

'바보. 부정부터 해야지.'

이미 자신도 연루되어 있다는 걸 미리 깔고 대답하는 바보가 어디 있단 말인가.

'큰 범죄자가 되기에는 이미 글렀네.'

오기 전까지만 해도 그녀의 마음을 수선스럽게 만들던 큰오빠였으나, 오히려 마주하고 있으니 마음이 가라앉는 기분이었다. 애니는 시큰둥하게 대답했다.

"어디긴 어디겠어. 나도 약은 잘 알거든? 아카데미에서 약을 하려면 다 나를 거쳐야 해."

'직업이 약초 연구원이니까.'

뭐, 거짓말은 아닌 셈이다.

"아하."

애니의 허술한 변명에 빌리는 손뼉을 쳤다. 그리고는 불쑥 애니와 눈을 맞추며 씨익 웃었다.

"아버지가 사라지실 때 너도 없어졌길래, 아버지가 어디다 팔아치운 줄 알았더니 그런 곳에서 구르고 있었어?"

"맘대로 생각해."

도대체 무슨 추악한 망상을 하는 건지. 애니는 고개를 돌려서 시선을 피했다.

'내가 없어졌다니. 올리비아 언니랑 뻔히 같이 지냈는데.'

얼마나 관심이 없었으면 하나뿐인 동생이 큰언니를 따라갔다는 사실도 모를까.

'심지어 팔아치웠다고 생각했다니.'

한번 찾아보지도 않은 현실에 애니는 조금 상처받았다.

그녀는 그런 자신의 나약한 마음을 들키고 싶지 않아서, 조금 더 차가운 어조로 물었다.

"그래서 그 약은?"

"무슨 약?"

이제 와 시치미를 떼는 모습이 웃겼다. 애니는 냉소적으로 웃었다.

"내가 왜 몇 년 만에 오빠 앞에 내 모습을 드러냈겠어? 오늘 여기에 그 약이 나온다는 말을 듣지 않았으면 오지도 않았을걸."

"애니."

그런데 너무 나갔던 걸까. 애니의 말에 빌리의 얼굴이 와락 구겨졌다. 그가 애니의 멱살이라도 잡을 듯 가까이 다가와서는 물었다.

"너 진짜 어디서 이야기를 들었어?"

"그게 뭐? 이미 수도의 약쟁이들 사이로는 암암리에 소문이 돌았거든? 그거, 냄새도 안 나서 잡히더라도 나만 시치미 떼면 그만이라며?"

솔직히 소문이 도는지 안 도는지는 모르지만…… 어차피 근위대가 나섰을 때는 세상 사람들 다 아는 상황일 공산이 컸다. 애니는 뻔뻔하게 대답했다.

"내가 그거 구해온다고 윗선에 큰소리 탕탕 쳤단 말이야. 그러니까 좀 알려줘."

"윗선……?"

애니를 당장이라도 패대기칠 것같이 사나운 표정을 짓고 있던 빌리가 돌연 멈춰 섰다. 애니가 영문을 몰라 눈을 깜빡거리니, 빌리가 조심스러운 어조로 속삭였다.

"너 유통도 해?"

아하. 바라는 게 이쪽이었나. 애니는 부러 으스대었다.

"그럼? 대체 내가 뭐하러 온 줄 아는 거야?"

"네 보스는 커?"

"그 물건을 원하는 사람을 말하는 거라면……."

애니는 손톱을 들여다보며 느릿한 어조로 대답했다.

"이 나라에서 제일 클걸."

근위대의 가장 높은 사람이 황제이니 엄연히 거짓말도 아니었다. 애니의 말에 빌리는 잠시 침묵했다. 머리를 부산스럽게 굴리는 것이 마주 보고 있는 사람에게도 확연히 보여서 부담스러울 정도였다.

"애니, 이리 와봐."

"왜?"

생각 정리가 끝났는지, 빌리는 애니가 하품을 슬슬 할 때쯤이 되어서야 그녀의 손목을 구석으로 잡아끌었다.

그리고는 눈을 가늘게 뜨고 애니를 바라보았다.

"너 확실해? 진짜야? 지금 한 말 모두 책임질 수 있어?"

"뭔데? 오빠부터 제대로 설명해."

애니는 오히려 더 고개를 빌리 쪽으로 내밀며 단호한 어조로 대답했다.

"내가 다리를 놓아주는 건, 오빠가 제대로 물건을 가지고 있다는 확신을 가진 다음이니까."

"사실……."

애니가 강하게 나서자, 빌리는 오히려 움츠러들었다. 잠시 망설이던 그는 조심스럽게 애니에게 속삭였다.

"이 약을 만든 건 아버지야."

"뭐?"

뜻밖의 이야기에 애니는 눈을 휘둥그레 떴다.

'아버지가?'

애니가 알고 있는 플로렌스 자작은 전문적인 지식을 가지고 있는 사람이 아니었다. 그런데 그의 이름이 나오니 어이가 없을 수밖에 없었다.

빌리는 애니가 그의 말을 믿지 않는다는 걸 눈치챘는지 조금 더 덧붙였다.

"아버지가 제약사업을 하다가 말아먹은 건 알고 있지?"

"응."

"이 집을 물려받고 지하에서 찾아냈어. 제약사업을 할 때 만들어냈던 약이래. 환각작용이 너무 심해서 폐기했더군."

플로렌스 자작의 제약사업은 망했을지 몰라도, 나쁜 목적은 절대로 아니었다. 환각제를 생산해서 팔겠다는 생각을 할 정도로 배짱이 크지도 못했다.

'약을 제조하다가 걸리면 전 재산 몰수에 즉결처형인걸.'

돈 벌려다가 목숨도 잃으면 무슨 소용이람.

'환각작용에 지레 겁먹고 바로 지하에 묻어놨을 거야.'

"그걸 오빠가 찾아냈다고? 직접 만들 수도 있게 되었고?"

"물론, 지하에 공장을 만들었지."

의외로 본격적인 모양이다. 애니가 심각함을 느끼고 표정을 찡그렸을 때였다.

빌리가 작은 카드를 애니에게 꽂아주며 말했다.

"오늘 파티에 너도 네 보스를 데려와. 네 보스와 이야기를 하고 싶으니까. 이게 초대장이란다."

"······그래."

기나긴 대화에 안부 한 마디 묻는 말이 없었다.

'내가 도대체 뭘 기대한 건지.'

정나미가 뚝 떨어졌다. 애니는 입술을 비틀었다.

다시 만난 오빠는 환각제 제조라는 무시무시한 범죄에 발을 디디고 있었다.

어스름한 저녁.

오빠가 건네준 초대장에 따라 플로렌스 저택으로 향하며, 애니는 냉정하게 생각했다.

'공장이라고 말했지만 만들지 못하고 있을 거야. 그러니까 물건을 시장에 확 풀지 못한 거겠지.'

약의 원료가 구하기 어려운 거지, 만드는 방법 자체는 어렵지 않다. 물건이 부족하니 몸을 사리는 것이리라.

'뭘 하든 어설퍼서는.'

하긴, 척척 잘할 수 있으면 애니의 뻔한 거짓말에도 속지 않았으리라.

'어쨌든 씁쓸하네.'

빌리는 중벌을 면치 못할 터였다. 결국 오랜만에 만나는 오빠를 감옥에 집어넣는 일을 하게 된 애니는 쓴웃음을 지었다.

지금 애니는 간소한 칵테일 드레스를 입고 마차에 올라타 있었다. 제대로 플로렌스 저택의 초대에 응하기 위해서였다.

그녀의 맞은편에 앉은 칼츠 경이 고개를 꾸벅 숙였다.

"덕분에 쉽게 잠입하게 되었군요. 감사합니다, 선생님."

"별일 아니었습니다."

작전은 간단했다. 칼츠 경과 애니가 잠입해서 결정적인 증거를 발견하면 밖에 신호를 준다. 그럼 미리 대기하고 있을 근위대가 저택을 덮칠 예정이었다.

애니는 긴 한숨을 내쉬었다.

"벌써부터 피곤하네요. 얼른 일을 끝내고 쉬고 싶어요."

"그렇게 말씀하시지만 드레스 차림이 아주 잘 어울리십니다."

"……."

칼츠 경의 칭찬에, 애니는 그냥 그린 듯한 미소만 지어 보였다. 고르고 고른 말이 드레스 칭찬이라니, 이 남자도 참 처음 만났을 때부터 꾸준히 뻔했다.

"그런데 이 사람은……?"

애니에게 칭찬을 늘어놓던 칼츠 경이 슬쩍 애니의 눈치를 살피며 웅얼거리듯 물었다.

이 마차 안에는 두 사람만이 아니었다. 애니의 곁에는 한 남자가 앉아 있었다.

얼굴에 흉측한 까마귀 가면을 쓰고 있어서 남자에 대해서 알 수 있는 것은 푸석푸석한 검은 머리카락을 가졌다는 것뿐이었다.

애니는 담담한 어조로 대답했다.

"절 지켜주러 온 분이세요."

"신분이 확실하지 않은 사람은 이번 작전에……."

"제가 보증하니 걱정하지 마세요."

애니는 온화하지만 단호하게 칼츠 경의 말을 잘랐다. 칼츠 경은 불만스러운 것 같았으나, 입을 꾹 다물었다.

결국 마차 안에는 다시 침묵이 맴돌았다. 애니는 창밖을 내다보았다.

'처음 보는 곳 같아.'

분명 자신의 집으로 돌아가는 것인데도 유리창 너머로 보이는 풍경이 낯설기만 했다.

'그만큼 시간이 많이 흐른 거겠지.'

그리고 그때의 애니와 지금의 애니는 달랐다.

그저 어리다는 이유로 아무것도 선택할 수 없었던, 과거의 불합리함을 하나씩 떠올리고 있으니 마차는 플로렌스 저택에 도착했다.

초대장을 내미니, 마중을 나온 사용인들이 모두 정중하게 애니에게 고개를 숙였다.

"환영합니다, 아가씨."

아가씨라는 호칭도 낯설기 짝이 없었다. 대부분의 사람들은 다 그녀를 선생님이라고 불렀으니까.

"연회장은 이쪽입니다. 주인님께서는 2층에서 아가씨를 기다리고 계십니다."

"나는 연회장을 먼저 둘러보고 싶은데."

"그건…… 네, 알겠습니다."

이 저택에 오래 머물고 싶지 않았던 애니는 바로 연회장으로 자신을 안내해달라고 했다.

그리고 그곳에 도착한 애니는 속으로 이렇게 생각했다.

'나쁜 짓에는 센스가 좋네.'

파티가 시작된 지 좀 되었는지 술 냄새가 진동하는 연회장은 조명이 극단적으로 어두워서 사람들의 얼굴이 잘 구분되지 않았다. 게다가 두꺼운 벨벳으로 구역을 나누어서 한눈에 연회장이 눈에 들어오지도 않았다. 그 자리에 있는 애니의 눈에도 현재 여기 얼마나 많은 사람이 있는지 가늠하기가 어려웠다.

'벌써 취해서 해롱거리는 사람들 천지군.'

애니는 저절로 벌게지는 얼굴을 부채로 가리며 연회장 안쪽을 이곳저곳 거닐었다.

'박하 향이 나지 않는데?'

꼼꼼하게 연회장을 돌아본 애니는 결국 문제의 단서를 찾지 못했다.

'그냥 거짓말이었나.'

빌리는 그 약을 손에 넣지 못했으면서도 자기가 만들고 있다고 거짓으로 허세를 부릴 수 있는 인물이었다.

'그럼 그냥 일반 사건으로 처리해야겠네. 일단, 여기에는 증거가 없어.'

그렇게 생각하고 애니가 막 돌아서려 했을 때였다. 애니가 찾아오지 않자, 초조해진 빌리가 그녀를 찾아 1층으로 내려왔다.

"건방진 계집애 같으니. 왔으면 빨리 얼굴을 비출 것이지."

투덜거리는 소리가 너무나 잘 들렸다. 애니는 굳이 기분 나빠 하지도 않았다. 빌리가 그런 사람이라는 건 이미 알고 있었다.

뿌드득.

하지만 그녀와 동행한 남자에겐 그렇지 못했던 모양이다. 곁에서 들려오는 위협적인 소리에, 애니는 손을 뻗어서 남자의 옷자락을 잡아당겼다.

"……"

까마귀 가면에 가려진 눈이 그녀를 응시했다. 애니는 작게 고개를 흔들었다.

애니 곁에 선 칼츠 경과 의문의 남자 사이에서 잠시 번민하고 있던 빌리는 결국 남자 쪽이 애니가 말한 보스라고 생각한 모양이다.

"애니, 그분이 네가 모셔온 손님이니?"

이를 드러내고 웃으면서도 비굴하게 어깨를 움츠리는 모습이 전형적인 악당이었다. 애니는 한 발 앞으로 나섰다.

"오빠."

차라리 좋은 기회였다. 애니는 그에게 손을 내밀었다.

"먼저 물건부터 내놔."

"무슨 소리니? 이미 파티는 시작되었는데."

빙글빙글 웃는 얼굴이 슬쩍 연회장을 가리켰다. noname의 냄새를 맡을 수 있는 애니에게는 우습기 짝이 없는 공갈이었다.

"이렇게 시답잖게 굴 거면 재미없어. 나는 오빠가 아는 것보다 더 많이 알고 있으니까."

"이런."

애니의 대답에 빌리의 눈썹이 파르르 떨렸다. 시키지 않았는데도 제 아버지를 착실하게 닮은 빌리는 여자라면 입을 다물고 남자의 말에 순종해야 한다고 믿는 종자였다.

빌리는 이를 바드득 갈며 흉포한 표정으로 애니를 응시했다.

"언제 이렇게 건방져졌을까, 우리 애니가."

"건방?"

그런데 그 말에 대꾸는 애니의 등 뒤에서 나왔다. 검은 까마귀 가면의 남자가 애니의 어깨를 짚으면서 애니 앞으로 성큼 걸어 나왔다.

"지금 나를 모욕하는 건가."

움찔.

빌리의 몸이 일순간 움츠러들었다. 남자의 몸이 그보다 훨씬 큰 데다가 가면 아래로 드러난 그의 턱과 뺨에 온통 잔 흉터가 점처럼 퍼져 있었기 때문이다.

'뭐야, 저 흉터들은?'

누가 고문한 것처럼 작고 불규칙적인 흉터가 얼굴 전체에 퍼져 있으니, 인상이 좋을 수가 없었다.

빌리는 잔뜩 겁을 먹었으면서도 애써 허세를 부리며 물었다.

"다, 당신이 정말 유통 상인인가?"

"못 믿겠으면 사람을 안에 들이지 말았어야지."

남자는 픽 웃었다. 까마귀 가면 때문에 더더욱 으스스했다. 흉터투성이 커다란 손이 빌리의 멱살을 억세게 틀어쥐었다.

"이렇게 된 거, 여기서 널 죽이고 저택 안에 있는 것만 수거해 가야겠다."

낮은 목소리가 귓가를 울려, 빌리의 등줄기를 타고 소름이 오소소 돋아났다. 빌리는 떨리는 목소리로 대답했다.

"내, 내가 없으면 만드는 법은 없을 텐데. 기록으로 남아 있지 않아. 이 세상에 나만 알고 있다고."

그러면서도 부산스럽게 눈동자를 굴리는 것이, 무얼 믿고 맨몸으로 설렁설렁 나왔는지 후회하는 기색이 역력했다.

남자는 빌리의 말을 픽 비웃었다.

"원물만 있으면 애니가 만들 수 있어. 물론 시간이 좀 걸리겠지만."

"저 계집애가 뭘 할 줄 안다고?"

"입 닥쳐."

애니를 비하하다가 남자의 분노를 샀으면서도, 아직도 상황 파악을 못했다. 남자는 서늘한 목소리로 물었다.

"대답해. 지금 이 자리에서 죽을 텐가, 아니면 안내할 건가?"

"으윽."

빌리가 이를 아드득 갈았을 때였다. 선득한 쇠붙이가 빌리의 목줄기를 압박했다. 빌리는 그제야 정신을 번뜩 차렸다.

'이놈은 진짜야!'

괜히 뻐기다가 목이 날아갈 판이었다. 빌리는 서둘러 대답했다.

"알았어! 알았다고! 안내하면 되잖아."

"진즉 그럴 것이지."

남자는 친근한 듯 빌리의 어깨에 팔을 걸쳤다. 겉보기는 좋아 빌지 몰라도 빌리가 도망치지 못하게 구속하는 것이었다. 빌리는 벌벌 떨면서 얌전히 걸음을 옮기기 시작했다.

숙련된 솜씨에 칼츠 경이 애니의 귀에 소곤거렸다.

"……저 사람 정말 누군가요?"

"입 좀 닥쳐요."

애니는 이번에도 단호하게 잘랐다.

결론적으로 빌리의 말은 반만 사실이었다.

"이, 이게 그 약이야. 네가 원하는……."

빌리의 안내를 받아 간 곳에는 흰 가루가 병에 소복하게 담겨 있었다.

적어 보이지만 500ml 작은 병 하나만으로도 천문학적인 금액을 자랑한다.

'규모가 상당하네.'

일단 약을 가지고 있다는 건 공갈이 아니었다.

하지만 공장을 갖춰서 생산 중이라는 건 거짓이었다.

'나름대로 애는 쓴 것 같은데.'

환각제의 원료가 되는 풀들을 길러내기 위해 여러 가지 설비를 갖춘 것 같으나, 자라고 있는 풀들은 너무 작고 시들시들했다.

'약초에 대한 기본적인 지식이 없는 사람이니.'

사실 플로렌스 자작의 제약사업이 망한 것 또한, 그 자신이 약초에 대한 지식 없이 마구잡이로 뛰어들었기 때문이다.

'진짜 쓸데없는 것까지 많이 닮았네.'

그만큼 세월이 흘러서일까, 아니면 타이론 공작 부부를 보며 자란 덕분일까. 애니의 눈에는 어릴 때와 달리 빌리와 플로렌스 자작의 비인간적인 면모들이 적나라하게 보였다.

'어쨌든 제조를 시도는 했다.'

환각성 약물 유통도, 제조도 모두 중죄였다. 그 사실을 확인받은 애니의 얼굴이 저절로 어두워졌다.

빌리는 그 사실도 눈치채지 못하고 실실 웃으며 남자에게 말을 붙였다.

"이제 협상에 들어갈까요?"

"……."

남자는 대답하지 않았다. 빌리가 의아한 표정으로 남자에게 재차 대답을 촉구하려고 했을 때였다.

칼츠 경이 품 안에 있던 짧은 검을 뽑아 들었다.

"빌리 플로렌스, 너를 약물 불법제조 및 유통 혐의로 체포한다."

"뭐?"

빌리는 자신을 겨누고 있는 작고 날카로운 검을 바라보았다. 장검이었다면 모를까 짧디짧은 검인지라 오히려 우습게만 보였다.

'그리고 고작 이 인원으로 뭘 한다고?'

아까는 애니를 만나러 간다는 생각에 경호원을 대동하지 않았지만, 이 저택에는 경호원이 잔뜩 깔려 있었다. 빌리는 바보였지만, 약에 중독된 사람들이 얼마든지 돌발행동을 할 수 있다는 건 알았다. 그도 약을 꽤 많이 하는 편이었으니까.

'그러니까 나도 경호원을 부르면 그만이지.'

그가 간과한 것이 있다면, 칼츠는 그가 생각한 어떤 사람보다도 숙련된 기사였고, 밖으로 이미 돌입 사인을 보낸 뒤였다. 바로 품에 들고 있는 작은 마법구슬을 이용해서였다.

지하만 조용하지, 위는 아수라장이 되었다는 걸 모르고 빌리는 칼츠에게 비열한 미소를 지어 보였다.

"당신이 누군데?"

"나는 근위대 부단장 요한 칼츠다."

"근위대?"

들으면 들을수록 허술한 변명이었다. 빌리는 부산스럽게 자신의 가슴팍을 뒤졌다. 시가를 피우기 위해서였다. 피우면 세상이 제 발밑에 있는 것 같은 고양감을 느낄 수 있었다.

'왜 이렇게 안 찾아져?'

자신의 손이 떨리는 생각은 못 하고, 빌리는 신경질적으로 그렇게 생각했다.

"근위대가 무엇 때문에 약물 수사를 하는 거지?"

칼츠는 무표정한 얼굴로 빌리를 바라보며 말했다. 검 끝에는 조금도 흔들림이 없었다.

"지엄하신 황제 폐하의 명이다."

"농담도……."

근위대는 황제의 친위를 담당하는 곳인데 왜 이런 수사를 한단 말인가. 애써 웃어넘기려던 빌리의 얼굴에 순식간에 쩌적 금이 갔다.

"애니, 이년이!"

그는 순간 악귀처럼 돌변해서는 애니를 향해 달려들었다.

"오랜만에 만났는데 가족을 팔아?!"

애니는 자신의 탓을 하는 빌리를 차가운 눈으로 바라보았다. 수년 만에 재회한 이래 지금까지 한 번도 가족 같은 행동을 하지 않았으면서, 지금 이 순간에는 가족가족 잘도 말한다.

'누가 보면 내가 떠민 줄 알겠네.'

"팔긴 누가 팔아? 알아서 묘자리를 파고 있었던 거지."

"뭐라고!?"

애니의 시큰둥한 말이 빌리의 성질을 건드렸다. 빌리가 우악스러운 손으로 애니의 머리채를 휘어 잡으려 했을 때였다.

"내가 네년은 꼭 죽이고…… 으악!!"

쿵!

까마귀 가면을 쓴 남자가 그 팔을 잡고는 그대로 빌리를 바닥에 메다꽂았다.

"으아아악!"

말 그대로 제압에만 신경 쓴, 무자비한 손속에 빌리의 팔이 꺾였다. 기괴한 각도가 부러진 것이 틀림없었다. 그러나 남자는 조금도 그의 비명에 귀 기울이지 않고 애니를 곧게 바라보았다. 방금의 몸싸움 때문에 남자의 얼굴이 고스란히 드러났다.

"괜찮아?"

동굴에서 나오는 것 같은 그윽한 저음과 잘 어울리는 그을린 얼굴은 이목구비가 뚜렷한 미형이었지만, 미형이란 느낌보다는 무섭다는 느낌이 강했다. 얼굴 전체에 점처럼 퍼져 있는 흉터가 눈에 먼저 들어왔기 때문이다.

"당신은 지난번 무투회 때……."

그 얼굴을 확인한 칼츠 경이 당황한 어조로 남자를 불렀다. 빌리를 움직이지 못하도록 꽉 잡아누른 남자는 담담한 어조로 자신을 소개했다.

"에릭 카멜입니다."

"요한 칼츠입니다."

엉겁결에 덩달아 자기소개를 하고 난 뒤, 칼츠 경은 눈을 동그랗게 떴다.

"당신은 분명 수도 치안대에 입단한 것으로 알고 있습니다만."

칼츠는 그를 똑똑히 기억하고 있었다.

해마다 열리는 무투회. 그 행사의 우승자는 이 나라 최고의 검사임을 인정받는 것과 같기에, 황실근위대, 그중에서도 황제를 지척에서 모시는 친위대로 임명되는 것이 관례였다.

'그런데 바로 저 남자가 그 영예를 걷어찼지.'

남들은 그 자리를 꿈꾸며 무투회에 참가하는데, 정작 남의 꿈을 빼앗아서는 자신은 길에 내버린 셈이다. 자신이 소중히 여기던 가치들까지 모조리 짓밟힌 기분에, 칼츠 경은 싫어도 저 얼굴을 외울 수밖에 없었다.

'그런데 왜 여기 있는 거지?'

엄밀히 말해서 수도 약물 단속 같은 일은 수도 치안대에서 맡아야 하는 일이었다. 이번에 근위대가 맡은 것 자체가 이례적이었는데, 그 현장에 그가 서 있으니 저절로 이런 의혹이 들었다.

'설마 우리 공을 가로채려고?'

거의 확신에 가까운 억측이었다. 칼츠 경이 지금 상황도 모두 잊고 에릭에게 비난을 퍼부으려 했을 때였다.

애니의 명랑한 목소리가 그의 억측을 모두 잘라내었다.

"제 약혼자예요."

"예?"

"제 약혼자라고요. 제가 걱정되어서 따라온 거고요. 생각하시는 어떤 정치적인 의도도 존재하지 않습니다."

제 속에 들어갔다가 나와서 말하는 것 같았다. 칼츠 경은 애니를 멍한 눈으로 바라보다가 이렇게 반문했다.

"하지만 그자는 평민이지 않습니까?"

당연한 질문이었다. 애니는 한미할지언정 귀족 가문의 영애였고, 타이론 대공비의 동생이었다. 칼츠 경에게는 귀족 영애가 평민 남자와 약혼을 한다는 상황 자체가 이해가 가지 않았다.

'기사 작위를 받았다고 해도 고작 그것인걸. 치안대에서 승진하기는 글렀고.'

군벌귀족들 중에서 잘 나간다 하는 사람들은 모두 근위대 출신이었다. 여러모로 에릭은 그들 사회에서 규격 외인 셈이다.

칼츠 경의 말에 애니의 얼굴이 싸늘하게 식었다. 저런 잣대가 자신을 잴 때는 그래도 참을 수 있었지만, 에릭을 향하니 도저히 참기 어려웠다.

"정말 끝이 없으시네요. 외모 품평에, 신분 차별, 성인지 감수성도 없으시고."

애니의 지적에 칼츠 경의 얼굴도 찌푸려졌다.

"왜 그렇게 날카롭게 반응하시는지 모르겠습니다."

생각해보면 처음 만났을 때부터 애니의 얼굴부터 평가하던 남자였다.

'저런 사람들은 우리를 이해할 수가 없겠지.'

그저 결혼해서 아이를 키우는 '평범한 삶'을 버리고 연구실에서 일하는 애니나, 오직 사랑하는 사람 곁에 서고 싶어서 기사까지 된 에릭의 삶은 그들이 보기에는 쓸데없는 에너지 낭비이리라.

애니는 그래서 칼츠 경에게 구구절절 자신의 이야기를 늘어놓는 대신 딱 잘라 본론만 이야기했다.

"당신의 이해는 필요하지 않아요. 그냥 약속했던 보수나 잘 넣어주시고 일주일 공가 처리나 잘해주세요."

❖ ❖ ❖

플로렌스 저택에서 파티를 벌인 이들은 모두 검거되었다. 신종 약물 noname도 모두 잘 수거되었다. 애니가 호언장담한 대로 검사 키트는 해당 약을 복용한 사람들의 피에 반응했다.

"거봐요, 내 말이 맞죠?"

애니의 말에 칼츠 경은 얼굴만 구길 뿐, 대답하지 않았다. 애니에게 정나미가 떨어진 것이 분명했다. 애니도 그에게 더 말하지 않았다. 말하고 싶지도 않았다.

모든 일을 끝내고 타이론 대공가로 향하는 길.

밤거리는 사람이 별로 없었고, 공기는 선선했다. 마차를 불러도 되지만 두 사람은 손을 잡고 걷기로 했다. 밤안개가 옅게 깔린 거리를 차분하게 걷던 애니가, 결국 참지 못하고 에릭을 흘겨보았다.

"왜 자꾸 웃어?"

그녀가 못마땅한 부분은 바로 이것이었다! 에릭이 아까부터 계속 입가에 미소를 떠올리고 있었다.

애니의 고양이 같은 시선에, 에릭은 어깨를 으쓱했다.

"당신이 날 위해 화내는 것이 기뻐서."

"그런 거 아니거든."

애니는 그런 적 없다는 듯이 시치미를 떼었다. 에릭은 또다시 낮게 웃었다. 아까 칼츠 경에게 쏘아붙이던 애니를 떠올리기만 해도 저절로 웃음이 나왔다.

'무척 씩씩했지.'

에릭이 근위대에 들어가지 않은 이유는 간단했다. 근위대에는 칼츠 경처럼 꽉 막힌 놈들 천지였다.

"그냥 타이론 기사단에 들어오지 그러나. 자네 정도 실력이면 아무도 토 달지 않을 텐데."

타이론 대공은 에릭에게 그렇게 권했다. 하지만 에릭은 정중하게 거절했다. 사실 그에게 검술을 가르쳐주고 기사 작위를 내려준 곳이 타이론이기에, 사실 타이론에 그대로 뿌리를 박는 편이 그에게도 주변 여론에도 좋았다.

하지만 에릭은 그 또한 거절했다. 이유는 단순했다. 애니가 타이론으로부터 독립을 희망했기 때문이다.

"언니는 이대로라면 내 기저귀까지 갈아주려고 할 거야. 나는 그런 삶은 절대 사양이야!"

  에릭 또한 타이론을 벗어나 자신의 능력을 시험하고 싶었기 때문에, 기꺼이 치안대에 입단했다. 물론, 타이론 기사단에 들어가면 타이론 대공령에서 일해야 한다는 점도 선택의 한 부분을 차지했다. 애니가 연구원 생활을 계속하는 한, 그녀는 수도를 떠날 수가 없었다.

  결국 두 사람의 미래를 모두 고려하여 한 선택이었던 셈이다.

  하지만 그래도 칼츠 경 같은 사람들에게 숨기지 않은 편견 가득한 시선을 받을 때면 어쩔 수 없이 수도에 남은 것이 후회되는 것이다. 애니는 입술을 삐죽였다.

  "아주 기분 더러운 일이었어. 보수가 세지 않았으면 받지 않았을걸."

  그래도 보수는 아주 마음에 들었다. 자신의 전문분야를 살릴 수 있었다는 점도 마음에 들었다.

  '그냥 에릭을 두고 다녀올 걸 그랬나 봐.'

  그런 시선으로 볼 게 뻔해서 가면으로 얼굴까지 가린 것인데, 빌리 그놈이 난동을 부리는 바람에 다 허사가 되었다. 애니의 표정에서 생각을 읽은 에릭이 담담한 어조로 대답했다.

  "위험했어. 다시는 하지 마, 그런 일."

  "하지만 덕분에 다 모았잖아. 우리의 독립자금!"

  애니는 가볍게 제자리에서 깡충깡충 뛰었다. 꽤 오랫동안 기다려왔던 순간이었기 때문에 저절로 마음이 들떴다.

'이제 당당하게 언니에게 말할 수 있어.'

올리비아는 애니가 원하는 사람이라면 누구든지 좋다고 말했지만, 그렇다고 덜컥 준비도 되지 않았는데 결혼하겠다고 상대를 데리고 가는 것은 옳지 못했다. 적어도 어른이 될 준비가 되었다는 것은 알려야 하는 것 아닌가.

'그리고 언니도 이제 가정이 있는데 언제까지 나를 아기처럼 챙길 거야?'

지금도 애니를 다섯 살 아이처럼 대하는 올리비아를 떠올리며 애니는 배시시 웃었다. 그리고 에릭의 손을 붕붕 흔들었다.

"고마워, 에릭. 함께 가줘서. 솔직히 말해서 칼츠, 그 사람을 믿을 수가 있어야지."

에릭은 애니가 자신의 말을 들을 리 없다는 걸 깨달았는지, 코끝으로 한숨을 내쉬었다.

"잘 이야기했어."

위험으로 제 발로 뛰어들 거라면 차라리 자신을 데리고 가는 편이 낫지. 그런 마음이 고스란히 담긴 한숨이었다. 자신을 향한 마음을 느낀 애니가 또다시 웃었다.

"헤헤헤."

"왜 웃어?"

에릭이 눈살을 찌푸렸다. 애니는 손가락을 꼼지락거리며 에릭의 거친 손바닥을 문질렀다.

'가면이 벗겨졌을 때 칼츠 경의 얼굴이 제법 볼만했지.'

알아볼 수도 있다고 생각했지만, 그렇게 바로 신상명세를 떠올릴 정도인 줄은 몰랐다. 애니는 빙글빙글 웃으며 대답했다.

"내 남자친구가 유명한 사람이긴 한가 봐. 가면 벗자마자 바로 알아보니."

"흉터 때문이겠지."

애니의 말에, 에릭은 담담하게 대꾸했다. 애니는 고개를 붕붕 흔들었다. 풍성한 머리카락이 그 바람에 하늘하늘 흩어졌다.

"그럴 리가 있어? 아마 무투회 때 잔뜩 긴장했을 거야. 자기가 이길 수 없을 거 같으니까."

"당신이 나를 과대평가하는 거야."

"아까도 빌리 오빠가 꼼짝도 못 하던걸?"

"그건 당신을 깎아내리니까 더 화가 나서……."

에릭의 얼굴이 붉게 달아올랐다. 그가 생각해도 아까의 그는 과했다. 칼츠 경이 나서도록 내버려 두어도 됐는데, 굳이 보스라는 오해를 받으면서까지 나선 것은 그가 애니를 모욕했기 때문이었다.

에릭의 건조한 시선이 애니를 향했다. 세상 모든 것을 볼 때와 확연히 다른 온기가 그의 눈동자를 가득 채웠다. 에릭에게 애니는 특별했다. 처음 만났을 때부터, 지금까지 줄곧.

"괜찮아?"

"……글쎄."

에릭의 질문에 애니는 애매한 미소를 지었다. 애써 밝은 척했지만, 사실 마냥 후련하기만 하진 않았다. 애니는 어깨를 으쓱했다.

"차라리 없는 게 나은 오빠인데 왜 이렇게 착잡한지 모르겠네.

차라리 알려주고 도망치게 해야 했을까?"

하필 주범이 빌리 플로렌스였을 게 뭐란 말인가. 애니는 자신이 큰오빠를 사지로 몰아가게 된 것 같아서 기분이 찜찜했다. 분명 나쁜 일을 저지른 것은 그쪽인데도 말이다.

'내가 미리 경고라도 했으면 개심했을 수도 있잖아.'

이런 바보 같은 미련이 자꾸만 남았다. 그러나 애니의 고민을 에릭은 한마디로 정리했다.

"당신이 말해도 믿지 않았을 거야."

"……맞아. 우리 오빠는 그런 인간이지."

에릭의 말이 정답이었다. 애니의 말 한마디에 개심할 사람이었다면 진즉 마음을 고쳐먹었을 것이다.

'결국 후회도 부질없는 것이지.'

그렇게 생각한 애니는 쓸쓸한 미소를 지었다. 에릭이 물끄러미 그녀의 얼굴을 바라보다가 쥐고 있던 그녀의 손을 꽉 붙들었다.

"나는 가족이 없어서 이럴 때 어떻게 위로해야 할지 모르겠어."

그 말에 애니는 밝게 웃으며 대답했다.

"무슨 소리야. 우리가 곧 가족이 될 거잖아."

"……."

애니의 말에 에릭은 입술을 꾹 다물었다. 은은하게 빨개진 뺨은 애니의 눈에만 보였다. 키득키득 웃던 애니는 명랑한 어조로 되물었다.

"당신은 괜찮았어?"

"무엇이?"

"그냥. 오랜만에 쉬는 시간인데 쉬지도 못하고."

애니의 질문의 의미를 파악하지 못하고 에릭은 잠시 고개를 갸웃했다.

'휴가라고 해도 딱히 하고 싶은 일이 있는 건 아닌데.'

오히려 애니와 딱 붙어 있을 수 있으니 이쪽이 더 좋았다. 에릭은 고개를 끄덕였다.

"괜찮았어. 추억도 되새기고."

"추억?"

플로렌스 저택에서 에릭이 회상할 만한 추억이 뭐가 있단 말인가. 에릭의 과거를 모르는 애니에게는 의아하기 짝이 없는 말이었다.

그때였다. 말없이 걷던 에릭이 불현듯 작은 다리 앞에서 멈춰섰다.

"여기네."

"뭐가?"

"……."

에릭은 이번에도 대답하지 않았다. 그저 어둡게 가라앉은 시선이 가로등 아래 반짝이는 물결을 담았을 뿐이었다.

사람들이 일상적으로 오가는 평범한 거리.

그곳에서 그는 그녀를 처음 만났다.

어린 시절 에릭은 길바닥에 차고 넘치는 고아 비렁뱅이였다. 돈 많고 허술한 놈들의 주머니를 훔쳐서 하루하루를 연명하는 밑바닥 인생. 딱딱한 빵이라도 한 덩이 갉아먹을 수 있으면 그날은 운이 좋은 날이었다.

한데 그날은 그런 날들 중 어느 날과도 같지 않았다. 그는 다리 근처에 웅크리고 있었다. 그때 하얀 손이 그에게 불쑥 내밀어졌다.

"받아."

에릭은 눈을 들었다. 예쁜 분홍색 꽃송이가 들려 있었다. 그리고 그 꽃송이를 잡은 손을 따라 올라가자, 진한 빨간색 드레스 소맷자락이 보였고, 옷자락을 따라 올라가니, 꽃송이보다도 훨씬 더 어여쁜 얼굴이 보였다.

'갈색 머리카락.'

분명 흔하디흔한 색인데, 저 여자아이의 머리카락은 좀 더 환하게 보였다. 꼭 잘 익은 밀밭의 색처럼 말이다. 여자아이는 생긋 웃었다.

"받아. 오늘은 내 생일이거든. 언니가 하고 싶은 일을 하라고 하길래, 다른 사람들에게도 내 행복을 나누어주기로 했어."

여자아이의 말은 에릭에게 생소하게만 들렸다. 에릭은 입술을 벙긋거렸다. 말을 할 사람이 없었던지라, 오랜만에 내뱉는 목소리는 거칠기만 했다.

"……행복?"

"응. 행복."

그 목소리를 들었으면 질색하고 도망칠 만도 하건만, 소녀는

환하게 웃었다. 그리고는 먼지로 더러운 에릭의 손에 꽃송이를
꽉 쥐여주었다.

"너도 오늘 세상에서 가장 행복한 날이 되렴."

커다란 꽃송이에서는 향긋한 냄새가 났다. 꽃의 향이 아니라,
그 여자아이에게서 나는 냄새가 옮겨온 걸지도 모른다.

그 뒤로, 에릭은 플로렌스 저택 주변을 빙빙 맴돌았다. 그녀의
집 담벼락을 서성이다가 하인들에게 매질을 당해서 쫓겨난 것도
여러 번이었다. 그럼에도 그는 계속 찾아왔다.

'그 애를 더 보고 싶어.'

아무도 거들떠보지 않는 그에게 거리낌 없이 다가온 소녀의
환한 미소가, 그녀가 건네준 달콤한 꽃향기가 며칠이 지나도 잊
히지 않았다.

"너도 오늘 세상에서 가장 행복한 날이 되렴."

행복이라니. 평생 살면서 들어본 적도 없는 말이었다. 누가 태
어날 때부터 부모도 없는 거지새끼가 행복할 수 있을 거라 생각
한단 말인가.

'그 애가 보고 싶어.'

애니를 만나는 것은 어느 순간, 그가 바라는 하나뿐인 소원이
되었다.

그렇게 얼마나 하루하루를 보냈을까.

대문이 열리고 마차가 한 대 달려 나왔다.

'그 아이가 있을지도 몰라.'

오로지 그 희망 하나를 가슴에 품고, 에릭은 마차 앞을 가로막았다.

"워, 워!!"

갑자기 뛰어든 사람 때문에 깜짝 놀란 마부가 가까스로 마차를 멈추었다. 에릭은 앞뒤 재지 않고 마차 문 앞으로 달려갔다.

오로지 애니가 얼굴을 내밀길 기다리며.

하지만 문이 열리고 뛰어나온 것은 사납게 얼굴을 일그러뜨린 하녀였다.

"어디 더러운 거지새끼가!"

하녀는 자신이 들고 있던 유리전등을 에릭을 향해 집어던졌다. 얇은 전등이 얼굴에 맞아 박살이 났다. 에릭의 얼굴은 순식간에 피투성이가 되었다.

"꺄아!"

맞은 건 에릭인데, 비명은 마차 안에서 흘러나왔다. 귀에 익은 목소리라 에릭은 아픔도 잊고 두근거리는 마음으로 마차를 응시했다.

"무슨 짓이야, 마샤!"

"하지만 아가씨!"

하얗게 질린 소녀가 하녀를 밀치고 마차에서 뛰어 내려왔다. 바로 애니였다.

"세상에, 괜찮니? 가엾게도 다쳤잖아."

그녀는 한 치 망설임도 없이 에릭의 곁에 앉아서는 자신의 손수건을 꺼내 들었다. 유리 조각 때문에 더 다칠까 봐 조심스럽게 얼굴을 닦아주는 손길이 다정했다.

'아.'

그 손길을 느끼는 순간, 에릭은 자신의 심장이 세차게 뛰는 것을 느꼈다.

아무리 버러지 같다고, 존재하는 이유가 없다고 남들에게 손가락질을 당하더라도, 부정할 수 없는 증거가 지금 그의 가슴 안에서 뛰고 있었다.

그는 지금 이 순간 살아 있었다.

그렇게 시작된 사랑이었다.

❖ ❖ ❖

'그래도 내 마음을 전할 수 있을 거라고는 생각하지 않았어.'

그녀는 귀족 아가씨, 그는 부모도 없는 고아 소년.

아무리 목숨을 다해 사랑한들, 이어질 수 없는 사이였다.

'하지만 이렇게 손을 잡고 있다니. 꿈만 같아.'

에릭은 그렇게 생각하며 애니의 얼굴을 돌아보았다. 볼을 빵빵하게 부풀린 애니가 입술을 삐죽거리며 투덜대었다.

"도대체 무슨 생각하는데? 옛날 여자친구 생각해?"

심술이 나서 막 던진 말이었는데, 뜻밖에 에릭이 고개를 갸웃하며 대답했다.

"비슷한데. 첫사랑 생각했어."

"뭐어? 첫사랑!? 첫사랑이 있었어?"

에릭의 말에 애니의 얼굴이 순식간에 새빨갛게 달아올랐다. 잠시 이해를 해보려는 듯이 번민하던 그녀는 결국 참지 못하고 울화를 터뜨렸다.

"억울해! 나는 첫사랑이 에릭인데! 나만 억울하잖아! 취소해. 없던 걸로 해!"

"아주 다정하고 상냥한 아가씨였지."

"얼씨구?"

이렇게 화를 내는데도 그녀가 어떤 사람이었는지 설명하는 에릭을 애니가 어이없다는 표정을 바라보았다. 에릭은 희미한 미소를 지으며 애니에게 속삭였다.

"바로 너 말이야, 애니."

"⋯⋯응?"

애니는 말을 이해하지 못하고 눈을 깜빡깜빡거렸다. 에릭은 피식 웃고는 애니의 손을 잡아당겼다. 다시 저벅저벅 돌바닥을 차는 걸음 소리가 울렸다. 그에게 이끌려 걸으며 애니가 연신 질문을 쏟아냈다.

"그게 무슨 소리야? 우리 어릴 때 만난 적 있어? 그때부터 나를 좋아했었어?"

"하나씩 물어봐."

에릭은 눈을 들어 연한 안개에 휩싸인 거리를 보았다. 이 거리를 하염없이 혼자 헤매던 시절이 있었다. 영원히 혼자서 버러지처럼 살다가 죽을 거라고 생각했던 적도 있었다.

'당신은 내 빛이야.'

그런 그에게 손을 내밀어준 사람이 바로 애니였다.

"행복을 나누어줄게."

그녀의 말을 떠올리며 에릭은 피식 웃었다.

행복은 그녀 자체였다.

외전

과거의 편린
: 올리비아 파넬

"애니."

올리비아는 떨리는 눈으로 자신의 앞에 앉아 있는 여자를 바라보았다.

부들부들한 갈색 머리카락에 매끄러운 흰 피부를 가진 여자는 분명 그녀의 동생 애니였다.

그렇게나 사랑하는 동생인데, 마주하고 있는 얼굴은 너무나 낯설었다. 난생처음 보는 여자 같았다.

올리비아는 당혹스러움을 감추지 못하고 물었다.

"애니, 도대체 무슨 일이 있었던 거니?"

"언니……."

애니가 지친 기색이 역력한 목소리로 올리비아를 불렀다. 목이 메는지, 불러놓고 말을 잇지 못했다.

한참을 망설이던 그녀는 긴 한숨과 함께 이렇게 물었다.

"언니는 어땠어? 행복하게 살고 있었어?"

"나는……."

애니의 질문에 올리비아는 말문이 턱 막히고 말았다.

'행복?'

파넬 공작부인이 된 이래, 지금까지 한시도 쉬지 못하고 숨 가쁘게 달려왔다. 조금만 긴장을 풀면 당장 가문 밖으로 내쳐질 것이 분명했으니까.

그런 생활에서 행복이라는 단어는 어쩐지 사치처럼 느껴지기만 했다.

"……."

올리비아는 대답하지 못한 채 얼굴만 구겼다. 그 표정이 곧 대답이었다. 애니는 허탈한 미소를 지었다.

"그래. 그랬겠지. 아버지가 언니를 제대로 된 곳에 보냈을 리가 없으니까."

"애니."

사랑스러운 동생이 10년 만에 얼굴을 마주하고 앉아서 이리 냉소적인 말만 하고 있으니, 올리비아는 당혹스럽기 그지없었다.

애니의 얼굴이 다시 처음 마주했을 때처럼 버석해졌다. 그녀는 지친 목소리로 말했다.

"나도 그랬어, 언니. 아버지가 이상한 사람에게 나를 시집보냈지."

"그럼 이 사람이?"

올리비아는 조심스럽게 애니의 곁에 앉은 남자를 바라보았다. 검게 그을린 편인 얼굴에는 작고 불규칙적인 흉터가 점처럼 퍼져 있었다.

'딱 보기에도 위험한 남자야.'

하지만 뜻밖에 애니는 고개를 가로저었다.

"이 사람은 아니야."

이 남자가 남편이 아니라면 왜 이리 다정히 팔짱을 끼고 파넬 공작가에 방문을 했단 말인가. 올리비아는 애니의 말을 도통 이해하지 못하고 고개만 갸웃거렸다.

애니는 고개를 기울였다.

"내가 결혼한 것은 알고 있었어, 언니?"

"듣긴 들었어. 하지만 그때 산후통증으로 몸져 누워 있을 때라 참석할 수가 없었어."

몸져 누웠다는 표현은 지나치게 고상했다. 그 무렵 올리비아는 거의 반시체나 다름없는 혼수상태였으니 말이다.

그런 설명들을 일일이 할 수가 없었다. 입에 올리는 것만으로도 목구멍에 가시가 턱 걸리는 기분이었기 때문이다.

"그랬구나."

그런 올리비아의 속사정도 모른 채, 애니는 선선히 고개를 흔들었다. 그리고 담담한 어조로 곁에 앉은 남자를 소개했다.

"이 사람은 내 두 번째 남편이야. 에릭 카멜, 작위는 남작."

"뭐라고?"

순진하고 마냥 아기 같던 애니에게 두 번째 남편이 생겼다는 말에 올리비아는 자리에서 벌떡 일어날 만큼 놀랐다. 하지만 그 말은 이어지는 말에 비하면 아무것도 아니었다. 애니는 웃음기 없는 얼굴로 무미건조하게 자신의 삶을 요약했다.

"첫 번째는 약쟁이에, 도박중독에, 아버지 같은 권위적인 남자였지. 나를 4만 데르크에 사왔고, 아기를 낳지 못한다고 돈이 아깝다며 다시 4만 데르크에 팔았어. 이 사람이 노예가 될 뻔한 나를 구해줬지."

"……뭐?"

숨이 턱 막히는 것 같았다.

'딸을 팔아? 아기를 낳지 못해서 돈이 아까워?'

아내가 그저 새끼를 치기 위한 암말이랑 다름이 없단 말인가! 고작 그런 이유로 사오고, 또 팔아치우다니?!

'잔인해.'

인간을 같은 인간으로 보지 않는 것만큼 지독한 일이 있을까. 올리비아는 참담한 얼굴로 애니를 응시했다. 애니는 고개를 흔들었다.

"이젠 괜찮아, 언니. 그런 표정 짓지 않아도 돼."

담담한 말이 더더욱 마음을 아프게 헤집었다. 올리비아는 잔뜩 일그러진 얼굴로 애니를 응시했다.

"미안해, 애니. 나는 정말로 아무것도 몰랐어. 네가 누구랑 결혼했는지도 듣지 못했고, 사실은……."

"정말 더 이상 말하지 않아도 돼, 언니."

자신이 얼마나 아팠는지, 왜 애니를 찾아가지 못했는지 설명하려던 말들은 애니가 잘라버렸다.

애니는 올리비아의 변명을 듣고 싶지 않다는 듯이 고개를 흔들었다.

"그냥, 나는 이제 괜찮아. 이 사람은 좋은 사람이거든."

"난, 난, 애니. 정말로."

"난 괜찮아."

"자꾸 괜찮다고 말하지 마!"

결국 올리비아가 참지 못하고 눈물을 또르르 흘리며 물었다.

"그럼 여기 왜 온 건데? 괜찮았다면 왔을 리가 없잖아."

수년 동안 한 번도 찾지 않았던 언니였다. 그런데 왜 이제 와서 보고 싶어졌단 말인가.

'나에게 첫 마디가 행복하냐고 물었지.'

그것이 정말 행복을 바라는 것처럼 들리지 않았다. 도리어 확인하는 것 같았다.

나만 불행하지 않다는 사실을.

그리고 애니도 올리비아의 말을 통해 깨달은 모양이었다. 그녀는 느릿하게 고개를 끄덕였다.

"그러게."

피식 미소 짓는 얼굴에는 생기가 조금도 느껴지지 않았다.

"사실은 괜찮지 않은가 봐. 그렇지?"

마음이 다칠 대로 다친 애니는, 이제 자신의 감정도 타인에게 비추지 않으면 알 수가 없었다.

올리비아는 애니의 이야기를 모두 들었다. 시골 자작가의 망나니 아들이 여색을 밝히다가 인근에서 신붓감을 구할 수 없어 애니를 사 온 이야기부터, 아기를 낳지 못하니 다시 돈을 돌려받고 싶어서 4만 데르크에 판 이야기까지.

"우연히 펍에서 술을 마시다가 첫 번째 남편이 못된 됨됨이의 인간이라는 걸 알게 되었습니다. 그래서 혹시나 하는 마음에 그의 곁을 맴돌았지요. 덕분에 애니를 구할 수 있었습니다."

아주 오래전부터 애니를 사랑했다는 남자는, 언제고 첫 번째 남편이 애니를 버릴 거라고 예상했다고 말했다.

'그런 놈에게 애니를 팔다니.'

올리비아는 배신감에 몸을 부들부들 떨었다. 플로렌스 자작은 심지어 6개월 전에도 애니 핑계를 대며 돈을 받아갔다.

"네 동생이 아기를 낳았는데, 돈이 많이 드는구나. 산후조리를 하다가 집이 폭삭 망할 판이다. 언니로서 조카의 탄생을 축하하는 마음으로 돈을 내어주럼."

그래서 올리비아는 애니가 아이를 넷이나 낳고 다복하게 살고 있다고 알고 있었다.

'그런데 아기를 낳지 못해서 버려지다니.'

기가 차는 거짓말이었다. 결국 그도 딸을 판 뒤로 한 번도 돌아보지 않았다는 뜻이었다.

'가만두지 않을 테야.'

아버지를 떠올리며 올리비아는 이를 아드득 갈았다. 그리고 가엾은 애니의 손을 꼭 잡았다.

"내가 도와줄 수 있는 건 뭐든 말해, 애니. 진심을 다해서 뭐든 해줄게."

그 마음만은 진심이었다. 어떤 사정이 있었던 간에 올리비아가 애니를 챙기지 못한 것에는 변명의 여지가 없었다.

그런 올리비아의 마음을, 애니가 다시 한번 무너뜨렸다.

"나 불임이야, 언니."

"……확실한 거니? 전남편에게 문제가 있었던 것이 아니고?"

"응. 확실해."

담담한 애니의 대답에 올리비아의 눈에서 눈물이 다시 흘러나왔다.

'세상은 왜 이렇게 잔인한 걸까.'

드디어 사랑하는 사람을 만나서 행복하다고 말하는 아이가 불임이라니. 아이를 지극하게 원하는데 가질 수 없다니.

애니는 눈물이 말라버린 사람처럼, 눈물을 쏟아내는 올리비아를 그저 바라보기만 했다.

"그래서 문득 언니가 떠올랐어. 언니는 아마 조카를 낳았을 텐데, 하고 말이야."

그리고 여전히 모래처럼 버석한 어조로 말을 이었다.

"예쁜 조카 보여줘. 그거면 돼."

"그건."

애니의 부탁을 뭐든 들어준다고 호언장담한 올리비아였으나, 그 부탁에는 망설였다.

쉬운 부탁인데 머뭇거리는 올리비아를, 애니가 의아한 눈으로 바라보았다. 올리비아는 이내 굳은 결심이라도 한 듯 입술을 깨물었다.

"알았어."

그리고 곁에 서 있던 하녀에게 명령했다.

"아이들을 데려오렴."

"네, 네."

하녀 또한 망설이다가 어쩔 수 없다는 듯이 고개를 숙였다. 애니는 그 기묘한 광경을 자신의 눈에 물끄러미 담았다.

그리고 얼마나 시간이 지났을까.

하녀를 보낸 지 한참 되었는데도 사람이 돌아오질 않았다. 찻주전자가 완전히 빌 때가 될 때쯤 응접실 문이 열리고, 아까 보냈던 하녀가 얼굴을 내밀었다.

"저어, 마님."

"왜 아이들이 오질 않는 거지?"

"그, 그게."

하녀는 문간에 서서 머뭇거렸다. 무엇 하나 예법에 맞지 않는 모습이었다. 올리비아가 눈살을 찌푸리고 따끔하게 그녀를 야단치려 했을 때였다.

몹시 불량한 목소리가 문밖에서 울렸다.

"왜 우리보고 오라 가라 하는 건데?"

모습을 드러낸 것은 제 아버지를 꼭 닮아서 산처럼 커다란 덩치를 가진 두 사내아이였다.

밉살맞은 말을 하는 건 그중 첫째 아이였다.

"할머니들이랑 고모가 그랬어. 어머니네 가족들은 모두 수준 떨어지니까 어울리면 안 된다고. 나중에 혼나기 싫으니까 자꾸 부르지 마."

큰아이가 그나마 엄마를 닮아서 은빛 머리카락을 가지고 있었으나, 둘째는 얼굴까지 모두 아버지와 닮았다.

그 때문에 진상들은 둘째를 더 예뻐하고 첫째에게 더 엄하게 굴었다. 그 차별이 심하면 심할수록 첫째는 제 어머니에게 더 모질게 굴었다.

'하지만 오늘까지 그럴 건 없잖아.'

생사도 몰랐던 이모가 처음 찾아온 날인데, 꼭 제 어미를 이렇게 면박을 주어야 한단 말인가. 속상함과 화가 동시에 치솟은 올리비아가 매서운 어조로 첫째를 나무랐다.

"지금 어른들 앞에서 무슨 말버릇이니!"

"째려봐? 째려보면 어떻게 할 건데?"

하지만 이미 삐딱할 대로 삐딱한 큰아이에게는 들리지도 않았다. 큰아이는 매서운 눈으로 올리비아를 노려보며 말했다.

"둘째 할머니를 죽이려고 시골에 처박으려고 하면서."

그리고 제 할 말을 다 쏟아냈다는 듯이 휙 돌아섰다. 큰애와 달리 좀 유한 구석이 있는 둘째가 미련이 뚝뚝 떨어지는 눈으로 올리비아를 바라보았다.

"나는 엄마랑 이야기하고 싶은데."

"헛소리 말고 이리 와!"

그나마도 큰애가 끌고 가니 속수무책이었다.

'괜히 불렀어. 나도 아이 낳지 못했다고 말할 것을.'

하는 짓만 보면 내 새끼가 아니라 어머니들 새끼였다.

아이들이 떠나고 빈 문을 바라보던 올리비아는 긴 한숨을 내쉬었다. 그리고 억지웃음을 지으며 애니에게 말했다.

"……어머님이 요양원으로 떠나신 지 얼마 안 되어서 애들이 예민해. 이해해줘."

거짓말은 아니었다. 매일매일 아프다고 노래를 부르던 둘째 진상은 드디어 요양원으로 떠났다.

빈자리는 느낄 틈이 없었다. 둘째 진상의 딸이 둘째 진상이 하던 짓을 하려고 파넬 공작저에 상주하다시피하고 있었으니.

"언니."

조카들이 자신이 생각하던 사랑스러운 아이들이 아니라는 사실을 일찍 깨달은 애니는 어색한 미소를 지었다.

"우리는 왜 이렇게 불행한 걸까. 우리가 무슨 잘못을 했다고?"

"잘못이라니! 우린 잘못한 게 없어!"

애니의 말에 올리비아는 발끈했다. 잘못해서 벌을 받는 거라고? 자식들이 나를 홀대하고 불우한 삶은 사는 것이?

'그것만큼은 참을 수 없어.'

그렇게 생각하는 올리비아를 보며 애니는 더더욱 냉소적인 표정을 지었다.

"그게 더 서글프지 않아? 이유 없이 불행하다는 게? 그건 불행이 내 운명이라는 뜻이잖아."

그 말이 올리비아의 가슴에 화살처럼 박혔다.

❖ ❖ ❖

"마님, 출발하실 시간입니다."

애니가 그렇게 떠나고, 올리비아의 기분은 엉망이었다.

마음 같아서는 독한 술을 마시고 일찌감치 잠자리에 들고 싶었지만, 오늘은 빠질 수 없는 행사가 있었다.

태황제가 후원하는 황립오페라극단의 오페라 초연날이었다.

'이 기분에 오페라 따위를 보고 있어야 하다니.'

내키지 않았지만 어쩔 수 없었다. 태황제는 아주 쪼잔한 사람이라, 참석한 귀족 명단을 만들라는 지시까지 내리곤 했기 때문이다.

당연히 그 명단에 이름을 올리지 못하면 불이익이 있었다.

'정말 지친다.'

속으로 그리 생각하면서도 올리비아는 차분하게 몸을 단장했다. 머리카락을 틀어 올리고, 단정한 색의 드레스를 입었다. 옷과 같은 색의 손가방을 들고 나서며 올리비아가 물었다.

"각하께서는?"

"연무장에 계십니다."

"……."

행사에는 참가하지 않겠다는 뜻이었다.

올리비아는 한숨을 속으로 삼켰다.

'한번쯤 이런 모임에 얼굴을 내밀어주면 좋겠건만.'

사람이 싫다는 핑계로 제임스는 대외적인 행사에는 조금도 참석하지 않았다. 물론, 그 벽돌이 참석해서 무언가를 하길 기대하는 것이 아니다.

'그래도 부부 동반 모임인데, 나만 얼굴을 내미니 이상한 소문이 돌잖아.'

그나마 아이가 둘 있어서 불화설 같은 건 돌지 않았지만, 집안의 가주가 괴짜, 대인기피증이라는 소문 또한 불화설 뺨치게 사업에 지장이 있는 소문이기는 했다.

'뭐, 내가 말한들 듣는 사람이 아니니.'

올리비아는 한숨을 내쉬며 현관으로 걸음을 옮겼다.

하지만 현관에 일렬로 도열한 시중인들을 보는 순간, 올리비아는 또다시 가슴이 답답해서 걸음을 멈추고 말았다.

"……."

진상들까지 밀어낸 지금, 파넬 공작가의 중심은 누가 뭐래도 올리비아였다. 하지만 그녀가 외출하는데 가족 중 누구 하나 그녀를 배웅하러 나오질 않았다.

'내가 그렇게까지 잘못했나.'

엄마에게도 차갑기 그지없는 아이들, 그녀를 원수처럼 미워하는 시어머니와 시누이, 연무장에서 살다시피 하면서 그녀에게 관심 두지 않는 남편.

그녀는 지금 파넬을 위해서 우울한 마음에도 불구하고 밖에 나서는 것인데도, 아무도 그녀를 돌아보지 않았다.

'그럼 나는 무엇을 위해서 이렇게 무거운 짐을 짊어지고 사는 거지?'

바닥이 꺼지는 늪에 서 있는 기분이었다.

올리비아가 멍하니 멈춰 있자, 의아함을 느낀 집사가 그녀를 조심스럽게 불렀다.

"저어, 마님?"

"아."

올리비아는 그제야 퍼뜩 정신을 차리고 발을 들었다. 또각또각 구두 소리가 바닥을 차고 울렸다.

의미가 있든 없든, 이제 그녀는 멈출 수가 없었다.

❖ ❖ ❖

'애니.'

하지만 마차에 올라서도 그녀의 머릿속에 떠오른 것은 온통 메마르게 미소 짓던 동생의 얼굴뿐이었다.

'도대체 얼마나 고생을 했길래.'

그녀의 동생 애니는 햇살처럼 밝고 순수한 아이였다. 그렇게 힘없이 웃을 수 있는 아이가 아니었다.

"사실은 괜찮지 않은가 봐. 그렇지?"

하물며 그렇게 냉소적으로 굴 수 있다니.

자신의 불행에 성질이 나서, 내가 이렇게 불행한데 하나뿐인 언니는 행복하게 사나 구경이나 해보자 하는 마음으로 애니가 찾아온 것이 바로 어제였다.

올리비아는 당혹스러울 수밖에 없었다.

그녀가 아는 애니는 타인의 불행에서 행복의 원천을 찾아내는 아이가 아니었으니까. 하지만 시간이, 세상이, 고난과 역경이 그 아이를 그렇게 만들었다.

'나는 왜 그동안 애니를 한 번도 찾아볼 생각을 안 했을까.'

몸이 아주 안 좋았고, 그다음에는 진상들이 플로렌스 가문을 무시하는 것이 컸다.

그 뒤로는 어쩌다 가끔 찾아와서 돈을 뜯어가는 플로렌스 자작의 말을 철석같이 믿었다.

'믿을 수 있는 사람이 아니었는데.'

올리비아는 손바닥에 얼굴을 묻었다. 참담했다. 그렇게밖에 표현할 수가 없었다.

'나는 도대체 무얼 하며 살아온 거란 말인가.'

이제는 그녀의 곁에 가족이 아무도 남지 않은 것 같은 막막함이 그녀를 어지럽게 했다.

해야 하는 일은 많고 버거운데, 그녀를 응원하는 사람은 아무도 없었다.

'내가 잘못 살아온 건가.'

그 질문을 스스로에게 던진 뒤, 올리비아는 몸서리를 치며 고개를 저었다. 그것만큼은 인정할 수 없었다.

'내가 얼마나 힘들게 살았는데!'

죽는 게 낫다 싶은 순간을 여러 번 넘기며 겨우겨우 공고하게 만든 자리였다. 그런데 이제 와서 잘못 살았다니?

'그럴 리가 없어. 그래서는 안 돼.'

올리비아가 초조함에 입술을 물어뜯었을 때였다. 마차가 멈추고, 오페라 극장에 도착했다. 그녀는 천천히 마차에서 내렸다.

"반가워요, 파넬 공작부인."

"오늘도 아름다우시네요."

의미 없는 인사를 반복하는 사이, 그녀의 얼굴에는 완벽한 웃음 가면이 씌워졌다. 언제 그리 고뇌했냐는 듯이, 그녀는 생글생글 웃으며 자신의 지정석으로 가 앉았다.

그녀의 옆자리는 당연히 제임스 파넬의 자리였다.

'내가 죽을 때까지 한 번도 이 자리를 채울 생각이 없나 보군.'

딱히 그와 어떤 활동을 같이 하고 싶은 건 아니지만, 본인이 하고 싶은 활동만 하면서 유유자적 지내는 모습을 보면 부아가 치미는 것도 사실이었다.

'하다못해 아이들이라도 신경 써주면 좋으련만.'

남자아이들이니 아빠가 교육에 신경 쓰고 삶의 지혜도 이야기해주는 편이 좋을 텐데, 온전히 진상들과 시누이에게 일임하고 있으니 관계는 개선될 여지가 안 보였다.

'이제 와 떼어내려고 해도 내가 나쁜 여자라고 생각하고 있고.'

두 번째 진상이 몸이 아파서 요양원에 보낸 것도 죽으려고 보냈다고 비난하던 큰아이의 시선이 떠올랐다.

평생 그런 시선으로 자신을 응시할 거라 생각하면 숨이 턱 막히는 것이었다.

'차라리 죽는 편이 나았을지도 몰라.'

그리 생각하며 올리비아가 한숨을 삼켰을 때였다.

"타이론 공작 각하시네."

"오늘도 혼자셔."

"돈 주고 산 코르티잔이라도 끼고 참석하실 법도 한데."

"저렇게 남의 시선을 의식하지 않는 면이 멋있지 않나요?"

"인간이 아닐 거예요. 어떻게 저렇게 시간을 멈춘 것처럼 여전히 아름다우신지."

극장 안으로 소곤거리는 소리가 안개처럼 퍼져나갔다. 굳이 그 소리들을 듣지 않아도 올리비아는 누가 왔는지 알 수 있었다.

'이안 타이론 공작.'

대국민고자라는 치욕스러운 별명을 가지고 있는 남자.

하지만 공작이라는 높은 작위에, 아름다운 외모, 그리고 군더더기 없는 깔끔한 성격 덕분에 인기는 식을 줄을 모르고 높아지기만 했다.

"저렇게 완벽한데, 신께서는 너무하시지."

"차라리 한 여자의 소유가 되지 않는 것이 더 멋진 거 같아요."

"어떤 의미에서는 그조차 완벽함이죠."

수군거림을 한 귀로 흘리면서 올리비아는 굳이 뒤를 돌아보지 않았다.

'나랑은 상관없는 사람이야.'

제임스가 전장에 있는 10년 동안 진상들은 무수히 올리비아의 행실에서 흠을 잡아 파넬 공작부인 자리에서 밀어내리려고 했다. 그중 하나가 바로 외간남자와의 스캔들이었다.

얼마나 지독하게 시달렸나, 올리비아는 그 뒤로 어리든 늙었든 남자라면 시선도 두지 않았다.

하지만 이런 생각은 들었다.

'부러워. 차라리 저렇게 혼자 살면 속도 편할 텐데.'

가족에게 서운할 것도 없이, 애초에 가족이 없으면 되는 문제 아닌가. 올리비아는 쓴웃음을 지었다.

'내가 지금 마음이 안 좋기는 안 좋은가 보네.'

제대로 알지도 못하는 사람을 부러워하다니.

자괴감에 빠지기 식전, 종소리가 울리고 극장이 어두워졌다. 무대가 곧 시작한다는 뜻이었다.

무대를 곧은 시선으로 바라보고 있던 올리비아는 자신의 옆얼굴을 콕콕 찌르는 것 같은 시선에 저도 모르게 고개를 돌렸다.

그 자리에는 어둠 속에서도 찬란하게 빛나는 금빛 머리카락을 가진 남자가 나른한 표정으로 앉아 있었다.

바로 화제의 이안 타이론 공작이었다.

'……멋있네.'

개구쟁이처럼 뻗은 눈썹, 하지만 그윽해 보이는 눈매, 무기물이라도 보는 건조한 시선이 제각각 다른 느낌인데도 잘 어우러졌다.

'제임스와는 완전히 달라.'

한 올 한 올 포마드로 정성껏 빗어 넘긴 머리 모양은 죽었다가 깨어나도 제임스에게서 볼 수 없을 터였다.

'저렇게 잘생기니 다들 관심을 가지는 걸까.'

하지만 지나치게 표정이 없어서인지 잘생긴 동상 같았지, 살아 있는 사람 같지가 않았다.

'저 사람도 언젠가 사랑에 빠져서 허덕거리는 날이 올까?'

지금 봐서는 전혀 그럴 것 같지가 않았다. 태황제가 얼마나 그를 장가보내고 싶어서 절절매는가를 떠올리던 올리비아는 다시 시선을 정면으로 옮겼다.

'나랑 무슨 상관이야.'

올리비아는 머릿속에서 이안을 몰아내었다. 이름과 얼굴밖에 모르는 남자보다 더 복잡하고 중요한 문제들이 그녀에게는 산적해 있었다.

❖ ❖ ❖

그럭저럭 오페라를 보고 나오니 밖에는 비가 부슬부슬 내리고 있었다.

'이런.'

분명 우산이 없을 텐데. 하녀가 급하게 우산을 구하러 다닐 모습이 바로 그려졌다.

'조금 기다려볼까.'

하지만 공작부인 체면에 지붕에 비를 맞지 않도록 서 있는 것도 우스웠다. 올리비아가 어떻게 하는 편이 나을까 고민했을 때였다.

낯선 남자가 불쑥 그녀에게 말을 걸어왔다.

"파넬 공작부인이십니까?"

"그런데."

미묘하게 얍삽해 보이는 얼굴에 부실한 체형을 가진 남자였다. 그는 어색한 표정으로 손을 내밀었다.

"제 주인께서 우산을 건네드리라고 하셨습니다."

우산의 손잡이에 가문의 인장이 새겨져 있기에 올리비아는 대번에 누구의 우산인지 알 수 있었다.

이안 타이론의 것이었다.

'그 남자가 나에게 왜?'

어찌 되었든 그에게 이런 호의를 받을 이유가 없었다. 올리비아는 칼같이 잘라냈다.

"받지 않겠네."

올리비아가 고개까지 돌리며 강경하게 거절하자, 남자의 표정이 더더욱 엉망이 되었다. 그는 비굴하게 굽신거리며 말했다.

"받아주시지요. 받지 않으시면 제가 어떤 경을 지를지 모릅니다."

"받아서 어떤 소문이 생길지 아나."

그녀가 그동안 당했던 모진 수모를 떠올리며 진저리를 쳤을 때였다. 이쯤 말하면 물러갈 줄 알았더니, 돌아오는 대답이 그녀가 한 말보다 더 냉소적이었다.

"제 주인은 이미 고자라고 소문이 파다한데 구설이 생길 것이 뭐 있겠습니까."

"……."

'아니, 타이론 공작이 불능인 건 사실인데 이렇게 공공연하게 말해도 돼?'

심지어 말투가 묘하게 비웃는 것 같기까지 하다. 올리비아는 이맛살을 찌푸렸다.

'정말 아랫사람 맞아? 아니면 아랫사람에게 유한 주인인가?'

어찌 되었든 틀린 말은 아니었다. 사생활에 잡음 하나 없는 남자가 새삼 유부녀에게 우산 하나를 건넨다고 누가 로맨스를 떠올리겠는가.

올리비아의 입가에 시니컬한 미소가 번졌다.

'고자와 불임이라.'

퍽 어울리는 조합 아닌가. 올리비아는 고개를 끄덕였다. 그녀는 신경질적으로 가방을 고쳐 쥐었다.

"그래, 그렇군."

그 순간 애니의 목소리가 울렸다.

"그건 불행이 내 운명이라는 뜻이잖아."

그 순간이었다. 막을 새도 없이 눈에서 눈물이 주르륵 흘러나왔다.

"윽."

이런 곳에서 울면 안 된다. 보는 눈이 많았다. 남편도 없이 처량하게 눈물을 흘리는 모습 같은 게 들켰다가는 얼마나 비웃음거리가 될지 몰랐다.

'울면 안 되는데.'

상대방 남자가 당혹스러워하는 얼굴이, 눈물에 순식간에 흐려졌다. 올리비아는 손등으로 눈을 꾹 눌렀다.

'한번 울기 시작하니 멈출 수가 없어.'

꾹꾹 눌러 참고 있던 눈물이 고장이라도 난 것처럼 퐁퐁 솟아났다. 올리비아가 도망이라도 쳐야 하나 했을 때였다.

"실례."

낮고, 단정한 목소리가 그녀의 귓가를 울렸다. 그녀가 목소리의 주인을 볼 사이도 없이, 커다란 손이 그녀의 손목을 잡아당겼다.

"아얏!"

올리비아는 속절없이 그에게 이끌려서 밖으로 나가게 되었다.

쏴아아.

소낙비가 그녀의 온몸을 적셨다. 빗물에 뿌예졌던 시야가 맑게 개는 것만 같았다.

올리비아는 멍하니 자신의 손목을 꽉 쥐고 있는 남자를 바라보았다.

"당신은……."

빗물에 짙은 색으로 물드는 금빛 머리카락과, 베일 듯 날카로운 턱선이 흔할 리가 없었다.

이안 타이론이었다.

그는 올리비아와 시선이 마주치기 무섭게 다시 그녀를 끌어다가 다시 원래 자리로 돌려놓았다. 비에 젖은 머리카락을 쓸어넘기며 고개를 숙이는 모습이 정중하기 짝이 없었다.

"죄송합니다. 제 보좌관인 줄 알고. 사람을 착각했군요."

여자와 남자인데 착각할 수가 있단 말인가. 올리비아는 어이가 없어서 입술을 벙긋거렸다. 그때 저 멀리서 비명 같은 부름이 울렸다.

"마님!"

"다행히 하녀가 잘 찾아온 모양입니다."

이안의 눈가가 부드럽게 휜 것 같았으나, 돌아서는 속도가 너무 빨라서 제대로 볼 수가 없었다.

올리비아는 멍하니 다시 빗속으로 저벅저벅 걸어 들어가는 남자의 넓은 등을 바라보았다.

뒤늦게 그의 보좌관이 올리비아에게 내밀었던 우산을 부산스럽게 펼쳐서 그의 뒤를 따라갔다.

'이안 타이론.'

그동안 대회의 등등에서 여러 번 본 적 있는 얼굴이었지만, 이렇게 가까이서 대한 것은 처음이었다. 인사 외의 말을 해본 것도 오늘이 처음 같았다.

'의외네.'

올리비아가 받은 인상은 단순했다. 그간 멀리서 보던 것과 많이 느낌이 달랐다.

더 생각할 틈도 없이, 하녀가 호들갑을 떨며 올리비아의 곁에 왔다.

"어머나, 마님! 이게 무슨 난리예요. 홀딱 젖으셨잖아요."

하녀의 말대로 빗물이 뚝뚝 머리카락을 타고 흘러 목 뒤를 적시고 있었다. 올리비아는 싱긋 웃었다.

"아아, 떠밀리는 바람에 비를 맞고 말았단다."

"얼른 마차에 오르세요. 감기 걸리시겠어요."

"그래."

하녀의 입에서는 눈물 같은 단어는 나오지 않았다. 비를 맞는 바람에 모두 씻겨 내려가버린 것이다.

'일부러 그랬구나.'

그녀가 타이론 공작의 보좌관 앞에서 큰 소리로 우는 모습이 들통 났다면 우스운 소문거리가 되었을 것이다.

'눈치가 빨라.'

게다가 일처리가 깔끔했다. 어설프게 그에 대한 감정을 가질 수도 없이 탁 치고 빠졌으니 말이다.

이 소란으로 이득을 본 사람은 한 사람뿐이었다. 바로 올리비아. 그는 그녀를 배려한 것이다.

'남을 신경 쓰는 성격은 아니라고 생각했는데.'

올리비아는 다시 그쪽을 돌아보았지만, 이안은 이미 마차에 오른 것인지 보이지 않았다. 하녀가 올리비아를 재촉했다.

"마님, 빨리요!"

"……그래."

빗속으로 사라지던 너른 등을 그려보던 올리비아는 고개를 돌렸다.

❖ ❖ ❖

그 뒤로도 지긋지긋한 건 여전했다. 둘째 진상의 요양원행은 결국 불발되었다. 하도 자신을 죽이려는 거라고 난리를 쳐대는 통에 강행할 수가 없었다.

둘째 진상의 딸이자, 제임스의 누나인 시누이가 올리비아에게 또다시 새된 소리를 쏟아내었다.

"어머니가 아프면 당연히 정성 다해서 모셔야지. 돈으로 해결 해보려고 해? 그렇게 정나미 없는 여자였어?"

집무실에서 파넬의 이런저런 일을 처리하고 있던 올리비아는 피식 웃고 말았다. 시누이가 대번에 얼굴을 일그러뜨렸다.

"웃어? 지금 이게 웃겨? 내 말이 우스워?"

"그래요, 우습네요."

시누이는 올리비아보다 나이가 훨씬 많았다. 그래서 그동안은 꾹 참고 들어주었지만.

이제는 한계였다.

올리비아는 피식 우아한 미소를 지으며 대꾸했다.

"그렇게 모시고 싶으시면 당신이 모시면 되지. 왜 나한테 와서 이렇게 왁왁거리는지 이해가 가질 않네요. 내 부모예요?"

올리비아의 대꾸에 시누이의 얼굴이 새빨갛게 달아올랐다.

"뭐, 뭐라고? 파넬에 시집을 왔으면 당연히 네 부모이지! 그동안 그런 마음가짐으로 어머니들을 대한 거야?"

옳은 말을 한다고 생각해서 그런가 올리비아에게 삿대질을 하는 시누이의 얼굴에서는 조금의 망설임도 없었다. 하지만 싸늘하게 식은 올리비아에게는 웃기기만 한 소리였다.

올리비아는 그린 듯한 비웃음을 지으며 대답했다.

"왜 내 부모야, 당신 부모지. 심지어 내 남편을 낳아준 것도 아니고."

"뭐라고?"

시누이는 기가 차다는 듯이 주먹으로 가슴을 쳤다. 그때였다. 올리비아는 자리에서 벌떡 일어났다. 그리고는 움찔거리는 시누이를 지나쳐 문을 열었다.

"흥! 이제 자기 잘못을 깨닫고 날 피하는 건가?"

웃기는 소리. 올리비아는 큰 소리로 복도에 대기하고 있던 사용인들에게 말했다.

"라난 부인께서 제 어머니를 몸소 모시고 싶다고 하시는구나. 어서 두 번째 어머님의 짐을 싸라!!"

"뭐야?!"

남을 비난할 때는 세상 최고의 효녀처럼 굴더니 정작 자신보고 모시라고 하니, 시누이는 바로 뒤집어졌다.

"왜 내가 모셔야 하는데? 이 제국에서 어머니를 딸이 모시는 법이 어디 있어?"

"오늘부터 모시면서 타의 모범이 되시면 되겠네요. 부모 자식간에 법이 어디 있나요. 당연한 도리지."

도리, 도리 찾던 것은 시누이 쪽이었다. 하지만 역지사지가 되는 인간이었다면 애초에 올리비아에게 그런 식의 비난을 하지 않았으리라. 올리비아의 말에 시누이는 팔짱을 끼고 올리비아를 노려보았다.

"지금 네 일을 이런 식으로 떠넘기겠다는 거야?"

"떠넘기다뇨. 새언니가 너무너무 어머니가 걱정되어 조금이라도 더 잘 모셨으면 좋겠다고 하셨잖아요. 부모 자식 간의 도리를 운운하면서요."

그렇게 잘 모시려면 역시 친자식이 최고 아니겠는가. 올리비아는 생글생글 웃으며 시누이의 가슴을 박박 긁었다.

"사사건건 제가 하는 일은 효도가 아니라고 하셨으니, 이참에 새언니께서 효를 보여주세요. 제가 보고 배우겠습니다."

"이, 이봐. 나랑 다시 이야기를……."

"어서 짐을 싸라! 농담이 아니다!"

만날 자신이 세상 최고의 효녀인 척 굴던 시누이는 결국 울며 겨자 먹기로 두 번째 진상을 데리고 집으로 돌아갔다. 두 번째 진상도 친딸의 집에서 지내기를 강력하게 희망했기에 어쩔 수 없었다.

'진즉 이럴 것을.'

그렇게 한 번에 골칫덩어리 둘을 처리하고 나니 속이 시원했다. 특히 시누이!

'무슨 부귀영화를 보겠다고 참고 살았는지.'

그동안 한 번도 제대로 대든 적이 없는 올리비아였으나, 애니를 본 탓에 신경이 곤두선 것인지 하고 싶은 말을 다 쏟아내었다.

'다신 오지 마라. 물론 일주일 안에 돌아오겠지만.'

저 성질머리에 제 어머니의 징징거림을 받아줄 수 있을 리가 없다. 그리 생각하며 올리비아가 돌아섰을 때였다.

남편과 똑같이 생긴 검은 머리카락의 소년이 기둥 뒤에 숨어서 얼굴만 빼죽 내밀고 있었다.

'둘째.'

유난히 시누이를 좋아하는 둘째 아이였다. 그런데 어머니가 시누이를 내쫓는 모습을 보았으니 무슨 생각을 할까.

'또 시누이 편이나 들겠지.'

심장이 다시 싸늘해지는 기분이었다. 올리비아는 턱을 꼿꼿하게 들고 말했다.

"너도 하고 싶은 말이 있으면 똑바로 하렴. 왜 그러니?"

"어, 엄마."

둘째 아이가 눈물이 그렁그렁한 눈으로 올리비아를 바라보았다. 하지만 그 모습조차 제임스를 닮은지라, 올리비아는 결국 먼저 시선을 슬쩍 피하고 말았다.

바로 그때였다. 둘째 뒤에서 불쑥 튀어나온 첫째가 올리비아에게 또다시 미운 소리를 쏟아냈다.

"이 못된 여자! 결국 할머니를 내쫓는 거지?"

"얘야."

올리비아는 어이가 없어서 웃고 말았다.

"네가 곧 아홉 살이던가?"

"그, 그런데 뭐! 내 나이도 몰라? 역시 어머니 자격이 없어."

"……"

아이의 말에 올리비아는 굳이 반박하지 않았다. 자신도 알고 있었다. 부모 자격이 없다는 건.

'하지만 이런 비난은 비겁하지 않나.'

올리비아와 시누이가 실랑이하는 것을 들은 사람이 하나둘이 아닌데, 내쫓는다는 표현은 너무나 억울했다. 그쪽이 일방적으로 비난했고, 자신이 하던 말에 스스로 발목이 잡힌 것 아닌가.

올리비아는 첫째와 눈을 맞추고 또박또박 말했다.

"귀가 있고 눈이 있으면 똑바로 들으렴. 내가 언제 내쫓았니?"

"지금 내쫓으려고 하잖아! 언젠 그럴 거라고 했었지. 할머니들 말이 옳았어. 천성부터 글러먹었다고."

"……그래."

아이가 내뱉는 말 한 마디 한 마디가 거칠기 짝이 없었다. 저것 또한 저 아이가 스스로 생각해서 하는 말이 아니라는 걸 알기에, 괜히 아이가 밉거나 하지도 않았다.

'너도 네 살 궁리를 하는 거겠지.'

이 집구석에서 이기적이지 않은 사람이 어디 있나. 결국 올리비아는 이렇게 말하고 몸을 돌렸다.

"그럼 못된 여자랑 말 더 하지 말고 얼른 너희가 가고 싶은 곳으로 가렴."

그건 올리비아가 스스로에게 하는 말이기도 했다. 저 아이들과 눈을 맞추고 이야기를 나누기에는 지나치게 피곤했다.

'이게 인생인가.'

곁에 남은 건 아무것도 없고, 울고 싶어도 울지도 못하는 신세.

"답답해."

집무실에 도착한 올리비아는 깊은 한숨을 내쉬며 그렇게 중얼거렸다. 그때였다.

"마님."

"응?"

하녀장이 그녀를 불렀다. 서류가 그녀 앞에 쌓였다.

"다음 달에 있을 생신 파티 건으로 결재해주셔야 하는 것이 있습니다만."

"아, 그렇지. 이리 줘."

그녀의 마흔 번째 생일은 황후 폐하까지 행차하는 큰 행사가 될 예정이었다.

'힘들어도 별수 있나. 멈출 수는 없으니.'

계속 일하는 수밖에.

그리 생각하며 올리비아는 자신의 마흔 번째 생일 파티를 스스로 준비했다.

시간을 돌리기 한 달 전이었다.

❖ ❖ ❖

올리비아 파넬 공작부인이 죽었다.

너무나 절묘한 타이밍이었으나, 정황에는 아무 문제가 없었다. 성대한 마흔 번째 생일 파티를 앞두고, 공작부인은 긴장된다며 일찍 잠들었다. 밤새 침입한 사람은 없었고, 공작부인의 몸도 가지런하여 저항한 흔적이 없었다.

완전한 돌연사였다.

"……심장마비인 것 같습니다."

원인을 알 수 없이 지병도 없던 여인이 숨졌으니, 심장마비라는 결론뿐이었다.

벌벌 떨리는 손으로 결론을 낸 파넬 공작가의 주치의는 자신을 응시하는 파넬 공작가의 사람들의 눈치를 살폈다.

"그, 그런……."

놀란 듯했지만, 공작의 어머니의 입꼬리는 지렁이처럼 꿈틀거렸다. 누가 봐도 웃음을 참는 얼굴이었다.

'평소에도 그렇게 사이가 좋지 않더니.'

이미 파넬 공작가에서 오가는 신경전을 알고 있는 주치의는 눈을 내리깔고 웃음을 못 본 척했다. 아무리 그래도 죽었는데 좋아하다니, 너무하다는 생각이 들었다.

눈물을 흘린 것은 단 한 사람이었다.

"엄마!"

바로 두 번째 공자. 아직 어린아이라서 그럴까. 반듯하게 누운 싸늘한 시체를 보고 무서운 듯 뒷걸음질을 치던 두 번째 공자는 이내 눈물을 쏟아내고 말았다.

"엄마! 안 돼! 엄마!!"

"시끄러워!"

그리고 첫 번째 공자가 그런 동생을 날 선 어조로 나무랐다.

"안아주지도 않는 엄마가 무슨 엄마라고. 시끄러우니까 조용히 해!"

"하지만 형아! 엄마가! 엄마가!!"

"시끄럽다니까!"

두 번째 공자의 절규는 결국 첫 번째 공자가 머리를 쥐어박으면서 멈추고 말았다.

하지만 소리 없이 눈물을 뚝뚝 흘리는 두 번째 공자의 모습은 더더욱 주치의의 마음을 아프게 했다.

기묘하게 반응한 건 다름 아닌 올리비아의 남편, 제임스 파넬이었다.

"……지금 그게 무슨 말이지?"

"예?"

주치의는 벌벌 떨리는 눈으로 자신을 내려다보는 제임스를 바라보았다. 커다란 덩치에 무표정한 얼굴 때문에 위압감이 장난 아니었다.

"그, 그러니까."

"그게 무슨 말이냐고."

"그거야……."

꼭 이렇게까지 말을 해야 하나. 주치의의 이마로 식은땀이 흘렀다. 저 어린 공자들조차도 모두 심장마비라는 말에 상황을 알아들었는데, 산만큼 커다란 덩치를 가진 파넬 공작이 그를 압박하고 있었다.

주치의는 땀에 밀려 흘러내리는 안경을 바짝 올려 쓰며 억지로 목소리를 짜냈다.

"돌아가셨습니다."

"⋯⋯."

그 말을 내뱉은 뒤, 주치의는 조금 놀랐다. 산처럼 강건할 것만 같던 제임스의 몸이 비틀거렸기 때문이다.

"공작님!"

"각하!"

사실 조금 놀란 것은 주치의만이 아니었다. 다른 사용인들도 크게 충격받은 듯 휘청하는 제임스의 모습이 의외였다.

'별로 사이가 좋지 않으신 것 같더니.'

'데면데면하다고 생각했는데.'

'역시 부부는 다른 걸까.'

제임스의 얼굴에서는 핏기가 완전히 가셨다. 떨리는 눈으로 올리비아를 응시하던 그가 허탈한 목소리로 중얼거렸다.

"어째서 이번에도 나만 남은 건가⋯⋯."

의미가 모호한 말이었으나, 충분히 놀라서 횡설수설할 수 있는 상황이었기에, 누구 하나 귀담아듣지 않았다.

"어째서, 어째서⋯⋯."

그렇게 황망한 듯 중얼거리던 제임스는 누워 있는 올리비아의 곁으로 다가갔다. 그리고는 얼음처럼 굳어 있는 그녀의 손등에 이마를 대었다.

"부인."

눈물은 한 방울도 나오지 않았건만, 고통스럽게 일그러져 있는 얼굴에서 짙은 슬픔이 묻어났다.

평소의 제임스는 아예 감정이 없는 사람처럼 늘 무뚝뚝했다. 그래서 다른 사람들의 눈에 더더욱 인상 깊었다.

'사실은 무척 사랑하셨던 걸까.'

'하긴, 싫어하는 여자의 침실에 매일같이 들었을 리가 없지.'

'그 흔한 염문 하나 없었고.'

그동안 왜 제임스가 올리비아를 사랑하지 않는다고 생각했는지 모를 정황들이었다. 그제야 사람들은 제임스가 올리비아를 마음 깊이 사랑하고 있음을 깨달았다.

심지어 두 공자들마저도 말이다.

"아버지……."

"흐허어엉, 엄마."

첫째 공자는 존경해마지 않는 아버지가 자신이 경멸하던 어머니를 그리워하는 모습에 충격 받았고, 둘째 공자는 다시 울음을 터뜨렸다.

"일어나세요. 공작은 누구에게도 무릎을 꿇지 않습니다!"

모두가 침통해하는 분위기에 어정쩡하게 서 있던 시어머니가 큰 소리로 제임스에게 말했다.

"……."

하지만 제임스는 몸을 일으키지 않았다. 그는 상처 입은 곰처럼 눈을 감고 그저 거칠게 숨만 내쉬었다.

그는 아직 이별할 준비가 되어 있지 않았다.

'도대체 이번에는 누가 당신을 이렇게 해친 걸까. 이번에도 나에 대한 복수였을까.'

제임스는 혼란스러운 머리로 오로지 범인만을 추리했다. 지난 생의 경험으로, 그는 대외적으로 나서지 않았다. 누군가의 눈에 띄어봤자, 올리비아를 잃을 가능성만 높아진다고 생각했기 때문이었다.

'그런데도 도대체 누가……'

전날까지 그렇게 생생했던 여자가 갑자기 심장마비로 죽을 리가 없었다. 제임스는 당장이라도 이 저택에 있는 모든 사람을 쳐 죽이고 싶은 마음을 꾹 억누르며 머리를 굴렸다.

'누굴까. 누가, 무슨 방법으로, 왜 이런 짓을 저지른 걸까.'

하지만 이렇게 생각에 잠겨 있을 시간도 별로 없었다. 올리비아의 일을 돕던 보좌관이 고개를 숙이며 이렇게 말했기 때문이다.

"각하, 침통하신 마음은 이해하나, 이렇게 계시면 안 됩니다. 오늘이 날인지라 이미 귀빈들이 올 채비 중이실 것입니다. 상황이 바뀌었음을 서신으로 알려야 합니다."

"……오늘이 무슨 날인데?"

"마님의 마흔 번째 생신 아닙니까."

상황파악을 못 하는 반문에 보좌관은 조금 짜증이 났다.

지금 보통 상황이 아니었다. 황후 폐하는 물론이요, 이 나라에서 내로라하는 귀족들이 축하하러 오기로 한 날인데, 당사자가 사망해버렸다.

'이대로라면 장례식에 파티인 줄 알고 화려한 드레스 차림으

로 참석하는 사람들이 대거 생겨날 판인데.'

정작 가족들은 생일이 오늘인지도 모르고 있으니 답답한 노릇이었다. 보좌관이 조금 더 날 선 목소리로 말했다.

"마님께서 분명히 지난달부터 전달했던 걸로 아는데요! 의상도 모두 맞추시지 않으셨습니까."

"그냥 간단한 홈파티 아니었나?"

"도련님!"

당혹스러워하는 첫째 공자의 반문에 보좌관은 주먹으로 가슴을 치고 싶어졌다.

'전부터 답답한 사람들이라고 생각은 했지만!'

도대체 마님은 이런 사람들을 데리고 어떻게 집안을 이끌었던 것인지. 하고 싶은 말은 많았지만, 보좌관은 거두절미하게 제임스에게 본론만 말했다.

"어서 서신을 보내야 합니다."

그의 말에 제임스는 사나운 어조로 대답했다.

"보내면 될 거 아닌가?"

"예?"

"보내면 될 거 아니냐고. 고작 그런 이유로 나를 귀찮게 하는건가."

"지, 지금 그럼 제가 알아서 보내라고 말씀하시는 겁니까?"

서신은 엄연히 집안의 안주인의 일이고, 지금과 같은 안주인의 부재 시 주인이나 주인의 모친이 하는 것이 관례였다.

하지만 그런 기본적인 것조차 모르는 제임스는 보좌관을 내쫓왔다.

"얼른 가서 네 할 일을 하도록. 나는 조금 더 부인의 곁에 있고
싶다."

"허허."

기가 막혀서 웃음이 나왔다.

'차라리 대부인께서 살아계셨다면 이렇게 되진 않았을 텐데.'

둘째 부인도 내쫓기고 지금 자리를 지키고 있는 셋째 부인은
하녀 출신의 무지렁이였다.

'도대체 이 집안이 어떻게 되려고.'

한숨을 내쉬며 보좌관은 올리비아의 집무실로 걸어갔다. 벌써
부터 돌아가신 마님이 그리웠다.

❖ ❖ ❖

이어진 올리비아의 장례식은 난리도 아니었다. 서신을 받았
어도 파티 참석 준비를 하느라 뜯어보지 않았던 가문이 많았던지
라, 엄숙해야 할 장례식에 온갖 색깔의 옷을 입은 사람들이 참석
하는 해프닝이 벌어졌다.

가장 슬퍼한 사람은 다름 아닌 올리비아의 절친한 친구 로메
오였다.

"세상에, 올리. 어떻게 이런 일이."

로메오는 황후로서 무척 행동거지를 조심한다는 평을 받고 있
는 남자였다. 어떤 경우에도 감정을 드러내지 않고 항상 상냥하

고 조곤조곤한 말투로 말해서 많은 사람들의 사랑을 받았다.

그런 그가 올리비아의 죽음 앞에서는 완전히 무너져 내렸다.

"도대체 뭐가 급하다고 그렇게 떠난 거야. 이렇게 마음의 준비를 할 틈도 없이 떠나면 나는 어떻게 하라고……."

체통도 잊은 것처럼 큰 소리로 우는 황후를 보고 다른 귀족들도 많은 애도를 표했다.

"훌륭한 분이셨죠."

"신께서는 좋은 분을 먼저 데려간다더니, 그래서였나 봐요."

"아직 아이들이 어린데 부인께서 눈을 감아도 감는 게 아니었을 것 같네요."

그 모습들이 올리비아의 두 아들에게는 생소하기만 했다.

'할머니들은 어머니가 자기만 아는 이기주의자에, 성질도 못되어서 친구도 하나 없을 거라고 했는데.'

눈물을 흘리는 사람들을 보고 있으면 꼭 그렇지도 않은 것 같았다. 심지어 늘 칭찬하던 아버지가 오히려 이 상황에서 겉도는 것처럼 보였다.

'다들 아버지를 어려워하고.'

위대한 사람이라서 대하기 어려워하는 것과, 그저 꺼려져서 피하는 것은 명백한 차이가 있다.

"고생만 하고 떠나다니, 가엾은 내 친구."

황후의 그 한 마디가, 귀에 쏙 들어와 박혔다.

심지어 장례식에 와서 흠을 보는 사람들도 있었다.

"아무리 경황이 없다지만 손님을 이렇게 대하는 법이 어디 있지요?"

"알잖아요. 그동안 파넬이 누구 덕분에 굴러갔는지……."

"주인 없는 티를 이렇게 내다니. 안타까운 일입니다, 쯧쯧."

손님들은 올리비아를 파넬의 주인이라고 칭하고 있었다.

'우리는 어머니를 가장 함부로 대했는데.'

못 배우고, 가진 것 없이 태어나서, 운 좋게 공작부인이 되어서 욕심이 많아 할머니들을 괴롭히는 여자.

그것이 공자들이 알고 있는 자신의 어머니였다. 하지만 다른 사람들의 입에서 나오는 올리비아는 전혀 다르지 않은가.

'다들 죽으니 동정심을 가지는 모양이지. 저 말이 사실일 리 없잖아.'

첫째 공자는 그렇게 생각했다. 그리고 얼른 이 음울한 행사가 끝나길 소원했다.

허나 장례식이 끝나면 사라질 줄 알았던 변화는 더더욱 극심해졌다.

당장 집안에서부터 사람이 없는 티가 나기 시작했다. 어린 공자들은 알 수 없었지만, 가문의 사업도 구멍이 뻥뻥 나기 시작했다. 이 순간 자리를 지켜야 하는 제임스는 무엇에 정신이 팔린 건지, 범인을 잡겠다며 여기저기 돌아다니느라 늘 부재 상태였다.

필사적으로 올리비아의 빈자리를 메꿔보려던 보좌관은 결국 사표를 던졌다. 떠나며 내뱉은 한마디 말은 무척 인상적이었다.

"파넬에 실망입니다."

자신이 태어나기도 전부터 파넬에서 일한 보좌관의 말에 첫째 공자는 달려가서 그의 옷자락을 잡아당겼다.

"어째서 그렇게 말해?"

"도련님."

"어머니는 나를 안아준 적도 없는 사람인데 어째서……."

그런 사람이 없어졌다고 파넬을 버려? 왜 집에 이렇게 변화가 일어나는 거야?

혼란스러움이 역력한 첫째 공자의 얼굴을 마주하며 보좌관은 어깨를 으쓱했다.

"그럴 시간이나 있으셨겠습니까?"

이 넓은 집을 혼자 꾸려나가느라.

얼음처럼 굳은 첫째 공자를 내버려두고 보좌관도 파넬을 떠났다. 그 뒤로도 오랜 시간, 아이는 제 어머니가 어떤 사람이었는지 처절하게 깨달아야 했다.

죽음으로써 깨달은, 지독한 후회였다.

외전

황가 식구들은
오늘도

길리언과 이안은 빈말로도 사이가 좋은 부자라고 할 수 없었다. 굳이 말하자면 앙숙이라고 해야 할까?

하지만 두 사람이 드물게 통하는 순간들이 있었다. 이를테면.

"오늘은 꼭 그 톡 튀어나온 이마빡을 때려줘라, 알겠니?"

"네, 아버지."

그놈의 이마빡.

둘이 아침 식사 자리에서 수군거리는 것을 본 올리비아가 한심하다는 듯이 한숨을 내쉬었다.

"아이에게 정말 좋은 거 가르쳐주시네요, 이안."

"그럼요. 피가 되고 살이 되는 조언입니다."

"진담 아니거든요! 반어법이거든요!"

두 사람이 드물게 통하는 순간!

바로 황궁에 계신 지엄하신 황제 폐하의 가족들을 이야기할 때였다.

이미 열 살이나 된 아들의 아버지가 되었음에도 이안은 스타티스를 대할 때면 여전히 어린아이 같았다.

"저도 진담입니다. 왜 제가 농담일 거라고 생각합니까? 황태자가 되어서 이마빡을 때릴 수 없는 존재가 되기 전에 얼른……."

"이안!"

결국 참지 못한 올리비아가 큰 소리로 이안의 이름을 불렀다. 아내에게는 약한 대공은 곧장 눈을 여우처럼 가늘게 휘며 웃었다.

"네, 저도 농담이었습니다. 당신한테 혼나고 싶어서요."

"헛소리 하지 말아요. 길리언, 너도 절대로 속으면 안 된다. 절대로, 절대로 황녀님의 이마를 때리면 안 돼."

올리비아의 신신당부에, 가볍게 고개를 기울이던 길리언은 천사처럼 사근사근한 미소를 지으며 대답했다.

"네, 어머니."

"예쁘기도 하지."

곱게 대답하는 얼굴이 얼마나 사랑스러운지 모른다. 올리비아는 하트가 뿅뿅 튀어나올 것 같은 시선으로 길리언을 바라보았다. 길리언도 올리비아를 마주 보고 헤헤, 소리를 내며 웃었다.

오로지 이안의 얼굴만 와락 구겨졌다.

"……저 가증스러운 녀석."

"이안!"

"하하하, 오늘도 사.랑.스.럽.구.나. 길리언."

올리비아의 꾸짖음에 이안은 억지로 웃으며 국어책을 읽듯 어색한 목소리로 길리언을 칭찬했다. 길리언은 해사하게 웃었다.

"아버지도 멋있으세요."

"……와, 내가 졌다."

어머니의 칭찬을 받겠다는 일념 하나로 평소에는 벗어놓은 양말을 보듯 하던 아버지를 멋있다고 칭찬할 수 있다니.

'저건 인정해야 해.'

어떻게 저런 여우 같은 녀석이 태어났는지 모를 노릇이었다.

'저렇게 여우 같은 녀석이니 쉽사리 당하지는 않겠지만.'

그러나 상대 또한 스타티스를 능가하는 능구렁이였다.

이 나라의 첫 번째 황녀인 길리아나를 떠올리며 이안은 입술을 깨물었다.

'밉살맞은 아들이지만 스타티스의 딸에게 지는 꼴은 못 봐!'

그나마 위안이라고 해야 할까? 그들은 황궁에 있어서 가족이라고 해도 만날 일이 별로 없었다.

길리아나와 길리언이 마주하는 일도 1년에 열 손가락에 꼽을 정도나 될까.

그러나 바로 오늘이었다. 그 얼마 되지 않는 날들 중 하나!

"정말이지. 당신은 농담이겠지만 나는 철렁한단 말이에요. 하필이면 오늘같이 입궁하는 날 아침에 꼭."

"미안합니다."

이안은 눈을 흘기며 투덜거리는 올리비아의 뺨에 입을 맞췄다. 그리고는 입술을 삐죽였다.

"정말 입궁하고 싶지 않네요. 도대체 아이를 얼마나 낳고 싶은 걸까요."

"딱히 계획은 없으신 것 같던데요."

"그냥 우리처럼 하나로 만족하시지."

그렇다. 오늘 그들은 입궁을 해야 했다. 바로 스타티스가 네 번째 아이를 임신했기 때문이다!

이 번째라서 그런가, 이번에는 임신을 알아차리는 게 늦어서 벌써 안정기라고 했다.

'언제는 둘, 많아야 셋일 거라고 했으면서 넷째를 가지다니.'

기억도 잘 나지 않을 만큼 옛날 일을 떠올리며 이안은 코끝으로 한숨을 내쉬었다.

'심지어 첫째는 황후 소생이고 둘째 셋째는 반드시 후궁 소생으로 할 거라고 했지.'

그런데 현실은 후궁은 무슨. 황후랑 좋아서 죽고 못 사는 걸 모르는 사람이 이 제국에 없었다.

계속 불만을 표시하는 이안을 보며 올리비아는 어른스럽게 싱긋 웃었다.

"황가가 다산인 건 축복할 일이에요."

틀린 말은 아니었지만. 이안은 올리비아를 바라보다가 어깨를 으쓱했다.

"그래도 입궁은 너무 귀찮습니다."

이안과 스타티스의 관계는 여전히 현실 남매였다.

❖ ❖ ❖

　타이론 대공 부부가 아들 길리언을 얻은 뒤로 다른 자녀가 없는 것과 달리, 황제 부부는 장녀 길리아나 아래로 두 명의 딸을 더 낳았다.

　체질이 다산 체질인지, 길리아나 때도 크게 진통하지 않고 아기를 낳았던 황제는, 그 뒤로도 건강하게 아기를 순산했다.

　셋째 딸 때는 이런 여유까지 부렸다.

"딸 셋이라니, 진짜 소문대로 예쁜가?"

　셋째 딸인 플로라는 아빠를 닮은 푸른 머리카락에 엄마를 닮은 푸른 눈동자를 가진, 꼭 물의 요정처럼 사랑스러운 아이였다. 셋째 딸이 예쁘다는 속설을 증명한 셈이다.

　이안은 그때도 밉살맞게 이렇게 물었다.

"이제 자녀계획은 끝입니까?"

　다소 무례한 질문에 스타티스는 이렇게 대답했다.

"남편 같은 소리 하지 말게, 대공. 소름 끼치는군."

　그 뒤로 이안은 황제와 자녀에 관한 이야기는 한 마디도 하지 않았다. 자신도 소름이 끼쳤다나 뭐라나.

그런데 경사스럽게도 황제가 또 네 번째 임신을 한 것이다!

"저는 안 가요. 안 가고 싶습니다."

황궁으로 향하는 마차 안에서도 이안은 철딱서니 없이 떼를 썼다. 올리비아는 난처한 표정을 지었다.

"당신, 나이가 몇 개인데 아직도 이렇게 귀여운 짓을……."

올리비아의 말에 길리언은 아연한 표정을 지었다.

'아니, 이런 말도 안 되는 떼가 귀여워 보인단 말이야?'

어머니의 눈에도 콩깍지가 낀 것이 분명했다. 길리언이 고개를 절레절레 흔드니, 올리비아의 시선이 자연스럽게 그쪽을 향했다. 괜스레 뜨끔한 길리언은 어색하게 웃으며 말했다.

"제가 아버지랑 함께 태황제 폐하를 뵙고 올게요."

사실은 혼자 가려고 했는데! 착한 아이 코스프레를 하고 싶은 마음이 지나치게 컸던 바람에, 이안이라는 혹이 따라붙게 되었다.

올리비아는 아들의 말에 고개를 갸웃했다.

"태황제 폐하를?"

"네. 지난번에 빌려주신 책을 돌려드려야 하거든요. 그리고 여쭈고 싶은 것도 있고요."

"태황제 폐하께서 아시는 게 많기는 하지."

'하지만 주접을 너무나 길게 떨어서 들어주기가 힘들 텐데.'

아직까지 건재한 태황제는 더더욱 살집이 붙어서, 이제는 정말 웃지 않아도 웃는 만두 같은 얼굴이 되었다. 주접의 비결은 볼살이었는지, 그만큼 주접도 늘었다.

'길리언과 태황제 폐하께서 이렇게 친했던가?'

올리비아가 고개를 살짝 갸웃하고 있으니, 이안이 격하게 고개를 끄덕이며 끼어들었다.

"나도 형님께 드릴 말씀이 있어요. 황제 폐하께서는 바쁘실 텐데 온 가족이 가서 시간을 빼앗을 필요가 뭐 있나요."

"네? 그야……"

웃기지도 않는 소리였다. 임신을 축하하려고 입궁했으면, 당연히 온 가족이 황제를 뵈어야지.

'그러나 황제 폐하께서는 정말 귀찮아하실 수도 있어.'

하지만 변수가 있었으니, 바로 스타티스의 성격이 평범하지 않다는 점이었다.

'지난번 플로라 황녀님 때도 대놓고 귀찮아하셨으니까.'

결국 올리비아는 느릿하게 고개를 끄덕이고 말았다.

"그래도 빨리 이야기가 끝나면 이쪽으로 와야 해요."

"빨리 끝나겠습니까?"

"그거야 그렇겠지만."

만두 태황제의 주접이 한두 시간으로 끝날 리가 없었다.

"하여간 이따가 봐요."

결국 황제궁에는 선물을 챙겨 든 올리비아만 들어섰다.

❖ ❖ ❖

그리고 예상대로 스타티스는 무척 심드렁하게 올리비아를 맞이했다.

"뭐하러 또 왔는가, 대공비."

올리비아는 저도 모르게 풋 하고 웃고 말았다. 그리고 공손하게 허리를 숙여 인사를 올렸다.

"임신을 축하드립니다."

"한두 번 있었던 일도 아닌데 축하는 무슨."

"그래도 축하해야 하는 일인 것은 맞지요."

올리비아는 개인적으로 스타티스가 존경스러웠다. 임신 출산의 고통이 사람마다 개인차가 있다고 해도, 네 번이나 하는 건 보통 담력으로는 불가능했다.

'무뚝뚝하게 말씀하시지만 사실은 아이를 좋아하는 거야.'

좋아하지 않고서야 어떻게 넷이나 낳겠는가. 스스로 모성애가 적다고 생각하는 올리비아는 그런 황제가 조금 부럽기도 했다.

그러나 정작 임신한 당사자는 터프하기 그지없었다.

"이놈의 임신, 아주 귀찮아 죽겠네."

"폐하."

전혀 아무것도 가리지 않고 직설적으로 내뱉는 말에, 시녀장이 낮은 목소리로 스타티스를 불렀다.

스타티스는 대놓고 귀를 후비적거리며 시큰둥하게 대꾸했다.

"내가 아기가 싫다고 말한 것도 아니고 임신이 귀찮다고 말하는 것뿐인데 뭐가 문제인가. 진심으로 귀찮은 일인 것을."

그리고 말하고 나니 뒤늦게 화가 치민 것인지, 평소에는 말수가 적은 사람이 갑자기 손가락을 꼽아가며 무엇이 귀찮은지 세기 시작했다.

"옷은 자주 갈아입어야 하지, 몸은 무거워지지, 말도 탈 수 없고, 멀리도 갈 수 없지, 게다가 입맛도 변하고, 감정은 내 마음대로 되질 않아. 이렇게 작정하고 성가시기도 어려운 노릇일세."

"그건…… 그렇지요."

더 말해봐야 본전도 못 찾을 거라는 걸 직감적으로 깨달은 시녀장은 떨떠름하게 대답하며 물러났다. 올리비아는 속으로 감탄했다.

'언변이 점점 늘어나시네.'

예전에는 만두 태황제 아래에서 어떻게 이렇게 쿨뷰티한 딸이 나왔을까 궁금했는데, 최근에는 만두 태황제도 젊었을 때는 과묵하지 않았나 가정을 세우게 되었다.

"그런데 황후 폐하께서는요?"

당연히 스타티스와 로메오가 함께 있을 줄 알았던 올리비아가 조심스럽게 눈치를 살피며 물었다. 스타티스는 어깨를 으쓱했다.

"황후라면 아주 중요한 임무를 받아 출타중이네."

"중요한 임무라니요?"

"내가 갑자기 체리가 먹고 싶어서 말이야."

"네?"

올리비아는 얼떨결에 창밖을 바라보았다. 아무리 좋게 보아도 체리가 열릴 계절은 아니었다.

'체리를 찾아 원정을 떠났구나.'

아랫사람을 시켜도 될 텐데. 아무래도 황제 폐하께서 황후가 직접 따온 것을 먹고 싶다고 떼를 쓰신 모양이다.

'꽉 잡혀 살고 있어. 아주 꽉.'

올리비아는 먼 데서 고생하고 있을 친구를 향해 속으로 삼삼한 위로를 건네었다.

'그건 그렇고 정말 의외야. 두 사람이 이렇게 다정한 부부가 되다니.'

올리비아가 주근깨 가득한 스타티스의 뺨을 물끄러미 보고 있으니, 스타티스의 바다처럼 푸른 눈이 올리비아를 향해 빙긋 휘어졌다.

"그대의 동생이 얼마 전에 심신안정에 도움이 될 만한 향초와 베개를 만들어왔다네. 덕분에 숙면을 취했어."

"다행입니다."

애니는 최근 그 실력을 인정받아, 황궁 약제사로 취직했다. 아카데미 시간강사도 겸직하는 자리였다.

'역시 내 동생.'

올리비아가 따로 서포트 하지 않아도 애니도, 에릭도 척척 자기 앞길을 개척하고 있었다.

'잘되었어. 잘되었어.'

올리비아가 팔불출 생각을 하며 할머니처럼 고개를 끄덕였을 때였다. 스타티스가 여상스러운 어조로 물었다.

"대공은?"

"태황제 폐하께 문안을 드리러 갔습니다."

"아바마마께?"

그 대답에 스타티스의 얼굴이 와락 구겨졌다.

"이번엔 도대체 뭘 꾸미는 겐가?"

"그런 검은 속내로 만나는 것 같진 않았습니다만."

"그걸 진심으로 믿나?"

"……."

올리비아는 흔쾌히 대답할 수 없는 자신이 미웠다. 하지만 어쩔 수 없었다.

태황제의 주접은 아무 목적 없이 듣고 있기 괴로웠으니까!

'정말 무슨 꿍꿍이가 있었나?'

하지만 태황제를 만나러 간 것은 완전히 우연 아니었던가. 황제를 만나기 싫다고 찡찡거리고 있을 때 길리언이 함께 가자고 해서.

'꿍꿍이를 도모하기에는 지나치게 즉흥적이었어.'

그리고 가족들끼리 꿍꿍이는 무슨. 올리비아는 걱정하지 말라는 뜻으로 환하게 웃어 보였다.

"완전히 우연이었습니다. 걱정하지 마십시오, 폐하."

"그래? 왠지 아바마마께서 곧 무슨 소리를 듣고 들이닥치실 거 같은데."

"임산부를 그리 괴로운 일에 밀어넣겠습니까."

"다른 사람은 몰라도 대공은 그럴 수 있어."

"……."

유감스럽게도 그 부분 또한 부정하기 어려웠다.

잠시 할 말을 고르던 올리비아는 어색하게 웃으며 입술을 열었다.

"그래도 그이는 폐하를 무척 좋아하니까요. 폐하께 절대로 해가 되는 일을 꾸미지는 않았을 겁니다."

"대공비."

"예, 폐하."

"말하면서도 스스로도 소름 끼친다고 생각했지?"

"……예."

"아기 이야기나 하세."

"예."

올리비아와 스타티스가 한 가족이 된 지 벌써 10년.

이제 두 사람 사이에도 끈적끈적한 우정이 존재하고 있었다.

❖ ❖ ❖

한편. 길리언의 돌발 행동 때문에 태황제를 마주하게 된 이안은, 자신의 아들이 자신의 상상을 능가하는 백여우라는 사실에 놀라고 있었다.

'이 녀석! 내가 지금까지 이런 강적을 상대하고 있었나?'

잔망의 정도가 범상한 여우 수준이 아니었다. 이안은 경이로운 시선으로 제 아들을 바라보았다.

'내가 과분한 적을 상대하고 있었구나!'

이안의 존경의 시선을 받고 있는 길리언은 무척 태연스러웠다. 보송보송한 금빛 머리카락은 잘생긴 이마를 살짝 덮었고, 둥

글고 깊은 푸른 눈은 별처럼 반짝였다. 소싯적 제 아버지와 꼭 닮은 얼굴이 천사 같은 미소를 지었다.

"너무너무 뵙고 싶었어요, 큰아버지."

큰아버지가 누구겠는가. 바로 이안의 형인 만두 태황제였다.

'형님을 큰아버지라고 부르는 저 담력 보소!'

이안은 길리언이 태황제를 부르는 호칭에서부터 깜짝 놀라고 말았다. 하지만 그가 진정 놀란 이유는 사근사근한 태도 때문이 아니었다.

"허허허, 큰아버지라니. 태황제 폐하라고 불러야지, 길리언."

"싫어요. 저는 큰아버지가 너무 좋은걸요. 이 세상 모든 사람이 태황제 폐하라고 부르잖아요. 제게는 큰아버지가 특별해요. 큰아버지께도 제가 특별하면 좋겠어요."

"원 녀석도."

길리언의 웬만한 심장도 다 녹여버릴 불꽃 플러팅에, 만두 태황제는 통통한 볼살을 흔들며 기뻐했다.

그리고 그 화살은 아주 당연하게도, 태황제의 오른쪽에 앉은 금빛 머리카락의 소녀를 향했다.

"보았니, 길리아나. 여자애라면 저런 애교가 있어야지."

빠직. 태황제의 말에 소녀의 이마에 힘줄이 솟았다. 그 모습을 보며 이안은 제 손톱을 깨물고 말았다.

'황녀를 엿 먹이기 위해, 제 어머니에게도 잘 보여주지 않는 애교를 부리다니! 길리언, 이 무서운 아이!'

그렇다! 길리언에게는 계획이 있었던 것이다!

그가 황궁에 입궁할 때부터 태황제를 만나겠다고 말한, 단 하나의 이유!

길리아나를 엿 먹이기 위해서!

'황제 폐하를 뵈러 갔으면 이 역사에 길이 남을 명전투를 보지 못할 뻔했군.'

이안은 매우 흥분해서는 검투경기라도 관전하는 듯한 태도로 열심히 제 앞에 놓인 쿠키를 와삭와삭 씹기 시작했다.

그러니까 지금 상황은 이러했다.

장소는 길리아나 황녀의 궁 앞 정원. 사람은 네 명이 앉아 있었다. 만두 태황제의 오른쪽에는 길리아나, 왼쪽에는 길리언, 그리고 마주 보는 자리에 이안.

자리 배치부터 먹이기 위한 것이었다. 길리아나와 길리언이 서로 마주 보고 치열하게 주고받는 시선에서 불꽃이 튀는 것처럼 보일 지경이었다.

'지지 않을 거라고 생각은 했지만.'

설마 만두 태황제를 이용해서 갈굴 생각을 하다니! 그야말로 팔을 내어주고 어깨를 베어버리는 무지막지한 전법이었다.

'저런 애교를 부리려면 본인의 정신력에도 타격이 있을 텐데.'

그리고 이안은 길리언을 잘 알았다. 제 어머니 외에는 이 세상 누구도 안중에 없다는 듯이 구는 이중인격자.

태황제라고 해서 저 아이가 내숭을 떨 이유가 없었다.

'그러니까 지금 저 내숭은 오로지 길리아나를 갈구고 싶어서!'

아들의 처절한 싸움에 이안의 눈에도 저절로 눈물이 고였다.

아닌 게 아니라, 갑자기 태황제에게 성별로 지적을 받은 길리아나는 심히 화가 나 보였다.

"할바마마, 여자애라면이라니요. 요즘 세상에 여자아이와 남자아이가 하는 행동이 다릅니까?"

길리아나의 지적에 만두 태황제는 불편한 미소를 지었다.

"물론, 다르지 않지만 생물학적인 특성은 어쩔 수 없는 거 아니겠느냐."

"특성이라면요?"

"여성이 좀 더 섬세한 일을 잘하고, 아이들을 잘 다루는 것 같이 성별 차이에서 오는 다름 말이다."

"예시가 완전히 틀렸어요, 할바마마. 그건 후천적으로 교육 가능한 부분이라고 폐하께서 말씀하셨다고요."

"네 어머니 말은…… 어휴, 되었다. 그만하자꾸나."

스타티스에게도 이미 몇 번이나 성별 가지고 간섭을 하다가 면박을 당한 적이 있는 태황제가 고개를 절레절레 흔들며 말을 잘랐다. 물론 그런 행동이 길리아나의 성질을 더더욱 돋운 건 당연했다.

"왜 말을 하다가 마시나요? 한 나라의 지존이라면 말을 정확하게 맺어주셔야 아랫사람이 평안한 법입니다."

"에잉! 나는 이제 지존이 아니다! 네 어머니에게 물려줬다고. 하여간 말꼬리 잡는 것까지 네 어머니를 쏙 빼닮았구나."

"그리고 어머니라고 하지 마시고 황제 폐하라고 제대로 존칭해주세요."

"알았어! 알았다니까!"

그런데 어째 양상이 조금 이상했다. 길리아나를 특유의 눈치 없음으로 살살 긁어댈 줄 알았던 태황제가 오히려 거꾸로 갈굼을 당하고 있는 것이다.

'아니, 형님께서도 저렇게 약한 모습을 보이시다니.'

이안은 신선한 눈으로 길리아나에게 제대로 반박도 하지 못하고 신경질을 내는 태황제를 바라보았다.

'어느 쪽이 당하든 간에 꿀잼이로다.'

입안에 쉴 새 없이 과자가 술술 들어갔다. 재미있는 것을 보느라 흥분되어 있는데 입도 쉬지 않고 움직여지다니, 이런 경험은 처음이었다.

한차례 된통 호통을 쳐서 태황제의 입을 다물게 만든 길리아나가 대뜸 길리언을 노려보았다.

"그건 그렇고 황녀궁에 무슨 걸음이지, 대공자. 연통도 없이 방문하는 건 무척 무례한 짓이라는 걸 알고 있겠지?"

매서운 시선, 표정 없는 얼굴, 짧게 친 금빛 머리카락에 주근깨 뿌려진 얼굴이 제 어머니와 꼭 닮았다. 그나마 눈동자만 로메오를 닮아 노을처럼 선명한 주홍색이었다.

하지만 길리언도 만만치 않은 천적이었다. 길리언은 아예 착한 아이 전법으로 나가기로 마음먹은 것인지, 수줍은 듯 고개를 숙이며 대답했다.

"황녀께서 바쁘셔서 잊으셨나 봐요. 제가 분명 지난달에 다음 입궁 때는 황녀를 보러 가도 되냐고 물었을 때 된다고 하셨는데.

게다가 나는 황녀의 '오촌 숙부'잖아요. '오촌 숙부'가 '오촌 조카'를 만나는 데 연통이라니 너무 딱딱합니다."

으드득.

여우 같은 말에 길리아나의 입술에서 으드득 소리가 새어 나왔다. 이안도 입술을 떡 벌렸다.

'오촌 숙부라니! 또 강공!'

엄밀하게 촌수를 따지면 길리아나보다 길리언이 한 줄 위였다. 지금 길리언은 그것을 무기로 휘두르지 않는 척 내숭을 떨면서 휙 던진 것이다.

'길리언, 무서운 아이!'

이안은 새삼 또 자신의 아들이 엄청난 호적수라는 사실에 놀라고 말았다. 길리아나는 뺨에 경련이 일어날 것 같은 미소를 지으며 대답했다.

"가까운 사이라도 더더욱 예의를 지켜야지. 오래 볼 사이라면 더더욱."

길리아나의 말은 정론이었다. 그러나 그 공격을 길리언은 또다시 연약한 코스프레를 하며 흘렸다.

"그런 것치고, 조카님께서는 제게 하대하지 않습니까. 그만큼 이 숙부를 가까이 여기시면서 연통을 운운하니 좀 서운합니다."

"그 부분은 제가 잘못했군요, 대공자."

또다시 이가 갈리는 소리가 났다. 이안은 괜스레 길리아나의 턱관절을 걱정했다.

'이쯤 몰아붙였으니 되었어. 더 이상은 길리아나의 자존심을

상하게 할 거야. 슬슬 내가 중재를 해야…….'

그렇게 이안이 생각했을 때였다.

길리언이 한 번 더 길리아나에게 말로 펀치를 날렸다.

"대공자라니 너무 정이 없네요. 저랑 가족이 아니었나요. 숙부님이라고 부르세요, 조카님."

"길리언!"

화들짝 놀란 이안이 아들을 불렀다. 하지만 너무나 늦은 만류였다.

결국 길리아나는 폭발하고 말았다.

"……야, 적당히 하자. 우리?"

쫘당.

길리아나가 박차고 일어나는 바람에 의자가 바닥에 나뒹구는 소리가 크게 울렸다.

길게 뻗은 다리가 태황제와 함께 앉아 있는 테이블 위로 올라갔다. 그렇게 테이블에 반쯤 몸을 올린 길리아나는 손을 뻗어 길리언의 멱살을 틀어쥐었다.

길리언은 겁먹은 고양이 같은 표정을 지으면서 말했다.

"이것도 예의의 한 종류인가요, 조카님."

그 바람에 성질이 난 길리아나의 눈썹이 하늘 높은 줄 모르고 치켜 올라갔다.

"적당히 하자고 했지, 길리언? 한 대 처맞은 거 가지고 자꾸 이렇게 쪼잔하게 굴래?"

자신의 아들을 멱살잡이하는 조카딸을 만류하려던 이안은 돌처럼 굳고 말았다.

'한 대 처맞았다고?'

선수가 길리언이 아니고 길리아나였단 말인가!

길리언은 멱살 잡혀서도 전혀 움츠러들지 않고 한층 더 가증을 떨었다.

"한 대 처맞았다고 하기엔 너무 아팠는걸요, 조카님."

"한 번만 더 조카님이라고 말하면 네 이 다 부숴버린다."

"으으, 폭력적이야. 야만인."

"이게 진짜!"

길리아나가 길리언의 멱살을 잡고 흔들려고 했을 때였다.

이 난리통을 잠재운 것은 태황제였다.

"감히 어느 안전이라고 주먹다짐을 해?!"

매일 빙글빙글 웃기만 하던 태황제가 노호성을 지르니 그 박력이 대단했다. 길리아나는 바로 손을 떼고 자신의 자리에 착석했다.

"죄송합니다."

그러자 길리언은 얄밉게 어깨를 으쓱했다.

"주먹다짐은 쟤만 했어요."

"……야."

길리아나는 다시 도끼눈을 뜨고 으르렁거렸다. 태황제가 손바닥으로 테이블을 탕 쳤다.

"도대체 어떻게 된 일이냐. 듣자 하니 이 자리에서만 일어난 게 아닌 거 같은데. 빨리 조리 있게 설명하지 못해?"

"……."

길리아나는 다시 조개처럼 입을 다물었다. 길리언은 또다시 어깨를 으쓱했다.

"쟤는 말 못 할걸요. 쟤가 잘못했거든요."

"뭔데?"

태황제가 길리언을 바라보니, 고개를 숙이고 있던 길리아나가 손날로 목을 날리며 으르렁거렸다.

"너 말하면 뒈진다."

"길리아나!"

"……."

이름을 부르자 길리아나는 다시 찔끔해서 고개를 숙였다.

길리언은 구겨진 셔츠 깃을 펴며 대답했다.

"지난번에 황궁에 찾아갔더니 길리아나가 가만히 있는 제게 다가와서 다짜고짜 정강이를 걷어찼어요. 그것도 승마 부츠를 신고요!"

"뭐?"

태황제는 어이가 없어서 입을 떡 벌렸으나, 이안은 짚이는 바가 있어서 이마를 탁 쳤다.

'폐하!'

아무래도 그쪽 집안에서도 조기교육을 진지하게 시켰던 모양이다!

예전부터 이안은 입버릇처럼 말했다.

"스타티스가 황태자가 되기 전에 이마빡을 때렸어야 했어."

스타티스도 마찬가지로 입버릇처럼 하는 말이 있었다.

"더 자라기 전에 정강이를 까서 넘어뜨리는 거였는데."

양쪽 다 처음에는 그냥 하는 말이었다면, 점점 시간이 흘러 서로 한 방씩 먹이면서 간절한 진심이 되었던 모양이다.

그리고 그걸 2세에게도 조기교육을 했고.

진상이 드러난 상황에서, 길리아나는 고개를 푹 숙이고 웅얼거렸다.

"어마마마께서 꼭 한 번만 때려주라고 신신당부하셨단 말이에요. 그래서 별생각 없이 발이 나갔을 뿐이에요."

"그래서 승마 부츠까지 신고 걷어찼다고?"

"……기왕 하는 거 제대로 하자 싶어서."

"아이고."

모든 이야기를 들은 태황제는 손바닥으로 이마를 덮었다. 길리언은 어깨를 으쓱했다.

"저는 안 했어요. 아무리 아버지가 그렇게 말씀하셔도 다른 사람을 때리는 건 나쁜 일이라고 생각했거든요. 길리아나는 그런 생각도 못 했나 봐요."

"너 입 다물어."

"사실을 말하는데 함부로 핍박하지 말아주세요, 조카님."

"이 자식이 진짜."

"메롱."

또다시 자리에서 일어나려는 길리아나와, 메롱메롱 약을 올리는 길리언 때문에 분위기가 다시 험악해졌다. 이안은 자리에서 일어나 길리언을 안아 들었다.

"이건 모두 제 잘못입니다. 당분간 집에서 반성하며 조용히 지내겠습니다."

"아버지?"

어쨌든 길리아나는 장차 황제가 될 귀한 몸이었다. 농담으로라도 이마를 때려라 이런 말은 안 했어야 했다.

이안은 흐려진 얼굴로 재차 고개를 숙였다.

"제가 부족한 탓입니다. 죄송합니다, 형님."

"왜 그렇게 사죄를 해요, 아버지? 나는 하나도 잘못한 거 없어요. 쟤가 날 때렸다니까요."

표면적으로야 틀린 말은 아니었다. 하지만 아들을 잘 알고 있는 이안은 분명 맞을 소리를 했을 거라는 것에 오른팔도 걸 수 있었다.

"입 다물어, 길리언. 그럼 지금 길리아나를 약 올리는 건 옳은 행동이라고 생각하니?"

"……."

이안이 낮은 목소리로 말하자, 아버지가 정말 화났다는 걸 눈치챈 길리언이 다시 얌전한 표정을 지었다.

그때였다. 침통한 얼굴로 앉아 있던 만두 태황제가 음울한 어조로 말했다.

"네가 반성한다고 나아질 게 무엇이 있니?"

"예?"

뜻밖의 반문에 이안은 눈을 깜빡거렸다. 태황제의 시선이 남매처럼 닮은 두 아이를 향했다.

"길리언, 길리아나. 너희는 가족이란다. 험한 세상에서 서로 돕고 살아야 하는데 이렇게 사이가 좋지 않았다니. 이 할아비는 실망이구나."

태황제의 말에 길리언은 '큰아버지는 할아버지가 아닌데요.'라고 말하고 싶은 표정을 지었다. 그런 치졸한 말꼬리를 잡지 않은 것은 순전히 길리아나 때문이었다.

길리아나는 명백히 불쾌한 표정으로 길리언을 흘겨보았다.

"대공자가 왜 제 가족입니까? 저는 절 도울 동생이 둘이나 있는걸요."

"길리아나!"

길리언이야 형제 하나 없이 불쌍한 신세지만 자신은 자매가 둘, 그리고 곧 하나가 더 생길 것이었다. 길리아나는 한술 더 떠서 하고 싶었던 말을 거침없이 내뱉었다.

"그리고 할바마마께서도 형제를 경계하셨지 않습니까. 저는 대공자와 친하게 지내라는 말씀이 도무지 이해가 가지 않습니다."

"네가 그렇게 생각하고 있었을 줄이야……."

태황제의 시선이 어쩔 수 없이 이 자리에 있는 이안을 향했다.

'형제를 경계했다고.'

그 부분에서 태황제는 참 하고 싶은 말이 많았다. 경계한 건 사실이었지만, 더없이 아끼고 사랑한 것도 사실이었다. 자신보다 어린 새어머니는 무참하게 살해했지만, 방긋방긋 웃는 어린아이는 차마 죽일 수가 없었다. 그게 동생이고, 가족이었다.

'그런데 이 녀석들이.'

태황제는 성질이 났다. 혈통으로 흠이 잡혀서 형제를 견제할 수밖에 없었던 자신과 달리, 이 녀석들은 서로 견제할 이유가 없지 않나!

'나도 이안과 사이좋게만 지낼 수 있었다면 이렇게 되진 않았을 터.'

누군 사이좋게 지내고 싶어도 상황이 그렇지 못했는데. 태평성대에 복에 겨운 녀석들이었다.

태황제는 무겁게 고개를 끄덕였다.

"그래. 차라리 잘되었구나. 지금이 적기라는 생각이 든다."

"뭐가 말입니까?"

"이안."

이안은 자신의 이름을 낮은 목소리로 부르는 태황제를 바라보았다. 그가 이런 목소리로 그를 부른 것치고 좋았던 적이 한 번도 없었기에, 저절로 불길함이 몰려왔다.

태황제는 엄숙한 어조로 말했다.

"길리아나를 데리고 가서 넷째 황손이 태어날 때까지 돌보아 주렴."

"예?"

"네?"

"할바마마!"

이안과 길리언은 멍한 표정을 지었고, 길리아나는 버럭했다. 태황제는 고개를 흔들었다.

"황제 폐하께서 몸이 무거워지실 때마다 태황후의 궁에서 머물렀지만, 최근에는 태황후도 몸이 좋지 않으니 힘들다는 걸 알지 않으냐. 어디 적당한 곳이 없을까 고민하던 차인데 잘되었다. 이번 기회에 길리언과 친해지거라."

태황제의 말 대로였다. 황제가 임신하고 황후의 관심도 그쪽으로 쏠려 있을 때 황녀들의 교육의 공백이 생길까 하여 임신 기간 동안 육아는 태황후가 전담했었다.

하지만 올해는 태황후의 건강이 무척 좋지 않았다.

"아무래도 올해가 마지막이려나 봐요. 그러니까 자꾸 찾아오지 마요. 귀찮으니까."

매정한 태황후의 말을 떠올리던 태황제의 얼굴이 저절로 침통해졌다. 그가 황좌에서 완전히 내려오고 나서 이안과 비로소 진정한 형제가 된 것처럼, 그와 태황후는 이제야 속에 있는 이야기를 하나둘 진실 되게 꺼내고 있었다.

조금 더 일찍 마음을 털어놓았더라면 좋았을 것이다.

'태황후와도 오붓하게 시간을 보내고 싶어.'

평생 다정한 남편이 아니었으나, 가는 길까지 외롭게 보내고 싶지는 않았다.

"그러니 몇 개월만 타이론 대공저에서 지내다가 오너라."

"그건……."

반박하려던 길리아나는 입술을 꾹 다물고 말았다. 제 아버지 품에 안겨서 눈치를 살피던 길리언이 천사처럼 사랑스러운 미소를 지으며 말했다.

"저는 길리아나와 충분히 친해요, 큰아버지. 그렇지, 길리아나?"

"웃어넘기려고 해도 소용없다."

"피."

그동안 애교를 부리면 다 넘어갔던 큰아버지가 단호하게 구니, 길리언도 어쩔 도리가 없었다.

뜻밖의 결론을 조마조마한 눈으로 살펴보던 이안은 한숨을 내쉬었다.

"……일단 황제 폐하께 말씀을 드리는 게 옳을 거 같습니다."

아니, 이 양반이 자기 자식들도 아닌데 왜 다짜고짜 타이론가로 가는 것을 기정사실로 만든단 말인가.

'폐하께서도 거절했으면.'

이제 기댈 곳은 스타티스뿐이었다. 이안은 길리언을 안고 있는 손에 힘을 주었다.

"……그래서 지금 이렇게 우르르 몰려온 건가요?"

황제와 몇 마디 덕담을 나누고 다시 저택으로 돌아가기 위해 채비를 갖추었던 올리비아는 우르르 몰려온 태황제 등등 때문에 황제의 곁에 다시 엉덩이를 붙였다.

스타티스의 반듯한 눈썹이 꿈틀거렸다.

"길리아나를 타이론 대공저에서 지내게 하라고요?"

"그렇습니다, 황상!"

태황제는 묘하게 흥분해서 입을 열었다.

"그리고 짐은 이번 사태에 황상과 타이론 대공 두 사람의 책임이 지대하다고 생각하며……."

"아주 옳으신 생각이십니다!"

태황제의 서두를 듣는 순간 스타티스는 박수를 치며 태황제의 의견에 적극적인 동의를 표했다.

'서두의 웅장함으로 보건대 저 설교는 두 시간짜리였다.'

스타티스의 빠른 결단에 길리아나는 몹시 배신감을 느끼는 표정으로 스타티스를 응시했으나, 그것은 알 바 아니었다.

'사실 타이론 대공가 정도면 아주 훌륭한 곳이고.'

그동안 관례대로 태황후에게 맡길 수 없으니, 그다음 후보가 타이론 대공저인 것은 당연했다.

스타티스는 올리비아를 응시했다.

"타이론 대공비만 동의하면 될 것 같군. 우리 아이들을 맡아주시겠는가?"

태황제가 지칭한 것은 길리아나였는데, 어느 순간 황제의 말에서는 '아이들'로 복수가 되어 있었다. 올리비아는 손가락으로 자신의 입술을 문질렀다.

'황녀님들을 지내게 해달라고?'

올리비아의 시선이 잔뜩 뿔이 난 길리아나에게로 향했다. 길리언과 똑 닮은 얼굴 때문인지, 꼭 딸이 하나 더 생긴 기분이었다.

'그러고 보면 나는 딸이 없었지.'

지난 생에도, 이번 생에도. 인연이 없는 것처럼 딸아이를 가질 수가 없었다.

'이참에 딸 가진 엄마가 되어보는 것도 나쁘지 않을 것 같아.'

그렇게 생각한 올리비아는 흔쾌히 고개를 끄덕였다.

"좋습니다. 타이론의 영광이지요."

"……아아."

멀리서 '못한다고 해. 안 한다고 해.'라고 눈빛으로 말하고 있던 이안은 아내의 깔끔한 대답에 좌절하고 말았다.

❖ ❖ ❖

그래서 돌아가는 길.

타이론 대공 부부와 길리언만 태웠던 조촐한 마차는 북적북적해져서 황궁을 빠져나왔다. 마차 안에 탄 사람들은 이러했다.

황제 부부의 장녀, 길리아나 10세. 조용하고 얌전한 차녀, 로즈 8세. 그리고 로메오를 꼭 닮은 서글서글한 막둥이 플로라, 4세.

"……."

서로서로 눈치를 살피느라 마차 안은 조용했다. 먼저 입술을 연 것은 다름 아닌 막내 플로라였다.

플로라는 푸른 눈동자를 반짝거리며 올리비아를 손가락으로 가리켰다.

"나 아줌마 알아! 아바마마 친구야!"

"아줌마……."

신선한 호칭에 올리비아의 몸이 휘청했다.

'아줌마인 것은 맞지. 아줌마인 것은 맞는데.'

나이로 보나, 사회적 위치로보나 아줌마가 된 것은 맞았는데.

'직접 들으니 미묘해!'

기분 나쁠 말이 아닌데 묘하게 찝찝한 이 기분은 뭐란 말인가.

올리비아가 어색하게 웃으며 뭐라 말을 못 하고 있으니, 차녀인 로즈가 동생의 옷자락을 잡아당겼다.

"타이론 대공비 전하라고 불러야 해, 플로라."

"타이요오오?"

네 살짜리 아가가 어떻게 그 기나긴 호칭을 발음하겠는가. 안 되는 발음을 몇 번이나 반복하는 플로라를 보던 올리비아가 빙긋 웃었다.

"그냥 편하게 숙모라고 불러요, 플로라."

"숙모?"

"좋아요."

올리비아가 고개를 끄덕이자, 플로라의 시선이 이번에는 올리비아 곁에 앉은 이안을 향했다.

"아저씨가 숙모 남편이야?"

"아저씨……."

이번에는 이안이 휘청했다. 그가 어디 가서 아저씨라는 말을 들어봤겠는가.

'마흔 살 넘게 혼자였던 지난 생에서도 그런 말은 들어본 적 없을걸.'

올리비아는 당황한 이안의 얼굴을 보고 피식 웃었다. 어버버 거리던 이안은 자신을 보고 키득거리는 올리비아를 보고 시무룩한 표정을 지었다.

"제가 난처한 모습을 보고 좋아하시다니 너무합니다."

올리비아는 어린애를 다루듯 이안의 머리카락을 토닥토닥해 주며 대답했다.

"아니, 시무룩한 모습이 귀여워서요. 그리고 아저씨인 건 사실이잖아요."

"이런."

혀를 차는 얼굴은 깔끔하기 그지없었으나, 머릿속은 새빨갰다. 자신의 머리카락을 쓸어 넘기는 그녀의 손목을 당장 틀어쥐고 얕게 깨물고 싶은 충동이 불쑥 밀려들어왔다.

'어디, 아저씨라고 불린 김에 얼마나 음흉한지 보여줄까.'

이안이 심술궂은 미소를 지으며 올리비아에게 얼굴을 가까이 들이밀었을 때였다.

플로라가 고개를 갸웃하며 순수한 어조로 말했다.

"뽀뽀해요? 둘이?"

"!!"

보는 눈이 많다는 사실을 깨달은 이안은 후다닥 올리비아에게서 멀어졌다. 그건 올리비아도 마찬가지였다.

올리비아는 헛기침을 큼큼하며 대답했다.

"뽀, 뽀뽀라니. 그럴 리가 있겠니."

"어어, 뽀뽀가 아닌가?"

플로라는 천연스럽게 고개를 갸웃거렸다. 그러더니 손뼉을 짝치며 이렇게 말하는 것 아닌가.

"하긴! 어마마마가 뽀뽀는 여자가 하는 거랬어요. 어마마마가 먼저 이렇게 꽉 붙잡고……."

"조용히 해, 플로라."

이번에도 플로라의 입을 다물게 한 것은 차녀 로즈였다. 플로라의 말에 올리비아는 어색하게 웃으며 이렇게 생각했다.

'황제 폐하께서 적극적이구나.'

왠지 그럴 거라고 생각은 했지만. 그래도 막상 절친한 친구의 부부관계 이야기를 들으니 또 마음이 영 이상했다.

'로메오도 이런 기분이었으려나.'

로메오보다 올리비아가 더 먼저 결혼했으니, 올리비아와 이안의 꽁냥꽁냥 또한 그쪽이 먼저 경험했다.

'그렇게 생각하니 조금 민망한 것 같기도.'

결혼한 지 10년이 넘었는데, 올리비아는 새삼 사이좋은 부부의 모습을 여기저기 자랑한 것 같아서 민망하다는 생각을 했다. 물론, 사이좋은 부부로는 로메오네도 만만치 않지만 말이다!

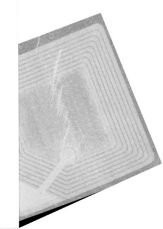

'그건 그렇고 신기하게 다 조금씩 섞여 있네.'

올리비아는 흐뭇한 미소를 지으며 자신의 앞에 앉아 있는 세 자매를 바라보았다.

그리고 신기한 눈으로 타이론 대공 가족을 살펴보는 것은 세 자매도 마찬가지였다. 플로라가 또랑또랑한 푸른 눈동자를 빛내며 물었다.

"아저씨는 숙모랑 무슨 사이예요? 우리 가족이에요?"

"당연히 가족이지. 이 아저씨는 네 할바마마의 동생이란다."

"할바마마의 동생?!"

플로라는 눈을 동그랗게 떴다. 그리고는 입을 손바닥으로 가리며 말했다.

"그러면 아저씨가 아니라 할아버지네요!"

"헉."

한층 더 업그레이드되는 명칭에 이안은 숨을 들이켰다.

'하지만 틀리지 않아!'

반박할 수 없다는 게 제일 문제였다. 할아버지의 동생이니 이안의 정식 호칭은 작은 할아버지였다.

"아…… 그러고 보니 나도 숙모가 아니라 작은 할머니군요."

올리비아는 신선한 충격을 받았다. 제대로 촌수를 따지면 그랬다. 올리비아는 얼떨떨한 표정으로 길리언과 플로라를 번갈아 가면서 보았다.

"내 자식이 이렇게 어린데, 내가 벌써 할머니라니……."

모두 만두 태황제와 이안의 나이 차이가 큰 탓이었다.

"하하하."

할 말을 잃은 부부를 보며 길리언은 웃음을 터뜨리고 말았다.

평소의 내숭을 벗어던지고 그 나이대 소년처럼 웃는 길리언의 모습은 반짝반짝 빛이 났다.

그런 길리언을 바라보는 플로라의 눈에도 뾰로롱 하트가 솟아났다. 플로라는 커다란 소리로 외쳤다.

"왕자님!"

"응?"

"오빠야는 왕자님이야! 왕자님!"

플로라는 잔뜩 흥분해서 길리언을 향해 손을 휘저었다.

눈을 동그랗게 뜨고 주변을 슬쩍 본 길리언은 이내 어깨를 으쓱했다. 그리고는 자리에서 일어나 플로라 앞에 무릎을 꿇었다.

"만나 뵙게 되어 영광입니다, 공주님."

얼굴을 이안을 쏙 빼닮은 소년은, 센스도 제 아버지를 쏙 닮았다. 자신의 손바닥에 반밖에 차지 않는 플로라의 손을 부드럽게 쥐고는, 길리언은 진짜 동화 속 왕자처럼 손등에 입을 맞췄다.

"까아!"

그리고 그 행동에 플로라가 쏙 빠져버린 것은 당연했다. 플로라는 마차 안이라는 것도 잊고, 폴짝 뛰어올라서는 이안의 목에 매달렸다.

"나 왕자님하고 결혼할 거야!"

"그거 감사한 말씀이네요."

"왕자님! 왕자 오빠야!"

막냇동생의 행동에 로즈는 안절부절못했고, 이안과 올리비아는 흐뭇한 표정을 지으며 바라보았다.

'한심해.'

길리아나는 흘긋 그쪽을 돌아보고는 턱을 괴며 창밖으로 시선을 던졌다.

❖ ❖ ❖

늘 차분하던 타이론 대공저가 갑자기 북적거렸다. 갑자기 예정에 없이 머물게 된 깜찍한 세 명의 귀빈 덕분이었다.

"아이참, 여자아이들이 머물 만한 방이 없는데."

올리비아는 하녀장과 손님방 분배를 하다가 울상을 지었다. 아들만 하나 있는 데다가, 애니도 독립했기에 최근 타이론 대공저에는 아기자기한 방이 하나도 없었다.

"이럴 줄 알았으면 지난달 인테리어할 때 만들어둘 것을."

"여자아이라고 꼭 아기자기한 것을 좋아한다는 건 편견 아니겠습니까."

하녀장이 울상이 된 여주인을 달래기 위해 그렇게 말했다. 하지만 올리비아는 고개를 획획 내저었다.

"세상이 그렇다고 하더라도 이건 순전히 내 자기만족이야! 여자아이에게는 장난감이 가득한 핑크빛 방에, 레이스 커튼이 드리운 침대가 잘 어울리잖아."

"글쎄요."

소싯적의 스타티스를 꼭 빼닮은 길리아나를 떠올리며 하녀장은 애매한 미소를 지었다. 스타티스에 대한 최근 주변국의 평가는 '말 그대로 생물학적 성별만 여자인 황제'였다.

'길리아나 님도 그런 성품 같던걸.'

걸음걸이가 어찌나 당당한지, 오히려 남자아이인 길리언보다도 발자국 소리가 선명했다.

'비전하께서는 젊으신데, 이상하게 고리타분하실 때가 있단 말이야.'

스타티스가 황제가 되고, 제국에는 많은 변화의 바람이 불었다. 이제 길에서는 바지를 입고 돌아다니는 여성들의 모습이 결코 드물지 않았으며, 분홍색이나 노란색 같은 여성의 색을 입은 남자들도 자주 보였다.

'게다가 막내 황녀님만 빼면 다들 나이가 그리 어리시지도 않은걸. 너무 신경 쓰지 않으셔도 될 거 같은데.'

그런 생각을 하며 하녀장이 젊은 대공비를 바라보았을 때였다. 올리비아는 고개를 끄덕였다.

"일단 임시 손님방을 배정하고, 내일부터 사람을 불러서 단장하는 수밖에. 내일 아침 일찍 마티니 백화점의 유아용품 담당자와 가구 담당자를 들라고 해."

올리비아는 최대한 그렇게 자신과 타협했다.

하녀장은 한 번 더 올리비아를 말릴까 고민하다가, 입을 다물었다. 열심히 고민하는 올리비아의 모습조차도 즐거워 보였기 때문이다.

'비전하께도 갑자기 딸이 생긴 기분이신가 보네.'

한 번쯤 이렇게 평소 취향과 다른 것들도 사보고, 꾸며보고 하는 것도 나쁘지 않겠다 싶어서 하녀장은 입을 다물었다.

그래서 세 자매의 방은 예전에 애니가 쓰던 방을 비롯해서 올리비아의 방과 가까운 방들로 정해졌다.

"나는 왕자님하고 같이 있고 싶은데."

막내 플로라가 이렇게 웅얼거렸으나, 올리비아는 칼같이 그 칭얼거림을 잘라냈다.

"타이론의 모든 방은 계단을 기준으로 오른쪽은 남자, 왼쪽은 여자랍니다. 예외는 없어요."

"히잉, 할머니 너무해."

"……"

할머니라는 호칭에 다시금 올리비아는 할 말을 잃었다.

길리언은 플로라가 마음에 들었는지, 플로라의 왕자님 타령에 정중하게 맞춰주었다.

"밤에는 각자 방에서 지내야 하지만, 자기 전에는 얼마든지 함께 있을 수 있잖아요. 같이 정원 산책을 떠날까요, 공주님?"

"좋아요, 왕자님!"

우아하게 내밀어지는 손을 플로라가 어른이라도 된 것처럼 의젓하게 잡았다. 허리춤밖에 오지 않는 어린 황녀의 손을 에스코트하여 정원으로 나서는 길리언의 뒷모습이 제법 신사 같았다.

하녀장이 흐뭇한 미소를 지으며 올리비아에게 말했다.

"공자님도 동생이 생겨서 좋으신 가봐요."

"그러게. 의젓한 길리언을 보니 감회가 새로워."

'평생 아기 같을 줄 알았는데.'

또래 아이들과 어울리지 못할 것을 걱정했던 아이가, 훌쩍 커서는 자신보다 훨씬 어린 동생을 돌보아주고 있었다.

'기특해.'

올리비아는 감격해서 눈물을 글썽였다. 하녀장도 미소를 지으며 고개를 끄덕였다.

모두가 훈훈한 이 분위기에서, 딱 한 사람만 불만에 가득 찬 듯 딱딱했다. 바로 길리아나였다.

길리아나는 휙 돌아서며 말했다.

"저는 방에 들어가서 쉬겠습니다."

"아, 그래요."

사실 별로 피곤할 일이 없었기 때문에 쉰다는 말도 어폐가 있었다. 하지만 딱히 잡을 이유도 없기에 올리비아는 고개를 끄덕였다.

길리아나는 타고나길 지배자인 것처럼 처음 오는 집인데도 아랫사람을 부렸다.

"거기 너, 네가 안내하도록. 내 방이 어디지?"

"이, 이쪽입니다."

"……."

하녀의 안내를 받아서 저벅저벅 걸어가는 뒷모습 또한 낯선 곳에 오게 된 열 살짜리 아이답지 않게 당당했다.

반듯하게 뻗은 허리와 살랑이는 금빛 머리카락을 보며 올리비아는 고개를 기울였다.

"우리 길리언이랑 같은 나이인데 분위기가 엄청 다르네."

"그런가요?"

하녀장이 고개를 기울이자, 올리비아는 팔짱을 끼고 입술을 살짝 삐죽였다.

"응. 우리 길리언은 애교도 많고, 칭얼거림도 많은 것이, 아기 같잖아. 아까는 훌쩍 자란 것 같아서 조금 서운했는데, 길리아나 황녀를 보니 다시 어리긴 어리구나 싶어."

'그건 아마 대공비 전하 앞에서만 그러실 텐데요.'

하녀장은 현명하게 그 대답은 목 안으로 삼켰다.

두 자매와 달리 로즈 황녀는 이런 부탁을 했다.

"저는 책을 읽고 싶어요."

"그럼 서재로 안내할게요. 황궁보다는 당연히 부족하지만, 타이론의 서재에도 그럭저럭 볼 것이 많답니다."

"감사합니다."

그렇게 각자 자신이 원하는 곳으로 흩어졌다. 올리비아가 세 자매에 대해서 더 하녀장에게 지시를 내리려고 할 때였다.

"비전하, 황궁에서 짐과 사람이 도착했습니다."

"안내하거라."

세 자매보다 준비가 늦은 짐이 이제야 도착한 모양이었다. 함께 온 사람은 아직 어린 플로라를 돌보는 유모와, 세 자매의 교육을 책임지는 담당관이었다.

"설령 타이론 대공저에 머문다고 해도 황녀님들의 교육은 예정처럼 이어집니다. 그 스케줄은 이렇습니다."

"그렇군."

대공저에 온다고 배움을 게을리할 수는 없으니 당연한 이야기였다. 하지만 스케줄 표를 받아본 올리비아의 눈이 살짝 커졌다.

'정말 많은 걸 배우는구나. 특히 길리아나 황녀는.'

검술에 전술학까지, 꼭 지금 배워야 하는가 싶은 과목들이 시간표를 꽉 채우고 있었다.

'미래의 황제 폐하이시니 당연한가.'

그래도 이렇게 많은 것을 배우면 지치지 않을까?

저 작은 아이가 어떤 중압감과 싸우고 있을지, 올리비아는 가늠할 수가 없었다. 하지만 올리비아의 걱정이 무색하도록 길리아나는 자신의 스케줄을 완벽하게 소화해냈다.

꼭 사람이 아니라 기계 같았다.

'같은 집에 있는데도 얼굴을 볼 시간이 별로 없네.'

아침 식사 시간과 저녁 식사 시간을 제외하면 길리아나의 일정은 황궁에서 온 교육관이 짠 대로 움직였기 때문에 따로 올리비아와 시간을 보낼 틈이 없었다.

불안불안하던 올리비아는 결국 참지 못하고 아침 식사 시간에 물었다.

"힘들지 않나요? 쉬는 시간이 더 필요하지 않아요?"

"저는 괜찮습니다."

올리비아의 물음에 길리아나는 고개를 갸웃했다. 그리고는 담담한 어조로 대답했다.

"제 미래를 위해 하는 고생이니 조금도 고되지 않습니다."

"어른스럽기도 해라."

미래를 위해서 현재 하고 싶은 일들을 참는다. 정말이지 어른스러운 사고방식이었다.

'하지만 열 살이잖아.'

길리언보다 고작 며칠 빠른 생일.

'그 나이에 미래를 위해 참을 수 있는 건가? 요즘 애들은 다 나보다 빠른가?'

올리비아는 자신의 열 살 때를 기억해보았다. 이모는 아팠고, 아직 어린 애니를 돌보느라 정신이 없었던 기억만 났다.

'나는 사실 미래를 기대할 생각 자체를 못했었지.'

미래를 기대하는 것도 어느 정도 여유가 있을 때 할 수 있는 것 아닌가.

'그런 의미에서는 좋은 걸지도 모르지만.'

올리비아는 길리아나의 심리상태를 이해할 수가 없었다. 그래서 그녀에 대해 잘 알고 있을 만한 사람을 찾았다.

바로 이안이었다.

'이안이라면 잘 알겠지.'

그런데 이게 웬일이람.

"……길리아나 황녀님이 그렇게 대답했다고요?"

듣고 바로 답을 내려줄 줄 알았던 이안은 입을 틀어막고 부들부들 떠는 것이 아닌가.

"왜 그래요, 이안?"

올리비아는 눈살을 찌푸리며 물었다. 이안은 한숨을 폭 내쉬며 대답했다.

"예전의 폐하와 너무 꼭 닮아서 괴로워하고 있었습니다."

"그게 왜 괴로워요?"

스타티스를 닮으면 좋은 것 아닌가. 이해를 하지 못하고 고개를 갸웃거리는 올리비아를 마주하며 이안이 쓴웃음을 지었다.

"저를 늘 높게 평가해주는 것은 고맙지만, 올리비아. 저도 어린 시절이 있었답니다."

태어날 때부터 신사였을 것 같은 이 남자에게도 폭풍 같은 사춘기가 있었다.

그리고 그때 열심히 생성해낸 흑역사도!

"저와 황제 폐하는 못 말리는 앙숙이었고요. 지금 생각하면 부끄러운 철없었던 사건이 여럿 있습니다."

정말로 부끄러워서 이안은 어쩔 줄을 몰라 했다. 올리비아는 그런 그를 보고 까르르 웃음을 터뜨렸다.

"아, 조금 듣기는 했어요. 발을 걸어 넘어뜨리고 천사처럼 웃으면서 미안하다고 하셨다면서요?"

두 사람의 유년 시절에 대해서는 콘라드로 가는 마차 안에서 들은 적이 있었다. 이안이 왜 이중인격자인지 열심히 설명했지.

"……폐하께서 그 이야기를 하십니까?"

"네."

"그 뒷이야기는 안 하시죠?"

"뒷이야기가 있어요?"

그런데 그조차도 자기 유리한 대로 편집한 이야기였던 모양이다. 이안은 무척 억울한 표정을 지으며 올리비아에게 빠른 어조로 일러바쳤다.

"미안하다고 사과하며 일으켜드리기 위해 내민 제 손을 힘껏 잡아당겨서 저도 바닥을 뒹굴게 만드셨답니다."

"어머나."

두 눈으로 보지 않아도 그림이 순식간에 그려졌다. 황족 체면에 때리지도 못하고 낙엽을 잔뜩 붙인 채로 노려보는 두 금빛 머리카락의 아이들도.

'귀여웠을 거 같은데.'

올리비아는 그렇게 생각하고는 조금 놀라고 말았다. 왜 이안과 스타티스가 이렇게 견원지간이 되도록 주변에서 내버려두었나 했더니.

'귀여워서 웃으면서 넘어가곤 했었나 보다.'

역시 아이들은 적당히 혼내면서 키워야 한다니까. 올리비아는 오늘 또 한 가지 배웠다.

그 말을 시작으로 여러 가지 과거의 기억을 떠올린 이안이 고개를 절레절레 흔들었다.

"하여간 그분도, 옛날부터 자기 유리한 대로만 말한다니까요."

이안 자신도 그렇게 행동하면서, 상대만 탓하는 것이 아주 현실 남매다웠다.

'정말 가끔은 사이가 좋은 건지 나쁜 건지 모르겠어.'

그리 생각하며 올리비아는 미간을 구겼다. 바로 그때였다. 침울한 척 가라앉아 있던 이안의 시선이 은근히 올리비아를 향했다.

"그건 그렇고, 우리 무척 오랜만에 얼굴을 마주하는 것 같은데요."

서른을 막 지난 올리비아는 여전히 생생하고 아름다웠다. 어깨를 살짝 스치는 긴 기장의 단발머리는 이안이 아무리 바빠도 몸소 가위를 드는, 그의 자랑거리였다.

'우리 아내는 머리를 잘라도 예쁘고, 길러도 예쁘고.'

눈부신 은빛 머리카락이 스르륵 물처럼 흘러내리고 드러나는 흰 목덜미가 그의 심장을 한 차례 들었다 놨다.

'어떻게 이렇게 늘 설레게 하는지.'

"올리비아."

이안이 명백한 목적을 담아서 올리비아의 이름을 불렀을 때였다. 골똘히 생각에 잠겨 있던 올리비아가 갑자기 주먹을 꽉 쥐고 큰 소리로 말했다.

"역시 안 되겠어요, 이안!"

"네?"

막 그녀의 허리를 끌어안으려고 했던 이안은 어정쩡한 자세로 굳어졌다.

올리비아는 이안이 음흉한 생각을 실천에 옮기려고 했다는 것도 모른 채, 자신의 생각을 쏟아냈다.

"아무래도 제가 우리 길리언의 교육에 너무 무관심했나 봐요."

"네에?"

왜 이야기가 길리언으로 튄단 말인가? 분명 길리아나가 어른스럽다는 이야기를 하고 있었잖아?

"길리언은 충분히 잘하고 있어요."

"하지만 길리아나는 길리언보다 훨씬 많은 걸 배우는걸요. 길리언도 공국을 물려받아야 하니 길리아나 못지않게 알아야 하는 것이 많은데."

"그거야……."

태황제의 권력견제 속에서 많은 것을 배우지 못한 것은 이안도 마찬가지였다. 하지만 어찌저찌 다 잘 살아가고 있지 않은가.

"다 타고난 대로 사는 거죠. 어련히 잘할 수 있으려고……."

거기까지 말했던 이안은 자신을 흘겨보는 올리비아의 시선에 곧장 태세를 바꾸었다.

"생각해보니 당신 말이 옳습니다. 길리언은 지나치게 한가롭게 시간을 보내고 있죠."

대답하고 나니 문득 좋은 생각도 떠올랐다.

'길리언이 바빠지면 나랑 올리비아가 함께 보낼 시간도 많아지는 거잖아?'

지금은 티타임마다 길리언까지 끼어서 셋이 보내고 있었지만, 다시 단둘이 보낼 수 있을 것이다!

생각을 정리한 이안은 아까와는 전혀 다른 살가운 태도로 말했다.

"생각해보니 길리언도 벌써 열 살이군요. 공부를 열심히 할 때도 되었지요. 저도 경영학과 세무학에 입문한 게 그때였습니다."

"역시 그렇죠?"

이안의 말에 올리비아는 고개를 끄덕였다. 그리고는 골똘히 생각에 잠겼다.

"악기도 하나 배워야겠고, 예법에는 능한 편이지만, 이제 실무도 익혀야 하는데……."

열심히 고민하는 그녀가 사랑스러워서, 이안은 올리비아의 귓가에 입을 쪽 맞췄다.

❖ ❖ ❖

타이론 대공저에 온 다음부터 줄곧 길리아나는 저기압이었다. 그 이유는 온전히 길리언 때문이었다.

'저 애가 뭐라고.'

길리언 타이론. 길리아나에게는 오촌 숙부에 해당되는 동갑내기 '동생'.

생일도 자기보다 느린 주제에 가끔 숙부 행세를 하며 속을 박박 긁으면 그렇게 성질이 날 수 없었다.

'저렇게 속이 시커먼 애가 뭐가 좋다고.'

길리언이 길리아나에게 묘한 라이벌 의식을 불태우듯, 길리아나 또한 길리언이 꼴 보기 싫었다.

무엇보다 길리언은 길리아나가 가지지 않은 장점을 가지고 있었다. 인간관계 완급 조절에 능한 점이라든가.

'로즈도 플로라도 다 저 애한테만 쏙 빠져서.'

길리아나는 창밖을 흘긋 바라보았다. 창밖에는 환하게 웃고 있는 길리언과 두 여동생이 보였다.

"여기 있습니다, 공주님."

"감사해요, 왕자님!"

웃으면서 무엇을 주고받길래, 무엇인가 해서 물끄러미 바라보았더니 토끼풀을 얼기설기 얽어서 만든 화관이었다.

'저게 뭐람.'

화관 같은 건 한 번도 만들어본 적 없었다. 보는 것도 오늘이 처음이었다.

'쟤는 도대체 저런 걸 어디서 배워서.'

곱상한 얼굴에 어울리는 짓을 잘도 하고 있었다.

'하나하나 다 마음에 안 들어.'

정강이를 먼저 발로 찬 행동에 감정이 없었다면 거짓말이었다. 설마하니 그걸로 이렇게까지 두고두고 뒤끝을 남길 줄 몰랐지만.

'그냥 조용히 있어야지.'

여우 같은 길리언과 맞붙어서 좋을 것이 하나도 없었다. 길리아나는 타이론가에 있는 동안 조용히 지내기로 결심했다.

'사실 일부러 시간을 내지 않으면 만날 여유도 없고.'

길리아나는 이미 충분히 바빴다. 굳이 길리언과 트러블로 더 바빠질 이유도 없었다.

'그쪽이 찾아오지 않으면 만날 일도 없어.'

그런데 길리언의 마음은 또 그렇지 않았던 모양이다.

서재로 수업을 받으러 가고 있는데, 복도 길목에 길리언이 팔짱을 끼고 서 있었다. 길리아나는 눈살을 찌푸렸다.

"뭐야?"

길리아나의 으르렁거림에도 안 들리는 것처럼 길리언은 팔짱을 끼고 다른 곳만 바라보고 있었다. 길리아나는 발끝으로 길리언의 발뒤꿈치를 살짝 쳤다.

"길 가는데 방해되잖아. 비켜."

넓은 복도이니 피해서 가도 그만인데, 굳이 물러나지 않는 것은 순전히 길리아나의 성질 때문이었다. 길리아나가 톡 건드리자, 그제야 길리언은 고개를 돌려서 길리아나를 마주 보았다.

퉁명스러운 목소리가 복도를 울렸다.

"야, 공부 작작 해라."

타이론 공작부인을 대할 때와는 완전히 다른 껄렁껄렁한 말투였다.

'여우 같은 녀석.'

길리아나는 정말 이렇게 하나하나 다 마음에 들지 않기도 어렵겠다고 생각하며 눈살을 찌푸렸다.

"무슨 소리야?"

"너 때문에 갑자기 어머니가 나한테도 이것저것 배우라고 하시잖아. 나는 그거 싫다고."

보아하니 이 마마보이가 공부량이 늘어나면서 어머니와 보낼 시간이 줄어드니 따지러 온 모양이다. 길리아나는 고개를 기울였다.

"싫으면 싫다고 말하면 되지, 왜 나한테 와서 행패인데?"

"다른 건 몰라도 너보다 모자라다는 말은 듣기 싫거든?"

"나도 하는 걸 네가 소화하지 못한다는 말을 듣고 싶지 않다? 그런데 이미 와서 행패 부리는 것부터 인정한 꼴 아니야?"

"……."

길리아나의 지적은 예리한 데다가 사실이었기 때문에 길리언은 잠시 주춤하고 말았다. 그리고는 이내 이해하지 못하겠다는 투로 되물었다.

"넌 뭐 때문에 그렇게 열심히 하는 건데?"

타고나길 황제의 적녀로 태어난 데다가, 후궁도 없으니 그녀의 황위를 위협할 사람도 없었다. 부모는 아직 젊고 건강하니, 급박하게 황위를 물려받아야 할 상황이 올 리도 없었다.

'조금 더 쉬엄쉬엄해도 될 텐데.'

하다못해 황궁에서야 그렇게 지낸다고 쳐도 타이론 대공저에서 지낼 때는 여유를 가져도 되는 거 아닌가?

길리언의 반문에 길리아나는 픽 코웃음을 쳤다.

"그냥 하니까 하는 거지. 비켜."

비켜줄 생각을 하지 않는 길리언을 밀어내고 길리아나는 길을 걸었다. 그냥 무시했다고 생각했는데, 마음에 앙금이 남았는지, 서재에서 수업하는 내내 그녀는 좀처럼 집중할 수가 없었다.

'내가 왜 이렇게까지 열심히 하냐고?'

역시 다 가진 녀석은 모른다. 길리아나가 어떤 불안감을 안고 있는지. 어떤 생각을 하는지.

'더 완벽하지 않으면.'

길리아나가 눈을 질끈 감았을 때였다. 짧은 휴식이 끝나고 문밖에 노크 소리가 울렸다.

"황녀님, 마담 세헤라 님이 오셨습니다."

길리아나는 감았던 눈을 떴다.

❖ ❖ ❖

"난 요즘 슬퍼."

막내 플로라가 물의 요정 같은 눈을 반짝이며 중얼거렸다. 맞은편에 앉아서 홍차에 설탕을 와르르 넣고 있던 길리언이 고개를 갸웃했다.

"왜 슬프세요, 공주님?"

길리언의 대답에 플로라는 눈을 흘기며 대답했다.

"장난하지 마, 오빠. 플로라는 지금 진지하거든?"

"……그래?"

공주라고 부르기만 하면 좋아하는 줄 알았더니. 뜻밖에 네 살짜리 여자아이에게 혼이 난 길리언은 진지한 표정을 지었다.

"그래. 왜 슬퍼, 플로라?"

길리언의 진지한 태도가 마음에 든 플로라는 다시 자신의 팔에 고개를 묻고 웅얼거렸다.

"큰언니 때문에 슬퍼."

"큰언니? 길리아나?"

뜻밖의 이야기였다. 끽해야 엄마가 보고 싶어, 정도 이야기를 생각했더니만.

'길리아나 때문에 슬플 일이 뭐 있어?'

평소 앙숙처럼 지내는 것과 별개로, 길리언은 길리아나가 어떤 아이인지 잘 알았다. 누군가에게 걱정을 끼칠 사람이 아니었다.

"길리아나가 왜?"

"세헤라 할머니 때문에."

"그게 왜?"

계속되는 길리언의 반문에, 플로라는 긴 한숨을 내쉬며 길리언을 흘겨보았다.

"오빠는 그것도 몰라? 실망이야."

"……."

아니, 뭘 했다고 실망이래.

'마담 세헤라는 태황제의 손위 누이잖아.'

길리언은 고개를 갸웃했다. 들어서는 전혀 문제가 될 것이 없었다.

'자식 없이 이른 나이에 남편을 잃어서, 별궁에서 조용히 지내고 있다고 들었는데.'

길리언은 그녀를 한 번도 만나본 적이 없었다. 길리언의 탓이 아니라, 그녀가 모든 만남을 차단했기 때문이다.

그녀가 하는 소일거리라고는 오로지 황녀들의 예법 수업뿐.

'그마저도 나이가 많아서 늘 할 수 없다고 들었어.'

그래서 황실 어른의 예우 차원에서 1년에 한 번, 특정 시기 동안 집중교육을 받는다고.

공교롭게도 지금이 그 시기였다.

'이번에는 드물게 타이론가로 몸소 오시기로 했다지?'

황녀들의 타이론행이 지극히 충동적으로 정해져서 생겨난 해프닝이었다. 본래라면 그녀는 자신의 별궁을 절대로 떠나지 않는다. 타이론가로 온 지금 또한 아무도 만나고 싶지 않다고 해서 길리언도 그녀의 얼굴을 보지 못했다.

'어지간히 성격이 괴팍한 사람인가 보지? 그렇게까지 얼굴을 감추다니.'

길리언은 새삼 그 생각을 했다. 그와 만날 일 자체가 없는 사람인지라, 지금까지 관심이 없었던 것이 사실이었다.

플로라는 진저리를 치며 웅얼거렸다.

"마담 세헤라가 얼마나 무섭다고. 마귀할멈이야."

"뭐어?"

플로라의 말에 길리언은 눈살을 찌푸렸다. 그냥 예법 수업을 듣기 싫어서 하는 말인가 했더니, 이어지는 말은 더더욱 가관이었다.

"이만한 작대기로 플로라도 막막 때려."

"그게 무슨 말이야? 왜 때리는데?"

"자기 말대로 플로라가 못한다고. 플로라가 바보랬어."

길리언은 말문이 턱 막혔다.

'감히 한 나라의 황녀에게 바보라니. 아무리 태황제 폐하의 누나라고 해도 너무하잖아.'

게다가 황녀라는 직분을 차지하고도, 플로라는 겨우 네 살이었다. 이런 작은 아이에게 매를 든다는 말 자체가 이해할 수 없었다.

길리언은 눈살을 찌푸리고 조용히 책에 시선을 고정하고 있던 로즈에게 물었다.

"이게 무슨 말이니, 로즈?"

"……사실이야."

일부러 안 들리는 척, 책만 보던 로즈는 결국 어쩔 수 없다는 듯이 난처한 표정으로 대답했다.

"나와 플로라는 지난달에 수업을 들었어. 동생이 아직 어린아이고, 첫 수업이라는데도 마담 세헤라는 조금도 봐주지 않았지."

그리고 이번은 길리아나의 차례라는 뜻이었다. 플로라가 틀릴 때마다 매를 맞는 게 사실이라는 걸 알게 된 길리언은 무척 큰 충격을 받았다.

'황제 폐하께서 가만히 계실 분이 아닌데.'

거기까지 생각했던 길리언은 문득 깨달았다.

'하지만 황제 폐하 또한 마담 세헤라의 예법 교육을 받았겠지.'

마담 세헤라가 별궁에서 황녀들의 예법만을 담당한 세월은 아득히 길었다.

'본인도, 본인의 형제들도 모두 같은 교육을 받았다면 이상함을 느끼지 못할 수도 있어.'

이렇게 포괄적으로 상황을 살필 수 있다는 게 길리언의 가장 큰 재능이었다.

잠시 입을 다물고 상황을 재어보던 길리언은 조심스럽게 자매에게 물었다.

"부모님께는 말씀드려보았어? 무섭고 힘든 수업이라고."

"말할 수 없는걸."

대답은 뜻밖에 막내 플로라에게서 나왔다. 플로라는 볼을 빵빵하게 부풀리고는 투덜거렸다.

"마담 세헤라가 그럼 또 바보 멍청이라고 할 거야."

"플로라!"

플로라의 말에 길리언은 비명처럼 그녀의 이름을 부르고 말았다.

'이렇게 어린아이가 저런 말을 하다니.'

항상 자신을 사랑하는 사람들 사이에서 둥기둥기 자란 길리언은 상상도 할 수 없는 말이었다.

길리언은 언젠가 자신의 어머니가 해주었던 것처럼 플로라를 따뜻하게 위로해주었다.

"마담 세하라가 거짓말쟁이야. 플로라는 바보도 멍청이도 아니야. 플로라는 세상에서 제일 예쁜 공주님인걸."

"왕자님……."

감동한 플로라의 호칭이 다시 오빠에서 왕자님으로 바뀌었다. 플로라는 와앙 울음을 터뜨리며 길리언의 품에 안겼다.

"맞아! 플로라는 예쁜 아이야. 흐에엥!"

"그래, 그래."

길리언은 이안이 올리비아를 토닥이듯 플로라를 끌어안고 토닥여주었다.

"그래서 마담 세헤라의 수업을 들을 큰언니가 걱정이 되었구나. 맞지?"

"응."

"그럼 조금 더 용기를 내어 어른들께 말씀드리고 수업을 취소하는 건 어때?"

길리언 생각에는 그게 제일 괜찮은 방법이었다. 하지만 로즈가 어두운 표정으로 고개를 가로저었다.

"오빠도 못 들은 걸로 해줘. 우리는 부모님을 실망시키고 싶지 않아."

"로즈."

길리언은 마른침을 삼켰다. 아이들이 저렇게까지 생각하고 있다는 사실이 너무나 가슴 아팠다. 길리언은 플로라를 끌어안고 있는 팔에 힘을 주며 중얼거렸다.

"내가 부모님이라면, 너희가 고통을 자신들 때문에 참고 있었다는 사실이 더 실망스러울 것 같아."

사랑을 듬뿍 받고 자란 소년은, 이제 어른들의 마음까지 헤아릴 수 있었다. 길리언은 플로라의 뺨에 입을 맞추고는 자리에서 일어났다.

"길리아나와 이야기를 해봐야겠어."

어린 동생들은 그렇다고 쳐도, 길리아나까지 그렇게 꾹 참고 있다는 게 이해가 가지 않았다. 두 자매를 뒤로한 길리언은 집사를 붙들고 물었다.

"길리아나 황녀님은 어디 있지?"

길리아나의 예법 수업은 타이론 대공저에서도 가장 으슥한 곳에 있는, 최근에는 사용하지 않는 손님용 별장에서 이루어졌다.

'하필 이런 곳에.'

길리언도 때때로 숨바꼭질을 할 때 빼고는 오지 않는 으슥한 곳이었다. 바지런히 길을 걷고 있으니, 별장 앞을 지키듯이 선 기사 두 사람이 길리언을 막아섰다.

"멈추십시오."

마담 세헤라를 모시는 여자 기사들이었다. 그녀들은 딱딱한 어조로 경고했다.

"마담 세헤라께서는 세상 모든 남자를 만나지 않으시기로 맹세하셨습니다. 아무리 대공자라고 할지라도 여긴 더 이상 들어갈 수 없습니다."

가로막는 이유도 해괴했다. 남자를 만나지 않겠다.

'남편을 잃고 정절을 지키겠다는 의지의 표현이겠지만.'

길리언은 고개를 들고 자신보다 키가 큰 기사들을 똑바로 바라보았다.

"여긴 우리 집입니다. 내가 못 갈 곳은 없습니다."

"마담 세헤라께서 계신 곳은 예외입니다. 그분은 태황제 폐하로부터 마땅히 그러할 권리를 얻으셨습니다."

길리언은 눈살을 찌푸리고 어이없다는 투로 대답했다.

"권리를 주장하고 싶으셨으면 황궁에 남으셨어야지."

울던 플로라를 떠올리니 더더욱 마음 한구석이 엉망으로 꼬여 들었다.

'고작 권리를 얻었기 때문에, 그 알량한 권위를 내세우며 아이들을 체벌했나.'

길리언은 딱딱한 어조로 말했다.

"남의 집에 와서 자신의 법을 주장하는 건 어느 나라 방식입니까? 나는 내 조카님을 보고 싶습니다. 어서 물러서십시오."

이 정도 이야기하면 물러날 법도 한데, 기사들은 물러나지 않았다.

"안 됩니다."

"안 된다고요?"

길리언이 착하고 순한 소년인 것은 오직 제 어머니 앞이거나 어머니의 귀에 패악질이 들어갈까 염려될 때뿐이었다.

'지금은 길리아나를 구하기 위해서였으니 엄연히 정의구현이라고.'

그렇게 멋대로 결론을 내린 길리언은 한층 사나운 어조로 빈정거렸다.

"어떻게 할 건데요? 저를 끌어낼 것입니까? 아니면 억지로 밀어낼 것인가?"

"대공자."

그런데, 기사들은 정말로 물러나지 않았다.

"마지막 경고입니다. 물러나세요, 대공자."

"……."

어깨를 긴장하는 모습이, 여차하면 무력으로라도 길리언을 몰아내겠다는 의지가 보였다. 길리언은 결국 혀를 차며 돌아섰다.

'만만치 않군.'

막무가내로 달려들어서 소란을 피우는 것도 방법이긴 했지만, 그런 식으로 만인의 앞에서 고통스러운 예법 수업을 참고 있었다는 사실이 까발려진다면 길리아나가 자존심 상해할 것이 분명했다.

'다른 방법을 쓰는 수밖에 없는데.'

길리언은 입술을 깨물었다.

'그 방법만큼은 쓰고 싶지 않았는데.'

한 가지 방법이 있기는 했다. 방금 기사들의 말에 답이 있지 않았나.

마담 세헤라는 세상 모든 '남자'를 만나지 않는다고.

❖ ❖ ❖

'어지러워.'

길리아나는 휘청거렸다. 벌써 얼마나 오랫동안 걷기 연습을 했는지 모르겠다.

'다리 아파.'

길리아나의 자세는 반듯했고, 장군처럼 당당했다.

마담 세헤라의 신경을 건드린 것이 바로 그 부분이었다.

"당신은 여자입니다. 남자처럼 성큼성큼 걷는다고 해서 당신 성별이 바뀌는 것도 아닌데, 굳이 천박함을 따라 할 이유가 무엇입니까."

그렇게 잔소리를 늘어놓으며 마담 세헤라는 길리아나의 종아리를 회초리로 때렸다.

그리고 몇 시간이나, 쉬지도 못하고 계속 걸음걸이를 교정한 것이다. 나비처럼 사뿐사뿐 걷도록.

"윽."

결국 버티지 못한 길리아나가 풀썩 바닥에 주저앉았다.

"일어나십시오."

그런 그녀를, 의자에 편안하게 앉은 마담 세헤라가 나무랐다.

"지금 이까짓 걸로 힘들어 주저앉으면 어떻게 높은 자리에서 버틸 생각입니까."

그 말이 길리아나의 자존심을 긁었다. 길리아나는 입술을 꽉 깨물며 자리에서 일어나려고 힘을 주었다.

"윽!"

그러나 힘이 풀린 다리가 쉽사리 움직여지지 않았다. 그때였다. 하녀옷을 입은 작은 체구의 소녀가 물컵과 물수건을 가지고 길리아나 앞으로 다가왔다.

"마담, 황녀님 얼굴이 엉망이에요. 땀을 닦을 수 있게 허락해주세요."

소녀의 말투는 사근사근했고, 몸짓은 가볍고 우아했다. 마담 세헤라의 찌푸려졌던 눈이 부드럽게 휘어질 정도로 말이다.

"그렇게 하거라."

완고한 노인의 입에서 허락의 말이 떨어졌다. 하녀는 고개를 꾸벅 숙이고는 길리아나의 이마에 찬 수건을 대주었다.

그런데 소녀의 얼굴이나 손짓이 몹시 눈에 익었다. 길리아나는 눈살을 찌푸렸다.

"너는?"

"쉿."

땀을 닦던 손이 자연스럽게 길리아나의 입을 막았다. 길리아나는 얼굴을 와락 구겼다. 말하면 안 되는 걸 아는데도, 말을 안 할 수가 없었다.

"……드디어 돌았어?"

하녀는 바로 길리언이었다.

'아니, 이렇게까지 잘 어울릴 노릇인가!'

길리아나는 어이가 없었다. 그 정도로 눈앞에 소년은 완벽한 소녀였다.

둥근 흰 모자 아래로 부드럽게 흘러내린 금빛 머리카락, 바다처럼 푸른 눈동자, 은은히 붉은 뺨이 사랑스럽기 그지없었다.

길리아나가 홀린 듯한 시선으로 바라본다는 걸 느낀 길리언이 짓궂은 어조로 말했다.

"제가 상당히 예쁘긴 하죠. 저도 알고 있습니다."

"……말을 말자."

퉁명스럽게 대꾸하면서도 길리아나는 어쩔 수 없이 길리언을 흘긋대었다. 남자일 때도 무생물로 느껴질 정도로 잘생겼다고 생각했지만, 여자처럼 꾸며놓으니 비스크돌이 살아 움직이는 것만 같았다.

길리아나는 낮은 목소리로 물었다.

"여긴 왜 온 거야?"

"네 걱정이 되어서 왔지."

그 대답에 길리아나는 잠시 숨을 멈췄다. 소름 끼쳐 하는 것이 역력한 얼굴을 본 길리언이 슬쩍 눈도 찡긋했다.

"얼마나 꼴사나운가 구경도 할 겸."

"그럼 그렇지."

하녀로 꾸며놓아서 그럴까. 원래의 길리언이 저렇게 말했으면 당장 정강이를 까버렸을 텐데, 화가 나질 않았다. 길리아나는 도리어 뺨을 붉히며 고개를 돌려버렸다.

'누굴 걱정한다는 거야?'

이렇게 우리 사이가 서로 걱정을 나눌 사이였나. 길리아나가 불만스럽게 입술을 삐죽였을 때였다. 마담 세헤라가 말했다.

"도대체 하녀와 무슨 이야기를 그렇게 나누는 거죠?"

휴식이 길어지는 것 같으니, 저 못된 할망구가 또 뿔이 난 모양이다. 길리아나가 입술을 깨물었을 때였다. 길리언이 눈을 반짝반짝 빛내며 마담 세헤라를 마주 보았다.

"마담, 황녀님이 너무 피곤해 보여요. 오늘 수업은 여기까지 하고 쉴 수 있도록 아량을 베풀어주세요."

"무엄하게! 일개 하녀가 황녀의 교육에 훈수를 두는 것이냐?"

마담 세헤라는 역정을 내었지만, 길리언의 말투가 너무 사근사근해서인지, 평소보다 분기가 빠져 있었다.

"마담, 화를 내지 말고 제 말을 들어주세요."

마담 세헤라를 세 치 혀로 살살 녹이는 길리언을, 길리아나가 어이없는 표정으로 바라보았다.

길리언은 뻔뻔하기 그지없이 눈을 내리깔고 완벽하게 조신한 소녀를 연기했다.

"황녀께서는 곧 황태자가 되실 몸. 예법 말고도 배워야 하는 것이 산더미랍니다. 이렇게 지치게 되면 다음 수업에 지장이 생겨요."

그 말에 마담 세헤라는 콧김을 풍 품었다.

"황녀께서 우둔하여 예법을 숙달하지 못하니 오랜 시간이 걸린 것 아니냐! 내가 시간을 빼앗는 것이 아니다."

"맞아요. 맞아요. 우리 황녀님은 성정이 우악스러워 고양이처럼 사뿐사뿐 걷지를 못하시죠."

길리언은 고개를 끄덕이며 자리에서 일어났다. 그리고는 보란 듯이 한 바퀴를 빙그르 돌았다. 발소리가 나지 않으면서도 가벼운, 완벽한 숙녀의 발걸음이었다. 마담 세하라는 우아한 자태를 보고 감탄하여 고개를 끄덕였다.

"그래. 너처럼 걸을 수 있었으면 나도 이렇게까지 오랜 시간을 빼앗지 않았을 것이다."

그 말에 자존심이 상한 길리아나가 어금니를 악물었을 때였다. 길리언이 두 손을 맞잡고는 소름 끼치도록 귀여운 표정을 지으며 반문했다.

"하지만 여자가 꼭 사뿐사뿐 걸어야 하나요? 황제에게는 어울리지 않는 걸음이잖아요."

'길리언?'

자신을 편들어주는 말에 길리아나는 눈을 동그랗게 떴다. 길리아나가 하고 싶은 말도 그것이었다.

길리아나의 어머니이자, 이 나라의 황제인 스타티스는 사뿐사
뿐 걷지 않았다. 길리아나는 그런 어머니를 닮고 싶었다. 그 마음
이 그녀의 행동으로 드러나는 것뿐이었다.

'······나는 황제가 되고 싶어.'

고된 교육을 묵묵히 견디는 것도, 쓸데없는 자존심을 세우는
것도 그 때문이었다. 그녀는 훌륭한 황제가 되고 싶었다.

마담 세헤라는 그런 스타티스의 마음을 비웃듯, 코웃음을 치
며 말했다.

"황녀가 황태자로 언급되는 건 오직 아들이 없기 때문이야. 늠
름한 아들이 이번에 태어나면 당장 처지가 바뀔 것이다. 나는 오
로지 황녀님을 위해서 그런 거야."

그 말은 그동안 길리아나도 수백 번 들었던 말이었다.

"이번 대에는 특별했지만."

"여자가 어떻게 또 황제를 하겠어?"

"다행히 황제 부부께서 금실이 좋고 건강하시니 얼마든지 아
들을······."

그녀의 욕망을, 그녀의 노력을 아무것도 아니라고 폄훼하는
말들.

그때였다.

길리언이 생글 웃으며, 아무렇지도 않게 그 말을 부정했다.

"아들이 심약하고 조용할 수도 있잖아요."

"!!"

그 말에 길리아나는 눈을 동그랗게 떴다. 그 순간, 자신에게 등을 보이고 있는 길리언의 머리 위로 빛이 찬연하게 빛나는 것만 같았다.

'맞아. 왜 다들 아들이면 내 자리를 빼앗을 거라고 생각하지?'

그 아이가 길리아나보다 훌륭한 자질을 가지고 있을지는 아무도 모르는데.

길리언은 그 사실을 지적한 것이다.

'어떻게 네가……'

남자인 데다가, 모두의 사랑을 당연하다는 듯이 받고 있는 아이가, 그녀의 약점을 감싸는 말을 하고 있으니 이상했다. 길리아나가 멍하니 그를 바라볼 때였다.

마담 세헤라가 들을 가치도 없다는 듯이 고개를 흔들며 대답했다.

"남자들은 모두 씩씩하게 걷고, 용맹하게 행동할 수 있어. 그렇게 타고나."

"그래요?"

고리타분하기 짝이 없는 노인의 말이었다. 길리언은 천사처럼 해사하게 웃었다.

물론 행동은 전혀 천사 같지 않았다.

부욱!

하녀복 앞섶이 찢어져나가는 소리가 요란했다. 고작 열 살이지만, 편편하고 너른 가슴이 모두의 시선 앞에 모습을 드러냈다.

492

"저는 남자인데요?"

"뭐, 뭣?!"

새빨갛게 달아오른 얼굴로 마담 세헤라는 펄떡 뛰었다. 길리언은 장난스럽게 웃었다.

"길리아나에게는 이런 수업 따위 필요 없어요, 마담! 그리고 요즘 세상에 수절이 웬 말이에요! 얼마 남지 않은 인생에 사랑을 꽃피우세요!"

"이, 이 녀석!"

남편을 잃고, 남자를 조금도 가까이 하지 않으며 살아가는 것을 자랑으로 아는 할머니를, 길리언이 가벼운 어조로 놀렸다. 그리고는 달려와서 길리아나의 손목을 잡아챘다.

"가자, 길리아나."

"난……."

홀린 듯이 길리언을 바라보고 있던 길리아나의 얼굴에 낭패가 번졌다.

'다리가 움직이지 않아.'

긴장이 풀린 탓인지, 다리가 움직이질 않았다. 길리언은 눈치 빠르게 그 사실을 알아차리고 싱긋 웃었다.

"이런."

길리아나와 별반 차이 없는 손이라고 생각했다. 키도 고만고만하다고 생각했는데.

"실례합니다."

길리언은 길리아나의 팔을 잡아당기는 것 같더니, 그대로 길리아나를 번쩍 안아 들었다.

"어?"

길리아나가 눈을 동그랗게 뜨고 굳었다. 길리아나를 안아 든 길리언이 빠른 걸음으로 달리기 시작했다.

스치는 바람에, 머리를 덮고 있던 모자가 날아갔다. 금빛 머리카락이 올올이 날리고, 흰 얼굴이 햇빛을 받아 반짝였다. 슬쩍 미소를 베어문 입술이 개구졌다.

'멋있어.'

길리아나는 분하지만, 길리언이 멋있다고 속으로 생각하고 말았다.

❖ ❖ ❖

길리언의 행동에 큰 충격을 받은 것인지, 마담 세혜라는 몸이 좋지 않다는 핑계를 대며 곧장 황궁으로 돌아가 버렸다.

길리언이 친 깽판은 조금도 말하지 않았기 때문에, 각오한 것과 달리 혼은 나지 않았다.

물론, 다른 종류의 혼은 났다.

"도대체 무슨 짓을 한 거니, 길리언?"

올리비아는 이마를 짚으며 아들을 내려다보았다. 길리아나와 사이좋게 본관으로 들어온 길리언은 고개를 갸웃했다.

"별거 아닌데요. 그냥 자꾸 왕자님이라고 불려서 그런가, 왕자님 놀이가 하고 싶다더라고요."

아들의 변명에 올리비아는 눈을 가늘게 떴다.

"하녀옷을 입고?"

"아."

지금 입고 있는 복장을 생각지 못했던 것이다.

"이, 이 옷은 말이에요……."

눈을 가늘게 뜬 어머니 앞에서는 길리언의 매끄러운 혀도 힘을 잃었다.

길리언은 필사적으로 변명을 쥐어짰다.

'어서 생각해내라, 내 머리야!'

하지만 무슨 변명을 해야 하녀옷을 입고 본관 정원을 내달린 것을 설명할 수 있단 말인가. 길리언이 얼음처럼 굳어졌을 때였다.

길리아나가 한 걸음 앞으로 나서며 애절한 목소리로 말했다.

"이건 모두 내 탓입니다, 대공비."

"네?"

"내가 큰 비밀을 알아버리고 말았기 때문에."

고개를 슬쩍 떨구면서 한숨을 내쉬는 모습이 누가 봐도 대단히 큰일이 있는 것처럼 보였다. 올리비아가 심각한 표정으로 길리아나를 응시했다.

"큰 비밀이라뇨?"

길리아나는 슬쩍 길리언의 눈치를 살피려는 듯 바라보더니 안타까움이 역력한 어조로 속삭였다.

"제 숙부는 사실 이모가 되고 싶었대요."

말이 어려워서 이해하는 데는 10초가 필요했다. 충격적인 말을 들은 올리비아의 얼굴이 새빨갛게 달아올랐다.

"네에?! 기, 길리언, 너 그, 그런 생각을?"

"아니에요, 어머니! 무엇을 상상하시든 절대로 아닙니다."

길리언은 울상을 지었다. 여장을 즐기는 남자로 오해받은 것도 속 터져 죽겠는데 이게 무슨 말인가!

'처음 부르는 숙부라는 말을 이렇게 사용하기냐!'

이것이야말로 물에 빠지는 사람 건져냈더니 보따리 훔쳐가는 상황!

"어머니, 저기 보세요. 길리아나가 웃고 있잖아요. 거짓말이라니까요."

"우리 아들이 예쁘게 생기긴 했지만……."

"아니라니까요!"

길리언은 필사적으로 올리비아에게 자신은 오체 건강한(?) 남자임을 열심히 피력했다. 그 모습을 물끄러미 바라보던 길리아나는 키득키득 웃으면서 돌아섰다.

'그래도 조금 멋있었지.'

"길리아나에게는 이런 수업 따위 필요 없어요, 마담!"

어머니는 황제가 되고 싶으면 강해져야 한다고 했다.

그래서 강해지려고 했다. 어려운 말도 쓰고, 웃지 않고 딱딱한 분위기를 유지하고, 늘 당당해지려고 했다.

496

사실 진짜 멋있는 건 그런 게 아니었다.

"네 걱정이 되어서 왔지."

걱정되어서, 얼굴을 보려고 여자 옷을 입고, 여자처럼 걷고, 여자처럼 꾸몄어도 길리언은 그 순간 반짝였다.

'그래도 말해봤자 분명 우쭐거릴 테니 말하지 않을 거야.'

길리아나는 그렇게 생각하며 어깨를 움츠리고 웃었다.

구김 없는 해사한 미소였다.

외전

아기는
어떻게 태어나?

그러니까 사건은 길리아나의 한 마디에서 시작되었다.

"길리언, 너는 아무리 날고 기어도 나를 이기지 못해. 그러니까 그만 덤비고 공손하게 굴지 그래?"

두 아이가 싸우는 건 해가 동쪽에서 떠오르듯 당연한 일이었지만, 오늘은 좀 특별했다.

길리아나의 말에 길리언은 눈살을 찌푸리며 빈정거렸다.

"황족의 권위에 기댈 생각이라면 매우 치졸한……."

"누가 내가 황족이라서 늘 너를 이긴대?"

"그러면?"

길리아나는 가슴을 펴고 당당하게 선언했다.

"우리는 네 자매잖아. 늘 4:1로 싸우는 거라고. 그러니까 넌 날 이길 수 없지."

"!!"

논리적 허점이 많은 말이었다. 애초에 네 자매라고 해도 모두가 길리아나의 편을 들 리 없으며 – 실제로 셋째는 잘생긴 길리언의 편이었다 – 고귀한 혈통들끼리 패싸움하는 것도 아니고 편을 갈라서 다툴 리가 있겠는가.

하지만 길리아나나 길리언이나 고작 열 살.

길리아나의 말을 들은 길리언은 곧장 제 부모에게 달려가서 큰 소리로 말했다.

"저도 동생 낳아줘요, 어머니!"

"뭐?"

올리비아에게는 아닌 밤중에 날벼락이나 다름없는 말이었다.

❖ ❖ ❖

오늘도 평화로운 타이론 대공가.

특히 타이론 대공 부부의 금슬은 사교계에서도 이미 기정사실이었다.

"올리비아."

새가 지저귀는 싱그러운 아침, 몸소 아침 식사가 담긴 쟁반을 들고 이안은 올리비아의 집무실로 향했다.

올리비아는 오르세와 제국을 오가며 여러 가지 사업을 꾸리느라 늘 정신없이 바빴고, 부인의 일하는 시간을 존중하는 이안은 식사시간을 정하거나 강요하는 대신, 부인의 집무실로 직접 식사를 챙겼다. 집무실에서의 아침 식사가 이제는 자연스러운 풍경이 되었는데.

"엇?"

오늘은 집무실에 올리비아가 보이질 않았다.

"내 부인은 어디 갔지?"

"비전하께서는 정원을 산책 중이십니다."

"허어?"

하녀의 말에 이안의 얼굴이 와락 구겨졌다. 올리비아는 굉장히 규칙적인 사람으로, 그녀가 평소와 다른 행동을 하고 있다는 건 좋지 못한 일이 생겼다는 뜻이었다.

'생각을 정리할 일이 생긴 건가? 무슨 일이지? 케닌 그 자식이 무단 휴가를 떠났나? 아니면 오르세 국왕이 또 세금을 가지고 어깃장을 놓았나?'

둘 다 있을 법한 일이었다. 이안은 쟁반을 책상 위에 내려놓고 작은 덧문을 열고 정원으로 나섰다.

물론, 머릿속에는 확실치도 않은 가상의 적을 향한 분노가 이글거리고 있었다.

'케닌 그 녀석을 다시 제국으로 불러와야겠어. 오래 타국에 있더니 기강이 해이해진 것 같군. 오르세 쪽에는 정식으로 항의 서한을……'

내 아버지가 부자라서 많은 걸 물려받았고, 내 남편이 부자라서 많은 걸 쥐고 있는 걸 어쩌라는 건가. 하지만 오르세 국왕은 마치 올리비아가 거액의 재산을 오르세로부터 강탈해갔다는 듯이 굴었다. 터무니없는 세금을 물리는 것은 물론, 심증만으로 이루어지는 과격한 세무조사 또한 서슴없었다.

'감히 제국의 황족에게 그런 치졸한 보복을 하다니 본때를 보여줘야겠어. 역시 내 부인은 너무나 인정이 깊다니까.'

머릿속으로는 어떻게 행동할 것인지 이미 정리가 다 되었다. 그리고 때마침 장미 넝쿨 너머로 올리비아의 반짝거리는 은빛 머리카락이 보였다. 이안은 완벽한 미소를 지어내며 그녀의 이름을 불렀다.

"올리비아."

"이안."

그의 부름에, 그녀가 흰 뺨을 붉게 물들이며 웃었다. 귀 끝을 찰랑대는 아름다운 은빛 머리카락이 둥근 궤적을 그리다가 다시 차분하게 가라앉았다.

저 단정하면서도 예쁜 두상과 흰 목덜미를 잘 살리는 머리 스타일은 이안의 자랑이었다.

'역시 내 안목은 훌륭해. 단발도 잘 어울릴 줄 알았어.'

올리비아는 대공비의 위엄을 핑계로 머리를 길렀지만, 이안이 징징거리면 못 이기는 척 그의 손길에 머리카락을 맡기곤 했다. 지금 머리카락도 이안이 몸소 다듬은 것이었다.

'지난번에 산 흰 레이스 초커도 잘 어울릴 것 같은데. 이번에도 착용 안 해주겠지?'

올리비아는 사랑스러운 것들이 잘 어울림에도 의식적으로 중후하게 꾸미려는 경향이 있었다.

'어깨선이 예쁘니까 프린세스 소매도 잘 어울릴 텐데. 입어달라고 졸라봐야겠다.'

아름다운 것을 좋아하고 꾸미는 것을 좋아하는 이안에게 올리비아는 무궁무진한 가능성을 가진 소재였다. 그녀에게 이것저것 선물하고 다른 스타일을 권하는 것이 이안의 소소한 행복이었다.

어찌 되었든, 오늘 중한 것은 레이스 초커가 아니었다. 이안은 가벼운 카디건 차림의 올리비아의 어깨를 감쌌다.

"무슨 일 있어요? 누가 속 썩이나요?"

물론, 뒷말에는 '당신 속을 썩이는 놈들은 내가 다 잡아다가 가만두지 않겠다'가 생략되어 있었다.

말만 그런 것이 아니라 실제로 부인 모르게 쓱싹한 수도 꽤 되었지만, 이안은 적절하게 말을 삼켰다. 올리비아는 무른 구석이 있어서 설령 싫어하는 사람이라도 밀어내지 못하는 편이었다.

올리비아는 눈을 내리깔았다. 긴 속눈썹이 뺨에 그림자를 드리웠다.

"길리언이……."

"길리언이요?"

그녀의 입술에서 등장한 아들의 이름에 이안의 얼굴에 낭패가 어렸다.

'길리언은 까다로운데.'

가족이라서가 아니라, 길리언은 눈치가 빨랐다. 게다가 자신이 어린아이라는 점을 사용해서 어른인 이안을 몹쓸 사람으로 만드는 데 탁월한 재주가 있었다.

'올리비아가 나 다음으로 좋아하기도 하고.'

인정하긴 싫지만!

공교롭게도 길리언 또한 '아버지가 싫어! 어머니가 나 다음으로 좋아하니까!'라고 생각하고 있었다.

어찌되었든 이안은 올리비아의 목소리에 진지하게 귀를 기울였다. 올리비아는 울상을 지으며 말했다.

"길리언이 글쎄 동생을 낳아달라고 하지 뭐예요?"

"뭐? 동생?"

그 말은 이안도 상상하지 못한 말이었다.

'동생? 갑자기? 왜?'

자신이 아는 길리언이라면 어머니를 빼앗기는 게 싫어서 동생도 싫어라 할 녀석이었는데 말이다.

"무엇 때문에 동생이 가지고 싶었는지는 물어봤나요?"

"정확히 이야기는 안 하는데…… 아무래도 길리아나 전하가 동생 있다고 자랑을 했나 봐요."

"허어."

길리아나 황태자!

우리 딸(?)의 이름을 빼앗아간 아이!

'하는 짓이 제 어머니를 꼭 닮아서 밉살맞기 그지없고만.'

이안은 입술을 깨물었다. 그녀의 어머니 황제와 이안 사이에는 지독한 과거의 추억들이 진득하게 고여 있었다.

바로 길리아나라는 이름마저!

'황후는 그런 사람이 아닌데. 왜 그렇게까지 황제 폐하를 닮아

가지고.'

이안은 여전히 로메오를 싫어했다. 로메오와 올리비아는 여전히 절친한 친구였으니까.

이안이 대체할 수 없는 어떤 부분을 그와 공유하고 있다고 생각하면 어쩔 수 없이 질투가 끓어올랐다. 하지만 그래도 그치는 황제에 비하면 낫지.

'황후를 닮을 것이지, 하필 황녀들도 다 폐하만 쏙 빼닮아서.'

이안은 자신이 하고 있는 생각이 황제가 하고 있는 생각과 완전히 같다는 사실은 깨닫지 못하고 있었다. 사실 황제도 길리언을 보면서 '왜 저렇게까지 친탁을 했단 말인가.'라고 탄식했는데 말이다.

'어떻게 낳은 아들인데, 엄마 속이나 썩이고.'

길리언을 보면 야단을 쳐야겠다. 그리 생각하며 이안이 아내의 어깨를 끌어안았을 때였다.

딱 타이밍 좋게 길리언이 걸어나왔다. 이안이 먼저 길리언을 큰 소리로 부르려고 했을 때였다.

길리언이 선수를 쳤다. 그는 드물게 굳어진 얼굴로 부부를 비난했다.

"아버지와 어머니는 저를 속이셨어요."

"뭐?!"

늘 강아지처럼 저를 따라다니던 아들의 첫 원망에, 올리비아는 쓰러질 듯 비틀거렸다.

아내의 그런 모습에, 이안도 화가 치밀었다. 그는 부글부글 끓

504

어오르는 어조로 말했다.

"우리가 뭘 속였다는 거지? 길리언, 타이론의 이름을 걸고 근거 없는 비방을 한다면 내가 가만히 있지 않겠다."

농담이 아니라, 하나뿐인 아들이라도 크게 야단을 칠 생각이었다. 이안이 엄한 표정으로 길리언을 내려다보았을 때였다.

길리언은 주먹을 쥐고 큰소리로 말했다.

"예전에 저를 침실에서 내쫓으실 때, 동생 가지고 싶으면 네 방에서 자라고 하셨잖아요!"

"······?!"

그 말에 이번에는 이안의 몸이 비틀거렸다.

'그걸 기억하고 있어?!'

길리언이 밤이 무섭다는 핑계로 부부의 침실로 기어들어온 수년. 결국 그를 내쫓기 위해서 필살의 거짓말을 한 것이 바로 '동생 만들어 줄게'였다.

갑작스러운 과거의 발언 공격에, 이안이 말문이 막혀서 굳어졌을 때였다. 길리언은 처연하게 눈을 내리깔고 울먹거리며 말을 이었다.

"그로부터 5년이나 흐른 지금도 동생은 구경도 못 해보고. 비겁한 거짓말에 속은 제자신이 비참합니다."

거짓말에 속기는. 길리언이 나이와 어울리지 않게 약아빠진 녀석이라는 건 제 아비인 이안이 제일 잘 알고 있었다. 이안은 곁에 올리비아가 있다는 사실도 잊은 채, 코웃음을 치고 말았다.

"비참은 무슨. 아기가 만들고자 마음만 먹으면 뚝딱 나오는 줄 알아?"

그 말에, 길리언은 눈을 가늘게 뜨고 반문했다.

"그건 스스로 부실한 남자라는 걸 인정하시는 건가요?"

"뭐? 야! 길리언!"

다른 건 다 참아도, 은근슬쩍 부실한 남자로 몰아가는 건 참을 수 없었다. 한때 대국민고자로 불리던 남자였지만, 그때와 아내가 있는 지금은 엄연히 다르지 않나!

"이 녀석 할 말이 있고, 못할 말이 있는 거다. 어디 함부로 아버지에게 불명예스러운 호칭을 붙여주려고 하느냐."

"거짓말쟁이에 부실한 아버지하고는 할 말이 없습니다."

"이 녀석이 진짜!"

"……이안."

이안이 길리언에게 화를 내려고 했을 때였다. 얼떨떨하게 굳어 있던 올리비아가 무시무시한 목소리로 이안을 불렀다.

"오, 올리비아."

그제야 그 날의 비밀을 들켰다는 사실을 깨달은 이안이 벌벌 떨었다. 올리비아는 허리에 두 손을 올리고 버럭 화를 내었다.

"도대체 아이에게 못하는 말이 없군요!"

"자, 잠깐만요, 올리비아. 이건 중상모략이에요. 그리고 내가 알려준 게 아니고 길리언이 발라당 까져서 다 알고 있는 거란 말이에요."

"우리 길리언이 뭘 안다는 거예요?"

올리비아는 곧 이안의 멱살을 붙잡고 짤짤 흔들 것 같았다. 다

급해진 이안이 길리언에게 말했다.

"야, 길리언. 네가 말해봐라. 아기는 어떻게 생기니?"

"나도 다 알아요. 애니 이모가 알려줬단 말이에요."

길리언은 볼을 퉁퉁 부풀렸다. 이안과 올리비아가 각기 다른 표정으로 길리언의 입술을 응시했을 때였다.

길리언은 부끄러운 듯 살짝 몸을 배배 꼬며 말했다.

"자기 전에 창틀에다가 양배추를 놓으면 양배추 안에서 아기가 나온다고……."

"거짓말하지 마, 이 음흉한 녀석아!"

이안은 가슴이 터질 것 같았다. 양배추라니! 이미 남녀 관계에 대해서 다 알고 있는 녀석이, 해맑은 표정으로 양배추 나부랭이를 떠들다니.

'이것 속고 있는 거야! 저 여우 같은 녀석이 우리를 손바닥 위에 올려놓고 놀고 있는 거라고!'

그렇게 주장하고 싶었으나, 이미 사랑하는 아내는 길리언에게 홀딱 넘어간 것이 분명해보였다.

이글이글 불타는 눈으로 이안을 바라보며 이렇게 말했기 때문이다.

"이안, 나 좀 봐요."

올리비아가 이렇게 그를 부를 때 치고, 짧게 이야기가 끝난 적이 없었다.

이안은 시무룩한 표정으로 고개를 숙였다. 길리언은 어머니에게 붙들려 끌려가는 아버지를 향해 혀를 쏙 내밀었다.

그의 나이 열 살. 손잡고 자면 아기가 생기지 않는다는 건 이미 알고 있었다.

❖ ❖ ❖

아버지라는 이유로 어머니를 독차지하는 밉살맞은 남자를, 양배추 한 마디로 격퇴한 뒤, 길리언은 뒤뜰의 아름드리나무 아래에 앉았다.

길리언을 약을 올리기라도 하듯, 노랑나비 세 마리가 줄을 지어 날아갔다.

'동생.'

맨 앞에 날아가는 나비가 꼭 대장처럼 보였다.

'동생 가지고 싶다.'

나도 저렇게 부하를 졸졸 이끌고 다니고 싶다.

동생은 부하가 아니었고, 높은 확률로 길리언의 말을 안 들을 가능성이 높거늘, 길리언은 그저 좋게만 생각했다. 원래 사람은 없는 것에는 환상을 가지기 마련이지 않은가.

'그러고 보니 왜 나는 동생이 없지?'

문득 길리언은 의아함에 눈을 깜빡였다.

'사촌도 없고.'

이모 애니는 결혼을 했지만, 아직 아이는 없었다.

있는 거라고는 징글징글한 오촌 조카뿐.

'하지만 길리아나는 남매 같은 느낌이 전혀 아닌데.'

가족이지만 가족보다는 경쟁자, 친구 같은 느낌이 강했다. 믿고 의지할 수 있는 존재냐, 하면 길리언의 어린 세상에서 가장 위협적인 존재가 바로 길리아나였다.

'이런 게 외로움인가.'

누구도 의지할 수 없고, 누구와도 마음을 나눌 수 없는 상황. 이것을 외로움이라고 하는구나.

길리언이 사춘기에 빠진 사람처럼 멍한 표정을 짓고 있을 때였다.

"길리언, 아버지랑 이야기 좀 할까?"

올리비아에게 한 차례 잔소리를 듣고 온 이안이 뾰루퉁한 얼굴로 길리언을 불렀다.

"길리언하고 대화를 나누어요! 이상한 말 하지 말고!"

그것이 올리비아의 당부였다. 이안은 그 의견에 무척 부정적이었다.

'그 여우는 이미 모든 걸 알고 있어. 당신만 그 녀석이 여우인 줄 모른단 말이야!'

하지만 하늘 같은 아내가 하는 말인데 어찌 거역하랴. 그래서 뻔히 알면서도 길리언과 이야기를 하러 온 것이다. 당연히 목소리는 불퉁스러웠다.

"동생이 그렇게 가지고 싶니?"

이안과 시선을 마주한 길리언이 움찔하더니 한층 누그러진 목소리로 대답했다.

"······아니, 솔직히 제가 경솔했던 거 같아요."

"왜 갑자기 마음이 바뀌었어?"

"아버지에게 한심스럽다는 시선은 받고 싶지 않아서요."

"잘 알고 있구나."

이안은 픽 웃으며 길리언의 옆에 털썩 주저앉았다. 똑같이 생긴 두 사람이 나란히 앉으니, 부자보다는 형제 같은 느낌이 짙었다.

이안은 성근 손길로 길리언의 머리를 쓸어넘기며 말했다.

"길리아나 전하의 말에 놀아나면 안 돼. 괜히 네게 없는 걸 가지고 도발하는 거야."

"하지만······."

도발이든 뭐든 길리아나에게는 지고 싶지 않단 말이다. 길리언이 그런 불평을 늘어놓으려고 할 때였다. 이안이 잘생긴 이마를 찡그리며 덧붙였다.

"게다가 동생이 생기면 뭐가 좋니? 또 네 엄마를 빼앗길 텐데."

"······!"

생각지도 못한 말에 길리언은 눈을 동그랗게 떴다. 이안은 길리언의 동그란 머리통을 계속 살살 쓰다듬으면서 말했다.

"내가 너니까 양보했지. 같이 식사도 한동안 못해, 잠도 같이 못자, 아내는 시종일관 우울해해······. 그 난리는 한 번 겪은 걸로 족하다."

길리언은 눈을 깜빡거렸다. 자신을 태어나게 하기 위해 어른들이 겪었을 막연한 고통이 되게 소소하면서도 세밀하게 제시되는 느낌이었다.

뜻밖의 이야기에 말없이 있으니, 이안은 픽 웃으며 아들의 어깨를 두드렸다.

"그리고 인마, 외로우면 너도 결혼을 해. 괜히 네 엄마 들들 볶지 말고."

"네?"

그 말에는 길리언의 얼굴도 와락 구겨지고 말았다.

"……지금 열 살 먹은 아들에게 할 말이에요?"

결혼은 무슨. 그냥 잘 자라기만 해다오, 해야 하는 나이 아닌가. 이안은 뭐가 문제냐는 듯이 턱을 들었다.

"내가 너 때문에 얼마나 혼났는지 아니? 앞으로도 너 때문에 혼날 걸 생각하니 지긋지긋하구나. 아버지는 편견 없으니까 받아 준다는 곳만 있으면 얼른 장가가버려라."

"……."

외동아들인데 대우가 너무한 거 아닌가.

'사랑에 나이도 국경도 없다는 명언은 이럴 때 쓰라는 게 아닐 텐데.'

길리언은 방임인지 민주적인지 모를 아버지의 양육 태도에 한숨을 내쉬었다.

"그래도 조언 감사해요, 아버지. 아버지 덕분에 좋은 생각이 났네요."

빈말은 아니었다. 이안의 결혼 어쩌고 발언 덕분에, 길리아나의 속을 뒤집을 명안이 떠올랐다.

'당장 황궁에 가서 성질나게 만들어야지.'

길리언은 한결 밝아진 얼굴로 나무 아래를 떠났다. 이안은 도도도 사라지는 금빛 머리카락을 바라보며 콧방귀를 뀌었다.

"흥."

'도대체 쟤는 누굴 닮았나 몰라.'

모두 거울을 보라고 말할 만한 생각을 하며 이안은 천천히 자리에서 일어났다.

'동생이라고?'

그에게도 동생 비슷한 존재가 있었다. 바로 릴리아나 화이트폴. 괜히 그 아이 몫의 애정을 빼앗는 것 같고, 가문에 분란을 일으키는 것 같아서 신경을 썼더니, 결국 그 보답이 어떻게 돌아왔던가.

'좋을 거 하나도 없는데.'

이안은 천천히 걸음을 옮겼다. 시원한 바람을 맞으며 걷고 있으니, 이렇게 한가로이 보내는 시간조차도 모두 꿈처럼 느껴졌다.

'아니, 그 무렵 나는 내가 결혼을 할 거라고도 생각 못 했지.'

인간이 지겨워서, 평생 혼자 살 거라고 생각했다.

이 따위 혈통, 내 대에서 끊어버리면 조용하고 좋은 거라고 생각했는데.

"이안."

"올리비아?"

어느샌가 그는 방 앞에 서있었다.

절대로 결혼하지 않을 거라고 생각했던 그가, 어떤 여자를 만나 결혼을 하게 되었고, 아이까지 가지게 되었다.

'이런 게 기적일까.'

이안은 눈을 가늘게 뜨고 자신의 아내를 바라보았다. 이미 결혼한 지 수년이 지났지만, 여전히 그에게 올리비아는 눈부신 사람이었다. 얇은 원피스에 숄을 둘둘 두른 올리비아가 걱정스러운 표정으로 이안의 팔에 팔짱을 끼었다.

"길리언이 뭐래요?"

이안은 언제 우울함에 잠겨 있었냐는 듯이 서글서글한 미소를 지었다.

"하하, 그냥 알아듣게 이야기했죠."

"납득하던가요?"

"그건……."

이안이 대충 아내가 만족할 만한 대답을 지어내려고 할 때였다. 올리비아가 작은 손으로 턱을 쥐고는 입술을 삐죽거렸다.

"내가 곰곰이 생각해보니 너무 내 생각만 했나 싶어요. 길리언의 마음도 물어보질 않고."

그녀의 말에 이안은 입을 꾹 다물었다. 길리언에 관해서는 아내가 지나치게 무른 게 아닌가 싶었다.

'아니, 그거야 그 녀석이 짊어질 일이지. 아이 낳고 키우는 일이 보통 일도 아닌데, 그 아이 입장까지 헤아리면서 둘째를 낳아야 하나.'

이런 말을 해봤자, 올리비아의 마음만 상할 것이 분명하니까.

어떻게 마음을 배려하면서 적당한 대답을 내놓을 수 있을까. 이안이 눈살을 찌푸렸을 때였다.

올리비아가 곧게 고개를 들어 이안과 눈을 마주했다. 보석 같은 붉은 눈동자가 별처럼 반짝였다.

"지금이라도 둘째를 위해 노력해볼까요?"

"네?"

이안은 일순간 굳어지고 말았다. 노력해? 뭘?

이 경우 부부가 할 수 있는 노력은 한 가지뿐이지 않나!

'올리비아를 독차지할 기회구나!'

이안의 머리가 순식간에 계산을 맞추었다. 찌푸려졌던 미간은 반 듯 펴지다 못해, 신뢰감을 느낄 수밖에 없는 미소를 지어 보였다.

"……당신 말이 맞아요. 길리언은 조금도 이해하고 있지 않더라고요. 부모인 우리도 노력하는 척이라도 해야 이해할 것 같아요."

"이안."

이안은 은근슬쩍 올리비아의 어깨에 두르고 있던 숄을 끌어내렸다. 흰 어깨에 순간 눈앞이 아찔했다.

"잠깐만요, 올리비아."

아들 없이 보내는 시간이 얼마 만인지. 이안은 올리비아를 끌어안고 방 안으로 들어서며 밖에 있는 시중인들에게 단단히 당부했다.

"아무도 들어오지 말라고 해라. 들어오면 반드시 죽인다."

진심이 느껴지는 말에, 시중인들은 얼른 고개를 숙였다.

❖ ❖ ❖

한편, 길리언은 곧장 황궁을 향했다. 길리언의 입궁 소식에, 길리아나의 눈꼬리가 삐죽하게 올라갔다.

'왜 갑자기 온다는 거야.'

좋은 일로 올 리가 없었다. 분명 길리아나의 복장을 뒤집어놓으러 오는 것이었다.

그리고 복장을 뒤집는다면, 분명 그 말다툼 때문일 텐데.

'그래봤자 어쩔 수 없을걸. 너는 동생도 없으니까.'

길리아나는 콧방귀를 뀌었다. 아무리 천하의 길리언이라고 해도 동생을 셋이나 만들어올 수는 없을 거라고 생각했기 때문이다. 그러나 그것은 길리언을 지나치게 과소평가한 것이었다.

길리언은 만면에 미소를 머금고 황태자의 서재에 찾아왔다. 곁에는 황태자의 깜찍한 동생, 블리스도 함께였다.

"오랜만이에요, 전하."

거슬리는 인사에 황태자는 눈살을 찌푸렸다.

"벌써 치매라도 걸렸나? 바로 어제 봤으면서."

그런데 큰 소리로 반박한 건 다름 아닌 블리스였다.

"우리 그이에게 그렇게 못된 말 하지 마, 언니!"

"우리 그이?"

이게 무슨 소리람. 길리아나는 하얗게 질린 얼굴로 블리스를 바라보았다. 블리스는 길리언의 팔짱을 끼고 활짝 웃었다.

"나는 길리언 오빠랑 결혼하기로 했어."

"뭐, 뭐, 뭐라고?!"

이건 상상도 못했는데. 길리아나의 비명을 들으며 길리언은 기분 좋은 미소를 지었다.

"앞으로 잘 부탁해요, 처형."

"그 입 닥치지 못해!?"

"우리 그이에게 그렇게 말하지 말래도, 언니!"

아무래도 당분간, 길리아나는 길리언을 이길 수 없을 것 같았다.

❖ ❖ ❖

오늘은 '그녀'가 귀환하는 날이다.

아침부터 꽁지에 불붙은 닭 마냥, 현관 앞을 왔다갔다 하던 이안은 머리카락을 쓸어 넘기며 한숨을 내쉬었다.

"노력을 얼마 하지 못했는데."

그리 중얼거리면서 치켜드는 턱이 날카로웠다. 어떤 포즈를 취한들 자기 미모를 자랑하는 걸로만 보였다.

"이 아버지가 너무 출중한 탓에……."

극적인 어조로 중얼거리는 이안의 옆구리를 길리언이 팔꿈치로 찔렀다.

"헛소리할 거면 저리 가요."

"나날이 이 아버지에 대한 존경심이 줄어드는 느낌이구나."

"걱정하지 마세요. 원래 0.1g도 없으니까요."

길리언의 나이도 벌써 열둘.

어릴 때도 강력한 공격력을 갖춘 말빨을 자랑했으나, 이제는 이안이 감히 길리언의 상대가 될 수 없을 지경이었다.

"너무해……."

"너무한 건 아버지예요. 이런 날까지 그런 쓸데없는 농담을 하셔야겠어요?"

"쓸데없다니! 그리고 농담도 아니야! 원래 계획은 노력하는 척하면서 신혼생활을 오래오래 보낼 생각이었는데."

역시 이안 타이론. 요리 빼고 못하는 게 없는 남자.

길리언의 동생을 달라는 요청에, 올리비아의 마음이 흔들린 틈을 타 이안은 올리비아의 침실을 독점했다. 하지만 좋았던 때도 아주 잠시.

"축하드립니다! 회임이십니다!"

덜커덕 둘째가 들어서버렸다.

"생각해보니 저 녀석도 딱 하루 피임차를 걸렀다고 생겼었지. 내가 나를 너무 과소평가했구나."

"……"

길리언은 이제 이안의 주접을 완전히 무시하기로 마음 먹은 것처럼 입을 꾹 다물었다.

하여간 그래서 타이론 가문에는 둘째가 생겼다. 하지만 이 둘째의 탄생에는 생각보다 복잡한 이권이 얽혀 있었다.

"지금이야 네가 뒤늦게 발견된 덕분에 오르세 시민권을 늦게

라도 딸 수 있었지만, 그 후가 문제구나."

오르세의 국법상, 오르세 시민이 아닌 자가 오르세에 사업권을 가지고 있을 수가 없었다.

올리비아의 아버지, 마이엔 공이 물려준 상회와 백화점 등등의 재산들이 올리비아의 사후, 고스란히 오르세 왕국으로 돌아간다는 뜻이었다.

"아이가 하나만 더 있으면……."

마이엔 공은 늘 그리 아쉬워했다. 오르세는 어차피 속지주의라, 그곳에서 낳기만 하면 오르세 시민권을 받을 수가 있었다.

"괜찮아요. 살아생전에 이렇게 많이 가져본 것만으로도 충분해요."

늘 그렇게 말하면서 아버지의 미련을 싹둑 잘라내던 올리비아였으나.

둘째가 생긴 것이다!

"정말 잘 되었구나. 이 아이에게는 마이엔의 성을 주자!"

아들이 혼자 모두 가져갈 것을 동생과 나누는 것도 신경 쓰였던 올리비아는 흔쾌히 동의했다. 처음부터 그 재산들을 오르세에 넘기지 않으려고 꼼수를 생각하던 이안도 동의했다.

'하지만 이렇게 오래 떨어져 있을 줄은 몰랐지!'

첫째 때의 난산을 떠올리며 곁에 붙어 있으면 싶었지만, 긴 시간 오르세에 가 있을 수도 없는 노릇.

"초산이나 힘든 거죠. 두 번째는 그렇게까지 힘들지 않다고 하더라고요. 너무 걱정하지 말아요."

올리비아는 의연하게 아기사슴 마냥 바들바들 떠는 남편을 달래고 오르세로 아버지와 함께 떠났다.

그래도 출산 할 때는 곁을 지킬 셈이었는데, 아이는 첫 번째보다 훨씬 빠르게 나왔다. 막 오르세로 출발하려는 데 출산 소식이 전해진 것이다.

둘째는 딸이었다!

❖ ❖ ❖

"어련히 몸만 괜찮아지면 다시 제국으로 돌아올 테니, 절대로 오지 말라는 올리비아의 말대로 기다린 지 어언 1년."

이안은 소맷부리로 눈물을 찍어내는 시늉을 하며 우는 소리를 해댔다. 그런 이안을 길리언이 한심스러운 눈으로 응시하며 대답했다.

"어머니께서 웬일로 아버지가 이렇게 내 말을 잘 듣나 싶으셨을 거예요."

일리가 있는 말이었다. 올리비아가 뭐라고 말한들, 자기가 내키는 대로 하는 사람이 바로 이안이었으니까!

하지만 이안은 이안대로 서러웠다.

"안 들을 수가 없었어! 이번 편지는 얼마나 험악했는지 아니."

그런 남편의 성격을 아는 올리비아가 '자기 일도 제대로 안 하고 들락날락하는 남자는 조금도 멋있지 않다'라는 초강수를 두었기 때문이다.

아내에게 못나 보이는 것만큼은 참을 수 없는 이안은 열심히 허벅지를 바늘로 찌르며 하루에 열 번도 넘게 오르세로 뛰어가고 싶은 마음을 꾹꾹 참았더란다. 그래서 그가 알고 있는 것은 딸의 이름 석자뿐이었다.

프랄린 타이론 마이엔. 그것이 딸의 이름이었다.

"프랄린은 날 닮았을까, 올리비아를 닮았을까."

"그건……."

프랄린이 어떻게 생긴 아가인지는 길리언도 궁금했다. 서신에는 이안을 닮은 금발의 귀여운 꼬마숙녀라고 되어 있었지만 말이다.

'설마 여동생도 아버지랑 똑같이 생긴 건 아니겠지.'

물론, 아버지를 닮았어도 동생은 귀엽고 사랑스럽겠지만! 길리언은 개인적으로 어머니를 닮은 여동생을 가지고 싶었다.

그가 머릿속으로 여동생의 얼굴을 그리고 있을 때였다. 시종들이 큰소리로 마차의 도착을 알렸다.

"주인님, 도착했습니다!"

"오오!"

평소엔 그렇게 완벽한 신사처럼 굴더니만! 이안은 허둥지둥 밖으로 뛰어나갔다. 맹세컨대 아버지가 저렇게 빨리 뛰는 것도 처음 보았다.

'아니, 이 사람이!'

이렇게 뛸 수 있는데 그동안 안 뛰고 있었구나!

아들이랑 그 흔한 캐치볼 하나 안 하더니, 아내를 향해 달려가는 발길은 가볍기만 했다.

때마침 마차 문이 열리고, 연한 분홍 꽃잎이 점점이 뿌려진 흰 원피스를 입은 어머니가 마차 밖으로 얼굴을 내밀었다. 이안은 큰소리로 그녀의 이름을 부르며 와락 안아들었다.

"올리비아!"

"어머나!"

마차에서 발이 채 바닥에 닿지도 않았는데 몸이 휘익 안겨 올라갔다. 올리비아는 까르르 웃음을 터뜨리며 이안의 목을 두 손으로 끌어안았다.

"못 말릴 분이네. 이렇게 갑자기 달려들면 어떻게 해요? 깜짝 놀랐잖아요."

"하지만 이미 오래 참았습니다."

이안은 강아지가 끙끙대듯 말했다.

올리비아는 키득키득 웃으며 이안의 반듯한 이마에 입을 맞췄다. 이안도 올리비아의 뺨에 입을 맞췄다. 그리고는 얼굴을 찌푸리며 물었다.

"몸은 괜찮아요? 조금 야윈 것도 같고……."

"누가 봐도 토실토실해졌는데, 그렇게 말하면 너무 빈말이잖아요."

"제 눈에는 핼쑥하게만 보입니다."

"못 살아."

두 사람의 말 모두 틀렸다. 올리비아는 머리카락 기장이 어깨뼈 정도로 자란 것을 빼면, 떠날 때와 별반 달라지지 않았다. 남들이 보기에는 똑같은데 자기들끼리 달라졌네 야위었네 하는 것이다.

'윽, 금슬도 좋으셔.'

두 부부가 사랑의 오라를 퐁퐁 풍기니, 길리언은 조금 심통이 났다. 올리비아는 이안의 머리카락을 쓸어넘기며 물었다.

"당신은 잘 지냈나요? 길리언도 잘 챙겨주고요?"

"저야 늘 완벽한 아버지이죠."

이안은 당당하게 웃으며 대답했다. 길리언은 콧방귀를 뀌었다.

'어떻게 저렇게 뻔뻔한지 몰라.'

좋은 아빠 아니었어요. 만날 이상한 것만 알려줬다고요.

'어머니에게 사실대로 말하면 아버지 집 밖으로 내쫓길 수도 있는데.'

한 번 어머니에게 이안 타이론 어록을 작성해서 보여드릴까.

길리언이 다소 사악한 생각을 하고 있을 때였다. 그의 시선 끝에 황금처럼 반짝이는 무언가가 눈에 들어왔다.

"어?"

길리언은 눈을 동그랗게 떴다. 올리비아의 뒤를 따라 마차에서 내린 외할아버지 마이엔 공의 품에 작은 이불꾸러미가 들려 있었다.

마치 황금을 잘게 뿌려놓은 것처럼 아름답게 빛나는 머리카락이, 꾸러미 밖으로 살짝살짝 보였다.

마이엔 공이 얼빠진 듯 바라보는 손자에게 싱긋 웃어 보였다.

"오랜만이구나, 길리언."

외할아버지의 인사에도 길리언은 정신을 차릴 수가 없었다. 길리언은 저도 모르게 가까이 다가가 두 손을 내밀었다.

"이 아이가……?"

"그래. 이 아이가 네 동생인 프랄린이란다."

"세상에."

길리언은 마이엔 공이 내미는 아기를 받아들었다.

아기는 서신에 닮은 대로였다. 아버지를 꼭 닮은 금빛 머리카락이 둥글게 회오리치듯 작은 머리를 감싸고 있었다.

그리고 어머니를 꼭 닮은, 루비처럼 붉은 눈동자가 물끄러미 길리언을 바라보고 있었다.

-두근. 두근.

심장이 뛰었다. 아기에게서 나는 보드라운 우유 냄새가 코끝을 간질였다. 힘을 주어 안으면 아기가 부서질까 봐, 길리언이 조금 당혹스러운 표정을 지었을 때였다.

"까르르."

아기가 길리언을 마주 보고 웃음을 터뜨렸다.

"……!"

길리언의 얼굴도 붉게 화르륵 달아올랐다. 그때 올리비아와 기어코 입맞춤까지 하고 내려준 이안이 다가왔다.

"오셨습니까, 장인어른! 그리고 우리 둘째도……."

이안이 프랄린을 보기 위해 손을 내밀었을 때였다. 길리언이 매서운 어조로 소리쳤다.

"손대지 말아요!"

"뭐?"

이건 또 무슨 소리람. 이안이 이맛살을 찌푸렸을 때였다. 길리언이 품 안의 아기를 꽉 끌어안고는 소리쳤다.

"프랄린은 제가 돌볼 거예요! 아버지는 저리 가라고요!"

그 모습을 본 올리비아는 손바닥으로 자신의 눈을 덮고 말았다.

저 묘한 독점욕이, 어디서 많이 본 모습이었다.

'제 아버지의 저런 점까지 닮았구나!'

바로 이안이 올리비아의 머리는 자신만 자를 거라고 우길 때 짓는 표정과 똑같았던 것이다!

❖ ❖ ❖

프랄린이 제국에 오게 된 지 한 달 뒤.

사교계에는 아주아주 기묘한 소문이 하나 돌았다.

"그거 들었어요?"

유명 살롱, 티파티는 물론이고, 그 소문의 진위여부를 파악하기 위해 타이론 공작가에 방문 요청이 쇄도할 지경이었다.

"아버지를 꼭 닮은 타이론 공자 말이에요."

"그 공자가 글쎄……."

타이론 공작가는 어린 공녀의 개월수를 핑계로 정중하게 모두 거절하고 있지만 말이다.

그 소문이란 바로!

"타이론 공자가 아기띠를 메고 다닌다면서요?"

길리언이 프랄린을 아기띠로 하루 종일 메고 다닌다는 소문이었다!

그 소문은 돌고 돌아서 결국 황궁에까지 이르렀는데. 그렇게 프랄린의 첫 생일까지 2주 남짓 남은 어느 날, 결국 참지 못하고 황궁에서 손님들이 몸소 타이론 대공저에 방문했다.

태황제와, 길리아나 황태자였다.

태황제는 여전했다. 아니, 오히려 더 건강해졌다. 지독한 강도의 업무는 사라지고, 황실의 웃어른으로 대접은 받으면서, 자기 하고 싶은 것만 하며 지내니 당연한 일이었다.

"오랜만이야, 제수씨!"

커다란 덩치에 어울리지 않게 발랄한 인사를 건네는 얼굴은 불그스름한 만두 같았다.

"태황제 폐하를 뵙습니다."

올리비아는 어색하게 웃으며 태황제 일행을 반겼다. 다른 손님의 방문은 칼같이 쳐냈지만, 차마 시부모(?)의 방문은 쳐낼 수가 없었다.

하지만 그들의 방문이 꼭 싫은 것은 아니었다. 올리비아는 훌쩍 자라서 자신의 어깨를 넘어가는 길리아나 황태자를 신기한 눈으로 바라보았다.

"오랜만에 뵙습니다, 전하."

"오랜만에 뵙는군요, 대공비."

올리비아는 활짝 웃으며 말했다.

"제가 없는 동안 길리언의 좋은 벗이 되어주셨다고 들었어요. 감사합니다."

올리비아의 말을 들은 길리아나의 얼굴이 와락 구겨졌다.

"……대공자가 그렇게 말하던가요?"

"예? 제가 무언가 잘못 알고 있나요?"

"아니. 그런 건 아니고……."

길리아나는 말끝을 흐렸다. 올리비아가 뭔가 잘못되었나 싶어서 재차 물으려던 찰나였다. 지금 중요한 것이 길리언과 길리아나가 아닌 태황제가 커다란 몸을 들썩이며 말했다.

"사랑스러운 조카가 태어났다는데 궁금해서 참을 수가 있어야지. 어서 보여주오."

"아, 그게……."

올리비아는 어색한 미소를 지었다. 그리고 조심스럽게 앞장섰다. 가는 길에, 마이엔 공도 마주쳤다.

"아니, 이게 누구야. 사돈어른 아니오?"

"오랜만이군요, 사돈어른."

두 사람 사이에도 신경전이 일었다. 주로 아이에게 자신이 뭘 해줄 수 있나, 과시 같은 거였다.

"제가 이번에 프랄린에게 주려고 금으로 온갖 아기용품을 만들었는데……."

"허허, 아이에게 금붙이는 무겁기만 하지요. 저는 장인에게 손수 아기 담요와 이불, 베개는 물론이고 침대 커튼까지……."

이미 길리언 때 한 차례 겪었던 난리인지라, 올리비아는 의연하게 지나쳤다.

'무슨 대회도 열자고 난리를 치셨었지. 그때에 비하면 이런 건 아무것도 아니다.'

생각해보니 이안과 결혼한 이후, 남들은 겪지 못할 스펙터클한 일이 많았다. 예를 들면 황제 부부와 태교 여행이라든지.

'그래도 뭔들 지금의 길리언보다 충격적이지 않을 거야.'

그리 생각하며 올리비아는 조심스럽게 문을 열었다.

노크하지 않고 문을 연 것은, 지난번에 노크를 했다가 프랄린이 낮잠에 깨서 길리언이 한 차례 불호령을 내렸기 때문이다.

'휴, 다행히 아직 잠이 들지 않았구나.'

문을 여니 방 한 가운데에는 길리언이 아기를 천을 둘둘 감아 허리에 동여매고 서 있었다. 그 모습을 본 태황제가 요상스러운 표정을 지었다.

"아니, 길리언! 그게 무슨 꼴이니?"

올리비아는 정말 드물게 태황제의 의견에 전적으로 공감하게 된다고 생각했다.

'저놈의 포대기! 어디서 이상한 문물을 배워와가지고.'

길리언을 키울 때 이안도 유난이었지만, 지금의 길리언에 비하면 뭔들 아무것도 아니었다. 길리언은 태황제와 제 외할아버지 두 사람 모두에게 딱딱한 어조로 말했다.

"두 분 다 가까이 오지 마세요."

"길리언?"

갑자기 접근금지령을 당한 태황제는 당황스러움을 감추지 못하며 길리언을 불렀다. 늘 서글서글한 미소만 짓던 조카이니 놀라운 게 당연했다.

길리언은 선생님처럼 딱딱한 어조로 말했다.

"일단 손은 깨끗하게 씻으셨나요?"

"성에서 나올 때⋯⋯."

"더러운 손으로는 아기를 만질 수 없고, 당연히 가까이 오실 수도 없어요. 손부터 씻고 오세요."

태황제는 당황했으나, 올리비아도, 마이엔 공도 너무나 담담하게 시키는 대로 손을 씻으러 가서 얼떨결에 뒤를 이어 손을 씻으러 갔다.

비누로 뽀득뽀득 소리가 나도록 손을 씻고 오니, 이번에는 또 다른 딱딱한 지시가 떨어졌다.

"프랄린이 잠잘 시간이에요. 안겨드릴 수는 없어요. 아기 머리는 만지면 안 되고, 볼도 꼬집으면 안 되고⋯⋯."

결국 어떤 경우든 프랄린을 다른 사람 손에 내어주지 않겠다는 소리였다.

그렇게 졸려서 눈을 가물거리는 아기천사의 뺨을 쓰다듬기만 하고 나온 태황제는 올리비아에게 큰 소리로 물었다.

"저 아이, 너무 심한 거 아니야? 저대로 두어도 되겠어?"

올리비아는 한숨을 폭 내쉬었다.

"저도 못 만지게 해요."

"이안은 뭐라고 해?"

"저러다 말 거라고⋯⋯."

"⋯⋯."

"⋯⋯공감이 안 되시죠? 저도 그래요."

저러다 말 수준이 아니었기에, 자연히 침묵만 길어졌다. 올리비아는 울상을 지었다.

"어휴, 어떻게 갑자기 홀딱 빠졌는지."

"길리언이 어른스러운 아이였던 건 사실이지 않니. 오르세와 제국을 오가면서 또래 친구들에게 정을 못 붙인 것도 있고."

마이엔 공은 점잖게 당혹스러워하는 딸을 달랬다.

"어쩌면 처음으로 대등한 존재를 만났다고 여길지도 모르지."

"하지만……."

마이엔 공의 말은 일리가 있었으나, 올리비아는 납득하기 어려웠다. 왜냐하면.

"그런 존재는 이미 있잖아요?"

길리언에게는 이미 길리아나라는 라이벌이자, 사회적 의미의 친구 혹은 사촌에 가까운 존재가 있었으니까.

'이번 출산에 길리언을 데려가지 않은 것도 길리아나와 더 친해지라는 뜻이었는데.'

거기까지 생각하고 올리비아는 아까까지 졸졸 따라왔던 길리아나가 온데간데 없다는 사실을 깨달았다.

❖ ❖ ❖

길리아나는 프랄린의 방에 있었다. 올리비아의 의도대로 1년 동안 제국에서 지긋지긋할 정도로 얼굴을 본 두 사람은 꽤 친해져 있었다.

사석에서 말을 놓을 정도로 말이다.

"야, 그렇게 좋냐?"

오빠의 등에서 잠든 아기를 조심스럽게 아기 침대에 내려놓는 길리언의 얼굴에는 함박웃음이 지어져 있었다. 길리아나의 삐딱한 물음에 길리언은 싱글거리며 대답했다.

"어, 엄청 좋다. 이렇게 좋아서 그 동안 네가 자랑한 거냐?"

"뭐……."

'내가 언제 자랑했다고.'

길리아나는 턱을 괴고 코끝으로 한숨을 내쉬었다. 자랑이라고 하면 좀 당황스러웠다. 동생이 워낙 많다보니 자연히 이야기는 많을 수밖에 없었지만.

'그게 자랑처럼 보였나.'

그때마다 내 동생하고 결혼할 거라면서 복장을 뒤집던 놈이 자기 동생에게는 껌뻑 죽는 것도 웃겼다.

길리아나는 턱을 괴고 시큰둥한 어조로 말했다.

"요즘 다른 영애들이 엄청 물어보더라. 길리언 네가 진짜 동생을 그렇게 살갑게 돌보고 있냐고."

"그래서 뭐라고 했는데?"

"그렇다고 했지, 뭐."

살가운 건 사실이잖아?

'가정적이기까지 하고 최고의 신랑감이라고 다들 꺄꺄 거렸었지.'

잘생기고, 머리도 좋고, 눈치도 빠르고.

솔직히 말해서 저런 신랑이면 마음 놓고 일을 맡길 거라는 생각도 들었다. 길리아나는 팔짱을 끼고 입술을 삐죽였다.

"너 때문에 눈만 높아진다야."

"무슨 말이람."

길리언은 픽 웃었다.

✤ ✤ ✤

태황제는 프랄린을 만나지 못하게 된 뒤에도 순순히 사라지지 않았다. 이야기를 듣다듣다 피곤해진 올리비아는 그를 이안의 집 무실에 떠밀어 넣었다. 그리고 조금 쉬고 있노라니, 원래 예정되어 있던 손님이 찾아왔다.

"애니."

"언니."

바로 올리비아의 동생, 애니였다.

"많이 피곤해 보이네."

"오늘 손님이 좀 많았거든. 그래도 괜찮아. 그리고 아무리 피곤해도 너한테는 시간을 내어야지."

애니가 집 안까지는 들어오지 않고 싶다고 해서, 두 사람은 대문을 지나쳐 바로 있는 정원에서 마주하고 있었다. 애니보다 한참 떨어진 곳에서 에릭이 정원을 둘러봤다.

어차피 지금 저택은 태황제도 있고 시끄럽다. 여동생과 나란히 정원을 걸으며 올리비아는 오랜만에 만난 가족이 할 법한 인사를 붙였다.

"일은 잘 되어가?"

"그냥 저냥?"

"평민들도 쉽게 사먹을 수 있는 감기약과 두통약을 만든 선생님이 그냥저냥이라니. 너무 겸손한 거 아니야?"

"하하."

아닌 게 아니라, 정말 겸손한 말이었다. 애니 덕분에 감기와 두통은 그저 상점에만 가도 쉽게 해결할 수 있는 병이 되었으니 말이다. 물론, 그렇게 약을 유통할 수 있었던 건 순전히 타이론 대공가의 힘이었지만 말이다.

잠시 말없이 자박자박 걷던 애니가 올리비아를 돌아보며 웃었다.

"언니, 둘째 축하해."

"그건……."

애니가 불임이라는 사실을 알고 있던 올리비아는 선뜻 그 축하 인사에 대답할 수가 없었다. 목에 가시가 걸린 것처럼 굳어져 있었을 때였다. 애니는 그런 언니의 반응을 이미 알고 있었다는 듯이 명랑한 어조로 말을 이었다.

"그리고 나도 소개해주고 싶은 사람이 있어."

"응?"

애니가 손짓을 하자, 에릭이 가까이 다가왔다. 그제야 그가 품에 안고 있던 작은 꾸러미 같은 것이 무엇인지 보였다.

"우리 아기야."

"세상에!"

솜털 같은 머리카락이 돋은 아기가 새근새근 잠을 자고 있었다. 올리비아가 눈을 동그랗게 뜨고 아기를 보고 있자, 애니는 가벼운 어조로 설명했다.

"내가 낳은 건 아니야. 그냥 문 앞에 버려져 있었어. 나는 운명이라고 생각해."

"애니……."

올리비아는 목이 메였다. 그녀는 애니보다 한 가지 사실을 더 알고 있었다.

'지난 생에도 너는 이 아이를 주워서 키웠어.'

상황이 많이 바뀌었는데도 같은 결심을 했다면, 그녀의 말대로 운명 아니겠는가.

올리비아가 잠시 말을 잇지 못하고 아기만 바라보고 있을 때였다. 훨씬 어른스러운 표정을 짓게 된 애니가 나긋한 어조로 물었다.

"언니, 행복해?"

"당연하지."

올리비아의 힘 있는 대답에, 애니는 까르르 웃음을 터뜨렸다.

"나도 그래."

❖ ❖ ❖

애니와 작별인사를 나누고, 씻고, 잠옷을 입으니, 태황제에게 말린 오징어가 되도록 시달린 이안이 비틀비틀 들어와서 올리비아를 뒤에서 끌어안았다.

"처제는 갔어요?"

"처음에는 자고 가라고 할 생각이었는데, 아기가 있어서 오래 머물기 어려워서요."

"아기?"

처음 듣는 이야기에 이안이 고개를 들었을 때였다.

"이안."

올리비아는 손을 들어 이안의 뺨을 감쌌다.

"당신은 행복해요?"

"더할 나위 없이?"

"왜 끝이 물음표에요?"

"그야, 당신 마음을 모르니까."

이안은 피식 웃으며 올리비아의 뺨에 입을 맞췄다.

"당신이 행복하지 않으면 내 행복도 완성되지 않아요."

그 말에 눈가가 시큰해져서, 올리비아는 입술을 깨물었다. 그는 항상 그녀가 기대한 것 이상의 대답을 했다. 그와 이야기를 하고 있노라면, 올리비아는 어린아이가 된 기분이었다.

잠시 눈물이 들어가기를 기다리고 있던 올리비아는, 가볍게 미간을 찌푸리며 대답했다.

"……저는 길리언이 조금만 적당히 하면 행복할 것 같네요. 저러다가 평생 프랄린이랑 살기 위해 비혼 선언을 할까 봐 겁나요."

장난 반, 진심 반이었다. 재미난 소리를 하는 아내를 이안이 부드럽게 몸을 돌려 마주 보고 끌어안았다. 잘생긴 얼굴이 쪽쪽 이마와 목덜미에 입을 맞춰왔다.

"정말 저러다 말 겁니다."

"무슨 근거로 확신하는데요?"

"나도 이렇게 사랑하는 사람을 만났으니까?"

"……못 말려."

올리비아는 결국 키득키득 웃었다. 그리고 천천히 고개를 들어, 그의 입술에 자신의 입술을 포갰다.

"사랑해요, 이안."

아주 오래전 읽었던 동화 속 주인공이 된 기분이었다.

그들은 오래오래 행복하게 살았답니다, 하고 끝나는.

〈끝〉

두 번째 남편이 절륜해서 우울하다 3

초판 1쇄 인쇄 2021년 6월 3일 **초판 1쇄 발행** 2021년 6월 10일

지은이 지미신
펴낸이 이승현

웹소설 본부장 이진영
편집 오가진
디자인 김태수

펴낸곳 ㈜위즈덤하우스 **출판등록** 2000년 5월 23일 제13-1071호
주소 경기도 고양시 일산동구 정발산로 43-20 센트럴프라자 6층
전화 031)936-4000 **팩스** 031)903-3893 **홈페이지** www.wisdomhouse.co.kr

ⓒ 지미신, 2021

ISBN 979-11-91583-82-3 04810
       979-11-91583-83-0 (세트)